戦前日本モダンホラー傑作選

# バビロンの吸血鬼

高垣眸他　会津信吾編

「大正末期から昭和十年代半ばにかけての十数年間は都市部を中心に「昭和モダン」と呼ばれるスマートで軽快な大衆文化が栄え、人々がこぞって新奇な刺激と快楽を追い求めた時代であった。同時に、生活様式の変化にともなって昔ながらの怪談とは趣きを異にする新しいスタイルの怪奇小説が生まれ、娯楽として享受された時代でもある」（序文より）この時

戦前日本モダンホラー傑作選

# バビロンの吸血鬼

高垣　　眸　他
会津信吾　編

創元推理文庫

# VAMPIRE OF BABYLON
# AND OTHER HORROR STORIES
# FROM PREWAR JAPAN

edited by

Shingo Aizu

2025

目次

# 序文　恐怖が娯楽だった時代

大正末期から昭和十年代半ばにかけての十数年間は都市部を中心に「昭和モダン」と呼ばれるスマートで軽快な大衆文化が栄え、人々がこぞって新奇な刺激と快楽を追い求めた時代であった。カフェに麻雀、ダンスにドライブ（小出楢重《こいでならしげ》と水《みず》の江瀧子《えたきこ》はドライブが好きだった）。その気になれば銀座の「尖端的」なカフェで美人女給《じょきゅう》の特別サービスを受けることだってできた。明るく健康的な娯楽だろうが、不健全で秘密めいた享楽《きょうらく》だろうが、金さえあれば思いのまま。そんな時代だった。戦前が暗黒時代だと思ってるのは、教科書しか読んだことのない奴《やつ》か、その教科書を書いた奴のどちらかだ。そんな奴らは放っておけ。

同時にこの時代は生活様式の変化にともなって昔ながらの怪談とは趣《おもむ》きを異《こと》にする新しいスタイルの怪奇小説が生まれ、娯楽として享受《きょうじゅ》された時代《エポック》でもある。これら怪奇小説のニューウェーブを本書では「昭和モダンホラー」と呼ぶことにする。昭和モダン時代のホラー小説という意味だ。昭和戦前期のモダンホラーと解釈してもらってもいい。

ここで怪奇小説とホラー小説の違いを説明しておこう。前者は「超自然的要素の有無を問わず、常識や理性の範囲を超えた異常な事柄」をテーマや物語の背景とする作品の総称。後者は怪奇小説の中でも特に読者に恐怖を与えることを目的とした作品だ。本書の収録作を例にとると「亡命せる異人幽霊」は怪奇小説だがホラー小説ではない。怪奇小説という親《おや》カテゴリーの中にホラー小説や怪談、ダーク・ファンタジーといった子カテゴリーがあると考えてもらえばいい。

昭和モダンホラーの「新しさ」はどこにあるのか。簡単に言うと「日本的情緒からの脱却」と「肉体的・即物的な恐怖の重視」なのだが、これでは漠然《ばくぜん》としすぎていて具体的なイメージがつかみにくいと思う。だから筆者なりの怪談と昭和モダンホラーの定義を示し、両者を比較することによって、その特徴を明らかにしよう。

**怪談**　舞台は近世日本。ただし江戸時代の生活スタイルが残っていれば明治初期も含む。テーマは怨霊《おんりょう》、神異《しんい》仏罰《ぶつばつ》、祟《たた》り、呪詛《じゅそ》、妖怪など、主として超自然的事象。恐怖の主体と客体との間に因果関係が存在し、その原因は主として怨恨《えんこん》である。いわゆる「甲が乙を殺したが為《ため》に、甲又は甲の眷族《けんぞく》が乙の幽霊に悩まされる」（「怪談劇と探偵劇」岡本綺《き》堂《どう》）パターン。物語の根底に仏教的世界観や伝統的道徳観があり、悪人は悪報《あくほう》、善人は善報《ぜんぽう》を受ける。

**昭和モダンホラー**　舞台は近代日本、または海外。テーマはタクシー幽霊、オフィスビルの怪異、未確認生物、人体実験、サイコパス、多重人格、性的倒錯《とうさく》など、近代固有の事象。超自然的要素は不可欠条件ではない。あってもいいし、なくてもいい。因果応報、勧善懲悪といった旧時代的モラリズムにとらわれず、登場人物は往々にして理不尽な暴力や不条理な恐怖に晒される。日本的情緒やドロドロした男女の情念とは無縁で、物の哀れを感じさせない。

以上をまとめると、昭和モダンホラーとは「近代社会で近代人が遭遇する、近代以前には存在しない事物がもたらす近代的な恐怖」を描いた作品、ということになる。そしてその恐怖は読者が身近に感じられるものでなければならない。身近なものほど実感しやすいからだ。この「身近な恐怖」こそが昭和モダンホラーの特質であり、怪談との決定的な違いなのだ。

昭和三年から八年にかけてが昭和モダンホラーのピーク。本書の収録作も全体の約八割がこの期間に集中している。その後ゆるやかに減少し、昭和十四、五年頃には姿を消す。この時期なぜホラー小説が流行《はや》ったのか。結論から言えば世の中が平和だったから。十五年戦争は昭和六年に始まったが、戦争は海の彼方《かなた》だった。少なくとも国内で生活している限り、戦火に晒《さら》される怖《おそ》れはない。

ホラー小説は娯楽だ。少し悪趣味なところはあるけれど、本質的には大学野球や演芸放送と変わりない。娯楽には、それを享受するための環境が必要だ。恐怖を楽しむための環境。それは平和だ。昭和モダンホラーが廃《すた》れたのは、その環境が失われたからだ。明日《あす》のわが身をも知れぬ時にホラー小説なんか読みたがる奴はいない。ホラー小説、とくにバイオレンス・ホラーが面白いのは、所詮《しょせん》それが他人《ひと》ごとだからだ。クライヴ・バーカー曰《いわ》く「恐怖にまさる愉《たの》しみはない。それが他人の身にふりかかったものであるかぎり」。至言《しげん》だ。背中に彫《ほ》って公営プールに行きたい。しないけど。

ある意味、ホラー小説の消長《しょうちょう》は平和のバロメーターだと言える。だから昭和モダン時代のホラー小説を読んで束《つか》の間《ま》の平和を楽しんでいた当時の日本人の生活にちょっとだけ思いを馳《は》せたり、現在の社会状況を顧《かえり》みて平和のありがたさを嚙《か》み締めたりするのも、あながち無駄なことでもないと思う。

そうした昭和モダンホラーの中から、従来あまり顧みられることのなかった作品を選んで一冊にまとめてみた。読者諸兄《しょけい》にとって収録作家の大半は「よく知らない人」か「全《まった》く知らない人」だろう。選んだ当人がこんなことを言うのもあれだが、編者にも正体不明の作家が何人かいる。わざわざマイナー作家ばかり集めたわけではない。選択基準にある条件を付したところ自然とこうなってしまったのだ。その条件とは「〈新青年〉掲載作の除外」である。

日本のホラー小説史において〈新青年〉誌が果たした役割の大きさについては、いまさら編者が云々《うんぬん》するまでもなかろう。だがホラー小説は同誌にしか載らなかったわけではない。実際、本書も犯罪実話雑誌から少年誌まで、さまざまな媒体から作品を採択している。こうした埒外《らちがい》の作品を積極的に拾い集め、データとして蓄積して行かなければ、いつまで経《た》ってもホラー小説史の全貌はつかめない。〈新青年〉抜きでホラー小説史を語ることはできないが、だからといって〈新青年〉だけでホラー小説史を語るわけにもいかないのだ。

敢《あ》えて〈新青年〉を選択対象から外すことによって、これまで看過《かんか》されてきたホラー小説史の未踏査地帯《テラ・インコグニタ》が（たとえそれがごく一部であったとしても）見えてくるのではないか。これが本書に込めた編者の狙いの一つなのである。

結果、エログロ・バイオレンス・ホラーの含有率が若干《じゃっかん》高くなった。中には不快に感じる人もいるだろう。だがあなたが好むと好まざるとにかかわらず、これらの作品は存在した。何であれひとたび存在した以上「なかったこと」にはできない。どんな作品にも、それを楽しんだ人たちがいる。ある作品を「なかったこと」にするのは、その人たちの存在を、その人たちが生きた時代もろとも抹消《まっしょう》するに等しい。日ごろ「作品を通じて過去の人たちと心を通《かよ》い合わせたい」と願っている編者には、たとえそれが文学性の欠片《かけら》もないB級作品であろうと「なかったこと」にはできないのだ。

過去を「なかったこと」にしていると、自分と自分が生きていた時代もいつしか「なかったこと」にされるかも知れない。それは歴史という概念の否定につながる。未来は過去の延長線上にある。過去なくして未来はない。

前置きはこれぐらいにしておこう。とくとご覧あれ。いつもとは違う窓からの眺めを。

会津信吾

# バビロンの吸血鬼

戦前日本モダンホラー傑作選

収録作各篇末尾の解説は編者による。

# 疾病《しっぺい》の脅威

高田義一郎

高田義一郎（たかた　ぎいちろう）

本名同じ。別名に高田杏湖、竹野《たけの》孤庵《こあん》など。明治十九年六月二十八日、滋賀県栗太《くりた》郡草津《くさつ》村（現・草津市）に生まれる。京都の第三高等学校を経て京都帝国大学医科大学に入学。卒業後は法医学教室の助手になるが、主任教授・岡本梁松《やなまつ》の不興《ふきょう》を買い大学を去る。大正八年、千葉医学専門学校（現・千葉大学医学部）に職を得るも妻の不倫を巡るスキャンダルで退職。昭和四年、東京府北多摩《きたたま》郡谷保《やぼ》村（現・東京都国立《くにたち》市中《なか》）に居《きょ》を定め、東京商科大学と瀧乃川《たきのがわ》学園の校医・施設管理医となる。戦争中は脳溢血《いっけつ》による身体麻痺《まひ》の療養と疎開を兼ねて長野県諏訪《すわ》市の関貞英宅に身を寄せた。昭和二十年六月十四日、同地で死去。医業のかたわら人体や健康法に関する軽妙な読物を数多く発表し人気を得た。他にルヴェル風の残酷コントやナンセンス小説が二十数篇あり、そのいくつかは単行本『らく我記《がき》』に収められている。

# 一

米国仕込みのドクトルで、耳鼻咽喉科専門の山井頓吉《やまいとんきち》は、帰朝早々開業して、習得して来た扁桃腺《へんとうせん》の摘出手術を売物《うりもの》にしようという、営業本位の打算心から、

「ああ此《こ》の坊《ぼ》っちゃんの扁桃腺は大変に腫《は》れて居《い》ますね。このままで放って置けば年が年中、風《かぜ》を引いたり肺炎に罹《かか》ったりして居なければなりません。扁桃腺というものは呼吸器病の招待役みたいなもので、これ位《くらい》危険なものは無いのです。之《これ》は早速摘出《さっそくつまみだ》してしまって根本的に危険から遠ざからないとやがて生命の不安を伴《ともな》いますよ。悪い事は申しません、手術は一日も早い方がよろしい。御決心がつき次第早速摘出してしまいましょう。」

と出来る丈《だけ》の熱弁を揮《ふる》って、自分でも大分《だいぶ》大袈裟ないい方だと考えながらも、「之《これ》もパンの為《ため》だから仕方がない」と反対をしかかる良心？　を抑えつけて、盛《さかん》に宣伝を続けて居《い》たのであった。

そうだ、確《たしか》に開業当時には商売本位という考《かんがえ》から、心ならずも宣伝しなければならないと思って居《い》たのに違いなかったが、毎日毎日、来る患者ごとに誰彼を問わず、甲にも、乙に

も、丙《へい》にも、丁《てい》にも同じ熱弁を浴《あび》せかけて居る中《うち》に、いつの間にかそれが動かす可《べか》らざる万《ばん》世不易《せいふえき》の真理であって、之《これ》こそ人類を疾病《しっぺい》から救い出す唯一無二の最新の学説の様《よう》に思込《おもいこ》まれてしまう様になって来た。

そうなると患者に対する宣伝は愈々《いよいよ》油が乗って来て、熱弁はいつか超熱弁と変《かわ》った。だから、「でも、先生！　切るのは痛《いと》う御座《ござ》んすし、第一血の出る様《よう》な事はね――」という式《しき》に、摘出手術をいやがる人にでもぶつかろうものなら、それこそ涙を流さんばかりに躍起《やっき》となるので、今では「扁桃先生」とさえ云《い》えばすぐに、「ああの山井先生か」と云う位《くらい》、彼の扁桃腺摘出手術宣伝は四隣《しりん》に有名なものになってしまった。

二

いつとは無しに商売気《ぎ》を離れて、本心からそう信じて疑わなかった彼は、口先で患者に説《と》くばかりで無く、自分のたった一人の大事な娘の花子《はなこ》にも、その手術を施《ほどこ》して咽喉《いんこう》の両側を空虚にし、自分自身も友人に頼んですっかり扁桃腺を取出《とりだ》してしまった。

扁桃腺の方はそれで済んだが、疾病《しっぺい》に対する杞憂《きゆう》の念はそれ以来反《かえ》って猛烈になって来て、抑えようとしても中々《なかなか》抑えつけられぬばかりでなく、抑えようとすればする程《ほど》反ってそれが激しくなって来るのみであった。

彼は学生時代の病理学のノートを読んで、「人体は決して完全なものではない。否《いな》有《あ》るが為《ため》に疾病を誘発するものが少《すく》くない、盲腸炎を起《おこ》して生命を奪うに至る虫様突起《ちゅうようとつき》の如《ごと》きはその好適《こうてき》例である」と云う処《ところ》を見ると、バネ仕掛《じかけ》の人形の様《よう》に飛上《とびあが》って、早速《さっそく》友人の外科医を訪問した。花子がその外科医の手に依《よ》って、腹部を切開され、健全な虫様突起を除去して、盲腸炎発生の懸念《けねん》から遠ざかったのは、それから丁度《ちょうど》三日目の午後であった。

此《この》手術に自信づけられた頓吉は、非常な確信の下《もと》に家族の非難を退《しりぞ》けながら、それから二ケ月後に花子の胃袋を切取《きりとっ》って貰い、四ケ月後には子宮をも切取って貰った。それは非常な慈悲心の発露であって、胃があると胃潰瘍《いかいよう》や胃痛《いつう》を起《おこ》して長命《ちょうめい》出来ない事になるのは疑いもない事実であるし、又《また》一方から考えれば胃は単に食物《しょくもつ》の停留場であって、腹丈《だけ》でも十分に消化して行ける事は、学説でもわかり、又胃を切取《きりと》った後《のち》生存して居《い》る前例に徴《ちょう》してもわかるという見解に基《もとづ》いて居た。又子宮の方は之《これ》を取ってしまえば、子宮癌《がん》の出来る心配も無く、又妊娠をする事も無い、而《そ》して妊娠と分娩《ぶんべん》とは女性が死亡する原因の大半を占めて居るもので、同時に分娩しなければ容色《ようしょく》も長く衰《おとろ》えないという遠大な計画からであった。

手術後の経過が無難に済んで、元気よく遊んで居《い》る花子の姿を、嬉しそうに眺めて居た頓吉は、疾病予防の要諦《ようてい》は此《こ》の外科手術に限る、之《こ》れこそ長命の秘訣《ひけつ》であるという牢《ろう》として抜く可《べか》らざる確信を抱いたが、その確信は更《さら》に又《また》花子に開腹術を施《ほどこ》して、片側の腎臓と、副腎と片側の卵巣とを切取《きりと》らずには止《や》まなかった。之《これ》には執刀者たる外科医も躊躇《ちゅうちょ》したのであったけれども、卵巣や腎臓等《とう》が両側に一つ宛《ずつ》有るのは無用の事だ。片っ方さえあれば、それで十分だ。余計にあるのは余計に疾病を呼起《よびおこ》すのに、役立つばかりであると主張する頓吉の熱心に征服されてしまったのであった。

花子は体重は減じたが、幸《さいわい》に瘦《や》せもせず、間もなく元気を恢復《かいふく》した。

三

外科医から、此《こ》の次にはもう何と云われてもメスを手にしないと宣言されて居《い》た頓吉は、それ迄《まで》にもう考《かんがえ》が普通の医者とは非常にかけ離れてしまって居た。彼の医学は他の医師のそれと違って居たが、しかし自信は特に強烈だったので、友人から相手にならないと云われても、そんなに苦痛には思わなかった。或《あるい》は反《かえっ》てそれ以後の手術を、自分一人で断行する上に、反対者が無くなって便宜《びんぎ》だったかも知れない。

咽喉《いんこう》や鼻でやった腕の冴えを、はち切れそうな確信で裏書きしながら、頓吉は全身魔睡《ますい》で昏々《こんこん》と深く寝て居《い》る、可愛《かわい》い可愛い目に入っても痛くない位《くらい》に思われる一人娘の身体《からだ》に加えた——。

花子は先《ま》ず足の指を切られた。「小指一本！　こんなものは邪魔だ、無い方が恰好のいい靴がはける位《くらい》だ」と云って居《い》たが、それから又一本、又一本！　とうとう十本共切取《きりと》られてしまった。同じ事は手にも行われた。

それから耳朶《みみたぶ》を切取《りきと》った。こんなものはいらないと云って——。それから鼻も削《けず》った。具体的に何の役にも立たないと考えて——。

頓吉の眼《め》は凄い程《ほど》光って来た。頓吉の手先は緊張の余りピクピクと震えた。彼はそれから花子の左眼を 鮮《あざやか》 にえぐり出してしまった。眼も片っ方丈《だけ》で十分だ。生きる為《ため》には眼を二つ持つ必要は無いと信じながら——。

めっかちで耳も鼻も失ったずんべら棒になった花子は、それでも未《ま》だ、父頓吉の慈悲のメスから解放されなかった。頓吉は手足の指丈《だけ》取って一段落にしたが、思いかえすと之《これ》では未だ不十分だと思われてならなかった。彼は醒《さ》めかけて来る魔睡《ますい》を十分にする為《ため》に、更《さら》にマスクにクロロフォルムを滴下《てきか》してから、段々《だんだん》油の乗って来た得意の調子で、勢《いきおい》よく両足をズボリと股のつけ根から切断した。而《そ》して両手も亦《また》肩のつけ根から、肩胛骨《けんこうこつ》（かいがらぼね）諸共《もろとも》、体幹《たいかん》から取外《とりはず》してしまったのであった。

## 四

母親は手術室を覗いて、かわり果てた花子の姿と、算《さん》を乱して 横《よこたわ》 って居《い》る、切りはなされた手や、足や、指や、耳朶《みみたぶ》や鼻や、眼球等《とう》を一目《ひとめ》見るなり、そのまま其処《そこ》に、

「ウーン」と云って気絶してしまったが、頓吉は未《ま》だ眼をキラキラ輝かしながら、もっと何《ど》処《こ》か切取《きりと》る所は無いかという様《よう》な顔付《かおつき》で、疾病を恐怖する慈愛の心に燃えながら、メスを持つ手を震わせつつ、死んだ様に――というよりは人間か、鯨《くじら》の切肉《きりみ》か、見わけられない様な姿になって、手術台の上に転がって居《い》る一人娘の身体《からだ》を、穴のあく程《ほど》熱心に眺めて、床から生えた塑像《そぞう》の様に立って居た。

周囲の一切に無頓着《むとんちやく》に――。

花子は生きては居《い》たが、唯《ただ》ころがって居る丈《だけ》で、身動き一つ出来なかった。それは恐らくいつまでも――彼女の命のある限り続く所《ところ》の姿であったろう。

## 解説

〈探偵趣味〉昭和三年一月号（四巻一号）に発表。「扁桃《へんとう》先生」と改題のうえ『現代ユウモア全集第十一巻 らく我記《がき》』（現代ユウモア全集刊行会、昭和三年十一月二十日）に収録された。

本作は厳密な意味でのホラーではない。なぜならば読者に恐怖心をあたえることを目的としていないからだ。

では何かというとユーモア小説なのである。少なくとも作者はそのつもりだった。それは山井《やまい》頓吉《とんきち》という主人公のコミカルな名前からも伺える。『現代ユウモア全集』に収められたのもユーモア小説扱いされていたからだ。同全集は大正末から昭和初年にかけて大ブームになった円本《えんぽん》（予約金をとって購読者を募《つの》る全集企画）のひとつで、編輯《へんしゅう》にあたった鈴木省三《すずきしょうぞう》の回想では六万五千人からの申込があったという。東京ドームのキャパ（公称五万六千人）を超える日本人が本作を読んで笑ったのかと思うと、空恐ろしくなってくる。

笑えることは笑える。実際、初めて読んだ時、編者は思わず大笑いしてしまった。高田《たかた》のユーモアセンスに笑いを誘われたのではない。あまりの不謹慎さに笑うしかなかったのだ。鬼畜系ダーク・コメディとしては自殺志願者が生体解剖の被験者にされてしまうクロード・ファレールの「自殺者」と並ぶ傑作だと思う。でもユーモア小説とは思わない。

おどろくべきことに山井頓吉にはモデルとなった（であろう）人物が存在する。高橋研三《たかはしけんぞう》という名の医者だ。高橋はアメリカで医師資格を取得。帰国後、下谷《したや》区西黒門町《にしくろもんちょう》（現・台東《たいとう》区上野《うえの》一丁目）で耳鼻咽喉科専門の病院を開き、日本では前例のないトンジレクトミー（口《こう》蓋《がい》扁桃剔出《てきしゅつ》術）を行った。「大学系の学者からは、山師のようにいわれ」（江戸川乱歩《えどがわらんぽ》）たが、高橋の病院には扁桃腺炎や蓄膿《ちくのう》症に悩む患者が殺到した。

なぜここに乱歩が出てくるかというと、この探偵小説界の巨人は高橋病院で治療を受けたことがあるのだ。その経験は『探偵小説四十年』に詳述されているが、扁桃腺手術といえば子供のころ切開排膿《はいのう》をしただけの乱歩にとって、扁桃腺を丸ごと剔出する高橋の治療法は予想以上の「荒療治」で「ギョッとするような目にあった」という。

「扁桃腺の摘出手術を売物《うりもの》」にする「米国仕込みのドクトル」という山井頓吉のプロフィールは、高橋のそれとほぼ同じだ。ドクトルというのは海外の医育機関を卒業、または海外で医師資格を取得した者に与えられる称号で、法律的には医学士（国内の大学医学部または医科専門学校の卒業者）と同等の資格であるにもかかわらず、なぜか医学士より一段低く見られていた。

本作執筆の背景には、医師社会が内包するヒエラルキー構造と、トンジレクトミーに対する高田の懐疑的なスタンス（いまだ機能がよく分っていない器官を「無くても別に故障が起《おこ》らない」という理由だけで剔出することは「尚《な》ほ考慮する余地が大にある様に思はれる」といっている）とがある。

高田には他にも開《あ》かずの病室にまつわる幽霊譚《たん》「第五号室」（〈文藝春秋〉昭和五年七月増刊号）、モーリス・ルヴェルの「青蠅」にヒントを得た「血」（〈新青年〉昭和六年九月号）、同じくルヴェルの「暗中の接吻《あんちゅうのせっぷん》」をプロットはそのまま男女の性別を入れ替えた「最後の接吻」（〈新青年〉昭和十年三月号）、円《えん》タクの運転手が殺した老婆の幽霊に脅《おびや》かされる「血塗《ちまみ》れの片腕」（〈ユーモアクラブ〉昭和十四年八月号）などのジャンル作品がある。「血」以下の三篇はいずれも生々《なまなま》しいゴア描写が特徴で、解剖実習が好きだったという高田の面目躍如《めんもくやくじょ》たる作品だ。

# 屍《し》蠟《ろう》荘奇談

椎名頼己

椎名頼己（しいな　よしき）

本名・由己。千葉県印旛《いんば》郡大杜村《おおもりむら》（現・印西市《いんざい》大森《おおもり》）に生まれる。昭和三年、赤城《あかぎ》書房から作品集『屍蠟荘奇談』を刊行。日夏耿之介《ひなつこうのすけ》に「趣味は悪くなけれど筆もおもひも未《ま》だ稚《いとけな》し」と評される。昭和九年半ばまでは存命だったが、その後の消息は不明。

彼のひそかな妻の彩娥《さいが》が或《あ》る夜突然に姿を消してから、かれこれもう二週間になる。この二週間というもの、彼はほんの一刻でも自分の心が休息床《きゆうそくどこ》に落ち着いて腰をかけたのを感じたことがない。また夜は独《ひと》り寝には無闇《むやみ》とだだ広い白々《しらじら》とした寂寞《せきばく》を載せた臥台《がだい》が殆《ほと》んど彼に眠りらしい眠りを与えたのを感じたことがない。その為《た》めに彼はすっかり塩素のように顔色が蒼《あお》ざめて、恰《まる》で羽毛をひき毟《むし》られた体のように絶えず変にみじめに震える体になって了《しま》った。

が、彼は今夜、永《なが》い不眠の為《た》めに、臥台《がだい》の縁《ふち》に腰をかけて憂鬱《ゆううつ》な頭でぼんやり思い事に沈んでいると思うと、そのまま仰向《あおむ》きに倒れて眠りに落ちてしまった。と、眉のすぐ上にまで紫いろの前髪を撫《な》でさげた華奢《きやしや》な艶《つや》めかしい顔が、彼の顔の上に俯向《うつむ》いて来て、それが無邪気に彼の眼《め》を吹いたと思ったら、小さい唇《くちびる》ににっこりと女はほほ笑《え》んだ。彼女だ、ほっそりしたその体に全《まつた》く信じられない位《くらい》不思議な潑溂《はつらつ》と恍惚《こうこつ》とを持った、楽《たのし》みの多い彼女だ。

「彩娥よ!」

「彩娥よ!」

すると、突然にその時、吃驚《びつく》りして彼は眼を覚《さま》した。彼は臥台《がだい》から跳《は》ね起きた。誰かが彼の肩を摑《つか》んで揺《ゆす》ぶったのだ。目蓋《まぶた》がぱちぱちと音を立てる程瞬《ほどまたた》いて、彼は見ると変な男が一人眼の前にぬっと突立《つった》っていた。全身黒い服装をして、彼よりは顎《あご》から上だけ頭の上に突き抜けた恐ろしく背の高い見たこともない人物で、それが薄笑いを浮《うか》べたまま、凝乎《じっ》と彼を俯《ふ》瞰《かん》している。

「君、能勢《のせ》君！」

その人物は妙に慇懃《いんぎん》に言った。「君は能勢正彦《まさひこ》君に違いありませんな。眠りの中でさえ彩娥嬢をお呼びになるからは！」

彼は黙って返答を呑《の》み込んだまま、今度は睫毛《まつげ》一本動かさずに相手の顔を見上げていた。黒光る絹《きぬ》の四角な目隠しが男の一方の眼の上にかけられてあって、巌乗《がんじょう》な鼻眼鏡《はなめがね》が太い白金《はっきん》のばねで節瘤《ふしこぶ》のある猛々《たけだけ》しい鼻柱《はなばしら》をぎゅっと鷲《わし》摑みにしている。鬢髪《びんぱつ》が少しく胡麻塩《ごましお》になってはいるが、長い頭髪は膠《にかわ》で貼りつけたようにぴったりと後ろへ撫でつけられている。そういう人物が紫色の覆紗《かさ》のある仄暗《ほのぐら》い光の中で浮《うか》び上《あが》って、薄い大きな唇に薄笑いを浮べながら、凝乎《じっ》と彼を俯瞰しているのだ。

「君、能勢君、」とその人物はまた言った。「君はさぞ、彩娥嬢を御心配でしょうな。嬢はしかし少々痩《や》せられた位《くらい》のもので、別に大して変《かわ》りはありませんよ。私は君に言うが、実は彩娥嬢は私の家に居《お》られるのですよ。」

「え！　彩娥が？……彩娥があなたの家に？」

「そうですよ。私の別荘に居《お》られるのですよ。——早速《さっそく》御同乗をお願い致しましょうかな。

下には自動車を待たしてあるのですから。」

「本当に彩娥があなたの別荘に？——一体誰です、あなたは？」

が、彼は言った時、ふと自分の頭の中で或《あ》る一人物の横顔《プロフィール》に出会った。それは市内の或る大きな支那《しな》料理店の一室で黒檀《こくたん》の大卓子《おお》に両肱《ひじ》をついて、握り合《あわ》した大きな拳《こぶし》の上に顎《あご》をのっけて、ノオトルダムの悪魔のようにじっと何かを睨《にら》んでいる一つの横顔であった。あれが世界的な名声を持っている精神病理学者の森木覚人博士だ。——そう言って、その時伴《つ》れの友達が彼に教えた横顔であった。おお、そうだ、あの森木博士の顔をぐるりと真正面《まとも》に振り向けたら、疑いもなくこの眼の前にある人物の顔だ。——突嗟《とっさ》に彼はそう直覚《ちょっかく》した。片眼の黒い目隠しや巌乗《がんじょう》な鼻眼鏡は無理だが、薄くて大きい唇も、突き出た顴骨《かんこつ》も、どんな考え事も自由に散歩することの出来る広場のような額《ひたい》も、それからカラアの白さに向《むか》って敵対し得る程生白《ほどなまじろ》い顔色も、——それ等《ら》のものはどうしても彼の直覚に動かすことの出来ない確実性を与えるのであった。が、果《はた》してこれが森木博士だろうか？　森木博士がこの不思議な人物であってもいいものだろうか？　だが、またどうしてもこの人物の顔はあの森木博士以外の者に属する顔ではない。

「あなたは」と彼は叫んで言った。「あの有名な精神病理学者の森木覺人博士ではないのですか？」

「やあ、これは恐縮恐縮。如何《いか》にも私がその森木ですよ。」

不思議な人物――いや、われ等《ら》の有名な森木博士は応《こた》えてから、突然大きな笑い声を立てた。

「おお、やっぱりそうでしたか！　あなたが森木博士でしたか！」

この不思議な人物の正体が判然《はんぜん》すると同時に、狂おしい歓喜が彼の心臓の中へ駆け込んで来た。ジャズのように感情をじっとさせないこの歓喜は、危《あやう》く彼を博士の前で乱舞させるところであった。

「君、我々は嬢のために急ごうじゃありませんかな。もしかしたら嬢は今頃、君を待ちかねて、あのほっそりした体を蔓草《つるくさ》のように絢《よ》らして泣いておいでかも知れませんよ。」

「博士、後生《ごしよう》です。そんなことはどうか仰言《おつしや》らないで下さい。」

彼等《ら》は直《す》ぐに彼の部屋を出た。陰翳《いんえい》や陰鬱《いんうつ》や塵埃《じんあい》と一緒に暗い罪悪の影を持った人達が主《おも》に棲《す》んでいるそのアパアトメント・ハウスを外へ出ると、彼等はそこに往来の片脇に待っていた琺瑯《ほうろう》箱のように黒光りする豪奢《ごうしや》な自動車の中へ乗り込んだ。彼は疾走する自動車の神経の緊張を快《こころよ》く体に感じながら、並んで掛けた博士に向《むか》って、

「博士」と熱心に尋ねかけた。「彩娥はどうしてあなたの別荘にいるのです？　僕の彩娥に一体どんな事があったのです？　博士、聴《き》かして下さい。」

博士はすると葉巻を口角《こうかく》に銜《くわ》えて、悠然《ゆうぜん》と紫色の煙を車体の天井に吹き上げながら、

「いや、実はそれ等《ら》のことなら、」と彼に応えた。「私からお聴きになるよりも、直接彩娥嬢のお口からお聴きになる方が君にはずっと深い興味のある事なのですよ。だから、私はわざ

と車中何事も君にはお話《はなし》しないことにしましょう。」

博士はそう応える外《ほか》は実際何等《なんら》言葉を発しなかった、そうしてただ太い葉巻を何時《いつ》まででも銜《くわ》え続けるばかりであった。彼が何遍《なんべん》となく執拗に尋ね返したのに対しても。そういう博士の顔を見つめながら、彼はふと黒い目隠しの下にある博士の眼を想像した。彼は瞬間、頭の中に博士の盲《めし》いた眼のように暗い奇怪な部屋の幻影を描き出した……。彼は或《あ》る恐怖を感じた。が、博士は立派な医化学者として尊敬されているばかりでなく、人格の士としても亦《また》社会から厚い信用を持たれている人物だという観念がすぐに彼の頭に来て、彼の恐怖を消した。

自動車は明るい街区や薄暗い大通りを何度か入替《いれかわ》りに視野に入れた後、面《おもて》に冠《かぶ》って来る風に塵埃と馬糞《ばふん》とが朦朧《もうろう》と匂う市外地の方へいつか出た。そうして車はとある大きな坂道を駆け登った。と、その時、横の窓の向うに、月の光の下に仄白《ほのじろ》く波の照った東京湾の広い風貌が束《つか》の間《ま》現われて消えた。その坂道を登った高台の上は、静かな樹《き》の多い処《ところ》であった。陰影と月光が不思議な模様の透明なレエスを道の上に拡《ひろ》げていた。そういう高台の上の道を少時《しばら》く走ると、やがて車体の神経の緊張がすうっと緩《ゆる》んで音もなく車が止《とま》った。

「さあ、君、来ましたよ。お待遠《まちどお》でしたな。」

「おお、来ましたか!」

恰《まる》で舞踏病者のように無暗《むやみ》に護謨《ゴム》の床に足踏みをしていた彼の靴が、博士に先立って車の階段を踏んだ。すると、彼の前には怖《おそ》ろしく大きい青銅板の門扉《もんぴ》が牢獄のそれのように高く陰鬱に聳《そび》えていた。博士は急に頭を高く反《そ》り返らせて、脚《あし》もとには灰白い軽塵《けいじん》を捲《ま》き立てながら先に立ってつかつかと行くと、その門扉の一角《いっかく》に穿《うが》たれてある一風変《かわ》った潜《くぐ》りを押し開けた。そうして稍《や》や峻厳《しゅんげん》な身振りで、博士は彼を招き入れた。彼が這入《はい》ると、彼の後ろに重い陰気な軋《きし》みを立てて、潜りは再び博士の手で岩畳《がんじょう》な貫抜《かんぬき》を銜《くわ》えた。この一廓《いっかく》――攀《よ》じ登ることが不可能な程《ほど》高く石を繞《めぐ》らしたこの一廓の中は、直《す》ぐ門の所から並木道になっていた。その広い長い真直《まっす》ぐな道の両脇に立ち並んだ大きなヒマラヤシイダは優雅な人工の風景をすでに乱して、枝という枝が皆《み》んな野蛮《やばん》に荒れ立っていた。この並木道の先は急に景色が変《かわ》って、広い庭園が彼の前に展《ひら》けた。すると庭園の奥の所に、覆面をしたように黒い面貌《めんぼう》をした大きな洋館が位置を占めていた。庭園の中には乱れた薔薇《ばら》の中にやっと半身を現わした青銅と大理石の大きな噴水があって、しかもそれは瀕死の状態に落ち入《い》っていて、か細い線状の水が覚束《おぼつか》なさそうに蒼白《あおじろ》い月の光の中にかかっていた。そうして静かな微風にその線状の水がいくらか乱飛《らんび》する時、水滴は月夜のこまかな昆虫のように、虫穴《むしあな》のある萎《しお》れた薔薇の花をそっと驚《おどろ》かす。

と、突然に前方の黒い建物の中から、二三の真黒《まぐろ》い咽喉《のど》から出るらしい奇妙な蛮音《ばんおん》が、一《ひ》と塊《かたま》りになって響いて来た。蛮音はよく聴くと、奇妙な高笑いであった。その高笑いの蔭《かげ》にかすかに掻《か》き鳴らされる一張《いっちょう》の胡弓《こきゅう》を彼は聴いた。そうしてその胡弓の音《ね》いろに彼は忽《たちま》ち聴いたのだ、曽《かつ》て彼の耳辺《じへん》を優しく嬲《なぶ》ったことのある一つの珍《めず》らしい南方支那《しな》の唄《うた》と全く同じ唄の一と節を。突嗟に彼は自分の心に向って叫びかけた。「おお、あれは？　あの楽器をあすこに掻き鳴らしているものは？」

「あれは彩娥だ！　恋しい恋しいお前の彩娥だ！」彼は自分の心が直《す》ぐさま自分にそう答えたのを聴いた。いきなり博士を出し抜いて、彼は一目散《いちもくさん》に駆け出した。何処《どこ》にも明《あか》りらしいものが無く、その為《た》めに建物は覆面をしたように黒く見えたのだが、玄関にだけは薄暗い灯《ほ》影《かげ》があった。膨《ふく》らました鼻の穴と開いた口で猟犬のようにはっはっと息をはずませながら、彼がその灯影の中に突立《つった》った時に、不意に奇怪な笑いが彼の頭の上で響いた。先刻《さっき》建物の中から聞《きこ》えたのは奇妙な蛮音に似た高笑いであったが、しかし今度のは——もしそれに貌《かたち》を与えるならば、それは先《ま》ず何よりも森木博士の怪異な長軀痩貌《ちょうくそうぼう》でなければならないと感じさせるであろう。彼は見ると、森木博士が彼の踵《かかと》の直《す》ぐ後ろにくっついて突立《つった》っていて、彼を見降ろしながら発笑《はっしょう》していた。が、博士は笑いをやめると玄関の扉へ手をかける前に、ひょいと挙《あ》げた黒いステッキの先で扉の上の方を指しながら言った。

「君、君、こいつですよ、今笑った奴《やつ》は。」

「え、何ですって？」

見ると古風な玄関の黝《くろず》んだ額《がく》の真中《まんなか》の所に突き出て、一つの大きな青銅の首が彼を見降ろしていた。それは両眼《りょうめ》が空洞《うつろ》で、深く窪《くぼ》んだ眼窩《がんか》の中に塵埃《じんあい》を薄白く溜《た》めて、歪《ゆが》んだ大口《おおぐち》を開いてからからと無言で嘲笑《あざわら》っていた。大きくて長くておまけに横の方へひん曲《まが》った歯が嘲笑いの中に二三本疎《まばら》に突立《つった》っている。――この博士よっぽど変《かわ》り者だと見える、と瞬間彼は思ったが、彼の考えはまた忽《たちま》ち彩娥の方へ翔《か》け去った。おお、彩娥はあの胡弓《こきゅう》の咽《むせ》び泣くところにいるのだ！

「彩娥よ！」

「彩娥よ！」

玄関を這入《はい》ると、博士は自動車を下りた時したように妙に頭を高く聳《そびや》かして、颯々《さつさつ》とした歩きぶりで先に立って、後《あと》に従って直《す》ぐそこの広い室に這入って来た彼に、

「まあ、お掛けなさい。」

と、一つの蒼然《そうぜん》と色褪《あ》せた大椅子を示して置いたまま、博士はすぐに室《へや》から姿を消した、金色の顔に真赤《まつか》な唇をした顎の尖《とが》った仮面だの、白い顔料《がんりよう》の剥《は》げた頬《ほほ》に長い揉《も》み上げの貼りついた鼻の尖った仮面など、さまざまの古い爪哇《ジャワ》のものらしい仮面が壁に無数に懸《かか》っているその応接室に彼を残して。胡弓《こきゆう》が不意にぱったりやんだ。早くも彼は聞き馴《な》れた彼女の懐《なつ》かしい跫音《あしおと》が来るかと聴き入った。と、跫音もなく来て、博士が直《じ》きに再び彼の前に現われた。彩娥は？　おお、彩娥は来ないのだ。博士はどうして彩娥を一《いつ》しょに連れては来ないのだろう。どうして？　どうして？……怨恨《えんこん》を籠《こ》めた眼を上げて、彼は博士をじっと睨むように見た。

「いや、どうも失礼。」博士は彼のそう云《い》う眼に妙な薄笑いを向けながら、「彩娥嬢はあぶなく胡弓《こきゆう》を踏み潰《つぶ》すところでしたよ、手からぱったりと落《おと》した胡弓をね。嬢は言われるのです

よ、今すっかりとり乱しているから、大急ぎで身だしなみをすます間《あいだ》ちょっと待ってもらって頂戴って。私はその間に或《あ》る部屋を君にお目にかけて置きましょう。」

博士は言ってから、今度もまた頭をぐっと高く反《そ》り返らせて、力強い確《し》っかとした大股で先に立って、彼がこういう態度をする時に不思議に彼の周囲に拡《ひろ》がる反逆者のような颯爽《さっそう》とした冷気を辺《あた》りに撒《ま》き散らしながら、部屋の入口入口で電灯のスイッチを捻《ひね》りながら、奥へ向《むか》って無数の部屋部屋を通って彼を導いて行った。どの部屋も皆《み》んな光が厚い覆紗《かさ》のあるために暗く、家具という家具は長椅子も寝椅子も安楽椅子も卓子《ら》も、或《ある》いは飾《かざり》戸棚や煖炉《だんろ》棚などというものも皆んな古風で大作りで古ぼけていて、それ等のものは壁に掛けてある色あせた織物《おりもの》や床に敷いてある剝《は》げた絨氈《じゅうたん》と一緒に、室内に漂《ただよ》った動かし難《がた》い陰鬱の気《き》を深く浸《し》み込ましていた。が、博士が何度目かにスイッチを廻《まわ》した時、今までにない劇《はげ》しい光線が彼を焼いた。同時にその光線は妙に伽藍洞《がらんどう》な大部屋を彼の前に廓然《かくぜん》と浮《うか》び出さした。が、その部屋の中を一《ひ》とわたり眺め廻すほどの暇《ひま》も与えられず、彼はまた次の部屋の方へずんずん博士に導かれて行った。次の部屋に通ずる所には、大きな絨氈の黒幕《くろまく》が一双《いっそう》高い天井から重く垂《た》れ下《さが》っていて、二つの奇怪な猩々緋《しょうじょうひ》の紋章が織《お》り出されてあった。いや、しかし奇怪な紋章と見えたものは、実は彼がさっき玄関で見たと同じ首——眼のない、黒い空洞な眼窩《がんか》をした首が、歪んだ大口《おおぐち》を開いて、皮肉に悪魔のように嘲笑っている猩々緋の絵模様であった。その黒幕は博士を呑《の》み込んで、稍《や》や膨れるように揺れ動いた。が、黒幕の合《あわ》せ目から彼が次の部屋の中を一目《ひとめ》覗いた時、彼は全く、幻怪《げんかい》きわまる驚きに打たれた。

黒幕の中の奥深い大広間には黒い絨氈《じゅうたん》の上に、不思議な死骸が市《いち》をなしていたのだ。その数十に余る死骸は男も女も皆《み》んな衣服を剝がれて、各自《てんで》に趣《おもむ》きを異《こと》にした異様な姿態《すがたかたち》をして其処《そこ》に乱暴に曝《さら》されている。傴僂《せむし》のような恰好に変に歪んだ背中をして前に突《つ》んのめっているもの、顎の先端で天井を指して、炙《あぶ》られたように全身をのけ反《ぞ》らして仰臥《ぎょうが》しているもの、首が捩《ねじ》れて、体が枯《か》れた藤蔓《ふじづる》のように細っこくいじけて横わっているもの、男と女と、或《あ》いは女と女とが奇怪な態《かたち》に重《かさな》り合ったまま、首や乳房を切断されているもの——。が、そういう彼等は死骸と云っても生《なま》の死骸ではなく、いずれも皆《み》んな無気味な黄褐色《おうかっしょく》を呈して硬く蠟化したようになって見えるのであった。この大広間の中央では高く立った青銅の柱の先端でアアク灯《とう》が白い光を打ちおろしている。そうしてその激しく降り灑《そそ》ぐ光線を不思議な霊怪《れいかい》な沈黙の中で、彼等死骸だちの体が反射している。

「君、能勢君、」と博士は言った。両手にぎゅっと黒幕を摑んだまま、僅《わず》かに頭だけをその間《あいだ》から突き出している彼にぐるりと顔を振り向けて。「どうしましたな。ここは屍蠟《しろう》達の部屋ですよ。御遠慮なく這入《はい》ってお出《い》でなさい。何処《どこ》へ行ったって、こんなさまざまな風雅《ふうが》な屍蠟を鑑賞することは先《ま》ず先ず出来ませんな。だが、君はこんな奴を何処かで御覧になったことがありますかな？」

「博士、これはやっぱり屍蠟ですか！　おお、そうですか。そんなら僕は曽《かつ》て一度中学時代に医科大学の標本室へ見学に行って見たことがあります。ちょん髷《まげ》を禿《は》げた頭にのっけた途《と》徹《てつ》もなく大きい大名《だいみよう》か何かの親爺《おやじ》さんが、飾窓《かざりまど》のような厚い硝子《ガラス》張りの箱の中にやっぱり裸で坐《すわ》っていたのを覚えています。」

「そうそう。それから大学で研究的に造《つく》った人造屍蠟も御覧でしたろう。此処《ここ》にあるのも皆《み》んな私がした実験の犠牲ですよ。――そう、まあ、実験の犠牲と云うことにして置きましょう。所《ところ》で、どうですな、こんなのは？」

博士は部屋の一隅から、先が四叉《よつまた》になった古風な青銅の大燭台《しよくだい》を蹌《よろ》げながら担《かつ》いで来ると、それをどしりと彼の前に立てた。それには大蠟燭《ろうそく》の代《かわ》りに、四つの首が獄門《ごくもん》のように突き翳《かざ》してあった。二つは若い男の首、二つは若い女の首。それ等《ら》の首も無論《むろん》屍蠟に違いないのだが、どれも皆《み》んな儀式のように典麗《てんれい》な顔立《かおだち》をしていて、またどれも皆んな妖《あや》しい化粧を施《ほどこ》されていた。女の首は二つとも閉じた眼のまわりを青く隈取《くまど》られて、長い睫毛《まつげ》はきらきら耀《かがや》く金の粉で染められている。そればかりか妙に生々《なまなま》しい房々《ふさふさ》した断髪《だんぱつ》も額の生え際《ぎわ》からうしろへかけて幾筋かの太い金いろの線を抹《こす》りつけられていた。そうして男の首は二つとも顔を真《まっ》蒼《さお》に塗られて、唇には薄い臙脂《えんじ》が差《さ》されている。博士は自分の頭よりも高く両腕を伸ばすと、それ等《ら》の首の中のひとつの断髪のを二つの掌《てのひら》の中に包むようにして撫でまわした。撫で廻《まわ》しながら、博士は鼻眼鏡の奥に一つしかない眼を惜しげもなく細くして、その断髪の首がもう一つの断髪のと違って妖しい微笑を口もとに浮かべているのを、博士は見恍《ほ》れた。が、挙《あ》げていた頭を両腕と一緒に下ろすと今度は彼をじっと見降ろして、薄い大きな唇に無気味な薄笑いを一《いっ》ぱいに拡げて、博士は言った。

「どうですな、能勢君、こんなのは。見事な仮面を見るようなこの屍蠟の首は。何か妖しい蠱惑《こわく》をこの首どもに感じませんかな。」

「は、僕にはどうも……少し蠱惑すぎますね。」彼は顔半分を顰《しか》めて変な笑い顔をした。「だが、博士、仮面と言えばこの首は、応接室に沢山《たくさん》ある仮面と何だか妙に似ていますね。」

すると、博士はいきなり大きく顎を開いて奇怪な笑い声を響かした。それはさっき玄関先で博士が発したのと同じ笑い——博士自身の怪異な長軀瘦貌《ちょうくそうぼう》を直《ただ》ちに聴く者の心に映し出す笑いであった。

「いや、君、あれも皆《み》んな屍蠟ですよ。屍蠟の首を、仮面風に細工して見たものですよ。」

「え、何ですって、あれも屍蠟ですって！……だが、博士、どうしてあなたは彼所《あそこ》にあるのだの、此所《ここ》にあるのだの、こんな驚く程《ほど》の沢山《たくさん》の死体を手に入れることが出来たのです。不思議千万《せんばん》じゃありませんか。」

「不思議千万ですかな。だが、そういう君の好奇心はあとで充分に御満足を得るでしょう。御満足を得るように私があとで悠《ゆ》っくりとお聴かせしますよ、あとで——。ところで、彩娥嬢がもう来られてもいい頃ですな。そちらの部屋で待つことにしましょうかな。」

その部屋——絨氈《じゅうたん》の黒幕《くろまく》で屍蠟の室と境《さかい》された妙に伽藍洞《がらんどう》なその大部屋は重い寂寞《せきばく》をずっ

しりと積《つも》らせていた。高い所にある窓は厚い硝子《ガラス》の二重窓で、更《さら》にその窓を外側で腕のような黒い鉄棒が警戒している。ただリノリウムを敷きつめた広い床の中央に撞球台《どうきゅう》のような形をした重々しい巌乗《がんじょう》な樫《かし》の卓子と、骨格の太い簡単な椅子が数脚あった。そうしてその傍《そば》には此処《ここ》にも公園か街の広場に見るような青銅の灯柱《とうちゅう》が高く立っていて、白い劇《はげ》しい光線で部屋中を氾濫《はんらん》させながらアアク灯が音もなく燃えている。しかしその光線もその部屋の寂寞を焼き払うことは出来なかった。寧《むし》ろアアク灯の光は一層《いっそう》そこの寂寞を強めているのであった。

こういう妙な部屋の中を見廻《まわ》してから、彼がひょいと向《む》こうを見た時に、恰度《ちょうど》その時に、彩娥が、彩娥が……派手な支那服をほっそりと着て、優しい艶《つや》めかしい姿をして、彩娥が向うの這入《はい》り口のところに現われたではないか。彼女は彼の方へ顔を向けたと思うと其所《そこ》へ立ち止《ど》まってしまった。

「彩娥！」

彼は叫びながら、いきなり狂おしい身振りで彼女の方へ躍り出して行った。

「彩娥！」

「あなた！」

二つの体は這入《はい》り口に近い所で両方から食い入るように抱き合った。

「あなた、あなた、お懐《なつ》かしい！」

身を震わせながら爪先立ちをして、彩娥は彼の口もとへ彼女の唇をとどかした。激しい情熱の為《た》めに二人の体はよろめいた。と、その拍子《ひょうし》に彼の靴の裏がリノリウムの床に滑って、彼は彼女を両腕に抱いたまま尻もちをついた。少時《しばら》くの間《あいだ》二人はなお床の上で抱き合っていた、倒れたままの乱れた姿で、声もなく、ただ激しく喘《あえ》いで。

「能勢君、彩娥嬢、こっちへ来てお掛けになってはどうです。」

灯柱《とうちゅう》の脇に突立《つった》って、稍《や》や峻厳《しゅんげん》な表情をして、博士が彼等に向《むか》って大声を出した。二人は漸《よ》うやく立ち上《あが》ると、彩娥の体を彼が腕の中へ抱え込むようにして歩き出した。が、彼は椅子に掛けようとした時に、もう一度彩娥を胸に強く抱きしめた。彼等は再びよろめいて、二人の体は一《いっ》しょに椅子の端《はし》へ倒れ落ちた。そこにまた二つの体は波動して、二人は抱き合ったまま液体化して床の上に流れ落ちた。すると彼は彼女を膝《ひざ》へのっけて、彼女の頸《くび》と腰へ腕をまわして、かぼそい彼女の体を横抱きにした。二人の意識の中から、もう一度、博士の存在が消えて了《しま》っていた。博士はなおアアク灯の柱の脇に突立《つった》っていて、今度はしかし峻厳な表情の代《かわ》りに、例の薄い大きな唇ににんやりした笑いを浮《うか》べて、その無気味な薄笑いでじっと彼等を眺めながら、いやに顎の先を撫で廻《まわ》していた。

彼は全く夢見るようにじっと膝の彩娥を見入った。肌理《きめ》の細かい琥珀《こはく》色の顔の中に切れ長い彩娥の眼は鬢髪《びんぱつ》の方へ細くすっとひかれている。その目蓋《まぶた》の中に黒い液体のような彼女の瞳は彼の顔を映して最も美しいものに見えた。また彩娥の額には綺麗に撫でさげた前髪の裾《すそ》が紫いろの線を長い眉のすぐ上にくっきりとひいていた。彼は片手でその前髪を搔き上げた。すると、彼女の額の生え際に新月の形をした刺青《いれずみ》よりも鮮麗《せんれい》な青痣《あおあざ》が現われた。（青痣の他の部分は髪の中に隠れている。）惚《ほ》れこんだ眼には痘痕《あばた》も笑靨《えくぼ》に見えるというように、彼には実際鮮麗に、いや、それどころか不思議な魅惑そのものにさえ眺められるのであった。それが、彼女の青痣が。彼は愈《いよ》いよ夢見るような眼つきをして、その青痣にじっと見恍《ほ》れた。それからまた瞳を移して彼は再び彼女の黒瞳《くろめ》に見入った。

「彩娥、」と彼はやがて優しく彼女に言い聴かした。「お前のこの黒瞳とお前のこの青痣とを見ない日日《にちにち》は、僕の為《た》めにはただただ歎《なげ》きの日日だった。彩娥、僕は今お前のここにあるのをも（と言いながら彼は、彩娥の優しい胸のふくらみの上を撫でた。）どんなに見たく思うだろう。そうして彩娥、僕はお前の黒瞳《くろめ》を思い出す時に、当《あて》もなく街の中を乗り廻《まわ》す自動車の中ででも、独り寝には空《むな》しくただ広い白々《しらじら》とした臥台《がだい》の上ででも、いつかひとつのリイドを唇にのぼせていたのだよ。彩娥、お前も知っているだろう、あれを、あの白秋《はくしゅう》の断章《うた》を。」

彼は彼女を膝の上で横抱きにしたまま、揺籃《ゆりかご》のように軽く体を揺《ゆさ》ぶって突然小声にうたい出した。友達の音楽家である鈴木《すずき》賢之進《けんのしん》によってあわれに節《ふし》づけられた「わすれなぐさ」の中の一断章を。――

いかにせむ……
やはらかに

眼も燃えて、
ああ君は
唇をさしあてたまふ。

いかにもその抑揚はあわれに思い迫っていて、それが情熱にうち震う彼の唇の上では一層《いっそう》思い迫ったひびきを持った。一度うたってから彼は言った。

「彩娥、恰《まる》で二人の懐かしい恋の誕生日の思い出そっくりそのままではないか、ねえ、これは、このリイドはさ。」

彼は言ってから、もう一度それを静かに唇にのぼせた。彩娥は急に心持ちがこみ上げて来て咽《むせ》び泣いた、彼の胸に顔を埋《うず》めて、桃色のすじの美しく透《す》いて見える耳にさげた青い土耳古玉《トルコだま》を震わして。彼女の咽び音《ね》はその土耳古玉のように震えながら次第に抑え切れずに高まった。彼は久し振りでそういう彼女の泣き声に聴き恍《ほ》れた。聴き恍れながら、彼は言った。

「彩娥、僕の彩娥！　お前ほど僕の心の上に不思議な魅力をふるう女を僕はお前の外《ほか》は誰も知らない。また永久に誰をも知らないだろう。彩娥、僕がお前の張《ちょう》をあしたのも、それは皆《み》んなお前の不思議な魅力が――いやいや、お前の不思議な怖《おそ》ろしい魔力が……」

「あなた、あなた！　張のことは言ってはいや！」

突然恍惚《こうこつ》の涙から呼び覚《さま》されたように彼の胸から顔を突き放すと、彩娥は彼を遮《さえぎ》った。

おお、張！……こんな場合にうっかりと自分の唇を洩れて出たその言葉で、不意に彼自身興《きょう》ざめた。と同時に彼も忽《たちま》ち現実に心を引き戻された。博士は？　彼と彼女の眼は期せずして鋭くあたりへ飛翔した。博士はしかし何時《いつ》か二人に遠慮したものと見えて、その部屋の中にはいないのを彼等は発見した。

「彩娥、」と彼は訊ねた。「ここはお前のいまの家か。一体、お前はどうしてここへ来ているの？　え？　一体何時《いつ》から？　何の訳《わけ》で？……何の訳で僕から姿を消して、お前はここへ来ているの？」

「あなたは何故《なぜ》あの晩、あたしと一《いっ》しょに行っては下さらなかったの。」彩娥はまだ大粒の涙がはみ出している眼で彼を見上げて、怨《うら》めしさをその眼の中に一《いっ》ぱいに籠《こ》めて、そうしてじっと彼を見守って言った。「帝劇へ来た梅蘭芳の芝居へ一《いっ》しょに行って下さいって、あたしあの晩泣いてまであなたにお願いしましたわね。あなたは覚えていらしって？」

「彩娥は僕がそれを覚えてなんかいないと思っているの。だが、あの晩どうしても僕が行けなかった理由はお前もよく知っていた筈《はず》じゃないか。だからこそ諦《あきら》めて、お前は一人で出掛けたのじゃなかったか。」

「だって、だって、あの晩あなたさえ一緒にいらしって、あたしのそばについていて下さったら屹度《きっと》大丈夫だったのですわ。ねえ、そう覚えていらっしゃい。——あたし劇場を出てから一人でタクシイが来るのを待っていたの。するとその時に向《むこ》うから影が塊《かた》まったようになって歩いて来ると思ったら、それは二人連《づれ》の支那服を着た支那人だったの。その二人の男達はあたしを見ると、あたしが相手の人相を認めて吃驚《びっく》りするよりも早く、不意に乱暴に私に向《むか》って怒鳴り出したのです。山賊の吠えるような声を振り立ててあたしを脅《おど》し出したのです。まあ、何と云う悪運だったのでしょう。それはもと張の……」

「張と云うのは止《よ》してくれ。お前も今いやと言ったばかりじゃないか。おお、だが……」

「そうです、だが、今は厭《い》やでも張のことを言わなければ話を進められなくなりました。——ねえ、それはもと張の手下の男達だったの。」

「おお、何だって！　張の手下だって！——そうか、お前は張の手下共《ども》に出会ったのか！　僕が張をああしたのはもう数年も前の話だ。だからお前が突然に姿を消した時にも、それがそんな事に格別関係があろうとは僕は考えなかった。いや、全然考えないと云う事はまさか無かったが、——そうか、お前は偶然張の手下の奴等《やつら》に出会ったのか！　彩娥、それからどうしたんだ。それからお前はどんな事になったんだ？」

「それからこうなの——」と彩娥の唇は、或《あ》る探偵映画の中からでも持って来たようなその夜の怖《おそ》ろしい出来事を彼に話し続けた。

「——お前は張を何処《どこ》へやった。張を返せ。お前は張を瞞《だま》して、張の生命《いのち》をこっそり盗んだな。さあ、来い。今度はおれ達がお前の生命を盗み奪《と》ってやる番だ！」——山賊の吼《ほ》え喚《わめ》くような大声で叫びながら、二人は乱暴にあたしを何処《どこ》かへ曳《ひ》き摺《ず》って行こうとするのです。

あたしは抵抗らしい抵抗は出来ないまでも必死にか弱い体を硬張《こわば》らして、喉の破れる程《ほど》あたりに向《むか》って救いを叫んだのです。と、恰度《ちょうど》この時に、突然後ろから光が眩《まぶ》しく拡《ひろ》がって来たの。それが自動車の探照灯《たんしょうとう》であることを突嗟《とっさ》に知ると、あたしは一人の女が怖《おそ》ろしい目に会っていることを先《ま》ず動作で気づかせるために出来るだけ体をも掻《が》いたのです。も掻きながら、「助けて下さい！　人淩《ひとさら》いです！　人殺しです！」って一生懸命に泣き叫んだのです。すると、その後ろから来た一台の立派な自動車があたしたちの脇で音もなく止まったの。そうして一人の紳士が黒光りする箱の中から現われて、あたしたちの前へ立ったのです。燕尾服《えんびふく》に絹帽《きぬぼう》を被《かぶ》って、高い鼻柱《はなばしら》には厳《いか》めしい鼻眼鏡を光らした、背のずば抜けて高い紳士なの。見識《し》らぬ紳士はいきなり言ったのです。「おお、あなたはこんな所に居《お》ったのか。これは一体《いったい》どうしたと云うのだ。こんな事でもありはしないかと思って私は心配して来たのだ。……放せ！　お前達！」――あたしと張の手下共《ども》とに向《むか》ってきっぱりとこう言い放った時の紳士の態度は全く舞台慣れがしたもののように鮮《あざや》かでした。しかも二人の男に向って言った時の紳士の語勢《ごせい》には、全く人を圧《お》しつける不思議な底力が籠《こも》っていたのです。そのために呆気《あっけ》にとられて、仮面のような無表情な顔で突立《つった》った張の手下共から、紳士は機敏にあたしを腕の中へ奪いとったのです。奪いとるなり、紳士はあたしを押し込むようにして車の中へ乗り込ませたの。そうして紳士が倚褥《クッション》に掛けるか掛けないうちに、自動車はもう走り出していたのです、まだぼんやりと突立っている二人の男の馬鹿げた顔へ嘲《あざけ》るように塵埃《じんあい》をふりかけて。――この突然な不思議な礼装の紳士は言うまでもなく森木博士ですわ。博士は車室の中で、それゃ極《きわ》めて慇懃《いんぎん》だったの。そうして絶えず優しい微笑であたしを親切にいたわってくれたの。だのにあたしは妙な怖ろしい予感に襲われて仕方がなかったのです。あたしは深い溜息《ためいき》と一《いっ》しょに、あたしをそのまま家へ返してくれるようにと熱心に頼んでみたのです。博士はしかし飽《あ》くまでも優しい微笑と親切な態度との饗応《きょうおう》で何かと紛《まぎ》らしながら、とうとうあたしを無理にこの別荘へ連れ込んでしまったのです……」

「それからどうしたのだ。え？　それからどうしたのだ、お前と博士とは？」

「……………」

問いに対して彩娥は無言で、急に萎《しお》れた剪花《きりばな》のように細い頸《くび》を垂れてしまった。

「彩娥、お前は何故《なぜ》黙り込んだのだ？　お前と博士とはそれからどうしたのかと僕は聞いているのだ。僕にはもう博士は巧《たくみ》な仮面を被って、人格者の変装をしている人物としきゃ思えない……彩娥、何故お前は言わないのだ。お前の唇から話の先を引き出す権利が僕に無いというのか？　彩娥？」

「ああ、あたし口惜《くや》しい！　博士は紳士などじゃないの。博士は人でなし！　博士は悪魔！博士は満身にみだらな牡山羊《おすやぎ》の血を持った悪魔なの！」

彩娥は叫ぶなり、急に恐ろしい夢魔《むま》にでも襲われたように身を震わして彼にしがみついて、ヒステリカルな癇高《かんだか》い声で泣きじゃくった。

「悪魔か！　汚《けが》らわしい牡山羊の血を持った悪魔か！　そんなら博士はやっぱり怖《おそ》ろしい憎《にく》憎《にく》しい偽善者だったのか！　そうか、そんなら博士はお前をこの家の中に閉じこめて置いて、博士はお前の媚態《びたい》をお前から徴発したのか！　お前の額にある鮮麗《せんれい》な魅惑の青痣に博士の唇も触れたのか！　お前の左の乳房の膨らみの上一《いっ》ぱいにひらいた大輪《だいりん》のような蠱惑《こわく》の青痣を も博士は知ったのか！」

彼がこう叫んだ時、彼は一層《いっそう》激しく泣きじゃくる彩娥を膝から投げ出して、その体は床の上に硬く突立《つった》ち上《あが》っていた。

「俄《にわ》かにおれの胸は火の池になった！　嫉妬と瞋恚《しんい》に沸騰《ふっとう》する怖《おそ》ろしい地獄の火の池になった！　博士、悪魔博士は何処《どこ》へ行った！」

「え、私は此処《ここ》にいましたよ。」

博士は言いながら、絨氈《じゅうたん》の黒幕を両手に開いて、屍蠟の部屋から静かに出て来た。彼独特のにやりとした薄気味悪い微笑を大きく延ばした唇の上一杯《いっぱい》に拡《ひろ》げて、その唇は殆《ほと》んど耳を衝《つ》いて見えた。同時に鼻眼鏡の奥の一つの窪《くぼ》みの中からは恐ろしく霊活《れいかつ》な太い視線が彼に向《むか》って射出《いだ》された。

「博士、あなたは彩娥を……彩娥を……」

博士が出て来たのを見ると彼はいきなり弾劾《だんがい》の声を唇頭《しんとう》に発した。が、極度の憤懣《ふんまん》の為《た》めに彼はカラアを掻き毟り、喉に穴を開けたい程息詰《ほどいきづま》って、あとの言葉を続けて発することが出来なかった。その代《かわ》り、近づいて来る博士の顔を凝乎《じっ》と真正面から睨みつけている彼の視線は決闘しつつある剣の切先《きっさき》のように鋭く、彼の握り緊《し》めた手はその蒼《あお》ざめた顳顬《こめかみ》と一緒に静脈瘤《りゅう》をさえ膨れ立たして、燃え上《あが》る闘争欲にわくわくと戦慄した。

黙って一歩一歩彼のそばへ近づいて来るに従って、博士の一つの眼は愈《いよ》いよ霊活《れいかつ》な視線を発してその眼鏡を焼いた。同時に博士の微笑は愈いよ無気味なものになった。何か魍魎《もうりょう》が彼の中に棲《す》み込んでいて、その魍魎の影が博士の大きく延び拡《ひろ》がった唇の上へ音もなく這《は》い出したもののように見えた。博士は彼の一歩前の処《ところ》へ来て悠然と突立《つった》つと、両腕を後ろへ組んで、そういう顔で凝乎《じっ》と彼を俯瞰した。俯瞰しながら、

「君、能勢君」と博士は言った。「君は素晴らしく興奮して居《お》られますな。だが、もっと君に対する興奮剤が――いやいや、もしかしたら鎮静香剤《こうざい》かも知れませんがな、兎《と》も角《かく》もそういう異常な一件があるのですよ。ほら、今から数年前の冬の或《あ》る夜、場所は横浜の……と言ったら、犯罪と淫欲《いんよく》で詰《つま》った汚《きたな》らしい支那人街に降っていたあの夜の陰気な雨の音が君に聞《きこ》えて来はしませんかな。ところで、その夜、そういう支那人街の、薄暗い影が隅に塊《かた》まった妙に腥《なまぐさ》いある家の一室で、君のその眼は、一体《いったい》何を映しましたかな。いや、私が君に代《かわ》って御説明申そう。先《ま》ず君のその眼は、その部屋の中に彩娥嬢の第一の夫の姿を映しましたな。正体もなく酔っぱらって、恰《まる》で君がこっそり彩娥嬢の手から受け取った麻縄《あさなわ》のようにふらふらした体つきの彼ですな。それから、やがて、その男の毛深い後頭《こうとう》が薄気味悪い音を立てて

床を打った時に、続いてその上へ圧《の》しかかった君のその眼は、その男の眼が真赤《まつか》な斑点だらけになって飛び出したのを、その断末魔の眼瞼《まぶた》がぱたぱたと蛾が飛び立つように動いたのを、そうして最後に……おやおや、これは可笑《おか》しい。君はどうかしましたかな。まさかその時に君の経験したあの恐ろしい感覚の亡霊が——蛇のように腕から這い上《あが》って、体中を冷たくずるずるとのたくったあの怖《おそ》ろしい感覚の亡霊が、今君にとり憑《つ》いて来たのじゃありますまいな。何しろここに鏡のないのが残念ですな。君のその顔付《かおつき》、その姿勢、その戦慄、——君の面上《めんじよう》に沖《ちゆう》していた嫉妬と君の腕にまで漲《みなぎ》っていた憤《ふん》怒《ぬ》とに代《かわ》って、俄《にわ》かに君の全身全貌《ぜんぼう》を捉《とら》えたその恐怖は！　君はまあそんなに震えて、君の体は今にも骸骨《がいこつ》踊りのようにカッタ、カッタ、音を立てそうですな！　は、は、は、は、は、は……」

博士は例の彼独特の奇怪な高笑いを発しながら、その片手では鼻眼鏡をとり外《はず》した。そうしてチョッキの衣嚢《かくし》から一見《いつけん》魔術の小道具のような形に見える奇妙な単眼鏡を取り出すと思うと素早くそれを掛け換《か》えた。すると、アアク灯《とう》の打ちおろす劇《はげ》しい光線を特種な風《ふう》に屈折させて、その単眼鏡は異様に鋭い反射を送り出したのだ。そうしてその反射と反射の中に籠《こも》った博士のぎらぎらした視線は、恐怖しながらも眼をなお博士の顔から撤退することが出来ないでいるその凍《こお》りついたような彼の眼を射徹《いとお》した。その時、博士の顔はどうしたのか全く唇に色がなくなって了《しま》った程《ほど》蒼白になって、青い護謨管《ゴムかん》のように静脈の浮き出した顳顬《こめかみ》や額からは皮膚の下から大粒に押し出しては脂汗《あぶらあせ》が音もなく静かにたらたらと流れ始めた。

或《あ》る霊怪《れいかい》な恐ろしい力が博士から彼に向《むか》って発動し出した。彼は声を出すことも、身動《みうご》くことも出来なくなった。彼の全身が全く打ち込まれた棒杙《ぼうぐい》のようになっている間《あいだ》に、忽《たちま》ち彼の視覚は異様に攪乱《かくらん》された。忽《たちま》ち彼の眼暈《めまい》は彼の頭を――唯《ただ》さえ自分の理性に対する主権を殆《ほと》んど全く粉砕されてしまった彼の頭を狂気にした。そうして反射の中の博士の眼から、或る怖《おそ》ろしい形のない影が、或る怖ろしい形のない夢魔が、頭の中へ這入《はい》って来るのを彼は感じた。おお、この影！　この夢魔！

博士はこの時静かに後ずさりしながら、しかも眼は飽《あ》くまでも彼の眼をじっと凝視したまま、長い腕を真直《まっす》ぐに延ばすと、神経質的な長い指で部屋の一方をしっかと指し示した。開いたまま目蓋《まぶた》の動かなくなった彼の眼は、博士の指し示した方向へ蹤《つ》いて動いた。すると其《そ》処《こ》に部屋の一方の壁から、一つのぼんやりとした黒い影が音もなく壁際《かべぎわ》の空気の中へ抜け出して来た。その影はどうやら苦しい断末魔の姿のように震えている……と、影の立った足もとの床の上に何か一筋ぶらりと垂れ下《さが》って見えた。麻綱《あさづな》だ！　彼に見覚えのある麻綱だ！その麻綱を伝わって、彼の視線は影の体の上を這った。見れば影の太い頸《くび》に捲《ま》きついて殆《ほと》んど隠れる位《くらい》深くその頸の中に食い入っている麻綱は石鹸《しゃぼん》をさえぺったりとくっつけている……

最初影と見えたものは今は正《まさ》しく影ではなかった。影と見えたものは今は黒い支那服を着た男で、その朦朧とした血斑《ちまだら》な眼は眼窩《がんか》の中に震えながら執拗に彼を見つめていた。そうして犬のようにだらりと吐いた大きな舌とその舌を載せた肉欲的な厚い唇とは、皮が薄くなる程《ほど》黒い葡萄《ぶどう》色に腫《は》れ上《あが》っている。――

「おお！　お前は！」

彼は叫びながら、凄《すさま》じい風が壁際の男から吹きつけて来たように激しく後ろへ蹌《よろ》めいた、彩娥を脚もとに曳《ひ》き摺《ず》ったまま。――そうだ、今の先《さき》博士の奇怪な高笑いが発せられた時に、投げ出されたまま潰れたように床の上に突伏《つっぷ》していた彩娥は夢中で這い上《あが》るように彼の脚にしがみついて、そのまま泣き声をさえぴったり断《た》って、やっぱり彼と同じように体中をぶるぶると震わせていたのだ。

すると、壁際の男の顎に舌と唇が鈍《にぶ》く動いた。彼はそこに嗄《しわが》れた慟哭《どうこく》に似た怖《おそ》ろしい声を聴いた。

「おれは張だ！　おれはお前に殺された張渾《こん》だ！　おれはお前を呪うぞ！　おれはお前の体へ乗り移ってやるぞ！　おれはお前の霊へ乗り移ってやるぞ！　お前は気が狂う！　お前は狂い果てる！」

張は麻綱を首から床にぶら下げたまま、一歩一歩短い脚を痙攣《けいれん》的に蹌《よろ》めかして跫音《あしおと》もなく彼の方へ近づいて来た。近づいて来る間《あいだ》にも、張の顎の鈍い運動は同じ呪いの声を繰り返していた。

彼はもう一度彩娥を床に曳《ひ》き摺《ず》ったまま二三歩後ろへたじろいた。たじろきながら呻《うめ》きながら、彼は恐ろしい視象《しぞう》を掻き乱そうとするように両腕で眼の前を激しく掻き雀った。

「張！　おれを赦《ゆる》してくれ！　おれが悪かった！　張！……」

しかし恐怖で赤暗く朦朧とした彼の眼の前へ、蹌踉《そうろう》と揺れながら張の体は近々《きんきん》と迫って来た。

「おれはお前の体へ乗り移ってやるぞ！　おれはお前の霊へ乗り移ってやるぞ！」

陰気な死滅した物質の匂いが、腐ったような酩酊《めいてい》の匂いと一緒にぷうんと来て、彼の鼻先を攪乱《かくらん》した。と、次の瞬間、恐ろしい忌《いま》わしい張の体が大きく前後に動揺して、忽《たちま》ちそれが彼の体の上へ倒れかかって来た。彼は全身をのけ反《ぞ》らして、両腕を揮《ふる》って激しく張を押し退《の》けようとした。が、忽ち彼は全身を綯《よ》り捩《ねじ》り、また空間を攀《よ》じ上《のぼ》るようにして激しく身悶《みもだ》えた。それは恰《あたか》も彼の体から出た彼の第二体がもとへ戻るように、張の体が彼の体の中へ音もなく這入《はい》る刹那《せつな》であった。その刹那が過ぎると同時である。

「聴け！　おれの声を聴け！――おれの縊《くび》られた体はお前の体へ乗り移ったのだ！　おれの呪いの悪霊はお前の霊へ乗り移ったのだ！　おれはお前を完全におれのものにして了《しま》ったのだ！　お前は気が狂う！　お前は狂い果てる！」

こういう張の声が、嗄《しわが》れた慟哭《どうこく》のように彼の中に籠《こも》って響いた。するとそれに応じて、突然恐ろしい声が彼の唇頭《しんとう》に狂舞《きようぶ》した。

「おお、おれの眼は血膨《ちぶく》れのした張の眼になった！　何もかも真赤《まつか》な影だ！　おれの手は死を掴んだ張の手になった！　指がぎゅっとひき攣《つ》って彎《まが》っている！　おれの声は縊《くび》られた張の声になった！　潰れた低い哭《な》き声だ！　おれは張になった！　おれは張だ！　おれは殺された張渾だ！」

彼の恐ろしい叫び声は大部屋の四囲《しい》に反響して、地獄の洞窟《どうくつ》の中の響きのように凄惨《せいさん》に四方から迫って来た。と、いままで頭を押し埋《うず》めて夢中で彼の膝にしがみついていた彩娥が、この時に始《はじ》めて床から飛び上《あが》った。そのとき彩娥の体は嵐にちぎられて吹き飛ばされたかぼそい一本の草の茎《くき》のようであった。

「お前はおれを絞め殺したな！　お前は情夫《おとこ》と一緒におれをうまうまと謀殺《ぼうさつ》したな！」

そういう叫び声とともに凄《すさま》じい形相《ぎょうそう》をして、彼は彼女の方へ衝《つ》き進んで行った。

「あなた！　彩娥です！　あたし彩娥です！……あなた、気を確かに持って頂戴！　あなた！……」

彩娥は一度は彼から飛び離れはしたものの、今はしかし彼女は彼から身を避けようとはしなかった。青銅の大燭台に突きかざしてある顔料を塗りつけた屍蠟の首のように真蒼《まっさお》な彩娥の顔には、測り知ることの出来ない恐怖の外《ほか》に等しく測り知ることの出来ない悲《かなし》みがその広く瞠《みひら》いた瞳の中に一《いっ》ぱいに溢れていた。

「彩娥だ！　おれを謀殺した彩娥だ！　今こそお前はおれの怨みを受け取るがいいぞ！」

彼は叫びながら、猛然として彩娥の上へ圧《の》しかかって行った。その彼の鈎《かぎ》で吊るし上げたような眼の中に彩娥は凄《すさま》じい殺意を感じると、忽《たちま》ち麻酔剤にかかったように彼の腕の中へ昏倒《こんとう》しかけた。と同時に彼の両腕がいきなり彼女の細い頸《くび》を摑んだ。彼の二本の親指は爪がもぐる程《ほど》彼女の喉に食い入った。彩娥は白い繊手《せんしゅ》を彼の惨酷《ざんこく》な腕に縋《すが》らせた。途切れ途切れに彩娥は細いかすかな声を出した。

「あなたは能勢よ……張じゃない能勢よ……可愛《かわ》いい彩娥の能勢よ！……」

その最後のかすかな声が彼女の唇から消えるか消えないうちであった。その大きな部屋は突然に、息詰《いきづま》るような陰惨な打　擲《ちょうちゃく》の音がそこの中央から発せられるのを聴いた。おお、一度！　二度！　三度！……

部屋の中の空気がその音の度《たび》に戦慄した。

と、この陰惨きわまる打擲の音のうちに、彩娥の耳にさがっていた青い土耳古玉《トルコだま》が一つ飛んで来て、博士の脚もとへころがった。

巌乗《がんじょう》な樫の卓子の一つの角《かど》へ満身の力を籠《こ》めて彼が手擲弾《しゅりゅうだん》のように叩きつけたのだ、彼女の頭を、彩娥の頭を、額にさげた前髪の下に新月形の青痣をかくした小さい綺麗な彩娥の頭を。

博士は全身を緊張させたまま、顔には先刻《さっき》から豪華な満足の紅潮《こうちょう》を一杯に漲《みなぎ》らして見ていたのだが、この時その博士の顔では（奇妙な単眼鏡はもう無かった。）片眼《かため》と口とが全く狂った二疋《ひき》の妖魔のように見えた。そればかりか博士は自分の頭だの胸だの顔だのを掻き毟りながら躍り廻《まわ》った。博士の胸から吊り下《さが》っていた鼻眼鏡は細い白金《はっきん》の鎖が切れて何処《どこ》かへ飛んだ。その顔からは黒絹《くろぎぬ》の目隠しが夢中で摑み取られて何処かへ叩きつけられた。と、眉の下に現われた暗い穴の奥に白墨《チヨオク》で描いたような眼の死骸が！　ばさりと垂れ下《さが》った一把《にぎ》りの長い頭髪がすぐにそれを隠した。博士は野蛮な狂舞《きようぶ》を彼の周りでしつづけた。……が、やがて、深い沈黙がこの部屋の中に下《お》り敷《し》いた。そうしてアク灯の白い光の下に、赤痣《あかあざ》を一面に撒《ま》いた皮膚のような赤い斑痕《はんこん》だらけのリノリウムの上に、彩娥は俯向《うつむ》きに突き倒されたまま細長くなっていた、頭の周りに広く血の祝祭を拡《ひろ》げて、握りしめた小さい拳《こぶし》にはもう痙攣《けいれん》もなく。そういう彩娥の傍《そば》には拡《ひろ》げた脚を床に鑞付《はんだづけ》にして、荒々しい呼吸に肩を上下させながら、能勢が不動に陰惨に突立《つった》っていた。両手からぽたぽた落ちる鮮血と一緒に、彼はなお殺気に漲《みなぎ》った眼を執拗に脚もとの彩娥の上に落《おと》していた。

が、不思議にもそのうち、広く穴のように彼の瞳《め》が開け放しになって、その中から彼の殺気も何もかも皆《み》んな抜け出して行って了《しま》うように、彼の顔がだんだん無表情になり始めた。すると何時《いっし》か彼の歪んだ口が無用に半分ぽかんと開いた。と、その口の中に無意識に唾を探しまわる舌が、歯齦《はぐき》にぶっつかるのが覗《のぞ》けて見えた。

こういう能勢と彩娥とを眺めて、奇怪な三つの顔が、胸を衝く彩娥の血の匂いの中に無言で凄く嘲笑っていた。絨氈《じゆうたん》の黒幕の中から首を出している黒い空洞な眼窩《がんか》をした二つの猩紅《しようこう》色《いろ》の顔と、眼が白く潰れている方の顔半分へ絡み合った沢山《たくさん》の黒蛇のように長い頭髪が垂れ下《さが》っている博士の顔と——。墓窖《はかあな》のような沈黙に満ちたこの大部屋の中に、彼等の嘲笑いは全く声もなく一杯《いっぱい》に拡《ひろ》がっていた。

それから何時間かの後《のち》である。

恐怖と殺気との独り舞台であったこの広い妙に伽藍洞《がらんどう》な大部屋は、今も相変《あいかわ》らず重い沈黙と寂寞《せきばく》とをずっしりと積《つも》らせていた。が、壁の高みにある厚い二重窓からは、漠然《ばくぜん》とした朝の白さがすでに這入《はい》り込んで、アアク灯の光を微《かす》かに消しつつあった。その大部屋の真中《まんなか》に独り蹲《うずくま》って、彼は見動きもせずに凝乎《じっ》といた。彼は椅子へ体を落《おと》して、室内の沈黙の重みに圧《お》し潰されたように妙に背中を屈《かが》めて、リノリウムの床のように血の斑痕《あと》だらけの額には所々やっぱり血で塊《かた》まった乱れた真黒な頭髪を陰鬱に垂らして、膝に突いた一本の頬杖《ほおづえ》でその上体《じょうたい》を支えていた。彼の下顎は今も無意味に開いていて、膀胱《ぼうこう》のようにどんより曇った無感覚な瞳《め》は当《あて》もなく床に落ちていた。

と、この時、静かに扉が開いて、博士が這入《はい》って来た。博士の後《あ》とからは剃《そ》った頭のような顔色をした、地を這うような傴僂《せむし》の男が二人僧服のような長いぶわぶわした黒衣《こくい》を纏《まと》って、何かを蔽《おお》うた黒布の無気味な風景を平たい台に載せて、蹌《よ》ろ蹌ろしながらそれを静かに彼の前へ運んで来た。

「君、能勢君、」と博士は言った。「どうですな。ひどく君は手持《てもち》無沙汰のようですな。さあ、そこで一つこの覆いを取りのけて見《み》給《たま》え。」

博士は言いながら、彼の頭を軽く摑んで揺《ゆさ》ぶった。彼はもの憂《う》そうに極めて緩慢《かんまん》な動作で頬杖をはずすと、その顔を声の落ちて来た方へ同じ調子で擡《もた》げはじめた。彼の耳に対して博士の言葉はどうやら一連の音《おん》としてしか聴《き》こえなかったが、見降ろしている博士の顔を彼が見上げた時に何故《なぜ》か彼の神経がかすかに彼の体を震わした。博士はもう一遍《いっぺん》同じ言葉を彼に向《む》って言った。すると今度始《はじ》めてそれがぼんやりと彼の頭に解《わか》った。彼は椅子にあるまま、やっぱりもの憂《う》そうな緩慢な動作で手を黒布の方へ延ばし始めた……

と、少時《しばら》く経ってから博士はまた言った。

「どうですな。それが何だか、誰だか、君に判《わか》りますかな？——ほう、君は首を横に振って見せるのか。ようく見るのだ。青痣を思い出すのだ。額には新月形の、そうして乳房のふくらみの上には大輪のような、不思議な魅惑の青痣を持った女だ。」

「……彩娥？……彩娥だ！……」

彼は変な低い喉声《のどごえ》を出した。と同時に一時性の痴呆症が這《は》入《い》り込んで来て長々と横臥《おうが》していた彼の頭の中に認識力と記憶とがほんのりと翳《かざ》し始めた。彼は手に持っていた黒布を足もとへ落《おと》して、椅子から床の上に膝《ひざま》づいた。膝づきながら這い寄って、彼は彼女の胸に両腕で抱き縋《すが》った。

「おお、この砕けた頭！……この穴になった顔！……この変な色をした不思議な硬い体！……」

台の上に仰向きに寝かしてある彩娥の体に抱き縋《すが》ったまま、彼は血の黒く乾いた手の中に彼女の小さい拳を握りしめた。その手はまた彼女の無惨《むざん》な顔を撫でまわした。彼の手は顔ばかりか彼女の肩を、胸を、腰を、膝を、そうして最後には彼女の華奢《きやしや》な足を包んだ繡いのある鼠繻子《ねずみじゆす》の靴をも撫でまわした。

「彩娥！　おれは感じることが出来る――おれはお前を殺して了《しま》ったのだ！　彩娥、おれはどうしてお前を殺して了ったのだ！」

と、またその陰鬱な反響のように、もう一度彼の声が繰り返した。

「彩娥！　おれはどうしてお前を殺して了《しま》ったのだ！」

彼は歔欷《すすりなき》し出した、頭を無力に彩娥の胸に落《おと》して。後《あ》とから後とからと溢れ出る彼の涙は静かに彩娥の胸に浸《し》み拡《ひろ》がっていった。

「彩娥よ！」

「彩娥よ！」

所《ところ》が、一体《いったい》どうしたと云うのであろう。深い歔欷の中に彼が身を沈めている間《あいだ》に、彼の顔や頭や胸や手が――彼の体の彼女に触《さわ》っている残らずの部分が、何時《いつし》か不思議な麻痺《まひ》を這わせ始めたのだ。麻痺ばかりか、重い幽陰《ゆういん》な睡気《ねむけ》も同時に彼の上に這い寄って来たのだ。麻痺は見る見るうちに、彼の体中の至るところに圧《お》し拡がった。そうして彼は喉や唇までが護謨《ゴム》か土塊《つちくれ》かで拵《こしら》えたもののように無感覚に陥《おちい》った。彼の歔欷は死んだ。歔欷ばかりか、彼は僅《わず》かな動作や表情をする力をさえも奪われて了《しま》った。ただ暗い憂鬱な恐怖が彼の中にぼんやりと動くだけであった。

この時、博士の唇が悠《ゆ》っくりと動いた。

「君、能勢君、」と博士は言った。「私は今最後の言葉を君に言おう。——先《ま》ず第一に私は何よりも満足だと云うことだ。私は偶然の機会で彩娥を誘拐することが出来て、その彩娥を充分に楽《たの》しんだ。君の言葉でいうと、彩娥の体から彩娥の媚態《びたい》を充分に徴発したのだ。だから、私は満足だ。それから私は一種の催眠法で彩娥に身の上の秘密を語らした時に、この女は君に謀《はか》って君に張を絞殺させた事実を喋《しゃべ》って、私を意想外に興奮させた。そこで、私は君をこの部屋の中へ連れて来て、君達二人の心臓から私が見ることを好む恐怖を充分に徴発して楽《たの》むことが出来たのだ。だから、私は満足だ。最後に私はそういう君を利用して自分独特の暗示をかけて、私が最も見ることを好む毛色の変《かわ》った人殺しの光景を遺憾《いかん》なく眼《ま》のあたりに享《きょう》楽《らく》することが出来たのだ。だから、私は何よりも満足だ。改めて君達にお礼を言おう。

しかしだね、君も御同様に御満足のことだろうと私は思う。何故《なぜ》かと言うと、先《ま》ず彩娥はもう屍蠟になっている。人造屍蠟は普通だと三年位《くらい》はかかるのだが、私は僅《わず》かに一夜で——厳密に云うと実にその三分の一程《ほど》の時間で見事にそれを製造する。そうして今大地下室の中にある屍蠟製造室から取り出して来たばかりの彩娥の屍蠟は体の表面に、いや体の表面ばかりでなくその周囲にまでも怖《おそ》ろしい屍蠟の毒気《どくけ》を執拗に漲《みなぎ》らしている。君は彩娥に抱きついて遺憾《いかん》なくそれに感染した。感染した者は君に於《お》ける状態のようにして、数時間の後《のち》にはひとりでに完全な屍蠟体になるのだ。可愛《かわ》いい女を殺したが、その代《かわ》りまたその可愛いい女に殺されて、体と体とを重ねたまま永久不変の屍蠟になるということは、君、満足でないことはないだろう。

やがて、君達は黒幕の向《むこ》うの大広間で、寂寞《せきばく》とした、しかもまた不思議に賑《にぎ》やかな無数の声声《こえごえ》に迎えられるだろう。まあ、其処《そこ》で皆《み》んな君達に似た殺人劇だの死劇だのを見せた風変《ふうがわ》りな仲間と一緒に幸福な永遠を暮らし給《たま》え。」

博士のそういう言葉は彼の覚束《おぼつか》ない意識にも微《かす》かに通じた。刻々《こっこく》に暗くなって行く生命の黄昏《たそがれ》の中にあって、彼のぼんやりした憂鬱な恐怖が多少掻き立てられた。が、それも直《す》ぐにぼやけてしまった。数秒の後《のち》には、彼の朦朧とした生命は永遠の夜の暗黒の中に消えようとしている。

## 解説

初出不明。『屍蠟荘奇談』（赤城《あかぎ》書房、昭和三年九月二十日）を底本とした。

井伏鱒二《いぶせますじ》の初期作品に「屋根の上のサワン」という短篇がある。高校の国語教科書で教材として使われていたことがあるので、お読みになった方も多いはずだ。あの作品は井伏の友人の実体験がもとになっているのだが、その友人というのが本編の作者なのである。井伏によれば「千葉の印旛沼《いんばぬま》のほとりの大森《おおもり》という町の医者の息子」で「女性的なおとなしい人」だったという。井伏とは早稲田大学高等予科文学科の同級生だったが、同校の卒業生名簿にその名はない。井伏と同じドロップアウト組だろうか。

典型的なマイナー作家で作品数も極端に少ない。編者が知る限りでは他に「第五十六号室の男」「夜中に帰つて来た男」の二篇（いずれも『屍蠟荘奇談』に収録）があるのみ。作風は陰気で頽廃的《たいはい》。香山滋《かやましげる》は「探偵小説味の豊かなどこか城《じょう》先生の作をおもわせる匂いを持っております」といっているが、編者は城昌幸《まさゆき》よりもむしろマイリンクやエーヴェルス、シュトローブルら二十世紀ドイツの怪奇小説作家に近いものを感じる。

「第五十六号室の男」を再録した文芸アンソロジー『したむきな人々』（金沢・亀鳴屋《かめなくや》、平成二十二年）の解説で、クロアチアセルビア語文学研究者の荒島浩雅《あらしまひろまさ》氏は「椎名頼己《しいなよしき》というひとはいつか熱心に表現主義を研究したことがあったにちがいない」と言っておられるが、うがったご意見だと思う。たしかにフリッツ・ラングやロベルト・ヴィーネの作品が持つ甘い毒のような頽廃美が（本人が意識していたかどうかは別として）椎名の作品にはある。

「日本では二流作家というと軽蔑されがちだが、今日《こんにち》書きまくっているような流行作家は、あれは三流四流なのであって、マイナー作家とは自分独自の文学を生涯大事にして、自分の世界を終始《しゅうし》純粋一途《いちず》に書いていく憑《つ》かれた人をいうのである。とかく埒外《らちがい》の文学と見られやすい怪異小説の多くが、そういう人達の手になるということは、至極《しごく》当然のことでもあるが、一面またおもしろいことだと思う」という平井呈一《ひらいていいち》の言葉は、そっくりそのまま椎名頼己にあてはまる。

たしかに世間の評価に背を向けてひたすら自分の道を邁進《まいしん》するタイプの作家には一度ハマるとやめられない一種麻薬的な魅力がある。だがこうした作家たちは得《え》てして独善的で、そのため広い支持を受けにくく、作品もろとも「なかったこと」にされやすいのも事実である。椎名はこのケースだった。おまけにマイナー作家の常として寡作《かさく》だった。

田中貢太郎《たなかこうたろう》は「僕の推薦する新人」（〈衆文〉昭和九年七月号）と題するアンケートに椎名の名を挙《あ》げ「椎名由己（ママ）君は、華《はなや》かな物語を書き著書も一つありますが、運がわるくて認められません。これに舞台を与へて大にかゝしたいと思ひます」といっている。

「運がわるくて」とは「屍蠟荘奇談」が〈犯罪公論〉昭和八年十二月号に「屍蠟館奇譚」の題で再録され、五年ぶりで再評価のチャンスが巡ってきたにもかかわらず、雑誌の廃刊（〈犯罪公論〉は翌月から〈文化公論〉と名を変え、総合雑誌にシフトチェンジする）でその機を逃してしまったことを指す。以後、椎名の消息はぷつりと途絶える。仮に作品発表の場が与えられたとしても、あの特異すぎる作風が広く受け入れられるとは思えない。結局そのままフエイドアウトせざるを得なかったのではないか。それでもなお、ひとつぐらいは椎名の新作が読みたかったと編者は思う。

# 亡命せる異人幽霊　渡邊洲蔵

渡邊洲蔵（わたなべ　しゅうぞう）

本名同じ。別名に三村信二《みむらしんじ》、蜂雀記者《すずめばちきしゃ》、藻上泅三《もがみしゅうぞう》、潮二郎《うしおじろう》、渡辺凡魚《わたなべぼんぎょ》など。明治三十一年三月、新潟県佐渡《さど》郡（現・佐渡市）に生まれる。仙台の第二高等学校を経て東京帝国大学農学部水産学科に入学。谷津《やつ》直秀《なおひで》に動物発生学、動物組織学、水産動物学実験を学ぶ。実用的な技術を身につけるつもりが学理中心の授業内容に失望。「実にひどい詐欺に罹《かか》つた」と憤慨《ふんがい》する。大正十二年四月、攻玉社《こうぎょくしゃ》中学校に博物教師として入職。教え子に後の映画監督・本多猪四郎《ほんだいしろう》やアマチュア鉱物学者の櫻井欽一《さくらいきんいち》らがいた。昭和二年、妹尾《せのお》アキ夫《お》の薦《すす》めで「牧《まき》さんの寝たベッド」を執筆。昭和二十年三月、攻玉社中学校を退職。戦後は浜松で僧職のかたわら「タダみたいな月謝で」私塾を経営するが「白内障で商売道具の目をやられ」リタイア。茨城県下妻《しもつま》市の特別養護老人ホームで悠々《ゆうゆう》自適の生活を送る。昭和五十一年七月二十四日、同地で死去。著書に創作集『水族室の夜』（私家版、昭和七年、潮二郎名義）と随筆集『浅海《せんかい》海底風物誌』（「浅海海底風物誌」出版会、昭和五十年）がある。

数年前北米合衆国のゲレット・バーグス氏は放電せる真空管中で、フォルムアルデヒィドと次亜《じあ》フェノール三臭化《さんしゆうか》プロピオン酸を混和さす事に依《よつ》て、「幽霊消し」なる素晴らしい薬品を発明した。即《すなわ》ち「インキ消し」がインキを拭《ぬぐ》い去る如《ごと》く、化物《ばけもの》屋敷から容易に幽霊を抹殺し得る薬品なのである。幽霊が「恨《うら》めしやあ」だの「迷うたあ」等《など》と彼等《ら》特有の挨拶を述べても、少しも感じない無作法極《きわ》まる人間で有《あ》りさえすれば此《こ》の「幽霊消し」の使用は至って易《やさ》しいので有る。彼が可哀想《かわいそう》にも若干《じやつかん》の幽霊をのして仕舞《しま》おうと思った時、彼は件《くだん》の薬品を消火器のような手で持運《もちはこ》びの出来る装置の中に入れて出掛ける。そして悲鳴を挙《あ》げて逃廻《にげまわ》る幽霊を隅っこへ追詰《おいつ》め、壁や羽目板《はめいた》をスーッと透抜《とおりぬ》けないうちに、其《そ》の容器を逆様《さかさま》にするのだ。すると各成分が空所《くうしよ》で混合し、夥《おびただ》しい瓦斯《ガス》が遊離されるので有る。この瓦斯はゴム管《かん》の吹口《ふきぐち》から真面《まとも》に幽霊へ吹付《ふきつ》けられる。何条堪《なんじようたま》ろう。たとえお岩《いわ》様でも佐倉宗五郎《さくらそうごろう》でも、忽《たちま》ち小さな塊《かたま》りに凝結《ぎようけつ》して仕舞《しま》う。ゲレット氏の実験報告によれば出《で》羽嶽位《わがたけぐらい》の大さの大人でも僅《わず》か二クォート（一升《しよう》二合《ごう》六勺《しやく》）の瓶《びん》の中へ圧縮する事が出来るので有る。

此《こ》の発明の実用的価値に就《つい》ては喋々《ちようちよう》する必要が有《あ》るまい。或《ある》家で残酷な人殺しが有っても、又《また》は恨《うら》み死にに死んだ奴《やつ》が有っても其《そ》の家は化物屋敷になる必要はないのだ。家主《やぬし》を利する事甚《はなはだ》しいもので有り、人殺しをしたくても相手に化けて出られるのが怖いと云《い》う悪漢にも至極有難《しごくありがた》い発明で有る。世界一殺人の都市《みやこ》俄吾《シカゴ》はこれがため殺人件数が一躍《いちやく》百二十倍に奔騰《ほんとう》して教会の長老セイギヲアイスー氏を憤死《ふんし》せしめた程《ほど》であった。

この発明によって大恐慌を来《き》たしたのは化物屋敷の家賃の零若《ただも》しくば甚《はなはだ》しい低廉《ていれん》を歓迎する豪胆《ごうたん》な連中と、云う迄《まで》もなく既存《きそん》幽霊夫《それ》自身で有《あ》った。後者の恥を知る連中は、小さな瓶《びん》の中へ押込《おしこ》められるのを潔《いさぎよし》としないで或《あるい》は毒を仰《あお》いで自殺し、或はピストルでこめかみを貫いて玉の緒《お》を絶《た》った。

（註。私はここで日本在来の幽霊観に執《とらわ》れてる読者諸賢に向《むか》って西洋の幽霊の特質を闡明《せんめい》したい。西洋のと日本のと違う所は西洋のは必ず足を有し往々《おうおう》明確な足音をさえ響かせる。無いのは寧《むし》ろ頭で有《あ》る。無頭《むとう》の幽霊の例は甚《はなは》だ多い。中には頭を腋《わき》の下へ挟《はさ》んで出て来る奴も有る。それから日本の奴は大抵向《たいていむこ》うから話しかける。前にも云ったように「恨めしやあ」だの「迷うたあ」等《など》と。但《ただ》し西洋のは大抵こちらから質問しなければ話し出さない。それから幽霊も権利の観念が発達して居《い》て、自分の住んでる住居《すまい》なり部屋なりへ入って来た者に対し所有権侵害なりとして甚《はなはだ》しく憤《いきどお》り様々の圧迫を加える。非道《ひど》い時は槍《やり》や棍棒等《こんぼうなど》が飛んで来る。つまり西洋の方が日本よりも人間的で有る。だから自殺をする。「嗚呼《ああ》わしは人生否幽生《いなゆうせい》がいやになった」とばかりに短刀で咽喉《のど》を突いたり、胸へドカンとやったりする。幽霊が自殺すると何になるか、それは流石《さすが》幽霊研究家の私も知らない。世の識者の教《おしえ》を乞《こ》う次第で有る）

自殺しないでマゴマゴしてる奴は大部分ゲレット氏又《また》は其《そ》の助手につかまえられ、動きもつかぬ瓶詰《びんづめ》にされ、同じ種類の者は一纏《ひとまと》めにされて一様《いちよう》のレッテルを貼られ同氏の標本室に陳列された。好事家《こうずか》が之《これ》を買い、或《あるい》は英吉利《イギリス》あたりの旧家で幽霊を持ってる事が、家の古さを証明するものとして却《かえ》って自慢の種《たね》になる家が求めて行くのだった。何故《なにゆえ》と云うに祖先伝来の幽霊が余りにも稀薄になり存在がよく判《わか》らないので、新たにゲレット瓶詰を購求《こうきゅう》して持《もち》帰《かえ》り、栓《せん》を抜いて放置しとけば凝固《ぎょうこ》体が元の朦朧《もうろう》体に立返《たちかえ》るからで有《あ》った。

しかし自殺もせず、瓶詰《びんづめ》にもされず外国へ亡命した者が沢山《たくさん》有った。本篇の主人公テケレッツノパー氏も実に其《そ》の一人なので有《あ》る。私が彼に初めて逢《あ》ったのは三年前の正月、銀座《ぎんざ》のエビスビヤホールで麦酒《ビール》を飲んでた時で有った。正月でストーヴは有っても麦酒《ビール》季節ではないため客は比較的少なかった。日本酒の飲めない私は独《ひと》り卓《テーブル》に倚《よ》ってガブガブやって居《い》た。眼《め》の前の卓《テーブル》には一人の異人が座って居た。身体《からだ》から濛々《もうもう》と妖気が立騰《たちあが》ってたのですぐ幽霊で有る事が判明した。妖気とは幽霊研究家、並《ならび》に第六感の発達した人に感じられる、幽霊につきものの一種の瓦斯《ガス》体で、この比重は〇〇〇、八九三七二、色は極《きわ》めて薄い硫黄《いおう》色、悪硫《あくりゅう》酸《さん》瓦斯臭《しゅう》と、死臭と、スカトールとインドールとを混じて恐ろしく薄めた臭気がする。成分はトゥリアンポンタン・ニトロヒステリチン酸 $(C_2H_{10}O_5MgS)_3Ca_6N_5Pb_4K_7$ で有る。

其時《そのとき》私は少し酔っぱらって居《い》た。遂先刻《ついさっき》迄《まで》私の相手に洋行帰りの先輩が居て「君の麦酒《ビール》の飲みっぷりは独逸《ドイツ》へ行っても彼処《あそこ》の人間に決して負《ひけ》を取らぬ」とおだてて呉《く》れたので元来御《お》人善《ひとよ》しの私はすぐ其《そ》のおだてに乗ってグイグイあおったのだった。急用を思出《おもいだ》して先輩の帰った後も頑張ってた私の眼《め》にこの異人幽霊が映ったのだった。私は嬉しくなってヨロヨロしながら近づいてって彼の肩を敲《たた》いた。人間的な西洋の幽霊は敲いて矢張《やは》り敲き甲斐《がい》が有るのを感じ乍《なが》ら私は云った。

「ハロー、ミスターゴースト。どうして君は日本へ来たんだい」と臆面《おくめん》もなくチャンポンにやってのけた。すると彼は憂鬱《ゆううつ》な顔に驚異よりもむしろ嬉しそうな表情を浮《うか》べて流暢《りゅうちょう》な日本語で答えた。

「私は亡命して来ました」

そして尚《なお》私の問に答えて既《すで》に述べた理由によって日本へ逃げて来た事を語った。以前住んでた家の勇敢な借手《かりて》が日本研究をして居《い》て或《あ》る日本人と語学教授を交換してるのを始終立聞《しじゅうたちぎ》きして何時《いつ》の間にか日本語を覚え、日本に興味を持ち、先《ま》ず此《こ》の桜咲く国へやって来たのだと云った。幽霊だから便利なもので有《あ》る。自由に此の三次元の世界と彼《か》の四次元の世界を往復して寝たい時は帝国ホテルの来朝伊太利《らいちょうイタリ》歌劇団随一の美人のそばにも睡《ねむ》り、ムラ気《き》の起《おこ》る時は浅草観音堂《あさくさかんのんどう》の椽《えん》の下の御乞食《おこも》の莚《むしろ》の中へ同宿《どうしゅく》して日本を研究してるのだと云った。かく語り合ってるうちに私と彼とは、世にも奇妙な親友関係が結ばれたので有った。

其《そ》の晩私はこの新しい親友テケレッツノパー氏の乞《こ》う儘《まま》に彼を銀座の寄席東朝座《よせとうちょうざ》へつれて行った。彼は民族研究には斯様《かよう》な大衆娯楽場が大層《たいそう》よいと主張するのだった。いつも貧的《ひんてき》な私は木戸銭《きどせん》を倹約するため同氏には四次元の世界で聞いて貰った。

所《ところ》がここで気の毒な事が起《おこ》ったのだった。

正月の事とて近来不振の寄席も流石《さすが》満員だった。私は羽目板《はめいた》に寄りかかって姿は見えなくとも隣に立ってる（何故《なぜ》なら彼は座れないから）幽霊をぼんやり意識しつつ舞台を見て居《い》た。中入《なかいり》前の御目《おめ》あてとして柳家金梧楼《やなぎやきんごろう》師がいつ見ても滑稽《こっけい》なあの顔付《かおつき》をして現われて来た。満場の拍手の中から幽霊氏の囁《ささや》きが夢のように響いた。

「あの人の顔大変面白い。私、あの人気に入りました」

金梧楼師匠の話は熊《くま》さんが近所の物識《ものし》りへ色んな質問をする落語で有《あ》った。話は進んで熊さんは次のように質問した。

「じゃあ先生、よくお神楽《かぐら》でテケレッツノパーって云いますね。あれはどうして起《おこ》った言語《ことば》なんですか」

物識《ものし》りは答えた。

「君はそんな事すらも知らないのか。哀《あわ》れむ可《べ》き愚物《おろかもの》だね。馬鹿だね、低能だね、間抜《まぬけ》だね、オホン、そもそもテケレッツのパーの起《おこ》りは今を去る事二千年の昔、恐れ多くも日本武《やまとたけるの》尊《みこと》が熊《くま》そを征伐《せいばつ》に御出《おい》でになった」

「よせやい先生、あっしは日本武尊に征伐された事なんざ有りませんや」

「驚いたな、熊さんではない熊そと云う謀反人《むほんにん》の連中なんだ。安心したか。その時尊《みこと》が草深い野原へ差掛《さしかか》り給《たも》うた。熊その連中がそれを窃《ひそ》かに盗見《ぬすみ》見て尊を焼殺《やきころ》して仕舞《しま》えてんで風上《かざかみ》へ火をつけた。火がパッと燃上《もえあが》った。しかし尊は少しも驚き給《たま》わず後《のち》に草薙剣《くさなぎのつるぎ》と呼ばれ給う剣《つるぎ》を抜いてあたりの草をなぎ給うと急に風向きが変《かわ》り火を熊その方へ吹付《ふきつ》けて尽《ことごと》く彼等を亡ぼして仕舞った」

「えらいもんだね」

「尊《みこと》の御偉徳実《ごいとくじつ》に偉いものさ。さて其時《その》の場所を何処《どこ》だと思う。大和《やまと》の国はテケレッツの野《の》に於《お》いてなんだ。そのテケレッツの野で火がパーと燃えた。そこでそらテケレッツノパーさ。どうだ我輩《わがはい》の該博《がいはく》な知識に敬服したろう」

偶然の暗合とは恐ろしいものだ。国を異《こと》にする米国に於《お》いて、曽《かつ》て人間界に生《うま》れし時両親よりテケレッツノパーと名付けられた彼が日本へ来て同じ此《こ》の珍《めず》らしい発音の存在を知ったのだ。此事《この》は痛く彼に懐《なつか》しさを与えたのか感激をそそったのか兎《と》に角大《かくだい》なる心的動揺を与えたに相違ない。彼は四次元の世界に居る約束を忘れて三次元の世界に姿を現わし初《はじ》めた。しかもうっとり考えこんで居たため徐々に現わしたので次のような騒ぎを惹起《じやつき》した。

彼は私の右隣へ朦朧から段々判然《だんだんはっきり》姿を見せて行った。そこで後《うしろ》の会社員風の二人連《づ》れがこんな会話を初《はじ》めた。

「君、どうも僕は近頃鳥眼《とりめ》になったらしい。眼の前がボンヤリ霞《かす》んで来る」

「そいつぁいけないな。おやおや僕も同様だ。鳥眼っていうのは営養《えいよう》不良からだそうだが御《お》互《たがい》に薄給《はっきゅう》で御馳走《ごちそう》は喰《く》えないからね。しかしこの若さで鳥眼とは悲観するね。おやおやっ！ 変だぞ。いつの間にか毛唐《けとう》が！」

会社員は驚きの声を挙《あ》げた。此時《この》テケレッツノパー氏の長身は矮小人種《わいしょう》を抜《ぬきん》でて聳《そび》えて居《い》た。会社員の後《うしろ》の職人が飛上《とびあが》った。

「いやっ！ 此《こ》の毛唐！ いつの間にかキリシタンバテレンの忍術を使って忍込《しのびこ》みやがった。生意気だ、たたんじまえ！」気早《きはや》の彼は弾丸のようにテケレッツノパー氏へ飛掛《とびかか》った。飛掛ったと思ったら――ハッと我に返って幽霊が四次元の世界へ逃げたので――もんどり打って前の桃割《ももわ》れの粋《いき》な下町娘の上へ落《お》ちた。可哀想に娘はキャッと悲鳴をあげて眼をまわした。場内は忽《たちま》ち大混乱に陥《おちい》った。私は自分の下駄《げた》をつかんで這々《ほうほう》の態《てい》で表《おもて》へ逃出《にげだ》した。

いい加減《かげん》行った所《ところ》で横町《よこちょう》へそれてわざと薄暗い所へ行きテ氏の名を呼んで此世《この》に出現して貰った。テ氏は気の毒な程打萎《うちしお》れてしきりにあの目を廻《まわ》した娘さんの事を心配して居《い》た。私はそれを慰《なぐさ》め乍《なが》ら寒風《かんぷう》の吹きまくり、もう大分《だいぶ》人影のとだえた銀座を新橋迄《しんばしまで》つれ立《だ》って行った。娘の事から糸口がついて彼は幽冥《ゆうめい》社会に於《お》ける恋愛の話をした。憂鬱《ゆううつ》な、独棲《どくせい》を愛する彼等の社会に恋愛は稀有《けう》の事件では有《あ》るがそれでも有るには有った。彼は強盗に惨殺された或《あ》る富豪の一人娘の幽霊と恋に陥って居た。

「恋のきっかけはどうなんです。私の御地《おんち》の幽霊に関する貧弱な研究の感想では、貴方《あなた》方は日本のそれのように執拗でない。言換《いいか》えれば日本の幽霊のように怨《うら》み重なる人間の行く先々《さきざき》到る処《ところ》につきまとって苦しめると云う事が比較的少《すくな》く、大抵《たいてい》自分のものときめてる部屋なり家《うち》なりに蟄居《ちつきょ》して其処《そこ》に対する自己の所有権を固く主張してる、即《すなわ》ちあまり外出をしないと云う点を面白く思います。あなたは例外で月朗《ほがら》かにライラックの匂う晩にでもその富豪の一人娘の住むほとりを散歩でもしたのですか」

「いやそうでは有《あ》りません。私の住む処《ところ》と令嬢の家《うち》とは隣合《となりあわ》せなんです。そして私の窓から彼女の窓もよく見えるのです。即ち我々はよく顔を合《あわ》せたのです。ああ今も眼をつぶると彼女の蒼白《あおじろ》い美しい顔《かんばせ》と、白衣の胸にダラダラと血を流し乍《なが》ら――そこには短刀が一本突《つき》さって居《い》るのです――部屋をさまよってる姿がアリアリと浮《うか》んで来ます」斯《こ》う云って彼は悲しげに俯向《うつむ》いた。

「何故《なぜ》一緒につれて来なかったんです。あ了《わか》りました。ゲレット・バーグス瓦斯《ガス》にやられたんですね」

「そうです。少し油断してる間《ま》に、金《かね》の他《ほか》何物も考えない彼女の父親が娘の幽霊を追出《おいだ》すためにゲレットを自宅へ呼んだのです」

「そして貴君《あなた》の宝玉《ほうぎょく》を多分一クォート位《くらい》の瓶詰《びんづめ》にしちゃったんですね。痛ましい事です。貴君《あなた》の悲嘆を御察《おさっ》し致します。誠《まこと》米国の物質主義も困りますね。金髪美人の血染《ちぞめ》の幽霊なんざ寧《むし》ろ生きてる時の姿よりセンセイショナルで保存的価値の有《あ》るものだと思いますがね」

「勿論《もちろん》私は充分に悲しみました。悲しんだ揚句《あげく》一大冒険を試みました。ゲレットの標本室へ忍込《しのびこ》んで彼女の瓶詰《びんづめ》を盗み出そうと企《くわだ》てたのです」

「うまく行きましたか」

「いいえ」そう云って彼は深い嘆息《たんそく》を洩らした。「うまく行ったならば斯《こ》うして一人で歩いてる事なんぞ有《あ》りません。まあ其《そ》のいきさつを御聴《おき》き下さい。其夜《そのよ》は雲が暗澹《あんたん》と空に懸《かか》り月の光を遮《さえぎ》って我々幽霊が活躍するには以《もっ》てこいの晩でした。僕は幽霊の特質に依《よ》ていとも容易にゲレットの標本室へ近寄りました。しかし其《そ》れ以上はいかにコンクリートの壁をわけなくくぐり抜ける私でも慎重に構えねばなりませんでした。何故《なぜ》なら若《も》し一寸《ちょっと》でも此《こ》の憎むべき悪漢《あっかん》の発明薬の瓦斯《ガス》にあたるならば私自身が凝固《ぎょうこ》して仕舞《しま》うからです。私は忍足《しのびあし》に標本室へ近寄りました。所《ところ》が失望した事はそこの硝子《ガラス》窓の内側には厚いカーテンを下ろして有って内部が見えないのです。日光が標本に当たると変色して価値を落《おと》すためでしょう。ここで私は大分《だいぶ》考えました。直《ただ》ちに此の部屋へ侵入すべきか否《いな》かと。若し多数の標本瓶の中にたった一つでも蓋《ふた》に塗って有るパラフィンが不完全で中の瓦斯《ガス》が洩れてるならば私は直ちにやられて仕舞うのですから。しかし恋は愛情は遂《つい》に此の恐怖に打克《うちか》ちました。私は意を決して硝子《ガラス》窓を透過《とうか》しました。それにゲレットのような敵乍《なが》ら綿密《めんみつ》の男が不完全な標本は真逆《まさか》陳列しとくまいと思ったのでした。

　部屋の中には幾重《いくえ》かの段に仕切られた標本棚が沢山《たくさん》並んでました。そして其《そ》の中に何百と云う標本が陳列して有《あ》りました。私は急いでいとしいヘレーネの凝固体を探しにかかりました。彼の整然たる分類のお蔭《かげ》でそれは直《す》ぐ見付かりました。

（A）婦人之部

（B）千九百二十年代之部

（C）最近之部

（D）妙齢の美人の部

斯様《かよう》な貼札《はりふだ》によって我が愛人の標本瓶は苦もなく探しあてられました。其《その》瓶のレッテルには次のように書いて有《あ》りました。

| | |
|---|---|
| 姓名 | ミス・ヘレーネ・スワンソン |
| 年齢 | 二十歳 |
| 幽霊ニナッタ理由 | 強盗ニ殺サレシタメ |
| 幽霊ニナッタ時 | 1925年9月15日 |
| 産地 | 米国金米糖市甘酒町13番地 |

此《こ》のレッテルを見て激しい憤怒《ふんぬ》を感じました。我が天使、我が最愛のへレーネが一個の商品化したのですもの、恋する者の身に取って斯《か》かる侮辱《ぶじょく》が有《あ》るでしょうか。又《また》同時に何とも云われない憐愍《れんびん》の情がこみあげて来ました。あの美しかりしへレーネが水母《クラゲ》のような眼も鼻も無いノッペラボーな白い凝固体になって居《い》るのですもの、さぞ復活を願ってるだろうと思うと可哀想で可哀想で堪《たま》らなくなりました。私の使命は急いで彼女の変形体をどこか人目《ひとめ》のつかない所へ運び、瓶の栓を抜いて彼女を元の姿に帰《き》し、今度こそ天下《てんか》晴れて私と同棲《どうせい》させる事なのです。私は踵《きびす》を回《めぐ》らして標本室から出ようとしました。所《ところ》がです。十中八九迄《まで》成功したと勇《いさ》んだ此《こ》の冒険もどたん場で見事背負投《しょいなげ》を喰《く》いました。思えば、ゲレットと云う奴、不倶戴天《ふぐたいてん》の仇敵《きゅうてき》ですが天晴《あっぱれ》な奴です。斯様《かよう》な侵入者の有る事をチャンと察して予《あらかじ》め其《それ》に備えて置いたのでした。標本瓶を取上《とりあ》げると丁度其《ちょうどそ》の底の下面《かめん》に当《あた》る棚板《たないた》には一つの小さい穴が開《あ》いて居て、取上《とりあ》げるや否や猛烈な勢《いきおい》でゲレット瓦斯《ガス》がシューシュー噴出《ふんしゅつ》して来るのでした。若《も》し真面《まとも》に浴びたのでしたら只今《ただいま》私はこうして貴君《あなた》とお話しの出来る身分では有りません。幸《さいわい》に、否《いな》むしろ或《あるい》は不幸に其《そ》の装置が理想通りに行かず、瓦斯の発射の方向がわき道へそれました。とは云え一部分が私の腕を襲ったため私はその痛苦《つうく》に堪《た》えかねて愛人の監禁されてる瓶をおっぽり出して仕舞《しま》ったのです。瓶はガチャンと大きな音を立てて割れました。そして嗚呼《ああ》愛する天使の凝固体はいくつかに割れて仕舞《しまい》ました。斯《こ》うなっては未来永劫彼女は復活しないのです。嗚呼あの時私は何故《なぜ》に寧《むし》ろ自《みずか》ら進んで瓦斯《ガス》体に浴《よく》し彼女と同じ物体にならなかったのでしょう。彼女を完全に殺すより其方《そのほう》がどれだけ男らしい行為で有ったか判《わか》りません。

何と云っても私は彼女の完全な殺戮者《さつりく》です。自分の愛人を僅《わず》かの痛苦に得堪《えだ》えで殺して仕《し》舞《ま》った意気地《いくじ》なしです。その自責の念を背負って私は御国《おくに》へ逃げて来ました。自殺はしません。自殺はしないで絶えず今は亡き彼女に責められ通しの方が、彼女に対して罪滅《ほろぼ》しになると考えて居《い》るのです」

語り終《おわ》って彼は右手を挙《あ》げて涙を拭《ふ》いた。其時《そのとき》私は彼の手首に火傷《やけど》のような傷の有《あ》るのを見て取った。私は指さして尋ねた。

「これでしょう。その時瓦斯《ガス》にやられた傷は」

「ええ左様《さよう》です。憶出《おもいで》の傷です」

「随分《ずいぶん》痛ましい傷です。これでは余程《よほど》痛かったでしょう。瓶をおっぽり出したのも無理も無い次第です。そもそも根本《こんぽん》はゲレットと貴方《あなた》の愛人の父親が悪いので、貴方がよしや彼女の凝固体を破壊した所《ところ》で、彼女は、貴君の自分に対する愛情に基《もとづ》く過失を、喜んで受容《うけい》れて死んで行った事でしょう。何もそんなに身を責める必要は有《あ》りません。折角此《せっかくこの》国へ御出《おい》でになったのですから、なるべくそんな考《かんがえ》は振落《ふりおと》して面白く幽生《ゆうせい》を御渡《おわた》りなさい。時に日本の幽霊連中と御逢《おあ》いになりましたか」

「まだ話した事は一度も有《あ》りません。奇妙に皆さん足が有りませんね。ストリーイズ・オブ・ジャパンと云う本で読みました御岩様《おいわ》や佐倉宗五郎《さくらそうごろう》殿の幽霊はもう全《まつた》く稀薄になって見る影も有りません」

「彼等は今でも戸板《といた》や磔柱《はりつけばしら》を背負ってますか」

「背負ってません。あんなもの若い元気なうちには背負えたでしょうが、ああ年取りましてはねえ」

「それでも我国の役者は今尚《いまなお》尊敬しなくては祟《たた》ると云って彼等の芝居をやる前にはその霊を御祭《おまつ》りしますが」

「それは屹度《きっと》若い幽霊連中での怠者《なまけもの》が遊んでて、甘い汁を吸うために株を買ったのでしょう」

「ヘエー驚きましたな」

「進化は人間社会、生物界にのみ行われるものではありません。幽冥《ゆうめい》界も時勢に応じて進化して行きます」

「成程《なるほど》ね。日本の幽冥界では近頃どんな現象が目につきますか」

「近頃は親子五人心中なんてよく有りますね。そうした親子連《づれ》の幽霊によく出くわします。日本の家族主義には一面感心もし又他面《またためん》には感心致しません。何も子供迄《まで》殺さなくともよいと思います。それからこれは昔から多いのですが御国《おくに》特有の心中者の幽霊の多い事多い事これは私のような者に取っては誠に羨《うらや》ましくてなりません」

そうこうしてる裡《うち》に新橋駅へ着いた。私は最後に大切な質問を一つ取って置いた。

「失礼ですが貴君《あなた》は一体どうして幽霊になぞなられたのですか」

「理由は極めて簡単です。先刻《せんこく》お話しした幽冥界での愛人は人間界に於《お》いても私の恋人だったのです、しかし貧乏な私を彼女の父親は決して近づけませんでした。そこで人間界を果敢《はか》なんで一発ドカンとやったのです。私のこめかみを見て下さい」

そう云って彼は耳上《みみうえ》に垂れてる長髪をかきあげた。そこにはアリアリと弾丸の大さにトンネルが開《あ》いて居《い》た。

テケレッツノパー氏は其後《そのご》二年間ばかり私の家に寝泊《ねとま》りして日本を研究した。彼は御祭《おまつり》があって、お神楽《かぐら》の始まってる町へ行ってはテケレッツノパーなるお噺子《はやし》を喜んで聞いて居《い》た。有島武郎《ありしまたけお》氏の幽霊としみじみ会話した時最《もっと》も深酷《しんこく》な幽生観を味わったとも云った。


今、彼は北極へ行ってる。最近の便り（私の第六感に伝わる電波放送なのだが）によるとその動静は次の如《ごと》くで有《あ》る。

「親愛なる三村兄《みむらけい》、私は今北極で日夜すばらしい北極光《オーロラ》の下《もと》に暮《くら》して居《い》る。連《つれ》が有《あ》る。他でもないかの偉大なる探険家アムンゼン氏だ。それからここで凍死したノビレ少将麾下《きか》の人々等《ら》と。私達はだから淋《さび》しくない。幽冥界へ入れば最早《もはや》凍死も餓死《がし》も心配はない。考えて見れば体温なるものの全然ない我々が凍死しないのだから可笑《おか》しな話ではないか。そんな事時々笑い合ってはあの人達は生前命懸《いのちが》けで愛した北極の研究を今度こそ何の支障もなく悠々《ゆうゆう》とやってる。今も巨大なる白熊が子熊をつれてのそのそ我々の方へやって来るけれど我々はそれに対して何等《なんら》鉄砲を打放《ぶっぱな》す必要は無いのだ。只《ただ》時々満目白皚々《まんもくはくがいがい》たる氷を見ては彼女の哀れな白い凝固体を憶出《おもいだ》して独《ひと》り胸を痛める事が有る。しかし何と云っても此《こ》の大自然は素敵だ。真《しん》の閑寂《かんじゃく》は此地《この》でなくては味《あじわ》えない。閑寂を愛する君よ。猛烈に不養生《ふようじょう》して早く幽冥界に入り、私と行動を共にしないか」ウワー桑原《くわばら》桑原。

## 解説

〈蜂雀〉昭和四年一月号（二巻一号）に発表。三村信二《みむらしんじ》名義。

「生活のために小説を書くのがwriterで、愉《たの》しみのために書くのがauthorだ。後者としてやっていくには他に収入源を確保する必要がある」とは精神科医でパルプ作家として活躍したデイヴィッド・H・ケラーの言葉。この定義に従えば渡邊洲蔵《わたなべしゅうぞう》は典型的なauthorだ。

渡邊は博物教師が本業のアマチュア作家で、自分の好きなことしか書かなかった。好きなものは浅海《せんかい》性魚類とモダン・ゴースト・ストーリー。モダン・ゴースト・ストーリーとはオスカー・ワイルド「カンタヴィル家の幽霊」（一八八七）のような明るくさっぱりしたイギリス式ユーモア怪談のこと。だから渡邊の作品には海か心優しい幽霊《ジェントル・ゴースト》のどちらか、あるいはその両方が登場する。

本作のテケレッツノパー氏も穏和でフレンドリーな好人物、いや好幽霊。陰々滅々とした日本の幽霊とは対照的だ。生前の人格が死後もそのまま存続するのなら、陽気な幽霊がいてもおかしくない。考えれてみれば当り前のことだが、幽霊といえば「恨《うら》めしや」のイメージしかない日本人にはとてもそこまで考えが及ばない。コロンブスの卵というやつだ。

とはいえ幽霊が怖いと思っているのは日本人だけではない。ジェントル・ゴーストという概念は海外で生まれたものだが、それも「幽霊＝怖い」という前提があってのこと。その成立は一九二一年、日本でいうと大正十年のことなので、文学上のコンセプトとしてはそんなに古くない。

もちろんそれ以前からジェントル・ゴーストを描いた作品は存在していた。有名なところではブランダー・マシューズ「張りあう幽霊」（一八八四）、ジョン・K・バングズ「ハロウビー館の濡れごと」（一八九一）、ウエルズ「不案内な幽霊」（一九〇二）などがある。これらを「人間臭い幽霊」という点に着目し、ユーモア怪談というひとつのカテゴリーにまとめあげたのはドロシー・スカーボローというアメリカの女流作家だった。

世界初のユーモア怪談アンソロジー『ユーモラスな幽霊の物語』*Humorous Ghost Stories*（1921）の序文で、編者のスカーボロー女史は「ユーモラスな幽霊は現代特有のキャラクターだ。昔の幽霊は頑迷固陋《がんめいころう》で、生者たちに敬意をもって恐がることを断固《だんこ》として求めた」

「だが個人主義と急進的リベラリズムが社会を席捲《せっけん》する昨今《さっこん》、幽霊たちも生者《せいじゃ》と同じようにのびのびと振る舞い、より多くの自由を満喫《まんきつ》している」と述べている。

ジェントル・ゴーストという言葉こそ使われていない（この言葉は一八八九年にできたものだが、広く一般に使われるようになったのはごく最近のことだ）ものの、この文章はジェントル・ゴーストの定義、あるいはその特徴を示すものとして、今でも立派に通用する。

長々と『ユーモラスな幽霊の物語』のことを書いたのは他でもない。渡邊が初めてジェントル・ゴーストというコンセプトを意識した、あるいはそれまで漠然《ばくぜん》としたイメージに過ぎなかったものが具体的な概念として形を成すようになったのは同書を読んだことがきっかけではないかと考えられるからだ。

状況証拠をあげよう。ひとつ、テケレッツノパー氏が恐れる「ゲレット・バーグス氏」の「幽霊消し」はジェレット・バージェス「幽霊消滅器」The Ghost-Extinguisher（1905）の幽霊を粉末にする薬品が元ネタになっている。ふたつ、四次元空間と三次元空間を自由に往来できる幽霊というアイデアは「カンタヴィル家の幽霊」にヒントを得ている。みっつ、渡邊は「張りあう幽霊」を「英米幽霊大喧嘩之巻」として昭和四年に訳出している。

「だから何？」と言われるかも知れないが、この三作はすべて『ユーモラスな幽霊の物語』の収録作なのである。「カンタヴィル家の幽霊」と「張りあう幽霊」は複数の収録本があり、容易に閲読《えつどく》できたが、「幽霊消滅器」は初出誌〈コスモポリタン〉一九〇五年四月号）かスカーボローの本でしか読むことができなかった。渡邊が『ユーモラスな幽霊の物語』を読んでいた可能性は限りなく高い。

当時ユーモア怪談に着目していた日本人がもうひとりいた。芥川龍之介《あくたがわりゅうのすけ》である。芥川は『幽霊小説傑作集』*The Best Ghost Stories*（1919）という匿名《とくめい》編者による怪奇小説アンソロジーからマシューズの「張りあう幽霊」を選び、その原文を自分が編んだ英語の副教材Modern Ghost Stories（興文社、大正十四年五月十日）に収めている。この『幽霊小説傑作集』は渡邊のタネ本でもあり、同書を底本としてW・F・ハーヴィーの「五本指の怪獣」を訳している。芥川は原文、渡邊は翻訳の違いはあるものの、この二人は日本におけるユーモア怪談紹介の先駆者なのである。しかも渡邊は創作を通じて日本人読者にユーモア怪談の面白さを伝えようとしている。ホラー小説史上、特筆されるべき人物だ。再評価の気運が高まることを願ってやまない。

渡邊は酒気《しゅき》を帯びて教壇に立ったり、国民服の着用を拒《こば》み着物にモンペで通勤するなど、豪放磊落《ごうほうらいらく》な中にも一本筋が通った硬骨漢《こうこつかん》だった。ニックネームはタコちゃん。水泳大会で鉢《はち》巻《まき》に日の丸の扇子《せんす》を立て、古式泳法の立ち泳ぎを披露《ひろう》したところ、それがまるでタコのように見えたというのが由来である。教え子のひとり宇佐美三郎《うさみさぶろう》氏は「生徒が講義にあきると、よく妖怪の話をされました。西洋の妖怪には足があるなどの話を聞いて、不思議に思いました」（「ああ、渡辺洲蔵先生」〈攻玉社同窓会報〉十九号）と回想している。宇佐美さんが羨《うらや》ましい。

# 火星の人間

西田鷹止

西田鷹止（にしだ たかし）

本名同じ。本人曰《いわ》く「筑後《ちくご》の平野《へいや》」が故郷というから現在の福岡県久留米《くるめ》市、大牟《おおむ》田《た》市、柳川《やながわ》市あたりの生まれか。伝習館《でんしゅうかん》（現・福岡県立伝習館高等学校）を経て京都の第三高等学校に入学。大正八年、国民文芸会主催の懸賞脚本に投じた「辱《けが》されし村」が選外佳作に入選。「美しかりし村」の題で河合武雄《かわいたけお》一座により上演される。〈婦人公論〉昭和二年七月号の「恋を買はれる話」で作家デビュー。〈富士〉を中心に十二篇ほどの作品を発表したが、昭和十六年以後は沈黙している。

# 一

私は、郊外に近きS町《まち》の街路から、少し入《い》り込んだ森蔭《かげ》の小さな一軒家に住んでいる独身者《もの》です。一軒家といっても、町家《ちょうか》から二丁《ちょう》も離れていないのですが、それだけでも道路の雑踏から遠ざかっていることは、画《え》を修業しながら文学書に読み耽《ふけ》ったりする私にとっては、誂《あつら》え向きの静かな家なのでした。私は、毎日、この家から、K区に画壇の老大家、福原《ふくはら》画伯の開いている洋画私塾に通《かよ》っていたのです。そして、その頃、私はその画塾のモデル、俊子《としこ》という女性に熱烈な愛を捧げていたことを、前以《まえもっ》て申して置かねばなりません。

さて、世にも不思議なこの物語は――と云《い》えば小説かなんぞのようですが、実は、私の遭遇したこの奇怪な事件というのは、或《あ》る朝、私が、この一軒家の床《ベッド》の上に目を醒《さ》ましたことから始まるのです。時計が停《とま》っていたので、何時頃であるか判《わか》らなかったのですが、無論、私は、それを朝と信じていたのです。曇天《どんてん》の日で太陽が何《いず》れの方角に在《あ》ったか、それに注意も向けて見ませんでした。塾へ行く支度をして家を出たのでしたが、町の様子が変だと思わぬでもなかったのです。毎朝、朝食は途中で済ますことにしていましたので、いつものように、街の公衆食堂の玄関に入って行ったのですが、其所《そこ》で始《はじ》めて時計を見て五時三十分を指しているのに不審を抱きました。食券売場口には、「夕食」と札が懸《かか》っているのです。朝と思っていたのは、午後五時三十分だったのです。しかし、これだけならば、寝坊の私のことであれば、晩方《ばんがた》まで寝過《すご》したのかなと思って、敢《あえ》て、恐怖に近いまでの驚愕《きょうがく》を覚えなかったろうと思いますが次の瞬間に私の眼《め》は、大時計の下に吊《つる》されてあるカレンダーの25という数字を捕《とら》えたのでした。

「君、君、今日は、二十三日でしょう。昨日《きのう》は、二十二日だったのですね。」

あまりに不審だった私は、傍《そば》に立っている洋服の青年に尋ねて見ました。するとその男は、口辺《こうへん》に妙な嘲《あざけ》りの微笑を浮《うか》べていうのです。

『何ですと？　今日は二十五日です。だから、昨日は二十四日だったのです。貴方《あなた》は、何か感違いをしていますね。』

実際、私は、戦慄を覚えました。実に薄気味悪い事実ではないでしょうか。私は確かに、二十二日の夜、十一時頃自分の家の床《ベッド》に入ったのを覚えています。それが、中《なか》二日を置いて、三日目の午後まで眠り続けたとは……いや、何としても不思議極《きわ》まる事実です。私は、何か生理的欠陥から来たものではないかと思っても見ました。しかし、幾分《いくぶん》か身体《からだ》の疲労を感じているという他には、意識も明瞭だし、それらしく思われるふしもないのです。あまりに、不思議なことは、実に恐ろしいものです。

兎《と》に角《かく》、食券を買って、食堂に入って行きましたが、食事もおちおち喉を通りません。喫煙室に行って煙草《たばこ》を吹かしながら二十二日の夜のことを繰返《くりかえ》し思返《おもいかえ》しても見ました。併《しか》し、思えば思うほど、自分の意識が確かであることを知るばかりです。何か薬品の作用ではないかとも思って見ました。併し、誰《だ》れが私の知らぬ間《ま》に、それを作用さしたか、に思い当《あた》ると、愈々《いよいよ》不気味な気持に襲われるばかりです。

私の身辺に起《おこ》った不思議な事件が、それればかりであったならば、しかし、二三日のうちには、忘れてしまったかもしれません。それから、十分と経《た》たないうちに、またまた驚くべき奇怪事《じ》に遭遇しなければならなかったのです。

私が公衆食堂を出たのは、六時過《すぎ》で、夕暮《ゆうぐれ》の薄明《うすあかり》が迫り、街の灯《あかり》が点《つ》きかける頃でした。街上《かいじょう》に出るのと同時に、一台の自動車が疾走して来て、私の眼前五六間《けん》のところで停《とま》りました。見れば、車から降りているのは、友人の井口《いぐち》君です。

『井口君じゃないかね、井口君。』

私は、救われたように、彼の傍《そば》へ歩み寄りました。全《まった》く、この不気味な心持《こころもち》を親友の一人にでも分担して貰い度《た》かったのです。ところが井口君の驚きようは実に意外でした。さし出した私の手を迎えようともせずに、異様な表情をして、じろじろ私の顔を穴のあく程《ほど》見つめながら、立《たち》すくんでいるのです。

『どうしたのだ、井口君、僕を訪ねてくれたのかい。』

それでも、彼は、茫然《ぼんやり》立ったまま私の顔から眼を放さないのです。

『君、君、どうしたのだ。』

重ねて追求されて、始《はじ》めて、彼は、独言《ひとりごと》のように云いました。

『おかしいね。』

私は、彼の怪訝《けげん》な顔を見て、急に妙な不安に襲われました。

『ど……どうしたというのだ、君。』

『おかしいな。君、今、何処《どこ》から来たのかね。』

『僕？　今、この食堂で、夕食をして出て来たところじゃないか。どうして、そんなことを訊《き》くのだ。』

『おい、君、僕を、かつぐんじゃ、あるまいね。』

『かつぐ？』

『いや、僕は、ほんの今迄《まで》、十分前迄、君と会っていたのだ。M街《がい》のダンス・ホールでだ。俊子さんも一緒だった。僕は、すぐ其所《そこ》の親戚の家《うち》に用があったので今先《いまさき》に別れて来たのだが、その君と再び此所《ここ》で会おうとは、全く、おかしい。僕がタクシーに乗る時、君は、あの家で、まだ俊子さんと踊っていた筈《はず》だ。』

『冗……冗談云っちゃいけないよ。僕が十分前にダンス・ホールに居《い》たって？　君こそ、僕をからかってるのじゃないかね。十分前に僕は、この食堂の喫煙室にいた。その以前は、僕の家《うち》の床《ベッド》の上にいたのだ。』

『おい君、それは、全くのことかね。』

『君は、どうかしているんじゃないかね。』

とは云ったものの井口君の、いぶかしげな表情は、寧《むし》ろ私以上に真剣であることを語っています。私は、此所《ここ》でも恐ろしい戦慄が氷のように襲って来たのを記憶しています。何という気味の悪い日であろう。私にあらざる今一人の私が、この世に今一人居《い》る——その私と、十分前まで会っていたと井口君は云う。私は、幾度も、自分の意識を疑って見ました。夢ではないかと嘘のように、頬《ほほ》を抓《つね》って見たものです。普通の日であったら、恐らく、私は、井口君の言葉を一笑《いっしょう》に附《ふ》して敢《あえ》て探索もしなかったでしょう。然《しか》し重ね重ねの不思議に打ちのめされた私は、彼と口論を戦わす勇気も何もなかったのです。いや、井口君、自身、狐に化《ば》かされでもしたように茫然《ぼうぜん》と面喰《めんくら》ってしまっているのでした。

## 二

我々は、自動車の傍《そば》で、半信半疑、二三の問答を続けましたが、聴《き》けば聴くだけ、不思議は、依然として不思議、二十幾年生《うま》れて以来使用し来《きた》った我々の心の尺度では到底《とうてい》、量《はか》り解《と》くことの出来ない謎でした。兎《と》に角《かく》、井口君の提議で、ダンス場《じょう》へ引返《ひきかえ》し、十分前の私が何者であるかを確《たしか》めようということになりました。事実は小説よりも奇なりというが、これが実際の出来事です。私が、私に会いに行く——何という奇怪極まる事実です。私は薄気味悪い不安と恐怖に戦《おのの》きながらも、興味津々《しんしん》、好奇心を湧かしたものです。

我々は、井口君が乗って来た自動車で再び、M街へ急ぎました。車の中で、私は、二昼夜半を眠っていたことを彼に話しました。慄《ふる》えたように蒼白《あおじろ》い顔をして、腕を組みながら、私の話を聴いていた彼は、『不思議だ、不思議だ。』と連発するのみです。再び申しますが、実際、我々は、それが、小説か夢の中の事件ではないかと、幾度《いくたび》も意識を確かめたものです。

M街へ着いた時は、もう、とっぷりと暮れて、完全な夜となっていました。ダンス場というのは、東亜《とうあ》ビルの地下室です。燕軒《つばめけん》というレストランに隣接する部屋で、白昼でもシャンデリヤが燦《かがや》き、煙草の紫烟《しえん》が濛々《もうもう》と煙っているデカダン倶楽部《くらぶ》とでもいうべき踊場《おどりば》で、モダーン男女が露《あら》わな姿態《したい》をして喜々《きき》と戯《たわむ》れています。私は、井口君に随《したが》ってこの地下室への階段を下《くだ》って行きました。

ホールには、左右二つの出入口があります。我々は左側のドアーの前に立ったのです。

『ちょっと、待ちたまえ。』

井口君は、そう云って、胸を轟《とどろ》かせながら、彼の背後に立っている私を制して、戸を細目《ほそめ》に開《あ》けて中の様子を窺《うかが》いました。開きかけられた戸の間から、なだらかなワルツが聞《きこ》えて来て、五六組の踊っている男女のステップのさばきが、井口君の肩越しに見られました。

『居《い》る。まだ居る。』

冷水《れいすい》を浴びせるように、井口君が、そう囁《ささや》くと同時に、私は顔を彼の肩の上に乗り出して行きましたが、其時《その》は、既《すで》に、彼が完全に戸を開いてしまった時で、我々は、二人列《なら》んで入口に立っていたのです。

おう、其時《その》の心持《こころもち》を私は、言葉で伝えることは出来ません。強《し》いて、云えるなら、私の頭は、私の胴体に附着《ふちやく》していなかったとでも云いましょう。三間《げん》と離れていない我々の眼前《めのまえ》に横向きに立っている青年——紺《こん》サージの背広服、小豆《あずき》色のネクタイ、カフス釦《ボタン》、ロイド眼《め》鏡《がね》、いや、耳の下の黒子《ほくろ》、髪の毛一本私と寸毫違《すんごうたが》わぬ私自身が、其所《そこ》に立っていたではありませんか。化石そのものの如《ごと》く硬直して私は暫《しば》し、その男——『私』を凝視していました。

彼は、俊子を探しているらしいのです。

『俊子さんが居《い》ない。何処《どこ》へ行ったんだろう。貴嬢《あなた》知りませんか。』

彼は、そう、傍《そば》の洋装の女に訊いています。

『ホホホ自分の愛人を見失うなんて、頼もしくない人ね。貴方《あなた》の責任だわよ。』

『しょうがないな。何処《どこ》に行ったんだろう。』

彼は、そう云って、今一応、場内を見渡しました。彼は、私の好きなバットの喫《の》みさしを指の間にはさんで居《い》ます。彼の眼が向《むこ》うの男女の一団から我々の方へ向けられた時、私の視線は、ぱったり彼のそれと鉢合《はちあ》いました。其時《その》です。私は、彼がぎょっと驚いたのを認めました。併《しか》し、彼は、それを隠すように、素知《そし》らぬ態《てい》を粧《よそお》いながら逃げるように向うへ行ってしまうのです。我々も続いて室内へ入って行きました。と彼は、今一方の出口の方へ急ぐのです。

『君、君、ちょっと待ちたまえ。』

井口君が呼びかけましたが、其時《そのとき》は既《すで》に彼は、戸の引手《ひきて》に手をかけていました。我々が戸のところまで追って行った時は、最早《もはや》、彼は廊下に出て地上への階段を足早に昇りかけているところでした。

『君、待てというに。君は、一体《いったい》誰だ。』

井口君は重ねて叫びました。彼は、我々に見向きもせずに、ずんずん昇って行きます。勿《もち》論《ろん》、我々は追いました。

我々が階段を昇りつめた時、彼は、この建物を出て街路の向側《むこうがわ》を横町《よこちょう》へ曲《まが》ろうとしているところでした。

『怪しい男だ、行く処《ところ》まで追跡しよう。』

井口君は、探偵のような心持《こころもち》になって、勇《いさ》み立っています。私とても勿論《もちろん》、この不思議な男の正体を見定めずには置かない覚悟です。横町へ曲《まが》った彼は一丁許《ちょうばか》り行くと左へ折れました。明るい繁華《はんか》な町から、静かな暗い町へと逃げるのは、確かに我々を撒《ま》こうとしているのでした。

『露骨に追跡すると却《かえ》って失敗するかもしれない。気づかれないように、尾行して行先《ゆくさき》を確かめよう。薄暗い町へ行くのは、却って好都合だ。』

実際、我々が走り出したら、彼も走り出したに違いなかったのです。そして、彼の足に、我々が敗《ま》けたら万事の終《おわ》りですから、寧《むし》ろ我々は、彼に、我々が追跡を断念したと思い込ませるように努力しました。見え隠れに、彼に気付かれないように尾行を続けて行ったのです。

二十分も経つと、この我々の計画は図に当《あた》って、確《たしか》に彼は安心したらしく歩みを緩《ゆる》めて背後に注意を払わなくなりました。其処《そこ》は、屋敷町で遠く商業街から隔《へだた》った山の手、道の両側は森が鬱蒼《うつそう》と茂って、塀《へい》が長く続いていました。何処《どこ》かの邸宅の裏通りらしい、普通なら、月夜であるべきですが、陰惨《いんさん》な雨雲が低く降りて新月の夜そのままの暗さ、電灯の影も見ようとしても見えず、遠くの電車の音が、洞《ほら》の中からでも響くように鈍《にぶ》く漂《ただよ》うて来るのは寧《むし》ろ、あたりの静寂を不気味に思わせるばかりでした。我々は逼《は》うようにして、彼の黒い影を追いながら幾つかの邸宅の裏を行き過ぎました。

と、不図《ふと》、井口君が、手で私の歩みを制しました。暗闇の中を注視すると、黒い人影が黒《くろ》板塀《いた》の頂《いただき》に動いています。確かに彼です。彼が塀を乗越《のりこ》えていることがすぐにわかりました。やがて、我々は、塀の内側へ彼が飛び降りたどしんという音を聞きました。

三

我々も彼の後から、続いて、この邸内へ塀を乗越《のりこ》えて忍び込んだのです。暗がりながら、あたりの様子を見れば、伯爵か男爵の邸宅と思っていたにも拘《かかわ》らず、庭内《ていない》は極めて殺風景で、築山《つきやま》もなければ、泉水《せんすい》もない、一面の草原です。向《む》こうに、洋館の灯《あかり》が見えていましたが、我我は、件《くだん》の男が確かに、その洋館のベランダーから、屋内へ入ったのを見届けたのです。何かしら猛獣の呻《うめ》くような音を耳にしました。

『何だろう、あの音は?』

『妙な家だね。危険はないだろうか。』

『兎《と》に角《かく》、あの洋館が怪しい。確かに、謎の秘密は、あすこにあるよ。』

戦々兢々《せんせんきょうきょう》ながら、非常な好奇に促《うなが》されて、こんな囁きを交《かわ》しながら我々は、洋館に近づき、灯《あかり》の漏れて来る部屋の窓外《まどそと》に忍び寄ったのです。カーテンの隙間《すきま》から室内の様子を覗き見れば、これはまた意外、この部屋は機械室です。蒸気機関か、電気機械か精巧を極めた偉大な機械《マシン》が動いている一方には、歯車が廻転《かいてん》しモートルが渦巻いています。猛獣の呻きと聞《き》こえたのはこのモートルの音だったのです。我々の眼を驚かしたのはそればかりではない、室《しつ》の一方の棚には、上下数段に数百千の薬品の瓶《びん》が列べられ、亦《また》、他の一方の書架には、万巻《ばんかん》の洋書和書が所狭《ところせま》きまでに堆高《うずたか》く積まれてあります。この機械と薬品と書物とに埋《うず》もれた部屋の中程《なかほど》に一脚の机があって、今《いま》しその卓上にフラスコを集めて、白髪《はくはつ》の老人が頻《しき》りに薬品の調合に余念のないところでありました。

我々は、この意外な室内の光景に暫《しば》し見とれていましたが、すぐに、科学者だなということが、それとわかりました。と同時に、このモートルだとか、薬品とかは、今迄《まで》、我々が彷徨《ほうこう》していた不可思議な神秘な世界から、我々を現実の明《あか》らさまな世界へと引戻《ひきもど》してくれたのです。兎《と》に角《かく》、この老学者に会って見ることにしようと、私は、井口君を促して屋内へ入って行きました。ベランダーの扉《ドア》は、難なく開《あ》いて、入ればすぐに廊下、老人の部屋の戸の前に立って、ノックしながら暫《しばら》く待つ間もなく扉《ドア》が開いて仙人のような老人が現われました。

『誰某《どなた》かね。』

老学者は、そう云いながら、そこに立っている私と井口君の顔を見るや——というのは、扉《ドア》が開いた時、室内の電灯が、ぱっと、私たちの顔を照《てら》したからなので——愕然《がくぜん》と彼の驚いた様《さま》が、光を背後《うしろ》にしていながらも、私には、よくわかりました。

『君……君なのか！　君は……君は、どうして、知ったのです。僕を責めに友人を連れてやって来たのだね。』

『えっ？』

見ず知らずの老人から突然そう声をかけられようとは、全く予期しないことでした。その言葉が何を意味するのかわからない。井口君も、私も、面喰《めんくら》った態《てい》で返事に困っていると、

『兎《と》に角《かく》、入りたまえ。』

と云って、老人は、我々を室内へ招《しょう》じたのです。私は、茲《ここ》で再び室内を見廻《まわ》しました。と、窓外から覗き見たとは違い、この室《しつ》は、非常に奥行《おくゆき》の長い室で、その間《あいだ》には、大小幾つかの

怪物のような機械が厳《おご》そかな唸りを立てているかと思えば、天井には、無数の電線や、コイルが右往左往しています。一方を見れば電気磁石、ガソリンの缶が散乱し、坩堝《るつぼ》には、金属の液が煮立って居《お》り、何かしらのメートル計は、刻々に針を進めて居り、鉄棒の 頂《いただき》 からは紫の電波が火花を散らして居りました。此等《これら》、実に乱雑そのものの中に一脈の統一があることは、老人が我々を招ずると共に、一つの 釦《ボタン》 を押すや、総《すべ》ての此等の活動が一時《いちじ》に停止したことによって知られます。私は、不図《ふと》、このあたりに、松波博士《まつなみはくし》と云って、世にも稀《まれ》な偉大な発明家――理学者の住んでいるという噂《うわさ》を聞いていました。これが、この老博士だなと思いましたが正《まさ》しくこの私の想像は当《あた》っていたことが、後《のち》になってわかりました。

老学者は、機械の活動を全部閉止《へいし》せしめてから、我々に椅子を進めて、云います。

『実は、絶対に秘密を要することであったので、君に対してあんな不作法な真似をして、身体《からだ》を無断で借り受けることにしたのだ。事情を聞いて貰ったら、諒解《りょうかい》してくれるでしょう。兎《と》に角《かく》、君に対しては、すまなかった。勘弁して下さい。』

私は、博士のいうことが、益々《ますます》解せなかったのですが、もしか、自分が二昼夜を眠っていたのが博士の仕業《しわざ》でそのことを云ってるのではあるまいか――とそう、不図《ふと》思ったのです。

『兎《と》に角《かく》、事情をお話《はなし》して、諒解を得て置かねばなりません。君たちも、お承知のことと思うが、俺《わし》は、今迄《まで》、二十三種の発明を成就《じょうじゅ》し、それを世間に発表して来たのだが、此度更《このたびさら》に、実に驚くべき科学的発見に成功したのです。それは、一種の写真術であるが、在来の平面写真と異なり、実体写真、いや実質写真とでも名づくべきもので、或《あ》る物体からそれと同じ物体を写し取るところの立体写真なのです。併《しか》しこの写し取った物体は、原体の模型でも影でもなく、原体と同じ物質であることが此度《このたび》の発明の主要な点なのです。つまり、如何《いか》なる物質でも、それと同じ物質が自由に作られるわけなのだ。そう云えば、君たちは、多分、奇異な感に打たれるだろうが、例えば、このコップならばコップ、ペン軸ならばペン軸、このコップ、ペン軸が、此所《ここ》に在《あ》ると思うのが間違っているのであって、存在するように見え、且《か》つ感ずるところの空間の一部分というのが正当なのです。即《すなわ》ち総《すべ》ての物質は存在するのではなくて、存在するように見えるだけだ。そのような空間の一部分を、作る事に成功したのが此度《このたび》の俺《わし》の発明なのです。いや、その機械の構造装置についての専門的説明を君たちへ聞かせる必要はあるまい。兎に角、結果を見てくれたまえ。』

と云いながら、博士は卓上の箱から、無雑作に、金剛石《こんごうせき》、金貨、紙幣等《とう》を無数に摑《つか》み出して示すのです。私は、お伽噺《とぎばなし》の国に行ったような気がしました。恐らく、その小さな箱の中には数十万円に相等《そうとう》する財宝が、塵《ちり》あくたのように投げ込まれているのだなと思いました。

『これ等《ら》は、総《すべ》て、俺《わし》が写取《うつしと》ったもので、本ものではない。と云って、その性質、効用、何《なん》等《ら》本ものと異《こと》ったものでなく、実際の宝石であり金貨紙幣であるのだ。どうです、君たち。この発見は、単に写真術の極度に進歩せるものに過ぎないのであるが、結果から見て、実に恐ろしい発見だとは思わないかね。地球上の価値の標準は、根底から覆《くつが》えされるのだ。これが、もし、世間に発表されたとしたら、全世界は、大混乱、大騒動が持ち上《あが》るだろう。何故《なぜ》ならば、如何《いか》なる財宝も無限に、無尽蔵に作り出すことが出来るからである。我々は昨日《きのう》までの概念と習慣と社会組織とを捨ててしまわなければならない。人間生活の一大革命なのだ。君、価値の単位のない社会を想像することが出来るかね。実に恐ろしいというよりない。俺《わし》が、この発表を躊躇《ちゅうちょ》して、絶対の秘密を守っている理由も、そこにあるのだ。』

博士の一言一句《いちげんいっく》は、魔法のような力を以《もっ》て、私と井口君とを眩惑《げんわく》して行きます。科学！　科学！　私たちは、今迄《まで》、科学ほど殺風景なものはないと思っていたのに、何という魔力を持っているものであろう。落込《おちこ》んだ眼穴《めあな》、尖《とが》った鼻、痩《や》せこけた博士の顔が、私には妖怪のように見えました。

老学者は語《ご》を続けます。

『だからと云って、俺《わし》の研究は、進めないわけにはいかない。俺《わし》は、更《さら》に、これを食料品に応用して見たのだ。牛肉の一片《ひときれ》、林檎《りんご》一個を持ち来《きた》って、その実質写真を作り、俺自《わしみずか》らその牛肉をカツレツとして食い、その林檎を味わって見た。そしてその効果が、普通の牛肉、林檎と何等《なんら》異なるものでないことを確かめたのです。このことは、俺《わし》の所謂《いわゆる》、物質は、在《あ》るにあらず、在るように感じ且《か》つ見える空間の一部であるという説を完全に証明してくれた。つまり、俺《わし》は、写し取った物質が、物理的にばかりでなく、化学的にも、原体《げんたい》と同様な性質作用を持っていることを確かめ得たのです。茲《ここ》に於《おい》て、俺《わし》は、愈々《いよいよ》最後の目的たる人間にこれを応用することにした。』

『あっ。』

と叫んで、あまりの驚きに、私が椅子から、飛び上ろうとするのを制して博士は、

『いや、君の昂奮するのは尤《もっと》もだ。無断で君の身体《からだ》を借用したことについては、重々《じゅうじゅう》、あやまる。許してくれたまえ。しかし今も、云うように、秘密を要したのみならず、君の容貌なり体軀《たいく》なり理想的の体形であるのに惚《ほ》れこんだ上のことです。君があの家に一人居ることを知ったのを幸《さいわい》、麻酔剤を使って二十二日の夜中から、君の身体を借りてこの部屋に運び実体写真、即ち俺《わし》の人造人間を作ったのだ。事情というのは右の次第、勘弁して貰えるだろうな。』

突然井口君が叫びました。

『それです。その男です。その人造人間です。私たちは、その人造人間を追跡してここへやって来たものです。貴方《あなた》を問責《もんせき》に来たのではないのです。その人造人間に会わせて下さい。』

『何だと、君は、妙なことをいうね。彼を追跡して来た？　俺《わ》しにはわからない。その人造人間は隣の部屋に置いてあるのだ。』

『違います。違います。彼は、M街のダンス場《じょう》へ行っていたのです。あまりの不思議さに、この井口君とあとをつけて来たのです。』

『ダンス場へ？　ハハハハハ人造人間が、独《ひと》りでに、夜遊びにでも出たというのかね。ハハ

ハハハもし、そうだったら、この俺《わし》も大喜びなんだが、悲しいかな人造人間には魂《たましい》がない。俺《わし》は、科学は万能だと思っていた。科学の力で出来ないことは、地球上に一つもないと豪語したこともある。併《しか》しただ一つ不可能なものがあったのだ。人間の魂を作ることは出来なかった。人造人間は魂を持たぬ。彼は、意志を持っていない。独りで行動することが出来ないのです。』

『違います。違います。私は、この眼で確かに見たのです。彼は生きています。私は、彼と談話も交《かわ》しました。彼は、俊子という女を愛してもいます。確かに生きています。会わせて下さい。隣の室《へや》にいるのですか。』

『おかしいね。そんな筈《はず》はない。疑うなら、君たちに見せてあげてもいい。来てごらん。』

老博士は、そう云って、我々を隣室へと導くのでした。その部屋は、機械室の薬品棚の傍《そば》にある扉《ドア》によって通ずるのでしたが、博士のあとについて室内へ入ろうとすれば、中は真暗《まつくら》闇《やみ》で暫《しばら》く、博士が、スイッチを捻《ひね》るのを待たねばなりませんでした。

『さあ、入りたまえ。』

電灯がぱっと点《つ》く、六畳敷《じき》ほどの狭い部屋で中央に大きな矩形《くけい》の硝子《ガラス》の箱があって、その中に黒いものが横《よこ》わって居《お》りました。人造人間、私です、私の実体写真です。先刻《せんこく》の男です。彼は怪異そのもののように仰向《あおむけ》に横たわったまま動かない。私は自分自身の屍体《したい》を見た心地がして、慄然《りつぜん》と身の毛の逆立《さかだ》つのを覚えました。実に、もの凄い場景ではないでしょうか。

『見たまえ。俺《わし》は、これほど実体そのままの人間を製造することに成功した。併《しか》し俺《わし》はこの男に生命を吹込《ふきこ》むことが出来ない。此後《このの ち》幾十年、百年の後《のち》に於《おい》ても、科学が「生命」を創造し得るか否《いな》か、その点に考え及ぶ時、俺《わし》は、寧《むし》ろ絶望を感ずる。目下《もっか》の俺《わし》の悩みは、それなのだ。』

『しかし、この……この男は……』

『うむ、呼吸しているというのだろう。血液が循環している、だから生きているというのだろう。併《しか》し、呼吸しているように見え、体温があるように感じられる空間の一部に過ぎないのだ。魂がない、意志がない、生命がないのだ。』

『いえ、この……この男の歩むのを見、話す声を聞いたのです。』

『ハハハハハ君たちは、何か幽霊でも見たんだね。すると問題はこの男にあるのでなく、君たちの心霊上にあるわけだ。もし事実、この男が動き出すことがあるならば、それは、科学が完成された時だ。其時《そのとき》は、何時《いつ》、来るであろう。』

博士は、深い歎息《たんそく》を漏らしました。

四

井口君と私は、博士の家を出てから、何処《どこ》を、どう歩いたか少しも覚えていません。恐らく数時間の間《あいだ》というもの、非常に昂奮して、魔術にでもかかった人のように、夜の市中《しちゅう》を歩き廻《まわ》ったのでした。夜《よ》の更《ふ》けるのも知らず、家に帰る道であるか、遠ざかる道であるかも知らず、夢中で歩き廻りました。実際、我々の頭は混乱していたのです。

『あの家は、現代文明の精《せい》を集めた殿堂だ。あの爺《じい》さんは、現代の王者だ。』

『僕は科学がこれ程《ほど》までに進歩していようとは知らなかった。マジックだ、妖術だ。』

『常識の桁《けた》を変えなければならないね。』

『食糧問題が何だ。株式相場が何だ。銀行が、どうしたというのだ。侯爵夫人の宝石が何だというのだ。おい、全世界は、今に、転倒《ひっくりかえ》るよ。恐ろしいことが勃発《ぼっぱつ》するぜ。』

『コロンブスが地球が円《まる》いと云った時、笑った連中が現代まで生きていたら気狂《きちが》いになるね。そして、我々自身が三百年後、五百年後の世界を想像して見たまえ。』

『人類は、宇宙を征服するだろう。月世界に別荘を建設するだろう。』

『おい、今夜という今夜は、僕は、自分の頭を信ずることが出来ない。夢ではないかと思うのだ。』

『博士の魔法にかかっているのかもしれない。』

『そうだよ。科学は恐ろしい妖術師だ。』

我々は、こんな談話を交《かわ》しながら、あてどもなく薄暗い町を彷徨《さまよ》い歩いていました。静かな町角《まちかど》には支那《しな》そば屋が屋台を停《と》めていました。もう夜も随分《ずいぶん》更けていたらしい。

『併《しか》しだね。』

我々の話は尽きようとはしませぬ。

『併《しか》し、どうしても、わからないのは、あの人造人間だ。博士はその動き出した時が、科学の完成せられた時だと云ったね。併し、彼奴《あいつ》は確かに動いていたではないか。ダンス場《じよう》で見た彼奴は、一体《いったい》誰だというのだ。』

『博士は、それを幻影だろうと云ったね。』

『いや、幻影ではない。しかも、君も僕も二人とも同じ幻影を見るということがあるものか。だから、我々自身の心霊問題ではない。彼は確かに客在物《きやくざいぶつ》だ。彼は確かに我々の体外にいたのだ。それとも、君は、そんな心霊現象を信ずるのか。それは、最も科学と縁の遠い迷信家の云うことだ。』

『無論、信ずるわけはないさ。だから不思議だというのだ。彼奴《あいつ》は確かに生きているよ。』

『そうだ。彼奴は生きている。』

『それを博士が知らぬというのが愈々《いよいよ》不思議でならない。博士は、我々を笑った。』

『彼奴《あいつ》には、確かに魂がある。しかし、博士はそれを、どうして知らぬのだろう。』

『おい、その話は、暫《しばら》く止《よ》そう。今夜のことを考えると頭が張り裂けそうだ。何という奇怪な晩だ。気狂《きちが》いになりそうだ。』

この時でした。

『人殺しーーッ』

深夜の闇を擘《つんざ》いて、身を刺すような女の叫びが起《おこ》ったのです。

『あれーっ。』

悲鳴は二三度続きました。我々は、慄然《りつぜん》として歩みを止《とど》め、悲鳴の起《おこ》った方を見つめましたが、私はそこに、闇の中に峙《そばだ》っている四階建《だて》の高い四角な建物を認めました。その建物は私に親しい建物でした。此所《ここ》は、T街です。その建物は俊子とその父とが住まっているアパートメントです。おう、悲鳴は、その建物の中から起ったのではありませんか。

電気にでも打たれたように我々は、突進しました。

『俊子の家《うち》だ、彼女の家だ。』

我々は、アパートの玄関を破れんばかりに叩きました。私は、遂《つい》に、玄関横の硝子《ガラス》窓を打《うち》破《やぶ》って屋内へ躍り込んだのです。その時は、屋内の居住者たちも悲鳴を聴いて室外に出《い》で、今や騒動が持ち上《あが》ろうとしている時でした。

『何処《どこ》です。何《ど》の部屋です。』

『二階です。二階の方です。』

我々は二階への階段を飛ぶようにして昇りました。

『何《ど》の室《へや》だ。人殺しは何処《どこ》だ。』

『三階です。三階です。』

我々は、三階へ飛んで行きます。おう、三階、俊子父娘の室は三階です。三階の五号です。私たちが三階へ昇りつめた時は、最早《もはや》三階の家族達の間に非常な騒動が起《おこ》って、廊下は、恐怖に慄《ふる》えた人々で埋《うず》められて居《お》りました。

『何号です。何《ど》の部屋です。』

『五号です。今、飯田《いいだ》さんがやられたのです。』

『………』

私は、吸い込まれるように、彼女の室《へや》へ駆け入《い》りました。おう、彼女の父が、良太郎《りょうたろう》さんが、血に染まって倒れていたのです。しかし、私にとって、この急場に屍体《したい》をかばっている余裕はなかったのです。俊子、俊子は何処《どこ》へ行ったろう。

『俊子……俊子さんは、どうしたのです。彼女が居ない。』

『犯人は……犯人は、お父さんを殺して、俊子さんを攫《さら》って……今です、ほんの今、です、こちらの階段から逃げました。』

『俊子を攫って……』

『そうです。あの娘《こ》を抱いて逃げました。すぐに追って下さい。警察へ届けて下さい。』

『犯人は、犯人は誰です。どんな男です。』

『若い洋服を着た男です。ロイド眼鏡をかけていました。貴方《あなた》によく似た男でした。』

『何《な》に？　私に似た？』

私は、脳天から氷を浴びたように突立《つった》ちました。あの男だ、彼奴《あいつ》だ。私は、跳《は》ね上《あが》るように駈《か》け出しました。反対側の階段を転《まろ》び落ちながら下《くだ》ったのです。其時《そのとき》は、私はもう、井口君が、一緒であるか否かも気づきませんでした。階段には、血が滴《したた》っている。その血は、三階から、二階へ、そして二階から、階下《した》の炊事場の方へ続いて居《お》りました。私は、炊事場の裏口から屋外へ走り出《い》でました。

私は、夢中で走りました。犯人は、右の方へ逃げたに違いないと思ったのです。女を抱いているならば、追付《おいつ》かないことはない、遠くへはまだ行く筈《はず》がないと、右へ、南の方へ夢中で走りました。

警察の前へ来たのです。飛込《とびこ》んで行きました。

『大……大変です、大変です。人殺しです。すぐに来て下さい。非常線を張って下さい。』

『人殺し？　何街《がい》だ。』

『T街のアパートです。父を殺し娘を攫《さら》って逃げました。直《ただ》ちに出動して下さい。非常線を張って下さい。』

『よし、犯人は、どんな男だ。老人か若者か。』

『私と同じ男です。洋服を着てロイド眼鏡をかけて居《お》ります。若者です。私と同じ男を捕《つかま》えて下さい。』

『君と同じ男？』

『人造人間です。人造人間です。早くしないと逃げてしまいます。直《す》ぐに、非常線を張って下さい。彼奴《あいつ》は、私の愛人を奪ったのです。』

私は、警察を出ると、再び、夢中で街を走りました。

## 五

私は、その夜中《よじゆう》、市中《しちゆう》の街から街を駈《か》けずり廻《まわ》りました。恐らく、私は、その夜《よ》の間中、精神錯乱していたに違いありません。人造人間が、俊子を拉《ちつ》して逃げる、それを、何処《どこ》までも追い行《ゆ》く心地だったのです。

自分に気がついて見ると、既《すで》に、夜は明けて、晴れた朝の太陽が街の甍《いらか》を照らして居《お》りました。それでも、私は、走るのを止《や》めようとはしなかったのです。身体中《からだじゆう》非常な疲労を覚え、頭がずきずき痛んで居ります。不図《ふと》、見れば、右の手が、血だらけです。多分、アパートの硝子《ガラス》窓を打破《うちやぶ》った時傷ついたためであったろうと思います。

一台の自動車が疾走して来ました。向《むこ》うの街角に、何か広告ビラを貼って去りました。私は、そのポスターを見ようともしずに走り続けました。すると次の街で、亦《また》、同じような自動車が走って来るのに会いました。これも、或《あ》る会社の壁にビラを貼って去ります。次の街で、私は、この色刷《いろずり》ポスターの前に立って、物珍《ものめず》らしげに話合《はなしあ》っている三人の大学生を見かけました。其時《そのとき》、始《はじ》めて、何であろうと、そのポスターを見る気持になって、走るのを止《や》めて、大学生の背後から、仰ぎ見たのです。

それは、何の広告であったのでしょう。おう、昨日《きのう》から、驚愕と、不思議と、恐怖に襲われ通して来た私は、此所《ここ》でも、愕然《がくぜん》と、自分の眼を疑いました。

火星から来た男の講話――本日午前八時より中央公園音楽堂に於《おい》て、火星より来《きた》れる人間の演説あり、来れ、そして、火星人間を見よ、その語るところを聴け!!

実に、驚くべき前代未聞の、この文字を読み終《おわ》った私は、更《さら》に、その上部に掲げられてある火星人間の写真に眼を移したのです。火星から来た男――おう、その男は、その写真は、私の……この私の写真です。彼奴《あいつ》です、あの男です。人造人間です。ロイド眼鏡をかけたあの殺人犯人です。

『畜生《ちくしょう》ッ、畜生ッ、貴様《きさま》だな、貴様だな。火星人間だって？　ふん、今に見ろ、目にもの見せてやるぞ。』

私は、憤怒《ふんど》に燃え上《あが》って再び走り出しました。中央公園へ、彼奴《あいつ》の演説会場へ。

街の人々は、皆《みん》な、私と同じ方向に急いでいるのを知りました。そうだ、皆な公園へ火星人間を見んと急いでいるのだ。此所《ここ》、彼所《かしこ》に貼られたポスターの前には黒山のような群衆が驚異の目を見張って集まっているのです。今や、全市は、彼奴《あいつ》の演説会の人気で湧くようです。

『とてつもない話ではないか。火星の人間が、どうしてやって来たのだろう。』

『矢っ張《やぱ》り飛行機さ。火星の文化はとても進んでいるというからね。』

『世の中は、何処《どこ》まで開《ひら》けて行《ゆ》くかわからない。愈々《いよいよ》火星と地球との交通が始まったのだね。』

『一番乗《のり》の男を見よう。どんな話をするか、これを聴き逃《の》がしてどうするのだ。』

『さあ、皆《みん》な行《ゆ》け。火星人間を見に行け。』

街々は到る処《ところ》、大騒ぎです。私は、夢中で走りました。前も後《うしろ》も、公園へ急ぐ群衆で町は埋《うず》まって居《お》ります。

公園へ着いた時は、既《すで》に八時は過ぎて演説は始まっていたのです。何というすさまじい聴衆でしょう。公園の広場は勿論《もちろん》、鉄柵の上も樹木の上も、鈴なりになって字義通り、立錐《りっすい》の余地なき人間の寿司詰《づめ》です。私は、群集を、押し分け押し分け先へ先へと進みました。

演壇である音楽堂の拡声器の前に立った彼奴《あいつ》は、群集へ向《むか》って呼びかけています。

『諸君、私は、諸君の支配下にあるこの地球上の文明が、美術工芸を始め、医学、法律、工業、凡《あら》ゆる方面に、かくも美わしく発達進歩しているのを第一にお喜びし度《た》いのであります。自動車、飛行機、電気、蒸気機関等々《とうとう》、これ等《ら》は、此後《このの》、十年、二十年、愈々《いよいよ》、益々《ますます》、進んで、諸君の生活を豊富に、高尚に、幸福に導くであろうと信じ、祝福するものであります。併《しか》しながら、惜しいことには、諸君の文明は、単に、物質文化であり機械文明に過ぎないのを私は、遺憾《いかん》に思うのであります。

諸君、人類にとって、何が一番主要なものでありましょう。何が一番、貴重なものでありましょう。魂であります。霊魂であります。私は、この地球に於《お》いては、何故《なにゆえ》に霊魂の研究が等閑《とうかん》にされているかが不思議でならないのであります。即ち心霊学が、実に幼稚貧弱であるのを悲しむのであります。何故《なにゆえ》でありましょう？　それは、諸君が霊魂は神秘不可解なものとして、研究の匙《さじ》を投げてしまうからであろうと思います。偶《たまたま》、幽霊の話をでもするものがあれば、「迷信」という言葉で一笑に付してしまいます。即ち、諸君は、不思議な心霊現象に接するや、不可解として逃げるか、笑うかの二つしかしないのです。進んで何故《なにゆえ》に研究しないのです。心霊の研究を進めて、何故《なにゆえ》に科学とまで発達せしめないのでしょう。諸君、私は、昨日《さくじつ》、我が火星から、この地球へ渡来したものです。第一、諸君は、その私が、どうして、諸君と同じ身体《からだ》を持ち、洋服を着《ちゃく》し、ロイド眼鏡をかけて、諸君の言葉を使い得ると思うのでありますか。』

その声は、私の肉声そのままです。彼奴《あいつ》は、私の生命《いのち》を奪ったのではないだろうか。『馬鹿な、畜生、何を云うのだ。』と呟《つぶや》きながら、私は、聴衆をおしわけて、先へと進みました。『火星に於きましては、既に、心霊学は、科学として立派に完成されて居《お》ります。尤《もっと》も、この地球上に於《お》いても、昔から、極めて幼稚ではありますが、物質界と霊界との交通機関をなす霊媒の現われたことは幾多ありました。千里眼と称する透視者もその一です。英国クルユーのポープという人は完全に心霊写真に成功して居《お》ります。即ち、魂が容貌となって写真乾板《かんぱん》に及ぼす化学作用です。又《また》物理的心霊現象――つまり、身体《しんたい》手足を縦横《じゅうおう》に縛《しば》られながら、魂によって、楽器を奏《そう》し、石を投げ金庫の鍵を開ける等《など》の行為をなすものとしては、ルーイズ氏などが居《い》ます。米国のヴァリアンスタイン、グラントン夫人等《ら》は死者との直接談話《ダイレクトボイス》――霊《ミィ》媒《デアム》自身が死者と談話を行うのでなく、誰《だ》れにでも、死人の声を聞かせることが出来るのです。死後、個性の存続如何《いかん》という問題に対しては、死人の指紋を取って実証した人もあります。そうして、理学者が、無線電波によって、火星との接近を企《くわだ》てて居《い》る時に、この霊媒《ミイデアム》によって、火星との交通を試みようとした人もありました。併《しか》しながら、これ等《ら》の霊媒《ミイデアム》は極めて幼稚、且《か》つ偶然現われたものでありまして、論理的必然性を持って居《お》らず、随《したが》って世《せ》人《じん》は、それを信じないのみか、一笑に付して顧《かえり》みるものもないのでありました。』

私は、鉄柵のところまで、やっと近づくことが出来ました。拡声器の声は亮々《りょうりょう》として聞《きこ》えて来ますが、私は、まだ、演壇へ一丁《ちょう》も隔《へだた》って居《お》ります。群衆は固唾《かたず》を呑《の》んで聴入《ききい》って居《い》ます。私は、更《さら》に人を分けて前へ前へと進んで行きました。

『我が火星に於きましては、物質文明は既《すで》に去って今や心霊開化の時代となって居《お》ります。心霊学は実に、諸君の想像も及ばぬところまで発達しているのです。我々は完全に霊界を征服し尽《つく》し、自在に駆使応用することが出来るのです。離魂《りこん》術――人類にとって何という一大福音《ふくいん》でありましょう。我々火星人は、応用心霊学の一つとして、離魂術を心得て居《い》ます。我我の魂は、自由に肉体を離れて空間を逍遊《しょうゆう》することが出来るのです。魂は三十吋《インチ》の鋼鉄板をでも透《とお》して自由に出入《しゅつにゅう》往来することも出来るし、宇宙の如何《いか》なる遠距離の所へも即座に到達することが出来るのです。しかも魂には、速度も時間も不必要です。意志のあるところ不可能ということは絶対にないのであります。諸君、一度、我が火星を訪れて御覧なさい。恐らく諸君は驚嘆自失するでしょう。何故《なぜ》ならば、火星に於《おい》ては、諸君の奔放《ほんぽう》な空想そのまま のことが、現実として行われているからであります。霊妙《れいみよう》不可思議、神変《しんぺん》自在、諸君から見れば、全く魔術の世界そのままです。諸君、人として魔術を行い得るならばと願わないものがありましょうか。私は重ねて申します。私は実に遺憾です。地球人は何故《なにゆえ》に魂の研究を等閑《とうかん》にして居《い》るか、不可解として、回避してしまうからです。』

有頂天《うちようてん》になって拍手を贈った聴衆もありました。厳《おご》そかに沈思黙考している者もありました。茫然《ぼうぜん》と面喰《めんくら》っている者もあります。私は、群衆の間を潜《くぐ》って益々《ますます》前へ、演壇へ近づいて行きます。

『併《しか》し、私は、物質界と霊界とが、如何《いか》なる関係を持っているか、霊魂が、内面微分子《びぶんし》の如何なる作用に基づくものであるか、等々《とうとう》心霊学の講義、宣伝に来たものではありません。地球上の兄弟たちへ、交際を求めに参《まい》ったものであります。私は、昨日、火星を離れて、この地球を訪れたのであります。地球へ来て第一に知ったのは、地球人の文明が、純然たる物質文化、機械文明であることであります。そして、諸君を代表すると云ってもいい一大科学者、松波博士は、実体写真術に成功して、人造人間をすら製造することが出来たのです。実に科学の極致《きよくち》と云ってもいいでしょう。併《しか》しながら、悲しいかな、博士は、人間の魂を作ることは出来なかった。人造人間に生命を吹込《ふきこ》むことが出来なかったのです。そこで、私は、皆さんに火星文明の一端《いったん》を示すために、その博士の人造人間の魂として入り込みました。御覧なさい。私は——即《すなわ》ち、火星人の一つの魂は、斯《か》くの如《ごと》く、この肉体を使用し、諸君の言語を使って諸君へ演説をしているのであります。』

群衆の間に、非常などよめきが起《おこ》りました。彼等《ら》は、彼奴《あいつ》の弁説に感動して酔うて居《お》ります。それが私には妬《ねた》ましい。『畜生、何をたわけたことをいうのだ。今に化けの皮をひんむいてやるぞ。』と私は人々の肩を乗越《のりこ》えたり、股下《またした》を潜《くぐ》ったり、躍起《やっき》と前へ進みます。

『諸君、私は、今も申す通り、地球へ交際を求めて来たものであります。地球の兄弟たちよ。我々、地球と火星とは、隣国となりましょう。そうして互《たがい》に和親《わしん》交通を結び、お互の文化を交換し合おうではありませんか。いや、我々は、更《さら》に、他の天体、他の太陽系の人々とも交際を求めましょう。相互に、新見聞《けんぶん》、新知識を広めて、我々人類生活の向上を計《はか》ろうではありませんか。今や、距離という言葉は、我々の辞書から除かれようとしています。宇宙の神秘は解剖台に上《のぼ》りました。実に我々人類の知識は、驚くべきものです。この後《のち》、五十年、百年、何《いず》れの点まで我々の能力が発達して行くか、計り知ることの出来ないものであります。とは云え、我々の前途には、未《いま》だ不可能、未知の世界が幾多横《よこた》わっているのであります。我我は、刻々《こくこく》の努力を惜《おし》まず、新しい世界へ、新しい世界へと、開拓の歩《ほ》を進めて行こうではありませんか。』

私は、やっと、演壇のすぐ下、彼奴《あいつ》の足下《あしもと》へ到達することが出来ました。

『その意味に於《お》て、私は、此度《こんど》、和親交際の表示として、二人の地球人を、我が火星へ伴《ともな》い帰ることにしました。それは、地球人中稀《まれ》な美貌の女性とその父とです。勿論《もちろん》、彼等は、離魂術を心得ては居《お》りませんので、昨夜、私は、この二人の肉体を殺しました。』

『人殺し！　人殺し、人殺しだ。殺人犯人は此奴《こいっ》だ。』

私は叫びながら演壇へ駈《か》け上《あが》りました。

『此奴《こいっ》は詐欺師です。詭弁家《きべん》です。私の恋人を恋《こ》いして其父《その》を殺害し彼女を奪って隠しているのです。諸君、昨夜のT街惨劇の下手人《げしゅにん》は此奴ですぞ。此奴の詭弁に乗ってはいけません。人殺しです。恐ろしい人殺しです。』

私は聴衆に向《むか》って叫びました。突然の出来事に今迄固唾《までかたず》を呑んでいた群衆の間に非常な、混乱大波《おおなみ》が起《おこ》りました。彼等は、酔わされていた弁舌《べんぜつ》から、始《はじ》めて現実の世界へ帰ったのです。

『そうだ。そんなことだろうと思った。話があんまり甘過《うま》ぎらあ。そんな馬鹿な話があるもんじゃねえ。』

『お前の云う通り、詐欺師だ。騙者《かたり》だ。』

『やれやれ、やっつけちまえ。』

『人殺しをやって、誤間化《ごまか》そうとは、ふてえ奴《やつ》だ。』

『やっつけろ、やっつけろ。』

群集は叫びます。私は、人々の味方を得て非常な力を持ちました。

『さあ、返せ、俊子をどうしたのだ。』

私は、彼奴《あいつ》の胸ぐらへ武者《むしゃ》ぶりついて行きました。その時、ひらりと、身を交《かわ》した彼は、私の腕を抜けて、音楽堂の楽屋《がくや》へ逃げ込んで行きました。

『待てっ、畜生っ。』

私は、追って行《ゆ》きます。

六

市中《しちゅう》は、非常な騒動となりました。彼奴《あいつ》が、真先《まっさき》に逃げる、その後《あと》から、私を先頭に数百の群集、警官が追いかけるのです。彼奴の足は仲々《なかなか》早い。昨夜《ゆうべ》から走り続けた私は、へとへとに労《つか》れながらも、力を励《はげ》まして追跡するのです。弥次馬《やじうま》が、わいわい騒いでついて来ます。市の中心、目抜《めぬき》の街を三十分ほども我々は追跡を続けました。と、遂《つい》に彼を、或《あ》る大きなビルディング内へ追い込んでしまったのです。

『さあ占《し》めた。』

『愈々《いよいよ》袋の鼠《ねずみ》だ。皆《み》んな、総《すべ》ての出口を固めろ。』

『逃《の》がすもんか。愈々往生《おうじょう》だ。』

建物の三方にある出入口は数十人によって固められました。我々は、二階へ、そして、三階へと逃げ昇る彼奴《あいつ》を追ったのです。五階食堂の淑女達に悲鳴を起《おこ》させながら、食堂を通過すると、彼は、六階へ突進します。七階へ追いつめると遂《つい》に屋上庭園へ逃げます。屋上庭園の花壇の間を数回追い廻《まわ》した末に、遂に、東北隅《ぐう》の一角《いっかく》に彼を包囲して詰め寄ったのでした。それでも、彼は、逃げようとします。遂に、鉄柵を乗越《のりこ》えて建物の突端《とったん》──地上、数百尺《しゃく》、直角に峙立《じりつ》する壁の頂《いただき》に身を現わしたのです。そして、おう、私が、追いつめて、彼の衣《い》に手を触れようとした時、彼は身を躍らして、飛びました。

『や、飛んだ、飛んだ。彼奴《あいつ》は、飛んだ。』

『自殺した。遂《つい》に彼は自殺した。』

我々が階下に降りて行った時、路上には、黒山の如《ごと》き群集が彼奴《あいつ》の屍骸《しがい》を囲んで、語り合っていました。

『とても素晴らしい冒険をやったもんだね。痛快な自殺だ。』

『いや、これは、正《まさ》しく人造人間の屍体だ。もしか、此奴《こいつ》の云ったことは、本当ではあるまいか。』

『あの建物の頂《いただき》から身体《からだ》だけを落《おと》して、自分は、火星へ帰ったというのか。』

『変現自在な彼としては、やりそうなことだ。』

『そうだ、それに違いない、火星人間の魂に違いなかったのだ。』

其時《そのとき》、私の脳裡に或《あ》る非常な考えが閃《ひらめ》きました。それは、私の一大発見でした。

『そうだ犯人は、あの老人だな。博士だ、松波老博士こそ、この事件の発頭人《ほっとうにん》だ。』

私は、群衆へ向《むか》って叫びました。

『諸君、今にして、私は、この事件の真相を観破《かんぱ》したのです。殺人犯人は、松波博士です。彼は、倅子に懸想《けそう》し、その父を殺し彼女を奪い隠したのです。彼は、勿論《もちろん》、自分で手を下《くだ》したのではありません。自分の製作せる人造人間をして、それを為《な》さしめたのです。彼の偉大な科学知識は、魂に等しい機能を有する機械を完成したのです。彼は自室に居ながらにして、その機械の放射電波によって自在に人造人間を操《あやつ》り、昨夜のあの驚くべき惨劇を演じたのです。諸君が今まで、静聴《せいちょう》した火星人の演説なるものは、総《すべ》て博士自身の詭弁《きべん》です。それを以《もっ》て、自己の殺人罪を逃れようとしたトリックに過ぎないのです。何という智能《ちのう》犯です。科学は恐怖そのものです。彼を捕《つかま》えて下さい。彼こそ、真犯人です。』

『何ということだ。』

『あの学者の家《うち》に押しかけろ。』

『彼奴《あいつ》をひっ捕《つかま》えろ。恐ろしい奴だ。』

『皆《みん》な行《ゆ》け。あの人殺しを逮捕しろ。』

群集は、期せずして、博士の家へと急ぎました。我々は、また、走り続けたのです。何というマラソンだ、私は、前夜から走り通しです。

間もなく我々は、博士の家を包囲しました。物音に、何事ならんとベランダーへ出て来た博士に向《む》かって私は大声叱咤《たいせいしった》したのです。

『人造人間を使って飯田良太郎氏を殺し、俊子を奪った犯人は君だ。我々は君を逮捕に来たのだ。』

すると博士は厳然《げんぜん》たる態度で、人々の方へ呼びかけました。

『諸君、この男のいうことを本当にしてはいけませんぞ。この男は、気が狂っています。自分の犯した殺人を人の仕業《しわざ》と信じているのです。』

『僕が……僕が……人を殺したのだって？　馬鹿な。人殺しをしたのはあの男だ。人造人間だ。』

『君は自分を誰だと思っているのだ。』

『僕は僕だ。間宮東吉《まみやとうきち》だ。』

『お前が人造人間だ。』

私は、頭が、があーんと唸りました。ふらふらとなりました。何が何やらわからなくなりました。

博士は、群集に命令しました。

『この殺人犯人を逮捕しろ。』

彼の声には威厳がありました。群衆は博士を信じ私を追って来たのです。

『こん畜生奴《め》、欺《だま》しやがったな。』

『お前が人造人間だ。お前が犯人だ。』

『やっつけちまえ。撲《なぐ》り殺しちまえ。』

叫びながら、彼等は、竹や棒を振りかざして私を追って来るのです。私は、自分に一大危険が降って来たのを知りました。街に出ました。おう、私はまた一所懸命に韋駄天《いだてん》走《ばし》りを始めました。

街から街を幾哩《マイル》走ったでしょう。私は、血を吐きそうでした。それでも彼等は、どんどん追って来るのです。博士が先頭に立って追跡を緩《ゆる》めないのです。

或《あ》る街角を右へ折れようとすると、向《むこ》うから、先廻《さきまわ》りをした一団がやって来ます。絶体絶命になった私は、其所《そこ》にあったビルディング内へ逃げ込みました。すると、それは、先刻《せんこく》、彼奴《あいつ》を追込《おいこ》んだ同じビルディングだったのです。二階へ、三階へ、追い上げられました。六階から七階へ、そして遂《つい》に屋上庭園の花壇の間を追い廻された末に東北隅《ぐう》の一角《いっかく》へ包囲されてしまいました。

博士が私の胸ぐらへ飛《とび》ついて来たのです。私はそれを振払《ふりはら》って鉄柵を跨《また》ぎ建物の突端《とったん》、数百尺のコンクリート断崖の頂上に立ちました。ああ、私は、遂《つい》に飛びました。私の身体《からだ》は空中に浮きました。おう、地球の引力は、非常な加速度を以《もっ》て急転直下、私をアスファルトの舗道の上に叩きつけんとしています。

『あっ……あっ……あっ。』

私は、空中を落下しつつ、そう叫びながら、身をもだえ、もがきました。夢中で、もだえもがきました。すると、今迄《まで》、重苦しく、わんわんうなっていた頭が、急に、すうと、軽くなったのを覚えました。あっ、見える見える、身をもがきながら、空中を墜落し行く私の姿が……私自身の姿が見えるのです。私の魂は、その時私の身体《からだ》を脱《ぬ》け出ていたのでした。

『あっ、俺《お》れは……俺れは……俺れは、火星人間だ。火星人間だ。』

思わず無意識に叫んだその声を私は、自分の耳の傍《そば》に聞きました。

七

私は、その声を耳ばた近く聞きながら、はっきりした意識を回復したのでした。眼前《めのまえ》が急に明るく、気持が清々《せいせい》して、静かに落ちついて来ました。不図《ふと》見れば、私の身体《からだ》は縦横《じゅうおう》に、固く荒縄《あらなわ》で寝台に縛りつけてあるのです。不思議！　様子が変だと思っていると、私の眼の前に俊子の顔が現われたのです。

『あ、俊子さん、俊子さんじゃないかね。』

私は、思わず声をかけました。

『お、間宮さん、あなた、私だということがわかって？　まあ、よかった、気がついてくれましたのねえ。』

『妙なことを云いますね。一体此所《いったいここ》は、何処《どこ》ですか。』

『まあ、本当に正気になって下すったわ。此所は、小石川《こいしかわ》の脳病院よ。あなた、この二三日、少し変でしたのよ。』

『えっ。』

と、俊子の背後に立って私を見つめている老人があります。松波博士です。

『あっ、貴方《あなた》は、……』

『俺《わし》は、院長の石原《いしはら》です。気がつきましたか。あんまり足をばたばた暴《あば》れなさるので、先刻《せんこく》、書生を呼んで縛りつけたところでした。少し落ちついたようですね。暫《しばら》く静かにしていなさるがいいです。』

そう云って安心したものの如《ごと》く、院長は、病室を出て行きました。

×　×　×　×　×

読者諸君、これまでお話《はなし》すれば、最早《もはや》、総《すべ》ては、おわかりのことと思います。

私は、或夜《あるよ》、『百年後の世界』という本を徹夜して読み耽《ふけ》ったのでしたが、其書《そのしょ》の驚異に打たれて、多分、其夜《よ》から、精神に異状を来《きた》し、この脳病院へ送られたものでした。俊子を愛するのあまり、もしか、誰《だ》れかに奪われはすまいか、という潜在意識、それにこの書の驚異——科学の怪奇が織込《おりこ》まれて、こんな妄想となったのであろうと思います。そして、ビルディングの頂上から墜落する瞬間に起《おこ》った精神上の激動が、却《かえ》って反作用をしたものか、錯乱状態から、正気に回復することが出来たものでしょう。すべては、その間に画《えが》いた気狂《きちがい》の夢だったのであります。

荒唐無稽な狂人の妄想、夢だと云ってしまえば、それまでですが、しかし、今でも、私は、笑いごとではないような気がしてなりません。何かしら、現代生活と関係があるような、遠からず、そういう時代が来はせぬか——来ぬとも限らないような気がしてならないのであります。

## 解説

〈冨士〉昭和四年十月号（二巻十号）に発表。

「すべては主人公の妄想だった」で物語を締めくくる「妄想オチ」は映画「カリガリ博士」以来、ホラーではおなじみのパターン。この手法を用《もち》いて高いショック効果をあげた作品に大下宇陀児《おおしたうだる》「十四人目の乗客」（〈サンデー毎日〉昭和五年六月十日号）や夢野久作《ゆめのきゅうさく》「狂人は笑ふ」（〈文学時代〉昭和七年七月号）がある。本作もそのひとつだが、大下や夢野の作品とは反対にオチが救いになっている。

作者については略歴に記した以上のことは分らない。文章がアマチュアリッシュでぎこちなく、作品数も少ないことから創作は余技ではないかと思われる。発明推進協会に同姓同名の職員がいた。あるいはこの人が本作の作者かも知れない。ちなみに同協会の西田《にしだ》氏は昭和十九年までは確実に存命だった。

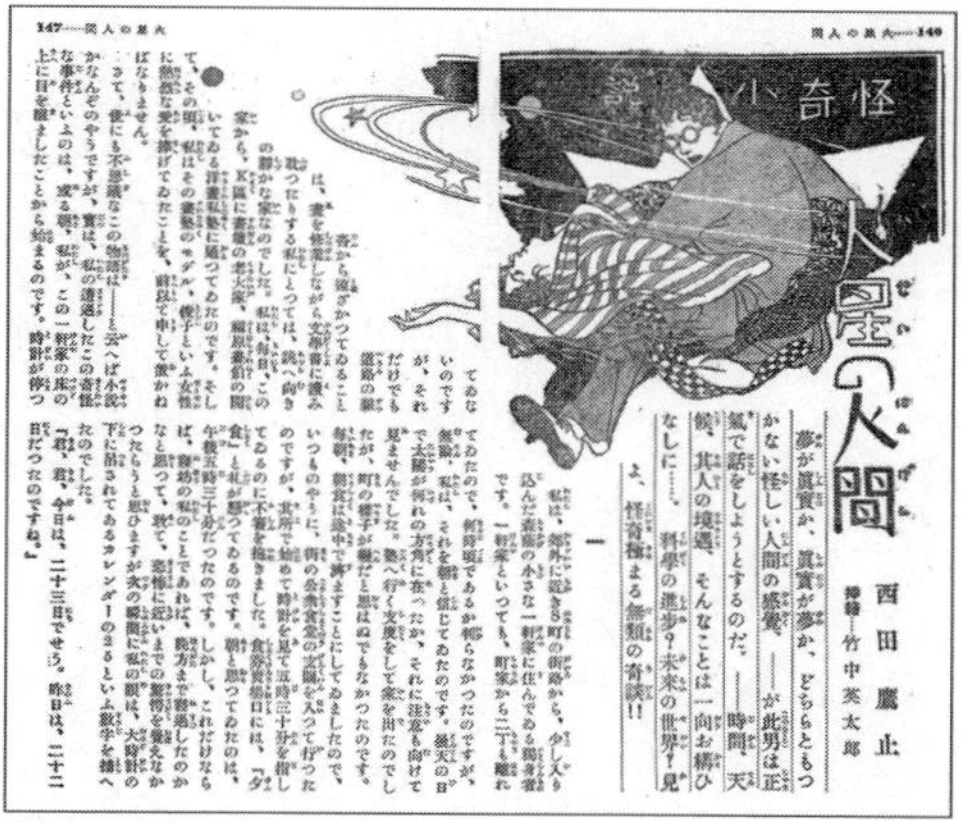

「火星の人間」本文（竹中英太郎画）

その作品のほとんどは女性向けの甘々《あまあま》なメロドラマだが、関係者が次々に怪死する呪われた別荘の話「魔の洋館」（〈富士〉昭和五年十二月号）や犯罪性の強い副人格に肉体を乗っ取られる「鏡の中の男」（同昭和八年三月号）など、ジャンル作品も若干《じゃっかん》ある。

〈富士〉昭和五年四月号の「月へ旅する男」はロマンチックな題名とは裏腹に、肉体から精神を分離して他の人間や動物に憑依《ひょうい》し、宿《しゅく》主《しゅ》の身体《からだ》を意のままに操《あやつ》る盲人が怪事件を起こすSF的なサイコホラー。編者はこれを読んでフレドリック・ブラウン『73光年の妖怪』を想起した。精神障害による自我喪失《そうしつ》の恐怖や肉体と精神のズレが生み出す異常感覚といった特異な心理現象を好んでテーマにするのがこの人の特徴だ。

　実質写真のアイデアはモーリス・ルナールとアルベール＝ジャン合作の Le singe（1924）というフランスのＳＦミステリに登場する有機体複製システムがヒントになっている。多成分溶液に電磁波を照射して有機体を複製する（ただしコピーには生体反応がない）今でいう光造形３Ｄプリンターみたいな技術を開発したアマチュア発明家が、そのデモンストレーションのために自身のコピーを三体作ってパリ市内外に放置する。ところが心臓麻痺で本人が急死。はからずも自分が四体目になってしまう……という、かなりぶっ飛んだ話。渡部尚一《わたべしよういち》による英訳からの重訳が「影の秘密」として〈新青年〉昭和六年二月五日春季増刊号に載っている。

　火星人の講話に出てくるポープ以下四人の霊媒にはモデルとなった人物が存在する。イギリスのウィリアム・ホープ、ルーイス某、アメリカのジョージ・ヴァリアンタイン、ミナ・クランドンがそれで、いずれも卓抜《たくばつ》した霊能者として当時有名だった。一九二八年、ＩＳＦ（国際スピリチュアリスト連盟）の第三回世界会議に参加するため欧米諸国を巡歴した浅野和三郎《あさのわさぶろう》が、この四人に会っている。有名といっても飽くまで心霊研究家にとっての話。普通はそんなこと知らない。この作者、心霊学にかなり詳しかったようである。

# 肉

角田喜久雄

角田喜久雄（つのだ　きくお）

本名同じ。明治三十九年五月二十五日、神奈川県三浦郡《みうら》（現・横須賀市《よこすか》）に生まれる。東京高等工芸学校（現・千葉大学工学部）印刷工芸科を経て海軍省水路部に勤務。「海図及び航空図の編纂《へんさん》、製図・製版及び印刷並《ならび》に其《そ》の技術の研究」を行う第三課に配属され、オフセット印刷の技術改良に従事。亜鉛凹版《おうはん》の実用化に成功し海軍省より表彰された。学生時代は懸賞マニアで〈現代〉のスポーツ小説募集や〈新青年〉の探偵小説懸賞募集に応募。初めて活字になったのは〈新趣味〉大正十一年十一月号の「毛皮の外套《がいとう》を着た男」で、これも同誌の懸賞募集に応じたものだった。昭和十一年〈日の出〉に初の長編時代小説「妖棋《ようき》伝」を発表。翌年、第四回直木賞候補となる。以後、時代小説作家として活躍。昭和十四年、原稿収入が給与を上回ったことが部内で問題になり依願免官。筆一本の生活に入る。戦時中は海軍報道班員としてラバウルに派遣され、同地で報道にあたっていた海野《うんの》十三《じゅうざ》と邂逅《かいこう》。戦後、探偵小説熱が再燃。「銃口に笑う男」「虹男《にじおとこ》」等の本格長編を発表する。平成六年三月二十六日、東京都東村山《ひがしむらやま》市の病院で死去。

雨雨！

風風風！

息もつけない様《よう》な連日の暴風雨は峨々《がが》たる山峰《さんぽう》に挑戦して、その底を水量を夥《おびただ》しく増して赤く混濁《こんだく》した渓流が凄《すさま》じい摩擦音を発し乍《なが》ら狂奔《きょうほん》する。上は聖沢《ひじりさわ》の絶壁、下は名にし負う小垂《こたれ》の大瀑布《ばくふ》、間の小舎場《こやば》は暗澹《あんたん》たる風雨に閉ざされて殆《ほと》んど天幕《テント》も用をなさない有様《ありさま》だ。

私は天幕を漏《も》る雨の飛沫をあびて寒さに震え乍《なが》ら身体《からだ》を小さく丸めていた。疲れた耳に感じるには、沢の流《ながれ》、風雨の響《ひびき》は余りに大きすぎる。呆然《ぼうぜん》として、私は微《かすか》な悪寒《おかん》と、恐《おそろ》しい飢《き》餓《が》の圧迫とをのみ感じていた。喰《く》い度《た》い、喰い度い、喰い度い、何か喰い度い、何でも喰い度い。米も喰って了《しま》った。福神漬《ふくじんづけ》の最後の一缶も空《あ》けて了った。残っていた小量のコンビーフは隅の隅まで嘗《な》めて了った。砂糖もない。味噌もない。汗で崩《くず》れたチョコレートももう残っては居《い》ない。何も無い。残っているのは食欲許《ばか》りだった。飢餓、飢餓、飢餓許りだ。そして、私の脳髄は形容し難《がた》い飢《う》えの恐怖に既《すで》に錯乱しかけていたのだった。

登山客の数もぐっと減った季節はずれの九月中旬、南アルプスへ志《こころざ》した私は、人夫《にんぷ》を一人伴《ともな》って甲州《こうしゅう》側から先《ま》ず白根《しらね》へ足を踏み入れた。天候は申分《もうしぶん》なく、白根三山《さんざん》を廻《まわ》って塩見《しおみ》へ抜け、蝙蝠《こうもり》、悪沢《おざわ》、荒川《あらかわ》、赤石《あかいし》、大沢《おおさわ》、聖　嶽《ひじりがたけ》と歩いて見ると、一寸《ちょつと》馬鹿にならない道程で、相当日数も喰《く》ったし、天気も急に崩《くず》れかかったので、予定通り遠山川《とおやまがわ》を上村《かみむら》へ降《くだ》って了《しま》えば文句のないものを、私も人夫もこの辺は始《はじ》めての事とて、赤石で一寸濃霧にまかれてどう踏み違えたものか気が附《つ》いた時には名だたる天嶮聖沢《てんけんひじりさわ》の源流へまよい込んでいた。さあこう成《な》ると、どうせ踏み込んだ足の序《ついで》だ、一思《ひと》いに聖沢を下《くだ》ろうじゃないかと、これが私の悪いくせで、人夫も大反対だし食料も残り少《すくな》い事だし、よせばいいものを無理に押切《おしき》って聖沢の悪《わる》場《ば》を下り出したのだった。人夫が滝の上に猟師小舎《ごや》が有る筈《はず》だと云《い》うので探して見たが、もう朽《く》ち果てて居《い》て役には立たず、仕方がないのでその跡《あと》へ天幕を張ってやれ安心と眠入《ねい》ったその晩から荒れ出した風、降り出した雨が、気狂《きちが》いの様《よう》に一日二日三日……と今日で五日目、明日《あす》はやむだろう、今夜はやむだろうと待っている内に食料は欠亡し、身体《からだ》中水浸《みずびた》りになって、恐しい飢餓と悪感に殆《ほと》んど意識を失いかけていた。

　実際、その日、私は意識を失いかけていたと云っていい。うとうとと眠ったりさめたり……の連続で、只《ただ》重苦しい一連の悪夢の様《よう》に思い出される。愕然《がくぜん》と眼《め》をさました途端《とたん》、ポケットの底の蠟燭《ろうそく》の破片に触れた指先が、不図《ふと》チョコレートの触感を連想して、慌てててそれを頬張《ほおば》る――その同じ動作を一時間の内に一体《いったい》幾度繰返《くりかえ》した事であろう。それは実際笑い事ではなかった。

　又、何時か眠って了《しま》った私は人夫に叩かれて覚醒した。

「雨も風もやっとやんだ。いい天気になりましたよ。」と人夫が怒鳴った。

そうか……と私はそれを微《かす》かに理解した。

別に嬉しいとも感じない。胃が激しくいたんで耳鳴りがしていた。

「食物だよ。起きなさい。」

そう云い乍《なが》ら人夫が私の鼻先へ突然赤黒い肉の塊《かたまり》を押附《おしつ》けた。私はびくり！として飛び起きた。

食物？　食物？　食物？　ああ！　肉だ！

私は何か叫ぼうとしたが声がつまって喉元で空《むな》しくごろごろ音を立てた。全身が訳《わけ》もなくぶるぶると痙攣《けいれん》した。

人夫は落着《おちつ》いてその大きな赤黒い塊を鍋の中へ投込《なげこ》んで火にかけた。

何を喰《く》ったのだろう？　どんな味だったかしら？　一体《いったい》美味《うま》かったのかまずかったのか？が、そんな事は問題ではなかった。喰える——という事だけで十分ではないか。

私は寝転んで、飽食《ほうしょく》から来た満足と、胃の底に感じるほのかな疼痛《とうつう》とを静かに味わっていた。もう、夜だ。可笑《おか》しな話だが、その時迄《まで》日が暮れている事を私はてんで意識しては居《い》なかったらしい。雲の切目《きれめ》から月も出ている。明るい月だ。滝の響《ひびき》が耳近《みみぢか》に聞《きこ》えている。明日は晴天——と思えば、助かったという安心と、何者へとも知れない感謝とで、多分、私の頬《ほほ》へ一筋《ひとすじ》涙があふれて来た。

「この聖沢じゃあよく偉い目に遭《あ》いますよ。」と、何を思い出したのか、私の側《そば》に転がっていた人夫がそんな事を話し出した。

「ここに、まだ立派な猟師小舎《ごや》のあった時分だったから、彼是《かれこれ》十年も前の事でしょうね。」

人夫は明るい月を見やり乍《なが》らぼつぼつと話して聞かせた。

多少山の経験はある——と云っても何しろ十年も前の事だから、登山という事も流行しては居《い》ないし、研究も積まれていない事は勿論《もちろん》で、用意等《など》もいい加減な三人の学生が、遠山川を逆登《さかのぼ》って、聖嶽、赤石嶽から大河原《おおかわら》へ下る予定でやって来た。

聖平《ひじりだいら》で昼飯を喰《た》べて、さて聖嶽へ取附《とりつ》こうと云う時に突然霧が湧き始めた。それがそもそもの間違いの始《はじま》りだった。却々《なかなか》深い霧で、何時《いつ》か踏跡《ふみあと》を見失った彼等《ら》は兎《と》に角《かく》国境線に添った尾根を通ろうと云うので、磁石をたよりに尾根をたどって行った。

その時、どうした機勢《はずみ》か、先頭に立っていた男が足を踏み外して西沢《にしざわ》の断崖へ落込《おちこ》んだ。

連れの男は呆然《ぼうぜん》としてたちすくんだ。

「落ちた!」と一人が陰気な声で唸《うな》った。

ヤッほーッ! と怒鳴った声は遠い谷底の瀬の音に吸い込まれて了《しま》った。谷間からはもくもくと濃霧が捲《ま》き上って来て、耳を澄ますと足許《あしもと》に小さく岩なだれがざらざら聞《きこ》えた。二人は顔を見合わせ乍《なが》ら、それでも其処《そこ》へ荷を置いて注意深く岩角《いわかど》にすがり乍ら谷へ下りて行った。友人の身体《からだ》は二十間許《けんばか》り下の岩角にだらりと引懸《ひっか》かっていた。

「森《もり》、兎《と》に角引返《かくひきかえ》した方がいいだろうよ。」

負傷した友人を上迄《まで》かつぎ上げた時、一人——田島《たじま》という男が考え乍《なが》ら云った。

「引返《ひきかえ》す外《ほか》はないね。」と森という相手の男も頷いた。

友人の負傷は素人目《しろうとめ》にも却々《なかなか》重傷で、有り合《あわ》せの包帯位《くらい》ではどうにもならなかった。二人は木の枝で応急の担架《たんか》を作り、それへ怪我人を縛《しば》りつけて急いで道を引返《ひきかえ》す事にした。夜道をかけても一分でも早く人里《ひとざと》に出たい。一時おくれても取返《とりかえ》しのつかない事に成りそうに思われた。

濃霧——経験のない人には殆《ほとん》ど想像も及ばない。山の霧は恐《おそろ》しい。あたり一面灰色に塗りつぶされて、一間先《いっけん》が明瞭をかく程《ほど》になると、もう視力を奪われたも同じ事だ。苦しげに呻《うめ》いている瀕死の怪我人を間にして、二人は懸命に道を急いだ。歩いて歩いて歩いて——それでも目的地へは出なかった。二人は小《しょうきゅう》休もせず気狂《きちが》いの様《よう》に歩き廻《まわ》った。

夜になった。水のない所で怪我人を注意し乍《なが》ら恐《おそろ》しい一夜をあかした。夜があけた。一面の濃霧は却々《なかなか》晴れそうもない。

こうして二人は力の限り歩き続けた。彼等の考えは、無闇に方角も解《わか》らず歩き廻《まわ》るより、何処《どこ》でも沢伝いに下《くだ》るのが一番よい方法だろうと思われた。そして彼等は何処の何沢か解らない或《あ》る水流をたどって足にまかせて下って行った。食料の殆《ほとん》ど全部は怪我人のリックサックに押籠《おしこ》められた儘《まま》西沢の谷深く転落して了《しま》っていたので、彼等はもう飢えに迫られ始めていた。重荷のために疲労の来方《きかた》も激しかった。それで、流れが底知れぬ滝に落込《おちこ》んで、沢伝いが不可能な地点までたどり着いた時、彼等は口をきく元気もなかった。沢を離れるのは、再び目標のない霧の海へ迷い込む事で、到底《とうてい》堪えられない恐怖だった。二人はがっかりして其処《そこ》へ身体《からだ》を投出《なげだ》した。

濃霧は去らない。世界は灰色に暮れて炭色《すみ》に明けた。其《そ》の明け方、怪我人は到頭《とうとう》息を引取《ひきと》って了《しま》った。二人は暗く顔を見合わせた。彼等の頭を占領しているのは、友人の死を悲しむ気持ではなくて、飢餓の恐怖だった。

灰色の世界はまた明けて暮れた。

灰色の世界はまた暮れて明けた。

極度の疲労と、飢餓と濃霧の恐怖から、森の神経が錯乱し始めた。彼は突然狂躁《きょうそう》状態に陥《おちい》って石でも砂でも何でも口の中へ頬張《ほおば》ろうとした。

何という執拗な天候であろう。霧の一日がまた明け暮れた。その日、うつらうつらとした悪夢から愕然と醒《さ》めた田島は自分の嗅覚《きゅうかく》を疑った。肉の焼ける匂い！　そして見ると、森が美味《うま》そうに肉片を頬張っている！　が、次の瞬間、彼はぞっ！　として森の手から肉片を叩き落《おと》した。彼は——森は死骸の股《もも》の肉を刳《えぐ》り取っては火に焼いているではないか！

然《しか》し、それが何と空《むな》しい本能的努力であったろう。一度肉の焼ける匂いをかいだ彼の食欲は物凄い力で彼の自制力をさいなんだ。

彼は手を伸ばして肉片を摑《つか》んだ。そして無意識に口へ持って行った。

「無理もねえ。」と人夫は暗然として云った。

「今迄《まで》はその話を馬鹿臭《くせ》えと思って聞いていたが、今度という今度は本当にその人達の気持が解った様《よう》な気がしますよ。それがね、天気なんて気まぐれな奴《やつ》でその日の午後になるとさしもの霧がからっと晴れちまったんです。そして不図《ふと》見るとここに立派な猟師小舎《ごや》が見えたじゃありませんか。小舎には食料の蓄《たくわ》えもあるし、この小舎を見た時田島という其《そ》の男は卒倒《そっとう》したと云いますね。何しろ、もう一寸《ちょつと》早くさえこの小舎に気がつけば友達の肉を喰《く》わずに済んだんですからね。霧という奴ァほんとに恐《おそろ》しい奴だ。」

私は人夫の気味の悪い話を聞いている内に何となく胸が重苦しくなって来た。胃の底から湧き上ってくるゲップの異様な臭気が私にある連想を呼び起《おこ》させた。

私はたまらなくなって天幕から出た。あれは熊の肉だったろうか？　素手の人夫がどうして熊を捕《と》ったろう？　あの不快なくさみはどうしたのだろう？

月が明るかった。むかむかする胸元をおさえ乍《なが》ら歩き廻《まわ》っている内に不図《ふと》何かに躓《つまず》きそうになった。黒いものが横たわっていた。

「熊か！　矢《や》っ張《ぱ》り……」

私は眼を据え乍《なが》らほっと胸をなでおろした。

そして、よく見ると熊の死骸が――正確に云えば皮がびくびくと小さく動いていた。

「蛆《うじ》……」と私は呟《つぶや》いた。白い蛆が、一面に熊の身体《からだ》中をうようよ這《は》い廻《まわ》っていた。

私が天幕へ帰って来ると人夫は、

「蛆が湧いてたでしょう?」とにやにや笑った。

「でも人間の肉よりゃいいさ。」と私は明るく、実際ほがらかな気持で笑って答えた。

## 解説

〈文学時代〉昭和四年十月号(一巻六号)に発表。

漢字一文字タイトルのホラー小説は妙に人の心をくすぐるものがある。井上幻《いのうえげん》の「喉」はその好例だ。タイトルから不穏な空気がピリピリ伝わってくる。一文字タイトルの良さは漠《ばく》然《ぜん》とした不安を感じさせること。イマジネーションが刺戟《しげき》される。もし横溝正史《よこみぞせいし》の「舌」が「瓶詰《びんづめ》の舌」だったらオチのインパクトははるかに弱まっていたにちがいない。タイトルを見ただけで何となくイヤなものを予感してしまうところがいいのだ。そしてその予感はほとんどの場合、的中する。

本作のタイトルも効果的だ。宗教的な意味の「肉」ではなく、食べる肉を想像してしまう。ロラン・トポルの「スイスにて」に似ているが、トポルとちがって全《まった》く笑えない。最後、呑《のん》気《き》に笑ってる主人公が怖い。思わず「問題はそこじゃないだろう」とツッコミを入れたくなる。二段オチ形式の作品だ。

　時代小説作家のイメージが強い角田《つのだ》だが、初期には本作や宝石を飲み込んだ（と思い込んでいる）子供にヒマシ油《ゆ》を与えて衰弱死させた母親が医者に「先生、この子の胃の中には、大事なルビーが這入つて居るのですから、疵をつけない様に注意して解剖して下さいまし」と嘆願する「ゆうもりすとによつて説《と》かれたる彼女にまつはる近代的でたらめの一典型」（〈探偵趣味〉昭和二年六月号）や、息子を死に追いやった男を雪山で遭難させる「狼罠」（〈文学時代〉昭和六年二月号）、飛行機の操縦士が妻とその不倫相手を乗せたまま飛行中の機から飛び降りる「衛星」（〈文学時代〉昭和六年六月号）のようなモーリス・ルヴェルばりのコント・クリュエル（ショッキングなオチのあるノンスーパーナチュラル・ホラー）がいくつかある。

　角田は登山が趣味で、昭和四年八月、本作の舞台になった南アルプスの赤石岳《あかいしだけ》・聖岳《ひじりだけ》を実際に縦走している。角田が登山に熱中するようになったのは従弟《いとこ》で学生登山家として有名な角田吉夫《よしお》の感化によるもの。吉夫は昭和三年、本作の主人公と同じように赤石から聖へと縦走中、雨と強風とに遭《あ》い聖岳から遠山川《とおやまがわ》を下って上村《かみむら》に難を避けている。本作は吉夫の経験からヒントを得たものだろう。

　喜久雄が時代小説作家として世に出るきっかけを作ったのも吉夫だった。昭和五年八月、吉夫と利根川《とねがわ》源流域を跋渉《ばっしょう》したときのことで、のちに喜久雄《きくお》は「その山旅《やまたび》は相当にはげしいもので、私は、始《はじ》めて山の恐《おそろ》しさや、面白さを、その時しみぐ〵味はつたと思つてゐる。この、か細い身体《からだ》に、思ひの外《ほか》の耐久力のあることを知つて何か人生に自信めいたものを持てたのもその時のことであつた」「私は何だか楽しくて、何か書きたくてたまらないやうな気持になつてゐた。そして、帰つて来て、やがて書いたのが「妖棋伝」といふ大衆小説である」と回想している。

昭和四十一年、あるインタビューで「食べものの嗜好は?」と聞かれた角田は「子供のころは非常に好ききらいがひどかったらしいけれども、青年期になって全然かわったね。とにかく、山を歩くようになってからなんでも食べるようになった。おそらく、食べないものはほとんどないよ」と答えている。本作の後にこれを読むと、ちょっと笑ってしまう。

# 青銅の燭台《しょくだい》

十菱愛彦

十菱愛彦（じゅうびし よしひこ）
本名・隆彦《たかひこ》。別名に十菱宏行《ひろゆき》。明治三十年十一月五日、神戸《こうべ》市栄町《さかえまち》に生まれる。日本大学法文学部宗教科中退。文学者としての観察眼を磨《みが》くため雑誌記者、特殊小学校教員、レストランのコック、保険会社員、官吏《かんり》などを経験した後、戯曲「離婚への道」（〈新小説〉大正十年十二月号）で文壇デビュー。大正十四年三月、長編小説『処女の門』（聚芳閣《しゅうほうかく》）が風俗壊乱《かいらん》で発禁処分を受ける。その後は通俗小説の分野で活躍。昭和十年、副業として東京市目黒《めぐろ》区自由《じゆう》ヶ丘《おか》に古書肆《こしょし》「平和書房」を開く。常連客に石川達三《いしかわたつぞう》、宮本三郎《みやもとさぶろう》、向坂逸郎《さきさかいつろう》らがいた。昭和三十一年頃、世田谷《せたがや》区池尻《いけじり》町の自宅に占いサロン「天星館」（のち天文館）をオープン。オマル・ハイヤームの生まれ変わりと称し、トービス星都《せいと》（のちトービス星図《せいと》）の名で対面鑑定や占星術の通信指導を行った。昭和五十四年九月六日、脳出血のため世田谷区の至誠会《しせいかい》第二病院で死去。

# 一

『一つ不思議な話をしよう。いや、不思議でないかも知れない。これが探偵小説なら、そう大して珍《めず》らしい事件じゃないからね。ある作家の言葉だと、探偵小説の最大要件に殺人事件を挙《あ》げている、そして犯罪が大きければ大きいだけ興味を惹《ひ》くと云《い》っているが、これには犯罪はない、従って殺人事件もない筈《はず》だ。だから探偵小説としたら、存外《ぞんがい》価値が尠《すく》ないかも知れないが――。』

私はある日、彼が恁《こ》んな風《ふう》に話すのを聴《き》いた。

彼、と云うのは宗教、哲学、天文、歴史、地理、言語、風俗その他の部門に精通し、就中《なかんずく》神話学《ミソロヂー》では世界的学者として、××大学から名誉教授の称号を享《う》けている白鳥《しらとり》博士である。私は常《つね》から友人として博士を尊敬もしているし、又尠《またすくな》からぬ裨益《ひえき》を得ていることは確かだ。彼はやっと三十を少し越したばかりだが、頭脳の明晰《めいせき》と学識の豊富なことは驚くばかりで、その専門の方面から非世間的であるが、先進の学者の説を屢々《しばしば》覆《くつがえ》すに足る卓見《たっけん》を吐いて駭《おどろ》かすことがある。がそんなことは今の場合どうでもいい。

書斎にはめらめら赤い暖炉《ストーブ》の火が燃え映《うつ》っていた、電灯は唯《ただ》一箇所大きな彼の書卓《デスク》の上に点《つ》いているだけで、それも覆笠《シェイド》がしてあるので部屋の中は薄暗かった。僅《わず》か置電灯《スタンド》の周囲のみ仄《ほの》明るく、何となく妖怪染《じ》みた雰囲気がそのあたりに漂《ただよ》っていたが、彼の顔の方が奇怪な感じがする。枯草《かれくさ》のようなパサパサ乾いた髪の下から覗いている、脱《ぬ》け上《あが》ったように展《ひら》いている大きな額《ひたい》。それから薄い糊《のり》みたいな両の睫毛《まつげ》が逼《せま》る辺から、高い際立《きわだ》って大きな鉤鼻《かぎばな》に移るあたりが恰《あた》かも鑿《のみ》で刻《ほ》ったように窪《くぼ》んでいて、その奥に澄んだ一対《いっつい》の湖のような眸《ひとみ》が輝いている。それは普通日本人には珍《めず》らしい青味の勝《まさ》った瞳で、瞼《まぶた》の上に突き出た広い額のために一寸《ちょっと》薄暗い影を投げているが、その眼窩《がんか》の奥深くに並んでいる双瞳《そうどう》は、陽光を受けた海のように、或《あるい》は黒く、或は緑に、藍《あい》に、紫に、青に光り輝くのだ。短い上唇《うわくちびる》は厚い下唇にしっくり当嵌《あてはま》り、靴の先端のように突出《つきで》た長い頤《あご》から、稍《やや》小形な耳に到る迄《まで》の曲線はゴンドラ船に似ていて、怎《こ》んな角立《かどだ》った横顔《プロフィル》は奇《めず》らしい。私もその時も見馴《な》れた博士の容貌《ようぼう》に、何か怪奇的な印象を受けた。恐らくそれは暖炉《ストーブ》のせいだろう。

『君は僕が千葉県安房《あわ》郡××村の出生《しゅっしょう》だと云うことを知っているだろう。いや、知っていなくってもいい。兎《と》に角《かく》この奇怪な話はそこに発生した事件なのだ、それさえ知ってて貰えば充分だ。

所《ところ》で千葉県安房郡と云えば、例の震災の時に一番ひどい打撃を受けた所だ。東京横浜も激しかったには違いないが、震源地に近い関係からかなり被害の程度は甚大《じんだい》だった。現に安房郡のある町の如《ごと》きは僅《わず》か三軒を残した外《ほか》、郵便局も町役場も警察署も全部倒壊した程《ほど》で、戸数三百ばかりの所に百何十人と云う圧死者が出来た位《くらい》だ。若《も》し東京のように人家《じんか》が櫛比《しっぴ》し薬品や火薬類があったら、全滅の悲運に際していると思う。さて僕の生《うま》れた××村はと云えば、海水浴場として知られた勝山《かつやま》より半里《り》ばかり奥で、東京から正確に云うと三三・一一三七里離れた地点にある。この附近《ふきん》は治承《じしょう》年間源頼朝《みなもとのよりとも》が石橋山《いしばしやま》の戦《たたかい》に敗れて遁《のが》れて来た地で、附近《ふきん》にはその遺跡が多い。そう云う訳《わけ》からでもあるまいが、土民《どみん》の間には旧家が多く又《また》伝説的な色彩が濃い。僕がこれから話そうとしている一族もその内の一人だが、兎《と》に角《かく》神話めいた伝統を帯びた先祖から連綿と続いている。

『仮《か》りに君津《きみつ》家として置こう。君津家はそうした旧家の中でも、不思議な歴史を有《も》った一家で、代々豊富なる想像力わけて、病的に鋭敏な見えざる神に対する感覚と、不可思議なる信仰のために、村民の間からは畏怖《いふ》と等しい敬遠《けいえん》の眼《め》で眺められて来た。つまり今で云えば変質者としての家系を有《も》っていたのだが、その頃では妖術者、或《あるい》は神と人との間を司《つかさど》る霊媒者として特別な人種に考えられていた。それと云うのは代々の先祖が発狂して、揚句《あげく》の果《はて》には村から行方《ゆくえ》知れずになって了《しま》うのだ。恐らくそうした永遠に闇から闇へと葬《ほうむ》り去られ、或は忽焉《こつえん》と消えて無くなった祖先は、優秀なる宗教或《あるい》は芸術の天分《てんぶん》を抱いた人達で、徒《いたず》らに無智な村民達に理解されないのを慨《なげ》いて死を早めたのではないかと想像する。

君津家は代々村はずれの高台の城郭《じょうかく》のような位置に、その奇妙なる建物を占めていた。そこは鬱蒼《うつそう》とした森に囲まれ、裏には何千年となく澱《よど》んだ、一面に油を流したような黝《くろず》んだ水を湛《たた》えた沼が展《ひろが》っている。岸には睡蓮《すいれん》が数十世紀もの昔を語り、沼を囲《めぐ》る昼なお暗い樫《かし》の老樹《ろうじゅ》の根許《ねもと》には、名も知れぬ毒草が眠り続けている。丁度《ちょうど》それらの中央に巍然《ぎぜん》とした古めかしい三階建《だて》が立っていた。奇妙な建物と断《ことわ》って置いたが、その建築の様式は全然日本のものではない。多分祖先の一人が考案した独創的なものらしいが、西蔵《チベット》の経蔵《きょうぞう》を模したような所もあり、又独逸《またドイツ》の北方のある建築に似たような所もある。僕は子供心にこの家が口から火焔《かえん》を吹き出す印度《インド》の仏像に見えて恐ろしかったことを覚えている。

『僕が彼と知ったのはいつ時分だったろうか？』

突然、博士は遠い昔を偲《しの》ぶように例の青澄《あおず》んだ深淵《しんえん》に似た眼光《まなざし》を虚空《こくう》に振り向けた。

『そうだ、僕が彼、君津の息子と相識《あいし》ったは、この不思議なる一家に好奇心を抱くようになってからだ。つまり稟質《りんしつ》的に恵まれた一家が、何故《なぜ》代々不慮の死を遂げ、永遠に不可解な謎を投げて行ったかと云うことを考え出した瞬間からである。

## 二

『彼が物心ついた時には、早《はや》両親は地上にはいなかった。彼はこの巨大な幽霊屋敷の中に、一人の無口な、不機嫌な伯母《おば》と、それから双生児《トゥインス》の妹を見出《いだ》したばかりであった。彼は世人《せじん》から蔑《さげす》まれる男女の双生として、この世に生を享《う》けたのである。彼等《ら》（と云うのは勿論《もちろん》彼と双生児の彼女である）は最初厳格な伯母から教育を授《さず》かった。義務教育は村の小学校で教えられたが、その外《ほか》の宗教、天文、芸術、建築などは、家憲《かけん》として一通り伯母からの手繙《てほど》きを受けた。

「お前方《がた》はどうしてもこれ丈《だけ》のことは覚えねばなりません。」

スパルタ風な伯母は手に革の鞭《むち》を持ってそう云って教えた。が彼の天禀《てんぴん》は祖先の遺伝を受けているせいか、それらの難《むず》かしい学問をすらすら咀嚼《そしゃく》して行った。数学は小学校の頃代数、幾何《きか》、三角を終え、ついで微分積分の高等数学を習った。それから語学は主として英仏独の三箇国語を教《おそわ》った。宗教に関しては印度《インド》希臘《ギリシャ》の神話、その他の伝説、芸術では国々の古典、詩学、それから天文地質学の体系建築様式の変遷など凡《およ》そ必要なものは一通り授《さず》けられた。

　併《しか》し、それよりも不思議なのは彼女の頭脳であった。彼女は彼と同じように教え込まれたが、少しも彼に対して引けをとらなかった。それればかりでなく彼と同じ程度に、凡《すべ》てのことを知悉《ちしつ》しそして理解した。彼は彼女を見る度《たび》に、単に性を異《こと》にした彼を見るような気がした。学名で剣状軟骨癒着《クシフォバージュ》双生児と称《よ》ぶ身体《からだ》の繋《つな》った双生児の場合だと、屡々《しばしば》相反《あいはん》する性質を持っているが、男女の双生児では全然二等分された同体と云うべき素質を帯びている。二人は呪われた同じ運命を背負っているのだ。彼等は同じ日に生《うま》れた以上、同じ日に死ななければならないのである。彼は同じ家庭に育っていながら、この双生児である彼女の記憶を有《も》っていない。それほど彼と彼女とは、「相似《そうじ》にして同一」だったのである。或《あるい》は呪われた半身として、相互に顔を合《あわ》さなかったせいかも知れない。彼の朧気《おぼろげ》な記憶では彼が憂鬱《ゆううつ》になるのと同じように、彼女の顔が憂鬱に曇って行ったのを知っている。丁度《ちょうど》底深い鏡面に向《むか》い合ってる時のように、彼の姿は即《すなわ》ち彼女であった。そして彼女の鏡像はとりも直さず彼の姿であった。彼は彼女の顔に只《ただ》の二度しか笑いの泛《うか》び上《あが》るのを見たことがなかった。その一度は彼等が伯母から天文の習得をして居《い》た時で、原名をGeminiと呼ぶ獣帯上《じゅうたい》の星座に関してである。それは獣帯十二宮《きゅう》の三番目に位《くらい》する南部銀河中《ちゅう》に入っている星座で、一《ひとつ》は青色に瞬《また》き、他は黄色に燦《きらめ》く希臘《ギリシャ》神話中の双生児に因《ちな》んで、Castor. Polluxと名付《なづ》くる双星《そうせい》であった。

「まあ、私達と同じ生《うま》れ月なのねえ。」

生れ月と云ったのは、太陽がその中にある七月の夏至《げし》時分のことで、偶然にも彼等の生年月日と符合しているのだ。

「奇態《きたい》だわ、私達はその生れ変《かわ》りか知《し》ら」

そう云って彼女はひしゃげたような笑いを洩らした。もう一度の笑《わらい》はいずれ後《あと》で述べることにしよう。

聽《やが》て彼等は丁年《ていねん》に達した。——その間《かん》のことは別に取留《とりと》めて云うほどのこともない。彼は役場からの召集で、大日本帝国の臣民の義務として徴兵官の前に立ったが、幸か不幸か「筋骨薄弱」と云う理由で丙《へい》種と云う判《はん》を押され、程《ほど》なく第一国民兵に編入されて了《しま》った。一方彼女は既《すで》に結婚期に達していたが、素《もと》より村民から除者《のけもの》同様の取扱《とりあつか》いを受けている君津家の、しかも世間から卑《いやし》まれている畜生腹の彼女を嫁に貰おうなどと云う殊勝《しゅしょう》な人間は有り得ない。それに彼女は決して、美人と云うほどの美人ではないのだ。むしろどちらかと云うと醜婦に近い部類に入れた方が穏当かも知れない。瞳こそ活々《いきいき》といかにも処女の美を蔵《ぞう》しているが、黄っぽい光を帯び、髪の毛は幾らか亜麻仁《あまに》色がかかった黄金髪《ブロンズ》で、先端も縮れている。佤《こ》うして二人ともが異った意味で、広い社会からも青春にも見離された「除者《のけもの》」の運命を担《にな》ったが、彼等は別にそれを何とも思いはしなかった。既に家庭教師たる伯母の手を逭《のが》れて勝手に先祖から代々伝《つたわ》った図書室に入って溢《あふ》れるような智識《ちしき》欲を充《みた》していたが、それと共により孤独に、より憂鬱になって行くのを二人とも気が付かなかった。彼等は無言で陰気な黴臭《かびくさ》い図書室で終日を暮《くら》し、ふとどちらからともなく顔を見合《あわ》せると、互《たがい》に相手の眼の色を探り合った。兄妹《きょうだい》でありながら世間尋常《じんじょう》の兄妹のように、兄とも妹とも呼ぶことの出来ない不思議な間柄《あいだがら》。そしてお互に何かを我先《われさ》きに模索しようとする敵同志のような感情の縺《もつ》れあい、彼は時々この底知れない宿世《すくせ》の因縁に、思わず身の毛のよだつような気がした。彼女とてもそうだったに違いない。佤《こ》うして又《また》幾年か過ぎた。

だだっ広い、沈黙と死との住居のようなこの屋敷の中には、唯《ただ》二つ彼等の許されない部室があった。

「お前方《がた》は結婚した後でなければ、あの部室へ這入《はい》ることはなりません。」

と伯母は厳禁した。それは亡き父母が使っていたと云う居室《きょしつ》で、何故《なぜ》か幼い頃から覗くことすら禁じられていた。厳格に云えば一階だが、この奇妙な建物の実は地下室で、穴倉《あなぐら》のような感じのする廊下の突当《つきあた》りにあった。じめじめと沼から来る湿気《しっき》は、廊下やその他の部室にも滲透《しんとう》し、通風の悪いために空気は重々しく、昼間でも蠟燭《ろうそく》なしでは行かれないほどの薄暗さを保っていた。

彼には伯母の言葉が謎のように響いた。まだ十二三の頃はそんなでもなかったが、年と共にこの謎は深まって行った。結婚しなければ入ることを許されない部室。併《しか》し、秘められるものほど曝《あば》きたくなるのが人間の本能である。では、彼女と結婚したらどうなるのだ。しまいにはそんな荒唐無稽な妄想さえ抱くようになった。

或《あ》る日それは彼等の呪うべき二十七回目の誕生日だったことを覚えている。その日伯母は拠所《よんどころ》ない用事を控《ひか》えて外出して留守だった、彼女も多分図書室にいるのだろう、その姿は見えなかった。彼は勝手知った伯母の居間に忍び込んで、用箪笥《ようだんす》の抽出《ひきだし》からそっと父の部屋の鍵を盗み出して置いた。夕方になって伯母は帰って来たが、元より知る筈《はず》はなかった。

「今日、今夜謎が解けるのだ。」と思うと、彼は食卓でも凝《じっ》と落付《おちつ》いては居《お》れなかった。けれども伯母に気取《けど》られてはならない、それより栗鼠《りす》のように監視している彼女の眼を怖《おそ》れなければならない。彼はやっと我慢した。愈々《いよいよ》夜となった。伯母も彼女も熟睡したらしい。彼は音のしないように二階の寝室を出ると、足音を忍ばせて酒倉《さかぐら》のように陰気な階下へと一段一段足を運ばせた。何十年間人の香《かおり》を嗅《か》がなかった一階は、一足一足《ひとあしひとあし》下《くだ》るにつれて空気が重たく足に触れる。彼はしめっぽい風に蠟燭の灯《あかり》を吹き消されないように用心しながら、埃《ほこり》の溜《たま》った廊下を出来るだけ音のしないように躙《にじ》り歩いた。あたりは森閑《しんかん》として古洞《ふるどう》を歩くような気がする。折々《おりおり》気味悪く蜘蛛《くも》の巣が顔を撫《な》で、そして怪鳥のような蝙蝠《こうもり》がパタパタ頭上を掠《かす》めて飛ぶ。その度《たび》に彼はひやりとした。と何かヌラヌラする液体が彼の首筋に伝った。それが今扉の蔭《かげ》から飛び出した蝙蝠の尿《にょう》だと感じたのは余程《よほど》経《た》ってからである。

「ギシリ!」

錆《さ》び付いた鍵穴は容易に開かなかったが、それでもどうやら重い沈んだ音と共に扉は開いた。重い沈黙《しじま》の中に冴えた音は響き渡ったが、再び元の寂寞《せきばく》に復《かえ》った。彼は耳を欹《そばだ》てて見たが、ホーホーと云う裏の林の梟《ふくろう》の声以外何も聞《きこ》えないので安心した。その瞬間、彼は何処《どこ》か外の廊下に当《あた》って軽い衣摺《きぬずれ》の音を耳にした。はっとして聞耳《ききみみ》を立てたが、夜の静寂は依然として元のままなので空耳《そらみみ》に帰《き》した。そこは父の部室に続く控《ひかえ》の部屋らしくガランとして何もない。で彼はもう一つ奥の扉に進み寄ったが、今度は音もなく開いた。

三

『何と云う部室だろう。そこは幅三間《げん》縦二間の、西洋風でもない勿論《もちろん》日本式ではないグロテスクな感じのする室で、中央には畳《たたみ》一帖敷《じょうじき》ほどの長方形な黒檀《こくたん》製のテーブルが据《す》えてあり、其傍《そのそば》には大きな椅子が一脚、全体を絢爛《けんらん》なサラセン模様の布で覆い、少し露《あら》われた脹《ふく》れた形の脚と、椅子には精巧な金銀が鏤《ちりば》められている。机の上には青銅の燭台《しょくだい》が置いてあるが、それは二匹の縺《もつ》れた青蛇の姿から出来上《あが》り、丁度《ちょうど》舌のあたりが蠟燭を受ける先になりそこから火焔を吐く仕掛《しかけ》にでもなっているらしい。燭台と並んでは支那《しな》陶器の花瓶が、蟇《ひき》の形をした銀製の香炉《こうろ》と置かれている。花瓶にはどう云う意味か、造花のアイリスと銀葉《ぎんよう》の天竺葵《ゼラニウム》が挿《さ》されている。

その時、彼は始《はじ》めて蠟燭の灯《あかり》で、久しく闇黒《あんこく》の中に幽閉《ゆうへい》されていたような室の四壁《しへき》を眺めた。そこには不思議な青赤白の原色石片《せきへん》を嵌《は》め合《あわ》した文様《もんよう》の壁が身体《からだ》を押しあい、二方《にほう》の壁には幾何学的模様に全線《ぜんせん》を刺繡《ししゅう》した眼も眩《くるめ》くばかりのサラセンの綴錦《タペストリ》が、滝津瀬《たきつせ》をなした焔《ほのお》の縞《しま》のように艶麗《えんれい》に注《そそ》ぎ懸《かか》っている。床は一面に大理石を張り、机の下は周囲二尺《しゃく》ほど残して厚い絨氈《じゅうたん》が敷かれている。その他扉は金属の象嵌《ぞうがん》を施《ほどこ》した木製で、その左右の柱には無数に複雑な彩画《さいが》を彩《いろど》った陶瓦《とうが》で裹《つつ》まれていた。彼はこの異様な色彩と意匠に唖然《あぜん》とした。亡くなった父の記憶は少しもないがこの異国的な趣味を抱いた人間は、忽《たちま》ち烈《はげ》しい彼の好奇心を唆《そそ》った。彼は少しずつ探索的な視線を移して、隈《くま》なく部室のあとを追った。

と室の一方が奥深く凸《とつ》字形になり、恰《あた》かも厨子《ずし》か龕《がん》のような祭壇が重い帷《とばり》の後《うしろ》に築かれているのを発見した。その左側には大きな書架が一つ、それから扉の片隅には黒いグランドピアノ、その下には古風なギター。向側の祭壇の横にあたって大きな棚があり、その上には仏像、象牙《ぞうげ》の細工物《さいくもの》、革類、宝玉《ほうぎよく》、玻璃器《はりき》などがいかにも雑然と転《ころが》っている。

「一体何故《なぜ》伯母はこの部室に入ることを禁じたのだろう？」

彼は今更《いまさら》のようにこの疑問に悩まされた。これだけのことなれば、何も事新《ことあたら》しく止め立《だ》てする必要もない。その時ふと彼は祭壇の前に置かれた古びた黄金の甌《かめ》を認めた。と何だかそれに一切の秘密も謎も隠されているような気がしたので、彼はそれを例の大きな机の上に運んで来た。甌の口には白い石を張った蓋《ふた》がしてあるが、表面全体唐草《からくさ》模様の施された黄金であると云う外《ほか》、別に変《かわ》ったこともないらしい。が兎《と》に角《かく》甌の蓋を開けようとして、彼は中央に一段高くなった短張を前後左右に引張《ひっぱ》って見た。その拍子《ひようし》に石片《せきへん》はどうしたはずみかコロコロと床の上へ転がり落ちた。と石張《いしばり》の跡《あと》に小さな穴が現われて、然《しか》もそれが螺旋《らせん》形の鍵穴になっていることを見出した。一方落ちた石片を手に取って調べて見ても、何の痕跡《こんせき》も残っていない、が甌は鍵に依《よ》ってでなければ開かないことはきまっている。

「鍵！」

けれども鍵が何処《どこ》にあるか見当がつかない。勿論《もちろん》部屋を開ける際に用いた扉の鍵などではない。と云ってそれは伯母が持ってそうな訳《わけ》でもない。確かに何処かこの室の中に隠されているに違いないのだが、一向《いつこう》に解《わか》らない。彼はもう一度甌《かめ》を仔細《しさい》に検《あらた》めようとして手を延ばした瞬間、蠟燭をのせた手燭《てしよく》を机から腕で蹴落《けおと》して了《しま》った。急に四囲《しい》は暗黒に復《かえ》った。

「あっ！」

その時机の上に幽《かす》かな閃光《せんこう》を彼は見た。丁度《ちょうど》それは夜光時計のように、微《かす》かな黄い炎が瞬《またた》いているのだ。しかもそれは石片《せきへん》の表《おもて》に現われた黄燐《おうりん》の閃光で、何かの字が書かれている。彼は素早く用意の紙と鉛筆で、この不幸な偶然の失策を利用した。紙片には次のような暗号が走り書きされた。

11 2 1 2 5 7 5 2 2 2 7 6 5 2 7 6 8 2 11
IDAJ a a c d d d d e e e e f r l r
5 8 7 7 8 3 4 1 8 5
p r s t t t v

それは四つの頭文字と二十二の小文字とで出来上《あが》っている、文字の上には夫々《それぞれ》数字が書いてあるが、それは何を意味するのかも解らない。彼は全《まった》く取留《とりとめ》もない文字の羅列に愕《おどろ》いた、石片の上に現われた字は一種の装飾のように環《かん》状をなして描かれているが、果《はた》してそれが鍵を求むる手索《てがか》りになるかどうかさえ危ぶまれた。彼は再び燐寸《マッチ》をすって灯《あかり》を点《てん》じた。それと共に黄燐《おうりん》の暗号は消されて了《しま》った。』

そう云って白鳥博士はサラサラと一枚の紙の上に暗号文字を写し出すと、聴手《ききて》の私の前に差し出《だし》た。

『どうだね、解るかね――。』

けれども私にはそれが判《はん》じ絵か、クロスワードパズルのような気がして、残念ながら点頭《てんとう》を振った。

『そうだろう、こいつは科学的な頭脳ばかりでは解くことは難《むず》かしい。至極《しごく》後になって見ると雑作ないことなんだけれど、君津家の先祖のような天才的な芸術家の直覚《ちょっかく》的に浮《うか》んだ考えなのだから、それを解き明《あか》すにも又直覚の力を重《おもん》じなければならない。僕にも始《はじ》めは解らなかったんだよ。では話の続きにかえろう。

そこで彼はその晩はそれで仕事を止《や》め、暁方《あけがた》近くになって己《おのれ》の寝室へ戻ったが、それからと云うものはどうしてもこの暗号が頭から離れない。IDAJ、それから二つのa、四つのd、四つのe、f、三つのi、pとrとs、三つのtにv及び185と云う数字が寝る隙《すき》もなく想《おも》い出される。これは確かに苦しいことだったに違いない。これは先刻《せんこく》僕も云ったことだが、非科学的な、交霊術だとか宗教的恍惚《こうこつ》に秀《ひい》でた祖先が、この暗号を拵《こしら》えた動機を科学的に組織的に推理しては妥当ではない。寧《むし》ろその場の突嗟《とっさ》に把握した脳中《ちゅう》の直覚《ちょっかく》に頼った方が、より経路として近道だ。彼も恁《こ》う考えた。で彼はそれからは夜になると、この父の書斎に来て異国的な雰囲気に包まれながら、暗号の文字を眺めた。

「この室は父の書斎に宛《あて》られた部屋だ、従ってこの四つの頭文字と二十二の小文字はそこにある何かの書物の一節を抜粋《ばっすい》した文章で、その頭文字は章句《しょうく》冒頭を意味しているのではないか。そして百八十五と云う数はどうしても文字の上の数の総和とは概当《がいとう》していないから、その書物の頁《ページ》数に違いない。」

ふと彼はそんな風に考えを進めた。それは余りにも独断すぎるが、突嗟《とっさ》に彼はその正しいことを信じた。が百八十五頁としても数限りなく並んでいる大きな書架のどの本だか解らない。一冊一冊調べて見ればいいが、そんな無暴《むぼう》は許されない。

「アイリス！　天竺葵《ゼラニウム》！」

その時彼は支那陶器の花瓶に挿《さ》されている造花を見やった。

「アイリス！　天竺葵《ゼラニウム》！」

そう呟《つぶや》いていると、ふと彼は花言葉のことを憶《おも》い出した。花言葉は確か数世紀前から行われていたのだから、決して突飛《とっぴ》な考えではない。そこで二つの花の意味を考え出して見ると、アイリスには伝言、通信、信号と云う意味があり、銀葉《ぎんよう》の天竺葵《ゼラニウム》には想起と云う意味の含まれていることが解った。これを翻訳して見ると、

「天竺葵《ゼラニウム》に依《よ》って悟れ！」

と云うことになる。

「天竺葵《ゼラニウム》！　Geranium」

彼は弾《はじ》かれたようにこの福音《ふくいん》に気付くと、そこにアルファベット順に罩かれた同型同装の

宗教書から、つとGを引き出した。そして急いで百八十五頁を繰《く》り出すと、細い一面に書かれた文字の上に眼を曝《さ》らした。暗号の文字はこの中から探し出さねばならない。しかも文字の上の数字はその綴字《つづりじ》の数を示しているに相違ない。彼は急いでその文字を拾った。

Inépuisable, De, A, Je. aspic, alambic, ctes, de, de de, douleur, éternal, enant, encor, ef, fautes, l'antigue, le, l'in satiablé, puits, recourbe, sottise, travers, Treillis, tes, vois.

この二十六文字を正確に拾い出す迄《まで》にはかなり苦心したが、さて以上の二十六語と四つの花文字から察するに、これは尠《すくな》くとも四つの文章から成り立っていなければならないと彼は思った。且《か》つ文の形よりすればそれは詩句《しく》で、しかもある一つの四行詩でなければならない筈《はず》だ。そう考えると、彼は仏蘭西《フランス》語の文法と慣例と、それから詩の韻《いん》とを踏んでようやく次の四行詩を得た。

Inépuisable puits de sottise et de fautes!
De l'antique douleur éternel alambic!
A travers le treillis recourbé de tes cotes
Je vois, errant encor, l'insatiable aspic.

『ああ、それはボオドレエルの「死の舞踏」と云う詩のスタンザじゃないか。』
私は彼の低唱《ていしょう》するのを聞いて、思わず口を挟《はさ》んだ。
『そうだよ、あの"Danse Macabre"の第八句目だ。』
そう云って彼は再びその詩句を口吟《くちずさ》んだ。
ああ痴愚《ぐ》と過失との汲《く》みつきせざる
泉よ！
古い苦悩の永遠の濾過器《ろか》よ！
私は見る、お前の肋骨《ろっこつ》の曲《まが》った格子
作りをよぎり
飽くこと知らぬ毒蛇のなおなお這《は》いまわるを。

四

『そこで彼は』と再び白鳥博士は語り出した。
『ボオドレエルの詩がこの場合どう云う役目をするか、と云うことを考えた。がこれは何処《どこ》までも或《あ》る詩の一節に過ぎない、前後の脈絡を考えて見ても詩人の幻想を描き出した迄《まで》だから大した意味が秘《ひそ》んでいるとは思われない。彼は幾度か同じことを繰返《くりかえ》して口吟《くちずさ》んでいる時、ふっと青銅の燭台に視線を止めた。

「私は見る、お前の肋骨の曲《まが》った格子作りをよぎり…………飽くこと知らぬ毒蛇のなお這いまわるを…………。」

二匹の縺《もつ》れた青蛇に凝《じ》っと視線を奪われながら、燭台を握って僅《わず》かばかり裏返して見ると、その縺れた尾の先端に彼は一個の小さな銀の鍵を見付けた。

無論《むろん》鍵は黄金の甌《かめ》を開くものだった。蓋を取って見ると、出て来たのは意外にも古びた一冊の経書《けいしょ》であった。所々金泥《きんでい》が剥落《はくらく》しているが、白羊皮《はくようひ》の表装をした古書で、そこには水銀《すいぎん》色の蠹魚《しみ》さえついている。

「これが禁じられた秘密の鍵《キイ》なのか知《し》ら！」

彼はようやく探り当てた祖先の秘密に、我知らず胸のときめきを覚えた。

それ以来、彼は寸時《すんじ》も惜《おし》んでこの不思議な経書に耽溺《たんでき》した。それは代々の祖先が心血を濺《そそ》いで書いたものらしく、宇宙万物《ばんぶつ》の実在を究《きわ》めようとした思索、それから伝来の彼等の神に対する深奥《しんおう》な教義、及びその間の幻覚と幻想を綴《つづ》った一巻の魔書とも云うべきものであった。

彼は秘密を探ろうとして読んで行く内に、次第に惹《ひ》きずられて行くのを感じた。先祖から世間との絆《きずな》を断ち切り、一生を暗い穴倉《あなぐら》に籠《こも》ったままそうした怪行や幻覚に狂死した人々の呪《じゅ》詛《そ》は次から次へと呪いの種《たね》を蒔《ま》いて行った。それは君津家に流れている避けることの出来ない血であった。彼も段々《だんだん》とその不可抗的な幻惑に引入《ひきい》れられていつか祖先を流れた同じ血が彼の身内《みうち》にも蠢《うごめ》くのを覚えた。

が、彼は二十七回目の誕生日以来、彼女の存在をすっかり忘れていることに気付いた、あの夜彼が始《はじ》めて父の部屋に忍び込んだ時、廊下に衣摺《きぬずれ》の音を聞いたようだったが、それから後も彼は屡々《しばしば》行く先々、即《すなわ》ち深夜寝静《ねしずま》ってから過《すご》す父の居室や廊下で、同じ音を聞いた。最初は錯覚かとも考えて見たが、余りに屡々その衣摺の音を耳にするので、近頃はそう気にもしなくなった。けれども気を付けて見ると彼女の素振《そぶ》りにも違った所が見出される。彼が彼女の眼をさけているように、彼女も又《また》彼を避けているらしい。しかも、彼女はこの頃以前と較《くら》べて一層悒憂《いっそうゆうゆう》になり、始終《しじゅう》何かに精神を奪われているらしい様子をしている。だが一度だって彼女が彼のいる父の部室へ姿を現わしたこともないし、又彼に隠れて例の魔書を探し当てた筈《はず》もない。彼は奇怪でならなかった。そう云えばいつか始《はじ》めて伯母の小箱から鍵を窃《ぬす》み出して、翌日そっと元に蔵《しま》いに行った時、彼は寸分違《たが》わぬ鍵が既《すで》に置かれているのを発見した。

「オヤ、茲《ここ》にも鍵が！」

窃《ぬす》み出した時には、確かに鍵は一つしかなかったのだ。それがいつの間にか彼の手を辷《すべ》って元の所へ戻り、又《また》彼の手にも同じ鍵がある。彼は余りのことに口も開くことが出来なかった。

「伯母さんが御病気ですよ。」

ある朝ひょっくり彼女が顔を出した。

「伯母さんが？」

「ええ。」

「いつから。」

「昨夜から。」

が二人とも伯母の病気に就《つ》いて語りながら、心の中では別のことを考えていた。お互《たがい》に心の秘密を探り合おうとしている態度は、前とちっとも変《かわ》りはなかった。彼女は薄気味悪く微《ほほ》笑《え》んでさえいた。まるで彼の秘密はすっかり知っていますよ。とでも云う風に、彼は又《また》彼女が僅《わず》かの間に見違えるほど老《ふ》けたのを見た。彼と同じ二十七歳になったばかりなのに、彼女は老嬢《ろうじょう》のように干乾《ひから》びていた。亜麻仁《あまに》色の髪の毛には艶《つや》が無くなり、黄色い光を湛《たた》えた眼のみは益々《ますます》その輝きを増したようである。それは彼女が肉体的に疲労している代《かわ》りに、内心では何か素晴らしい活動を仕《し》続けていると云う証拠であった。

「どんな風《ふう》に悪い。」

「なんだか変ですの。」

彼は彼女と一緒に伯母の部室を訪れた。と伯母は何か異様な呻声《うめきごえ》を発しながら床《とこ》の中に悶《もだ》えていた。

「どうなすったんです。」

彼はそれを見ると、全身が氷のように硬《こわ》ばった。

「ほっといてお呉《く》れ。」

確かに伯母の病《やまい》は尋常のものでないことを彼は悟った。恐らく医師の手にかけてもそれは治癒《ちゆ》することとさえ出来ない。一種の業病《ごうびょう》かも知れない。呻きは夜に入っても納《おさ》まらなかった、まるで奈落《ならく》の底で呪《のろい》の業火を受けてる時のような、奇妙な、恐ろしい呻吟《しんぎん》は丁度《ちょうど》一昼夜続いた。そして夜の引明方《ひきあけがた》伯母は忽然《こつぜん》と呼吸を引きとった。恁《こ》うしてガランとした君津家は今や彼と彼女との二人になって了《しま》った。

# 五

『君は幻覚《ハリユシネーション》の経験をしたことがないだろうか?』

突然博士は異様な面持《おももち》で私を見た。

『いや。』と私は答えた。

『そうだろう、君はコカイン吸飲者でもモルヒネ患者でもないいんだからね。』

私は暫時《ざんじ》この奇怪な質問に頭を悩ました。彼はコカイン、それとも阿片《アヘン》の常習者なんだろうか…………。

『阿片の吸飲者だってそうだが、一度この習慣に陥《おちい》ると一瞬時でもそれなしに居《お》れないと云うね。確かドストイェフスキーの小説にも癲癇《てんかん》発作の一種の幻覚の叙述があったが、それはかの地上の何物にも代えられないらしい…………………。事実、君津家の彼も今は完全にこの幻覚の餌食《えじき》になって了《しま》ったのだ。僕は最後の破局《カタストロフ》に至る前に、順序として二三彼の幻覚に就《つ》いて語ろうと思う——。

さて、彼は伯母が亡くなると同時に、誰に制肱《せいちゅう》もされない君津家の主権者になって了《しま》った。それと共に彼の黄金魔経《まきょう》に対する執着は病的になって、今は代々の祖先のやったと同じように、日夜その呪詛に耳を傾け始めた。彼の身体《からだ》は最早《もはや》一個の空洞にも等しく、幻影と幻想のみが藻《も》抜《ぬけ》の殻《から》のように生きているに過ぎない。魔経の内容と教義とは茲《ここ》で述べる時間はないが、兎《と》に角《かく》その眼に見えぬ力はいつか不思議に彼の精神に作用し、彼は逭《のが》れようとしても逭れることの出来ない夢幻の境《きょう》に彷徨《ほうこう》しつくした。

彼は深更夜《しんこうや》になると、今は彼の書斎になった父の部屋に降りて行って青銅の燭台に灯《あかり》をつける。昼間は殆《ほと》んど睡《ねむ》っているような、苦しい、待遠《まちどお》しい時を過《すご》すのだが、偓《こ》うして書斎に這入《はい》ると始《はじ》めて彼は甦《よみがえ》ったように感じる。頭脳は青白く澄《す》み亙《わた》り、凡《すべ》てのものは溌剌《はつらつ》とした姿を帯びて来る。彼は部屋の閾《しきい》を跨《また》ぐと、先《ま》ず棚に置かれている香木《こうぼく》を例の蟇《ひき》形をした銀の香炉に燻《く》べる。そして机の抽出《ひきだし》から葉巻を取出《とりだ》すと、いつものようにゆったり寝台に横臥《おうが》するのだ。（この寝台は最近彼が設けたもので《もう》ある。）紫藍色《しらんしょく》の葉巻の烟《けむり》、それから黄色い燭台の灯影を透《と》うして見るサラセン模様の綴錦、棚の仏像、宝玉、それらはぼんやり夢のように浮《うか》び出て彼を取巻《とりま》く。と彼の意識は次第に混迷として、いつか無限の中に落込《おちこ》んで行くのを感じる。

あたりは蒼《あお》い海の底なのだろうか。彼はしばらく息苦しさを覚えながら、夢幻の内に沈下《ちんか》して行くと、軈《やが》てその中に深海のぬらぬらした海草や奇怪な形をした巌《いわお》や紅《あか》い珊瑚《さんご》樹《じゅ》が現われる。と其処《そこ》には眼の無い異様な怪物が彼の方へ近寄って来る。そうかと思うと全身が口からなり立っている怪魚が長い尾を気味悪く動かして迫って来る。いや、それぱかりではない既《すで》に彼の左足には蛭《ひる》のような魚が吸い付いて盛んに血を吸っているのだ。彼は余りの恐ろしさに声をあげようとするがそれは不可能らしい、見るとその岩の向側《むこうがわ》にも同じように横臥《おうが》している人間がいる。

「彼女だ！」

余りの恥《はず》かしさと憤《いきどお》りとに、ハットした途端《とたん》彼は寝台にびっしょり脂汗《あぶらあせ》を掻《か》いて横《よこたわ》っている。が今の彼女の姿のみは心に喰《く》い入って忘れることが出来ない。それは人魚のように長々と砂の上に裸体をくねらし、波のまにまに金髪をそよがしている姿なのだ。

…………彼は見知らぬ祖先に拉《らっ》しられて砂漠のような砂地を遊行《ゆうこう》している。空には円《まる》い大きな真紅《しんく》の月が懸《かか》って、彼等の行く手を照らしている。天地は闃《げき》として声がない、折々《おりおり》彼の傍《そば》を影のようなものが飛び去って過ぎる。それは死人の霊魂なのだろうか、人が死ぬ瞬間のみに漂う異臭が彼の鼻を鋭く衝《う》つ。間もなく砂漠の間に横《よこた》わる峡谷《きょうこく》に到着した。

「向側《むこうがわ》の砂漠は未来の霊魂が浮遊する世界だ、俺達の通り過ぎたのは過去の世界なのだ。人は死んだ瞬間から過去の世界を彷徨し、そして未来の霊界に生《うま》れる間、この深い峡谷を潜《くぐ》らねばならないのだ。」

始《はじ》めて沈黙が破られるや、厳然《げんぜん》と祖先の手は彼を峡谷に投げ入れてた。――彼はかなり長い時間宇宙を落ちて行く、無限の時が過ぎて去る。

軈《やが》て彼は寂《さび》れた丘陵《きゅうりょう》を一人でとぼとぼと降りて行く。それは確かにガンダラの建築らしいのだが、その僧房《そうぼう》らしい建物の並んでいる中に一人の人も見えない。そこを通り抜けると一つの庭が眼前に展《ひら》け、それを廻《まわ》って長い六角形の建物が立っている。彼はその奇異な殿堂とも堂宇《どうう》ともつかぬ建物を恐る恐る覗き込んで見ると、珍《めず》らしい仏像が雑然と安置されている。人面獣身のもの頭が八つあるもの、十本の手に三つの顔がついているもの、その裏手には青色の緑泥石《りよくでいせき》の二重の帯を築いた一つの塔が屹然《きつぜん》と空に摩《ま》している。これが卒塔婆《そとうば》と云うものだろう、と彼は思った。精舎《しょうじゃ》を出ると、そこは荒涼たる原野《げんや》で、聳《そび》ゆるような異様な殿堂が眼につく。あるものは魚の腮《えら》のように幾重《いくえ》にもギザギザを持ち、そしてあるものはバナナを積み重ねたような気味の悪い建築だ、不思議に人声《ひとごえ》もなく、静寂が眠っている。

その時不意に彼は人の歩む気配を感じた。

「誰だろう?」

驚いて振り返って見たが、それは修業に痩《や》せこけた印度僧《プリースト》でも、アラビヤから巡歴《じゅんれき》した魔術者《マージャン》でもない。よく見ると屡々《しばしば》彼の夢幻に襲う彼女なのだ。彼はこの人に知られたくない修業に彼女を発見して、矢庭《やにわ》に側《そば》の陶瓦《とうが》を投げつけようとした。その瞬間彼は魔経《まきよう》を握って床の上に立っていた。…………………

彼はこの宗教的幻覚から遁《のが》れるためには、今は自殺するより外《ほか》に道のないことを知った。でなければいつ迄《まで》も彼は怖《おそ》るべき呪《のろい》から脱することは出来ない。のみならず彼は例の魔書に何事かを書き加えなければならないだろう。そして永遠に君津家の子孫を地獄に追いやらねばならないのだ。

「多分、父も祖父も曽《そう》祖父も、恁《こ》うして死んで行ったのだろう。」

と彼は想像した。そうすると今更《いまさら》のように、

Inépuisable puits de sottise et de fautes!

De l'antique douleur éternel alambic!

と云う詩句が如実《にょじつ》に胸に迫って来るのを彼は感じた。彼は決然と心に誓うと、急にずたずたに魔経を引き裂いた。今は半ば狂暴に心を乱していた。彼は破いた魔書を総《すべ》て暖炉《ストーブ》の火に燻《く》べようとした時、チリンと音がして表紙の縫目《ぬいめ》から何か床の上に転《まろ》び落ちた。それは思い懸《が》けない一個の金環《かなわ》であった。

六

その夜かっきり十二時が最後の一つを告げた時、彼は金環《かなわ》を握ったまま、中央の祭壇の前

に立っていた。祭壇の横手にあたる黒い帳《とばり》の蔭《かげ》には、丁度《ちょうど》壁を仕切って抜け道の扉のようなものがあるのを心附《こころづ》いた。その中程《ほど》の穴に金環を押込《おしこ》んでぐいと引いて見ると、扉は静かに開かれた。彼は用意の手燭《てしょく》に灯《あかり》を点《てん》じて躊躇《ためらい》もせず、その三尺四方《しほう》ばかりの空隙に身を投げ入れた。

「De l'antique douleur éternel alambic!」

そこには底深い階段が暗黒の中に消えている、頭上も両側も階段も水成岩《すいせいがん》の層から成り立ち、しっとりと水気《みずけ》を含んで、かすかにポタリポタリと点滴の落ちる音が陰惨に響きわたる。殊《こと》に足許《あしもと》はぬるぬると闇の中に生えた苔《こけ》のために、うっかりすると足をとられて滑《すべ》りそうになる。空気は殆《ほと》んどあるかなきかのように重苦しいが、確かに何処《どこ》かに通っているらしい気配が感じられる。彼は嬉しかった、魔経《まきょう》の繋縛《けいばく》から身を逸《のが》れて静かに地下に眠ることが出来るかと思うと、一刻も早く地下の楽土《らくど》に達したかった。が階段は仲々《なかなか》長い、呪文のように「死の舞踏」の章句を繰り返しながら、彼は蠟燭の灯《あかり》を頼りに一足《ひとあし》一足降りて行った。凡《およ》そ三十分も経ったかと彼には思われた、その時頬《ほほ》に生温い風が撫でて行くのを感じた。

「底だ！」

そう呟いた瞬間、蠟燭の灯《あかり》は一陣の風にパッと吹き消されて了《しま》った。すると微《かす》かに向《むこう》の方にポッチリ灯影《ほかげ》が見えた。彼は闇の中に眼を据えて凝視した。ほんの瞬間彼は隧道《トンネル》を抜けた時に経験する一方の口の外光だと思ったのだが、それが錯覚であることが判明した。それは確かに蠟燭か電灯かの光に相違ない、彼は手燭《てしょく》を消したまま足音を忍ばして近付いて行った。丁度《ちょうど》その辺からは階段は終《お》わって、地平線と平行する平地になっているらしい。と突然微光《びこう》は揺《ゆら》めいた、それと共に低い呟くような人声《ひとごえ》と衣摺《きぬずれ》の音がはっきり彼の耳へ聞《きこ》えた。その低い呪文に似た声は彼に似た速度《テンポ》を持っているらしかったが、それよりも衣摺の音は幾度か彼の耳にした同じものだった。

「あっ！」

「あっ！」

同時に二人の叫声《さけびごえ》が揚《あ》げられた、そこには彼女が白く光の仄《ほのか》に照らされながら、蒼白《あおじろ》く微笑んでいるではないか、彼は余りの驚愕《きょうがく》に暫《しば》らくどうしていいかさえ解らなかった。彼と彼女は数分間敵のように向き合ったまま塑像《そぞう》のように凝結《ぎょうけつ》した。――彼は信じられなかった、伯母の眼を窃《ぬす》んで鍵を持ち出し、それから不思議な経巻《きょうかん》を発見し、遂《つい》にはそれに身も魂《たましい》も縛《しば》りつけられて、到頭《とうとう》その呪詛から逃れるために、怙《こ》うして祖先達が最後を遂げた場所へやって来たのだ。とそこには一分《いちぶ》の相違なく同じように彼女が来ている、それは余りに奇怪な出来事ではあるまいか。

「おい、貴様《きさま》は何しに来たのだ。」

彼は制し切れない憤怒《ふんど》のために暴々《あらあら》しく怒鳴った。

「あなたこそ、今頃何しにいらしったのです。」

と彼女はそれに答えようともしないで、逆さまに問うた。

「俺が何しようと俺の勝手だ、貴様こそ俺の邪魔をしに何処《どこ》から降りて来たのだ。」

彼は彼女が凡《すべ》てを知悉《ちしつ》しているのを知った、そう思うと最早《もはや》慚愧《ざんき》の念より兇暴な瞋恚《しんい》の心に捉《とら》えられた。

「私は別にあなたの監視などしていませんわ。」と彼女は露骨《ろこつ》な嘲笑《ちようしよう》を見せた。

彼は冷《ひや》やかなこの一言《ひとこと》を聞くと、いきなり手燭《てしよく》を抛《ほう》り出して彼女に躍りかかった。それは理智《ちり》で説明することの出来ない感情の渦巻《うずまき》だった。すると彼女も猛《たけ》り狂った山猫のように激しく抵抗した。呪われた男と女の双生児の格闘は続いた。戦いながらも彼女の唇は云い続けた。

「Inépuisable puits de sottise et de fautes!
De l'antique douleur éternel alambic!」

ああ、それは彼と同じ「死の舞踏」の詩句ではないか、そして彼を死に導いた魔経を探る時に得た鍵の言葉ではないか。彼は余りの符合と奇怪さに身の毛をよだされるような思いをしたが、手はひとりでに彼女の襟元《えりもと》を締めつけた。脂汗《あぶらあせ》は悪夢の時のように彼の身体《からだ》から絞り出た。次第に彼女の抵抗する力は衰《おとろ》え呼吸は苦しそうに詰《つま》って行った。

「…………ああ、私とあなたとは…………生《うま》れる時も」突然彼女は呪文を止めて、皺嗄《しわが》れた咽喉仏《のどぼとけ》から最後の呻き声を発した。「…………それから死ぬる時も、同時なのだ。」

ぱったり彼女の声は途切れた。それと共に枯木《かれき》のように彼女の身体《からだ》は彼の手から辷《すべ》り落ちた。危く彼女を縊《くび》り殺そうとした彼は、ハッと我に復《かえ》って投げ棄《す》てた手燭《てしょく》に火を点けた。がそこには倒れている筈《はず》の彼女の姿は見えなく、その代《かわ》りに数尺前に暗い水溜《みずたまり》が覗いていた。

「私とあなたは、生《うま》れる時もそれから死ぬる時も、同時なのだ。」

と彼女が先刻《せんこく》叫んだ瞬間、彼は我ともなく締めていた手をゆるめたのを知っている。だから彼が殺したのでないことは確かだ。それが証拠に、最後の「死ぬる時も、同時なのだ。」と云った時は、既《すで》に彼女は彼の腕から逭《のが》れて他の場所で叫んだのだ。彼はその時バシャンと云う水音を聞いたのだ。それは疑《うたがい》もない事実だ。が彼は彼女を投げ出したのは彼女でなくって彼でないか知《し》ら、と微《かす》かにそんな風に感じられもした。併《しか》し、彼女が深い藍色を湛《たた》えた底知れぬ水溜《みずたまり》に陥《お》ちたことは確かだった。

「彼女は死んで了《しま》った。」

と彼は考えた。急に彼は今迄《まで》の出来事を忘れて了《しま》ったように、身も心も軽くなったのを覚えた。亢奮《こうふん》から醒《さ》めるのを待って、先《ま》ず彼はその辺を仔細に調べて見た。そこは六畳敷《じき》ばかりの洞穴で、左右に道がついている。一方は今しがた彼が歩いて来た坑道なのだが、巌窟《がんくつ》はそれ以上変《かわ》ったことはない。で彼は今度は別の坑道を伝って見た、すると其処《そこ》には違った階段がはるかに上の方へ続いているらしいのを認めた。

「そうだ、これだ！」

その瞬間、凡《すべ》てのことははっきりと彼の心に解けた。最初の夜から聞いた衣摺《きぬずれ》の音、同じ大きさの二つの鍵、彼女の態度、幻影に見た彼女の姿、そして今夜の出来事、云う迄《まで》もなく彼の知らぬ所に（彼は気付かなかったのだ）父の部屋と隣り合って母の居室があったのだろう。そして彼女はその鍵を見付け出して、彼と同じように母の部屋へ忍び込んだのだ。そして同じような経路を辿《たど》って、不思議な魔書を発見し、そして死を最後の安息所に選ぶために、秘密の坑を降りて来たのだ…………。

その時弾《はじ》かれたように彼は立ち止まった。それは彼女が叫んだ最後の言葉が、まざまざと思い出されたからだ。彼女は死んでいる、が彼は生きているのだ。若《も》し運命の不可思議が最後で二人を結び付けているのならば、彼は今死ななければならない。併《しか》し、この時生《せい》に対する執着は不思議に彼の身体《からだ》にむくむくと湧き上《あが》って来た。

「死んではならない！」

彼は運命に抗《あらが》うように心の中で叫んだ。

「そして生きねばならない。」

死と云うものがいかに至難《しなん》なことであるか、この時彼は泌々《しみじみ》と感じた。彼女と格闘を始める前までは、あれ程《ほど》自殺を覚悟していた彼なのに、今は一刻でも地上に生きていたかった。そう考えると余計《よけい》、彼女の言葉は呪《のろい》のように彼の心に覆いかぶさった。

「もう一度太陽が見たい！　そして月と星が眺めたい！」

彼は母の部屋に通じる階段の入口に立った。彼女は死んで了《しま》ったが、それと深い関係を有《も》っている母の部屋を一度彼は見たかった。段の具合や狭苦《せまくる》しさは先のと少しも変《かわ》りはなかった。折々《おりおり》スルスルと苔を踏んで辷《すべ》るのを用心しながら彼は再び登り始めた。

「De l'antique douleur éternel alambic!」

と不意に彼の口から忘れていたこの呪文に似た言葉が突いて出た。

「古い苦悩の永遠の濾過器よ！」

云うまいと思いながら同じ言葉は、再び彼の唇から洩れ出た。どうすることも出来ない呪《のろい》の手、彼は死の巌窟《がんくつ》を遁《のが》れようとしているのを、何者かが引留《ひきと》めているようで、彼の顔からはダラダラの苦しい汗が流れた。煮湯《にえゆ》のような血液は蟀谷《こめかみ》に旋回して、恐ろしい呻《うな》りを立てている。彼はともすると背後へのめりそうになるのを引立《ひきた》てて、どうしても生きなければならないと覚悟した。

と、突如狭い穴の先に、黄色い光を放つ二個の瞳のようなものを発見した。おお、それは一匹の巨大な土蜘蛛《つちぐも》ではないか。蜘蛛は爛々《らんらん》と光る眼を大きく見開いて、ぢりぢり狭い穴を彼の方へ迫って来た。怪物のように異様な格好殊《こと》に毛のはえた六本の巨大な脚は、気味悪い音をさせて匍《は》って来る。幻覚《ハリユシネーション》だろうか、彼は幾度か見た幻覚を憶《おも》い出して凝《じっ》とその方を眺め入った。が確かにそれは幻影でも妄想でも錯覚でもない、蜘蛛は一刻一刻近づいて来る。彼の四肢《しし》は釘付《くぎづ》けにされたように動かなくなり、血液の循環も心臓の鼓動も氷のように凍《い》て付いて了《しま》った。生きよう彼の心ははっきり意識を辿《たど》っているが、最早《もはや》どうすることも出来ない。彼は次第に穴の入口へ戻されそうになる、眼に見えぬものの力は背後から迫って来る。その時の気持をどう云って説明したらいいだろうか、丁度《ちょうど》夢で身体《からだ》一杯の窖《あな》を潜《くぐ》る時のあの苦しさに似ているが、それ所《どころ》の比ではない。

彼は夢我夢中に藻掻《もが》いた。と恁《こ》の眼の前が急にくるくる廻転《かいてん》を始めた。いや彼の身体《からだ》が風車《かざぐるま》のように旋廻《せんかい》を始めたのだ。そして、その度《たび》に身体は押し返されようとする、彼は死力を尽《つ》して後退から逸《のが》れようと試みた、再び底の穴倉《あなぐら》に這入《はい》れば、きっと彼は死なねばならないだろう。彼は転廻《てんかい》しながらも、前に進もうと、蜘蛛の身体に摑《つか》みかかった。彼の顔には臭気《しゅうき》を持った粘《ねば》っこい脂汗《あぶらあせ》が飛沫のようにかかった。それは蜘蛛から発散する粘液《ねんえき》なのか、それとも彼自身の脂汗なのか解らなかったが、軈《やが》て唇から口の中にも滴《した》り込んだ。併《しか》し彼は辟《ひる》まなかった。足の裏はともするとぬらぬらと、起き上《あが》ろうとする彼の身体を倒す。恁《こ》うして幾時間か過ぎた。

丁度《ちょうど》その時だった、何処《どこ》か遠い世界に遠雷《えんらい》のような地響きがしたかと思うと、彼の身体《からだ》は坑道《こうどう》の中に跳《は》ね返った。その瞬間大きな爆音が彼の耳に伝わった。ハッと正気に復《かえ》った彼は遮二無二《しゃにむに》揺れる階段を駈《か》け上《あが》った。そこには奇怪な蜘蛛の姿らしいものは見当《あた》らなかった。彼は幾度か暗黒の中に倒れた、身体がフラフラ微《かす》かに眩暈《めまい》を覚える、が彼は駈けた。やっと揺れる階段を出て、戸外に転がり出るや轟然《ごうぜん》たる地響きと共に、あの灰色の三階建《だて》は塔のように崩《くず》れ落ちた。

「逭《のが》れた！」

と彼は思った、が大地は猶《なお》も揺れ動く。空には彼の見ようとした太陽は凶日《きょうじつ》のような鈍《にぶ》い光を投げ、異様な雲が覆いかぶさるように罩《こ》めていた。彼は何故ともなく人家《じんか》のある方へ逃げて行った。二町《ちょう》ほど走ったと思う頃、彼は振り返って呪いの家を眺めた、とそこには早火《はや》の手が上《あが》って炎々と燃えさかっているのが見えた。業火のような火は毒蛇の舌に似た焔を天に投げては、彼の顔を赤く染め出した。丁度《ちょうど》、これが大正十二年の九月一日午前十一時五十八分の出来事だったのだ――。

七

彼はそう語り終《おわ》るとしばらく口を閉じて了《しま》った。私も異様な感動を受けて凝《じっ》と彼の口元を眺め入った。

『どうだね。』

と軈《やが》て博士は微《かす》かに口のあたりに微笑の影を泛《うか》ばせながら彼に云った。

『君は、「彼」が誰だか推測はついているだろう。そしてこの話が一場《いちじょう》の作り事でなくって、実在し得ると云うことも解ったに違いない。』

私は今更《いまさら》のように愕然《がくぜん》とした。そして暖炉《ストーブ》の灯影《ほかげ》を受けて奇怪に見える彼の顔を、もう一度滋々《じじ》と見直した。

## 解説

〈グロテスク〉昭和四年十二月号（二巻十一号）に発表。

今日《こんにち》、十菱愛彦《じゅうびしよしひこ》の名を知る人はあまり多くないだろう。作品を読んだことがある人となると、なおさら少ないにちがいない。西村賢太《にしむらけんた》がある作品の中で十菱の名を出しているのを見て、この人らしい目の配《くば》り方だと感心したことがある。

筆者が十菱愛彦という作家の存在を知ったのは中学生のときだった。昭和四十年代半ば、狐狸《こり》庵《あん》先生ブームというのがあった。六十代の人ならば狐狸庵先生こと遠藤周作《えんどうしゅうさく》が真面目な顔をしてコーヒーを飲むテレビCMがあったのを覚えているだろう。「違いのわかる男」というキャッチコピーは流行語となり、中学生の間では遠藤の軽妙な随筆集を読むことがブームになったものだ。

当時読んだ『現代の快人物』という本の中に「トービス氏は、十菱愛彦というペンネームで大正の頃、小説などを書いていた人だそうだが、不幸にして私はその作品を読んではおらぬ。聞くところによると、それらは恋愛至上主義とロマンチックなプラトニック・ラブ礼讃《らいさん》の小説で、いかにも大正時代の青年たちが愛好しそうな雰囲気をもったものだったらしい」という一文があった。筆者はこれで十菱の名を覚えた。ただし実際に作品を読んだのは二十歳代になってからのことだけれど。

遠藤は十菱が主宰する星占いサロンの近所に住んでいたことがあり、散歩の途中で見つけた「紫色の夕霞《ゆうがすみ》の中にぽっかり青くうるんだ光が丸くかがやいた奇妙な西洋館」に好奇心をそそられ「面白半分に訪問した」のが交流の始まりだった。遠藤が十菱を気に入ったのは占いがよく当たるからではなく「彼が本気なのか、芝居しているのか全くわからぬとぼけた表情で私に友情を示してくれるから」であった。「この合理主義すぎる世の中で、彼のような星の運命を本気で信じる御仁と会うと、なんだか、曇天に青い空を見つけたような気がする」そうである。

だがその作品は遠藤のいうような「恋愛至上主義とロマンチックなプラトニック・ラブ礼讃の小説」ではなく、当時の水準からすればかなりエロティックかつアンモラルだ。その証拠に丸ビルOLの男性遍歴を大胆に描いた長編『処女の門』（大正十四年）は発売直後に風俗壊乱《かいらん》で頒布《はんぷ》禁止を命じられ、十菱は罰金二十円の司法処分を受けている。のちに禁止解除され『闇に咲く』と改題のうえ再出版を許可されるが、版元の聚芳閣《しゅうほうかく》は損害発生を理由に印税の支払を拒否。怒った十菱は同社との絶縁を宣言した。これにやる気を削《そ》がれたのか、以後は活動分野を通俗的なメロドラマや時局小説に移す。

本作はリアリストの十菱には珍《めずら》しくミスティシズムをテーマにしている。モチーフはポーの「アッシャー家の崩壊」だろう。「死の舞踏」が謎を解く鍵になっているが、周知のようにボードレールはポーの心酔者である。時空の超越を疑似体験できる幻覚剤や万物《ばんぶつ》の根源を説《と》く禁断の魔書など、道具立てだけを見るとラヴクラフティアン・ホラーみたいだ。編者はフランク・ベルナップ・ロングの「ティンダロスの猟犬」を連想した。本作を読むと十菱が後に文学を離れてオカルティズムに傾倒するのも何となく頷ける。

# 紅棒で描いた殺人画——本牧夜話——

庄野義信

庄野義信（しょうの　よしのぶ）

本名同じ。明治四十年六月二十五日、福岡市に生まれる。昭和三年、作品集『死の書』二冊を五百部限定で自費出版。面識の有無を問わず片端から文士に送りつける。不吉な書名に気分を害した人もいたという。内容は頽廃《たいはい》的なロマンスから都会的なコントまで種々雑多。平林初之輔《ひらばやしはつのすけ》は「ちよつと一言《いちごん》で評しにくい作家」と呼んでいる。『六大学野球全集』（改造社、昭和六年）が話題を呼ぶが、本人は「バツトが水平に振れない」（久野豊彦《くのとよひこ》）ほどの運動音痴《おんち》だった。昭和八年十一月、杉並《すぎなみ》区高円寺《こうえんじ》の自宅に編輯《へんしゅう》部を置き文芸雑誌〈新人〉を創刊。檀一雄《だんかずお》を作家として世に送り出す。その後は文学から遠ざかり、理化学機器メーカーや不動産会社の経営に従事した。昭和四十四年までは存命だったが、その後の消息は不明。

# 一

──『あらゆる愉悦《ゆえつ》に対する用意と、冷たい海の微風《びふう》と、美しき眺望《ながめ》とをもった部屋部屋《へやべや》』。

──『酒場、浴室、舞踏場《じょう》、あらゆる快楽に対する設備。あらゆる種類の精選された酒々《さけざけ》』。

横浜《よこはま》の小湊《こみなと》海岸にあるチェリー・ホテルのラベルには、右のような多少煽情《せんじょう》的な英文の文句が書かれてあるが、それは決して誇張ではなかった。この一文はこの界隈《かいわい》の『色情と歓楽の街』の概念を、簡潔にしかも明確に物語っている。

私がチェリー・ホテルのお銀《ぎん》という女と、フランス流にいえば『木靴《サボー》をごっちゃに』して以来、激しい愛欲の嵐が私の心を吹きまくった。

白い絹麻《きぬあさ》の蚊帳《かや》が大きなダブル・ベットを包んで、扇風機の風に爽《さわ》やかにそよいでいた。卵色の笠《セイド》をつけたフラーア・スタンドが艶《なま》めいた光を投げて、開け放たれた窓の薄絹のカーテンは海の微風にかすかに揺れていた。

階下の舞踏場からは、自働《じどう》ピアノの騒音と、男女の笑い興《きょう》じる大声《おおごえ》とが、爆発するように響いてきた。

お銀は鼠《ねずみ》色の光った寝間着《パジャマ》を着て、純白の敷布《シーツ》の上にだらしなく腹這《はらば》って、金色の灰皿を前にしながら『駱駝《キャメル》』の煙をやけに吹いていた。短い髪の毛がくちゃくちゃに乱れて、真赤《まっか》な唇《くちびる》が唾に濡れて艶《つや》やかに光っていた。お銀はかなり酔っていた。

私は乱れたお銀の断髪《だんぱつ》と、放肆《ほうし》な妖《あや》しい姿態《ポーズ》とに心を騒がせながら、彼女の横に長々と寝そべっていた。寝《ね》しなに飲んだアブサントの酔いが顳顬《こめかみ》に殺到していた。

『お銀、俺は悔《くや》しいがおめえに惚《ほ》れたぞ……』

『ふん、正気でかい』

赫《あか》らんだ頰《ほほ》を起《おこ》すと、お銀は嘲《あざ》けるように笑った。

『そうとも、金輪際《こんりんざい》正気でよ』

『ふん、大きに迷惑といいたい所《ところ》さ。お銀には生憎《あいにく》ながら惚気《ほれけ》は禁物さ……』

煙草《たばこ》を灰皿に揉《も》み消すと、くるりとこちらに向き直って、

『祟《たた》りがあるからよ……』

『祟り？』

『そうさ、あんたは幸吉《こうきち》の話を知らないんだね』

『幸吉の話？　知らないね。俺がおめえに惚れて悪いということに関わりがあるなら、一つ聞かして貰おうか……』

『よし、話してやろうよ。怖《お》っかなくなったって、あたしゃ知らないよ』

にっと白い歯を見せて意地悪く微笑《ほほえ》むと、お銀は次のような話をはじめた。

二

幸吉はチェリー・ホテルの女将《おかみ》の息子であった。

日露戦争が日本の勝利に帰《き》して、世界の興味が日本に注《そそ》がれ、従ってこの横浜《はま》の「色情の街」が曽《か》つてなかった莫迦《ばか》景気に恵まれ、外人の黒塗《くろぬり》馬車が堂々とホテルの玄関に横づけにされた時代。この女将《おかみ》は「お慶《けい》」という名で、一介の売笑婦《ばいしようふ》としてこの界隈のホテルで働いていた。そしてやくざの情夫《じようふ》をもって、その男に血の道をあげて熱くなっていた。

情夫が出来て間もなく、お慶は不用意にも妊娠してしまった。勿論《もちろん》売笑婦である彼女に、胎児の父親が分《わか》る筈《はず》はなかった。たとえ「可愛《かわい》い」情夫の子供であったにしろ、この社会で子供を生むことは羊《ひつじ》が狼《おおかみ》の子をもったような惨暗《さんあん》たる不幸にちがいなかった。お慶はやっきになって胎児を処分してしまおうと、あらゆる秘密の手段を講じてみた。しかし運命は皮肉にも彼女を恵まなかった。その都度《つど》、お慶は嘔吐《へど》を吐いて憔悴《しようすい》するのみで、胎児にはなんの効果も齎《もたら》さなかった。

月が絶《た》って生《うま》れた子供は、やはり「恋しい」情夫の子供であった。その証拠には外人のみを嫖客《ひょうかく》としていたに拘《かかわ》らず、その子供の髪の色も瞳の色も情夫のそれらと同じように黒かった。しかしそれよりも悪い決定的な不運が、この子供を翻弄《ほんろう》していた。気味の悪い奇怪な畸《き》形児《けいじ》であった。走ることも、立つことも、満足に坐《すわ》ることさえもできない海鼠《なまこ》のような男の子であった。年齢のみは立派な青年期に達した後年に於《お》いても、その身体《からだ》は四五歳の幼児のように小さくて、腕や脚はステッキのように細かった。いつも涎《よだれ》を垂らして、アア、アア、と息を切らして喘《あえ》ぐより外《ほか》には、言葉らしい言葉をいうことができなかった。

幸吉——という、怖《おそ》ろしいほど皮肉な名前がその子供に与えられた。

せめて生むならば「可愛い」情夫の子供を生みたいと願っていたお慶の可憐《かれん》な念願は叶《かな》えられたが、その子供が痛ましい畸形児であることを知ると、彼女は地獄に投げ込まれたような激しい絶望に打ちのめされた。やくざの情夫もその当座は柄《がら》になく悲しみに胸を痛めている様子であったが、間もなく彼は意外な「妙案」を実行して彼女を驚倒《きょうとう》させた。

彼は何処《どこ》からか沢山《たくさん》の香具師《てきや》の興行《こうぎょう》師を連れてきた。そしてこの畸形児の子供を見世物《たかもの》として売るために、露骨《ろこつ》な商取引を始めた。お慶が浅ましい「幸吉の父親」の仕打《しうち》に泣きながら哀願《あいがん》したが、彼は冷酷に彼女を突き飛ばしてしまった。競売《きょうばい》が始められた。子供の金額が人々の冷たい打算と遠慮を知らない叫声《さけびごえ》とによって次第にせり上《あが》って行った。お慶は見るに耐えないむごたらしい情景に、気を失《うし》なって倒れてしまった。

彼女が意識を取戻《とりもど》した時には、幸吉は既《すで》に彼女の視野の中にはいなかった。残忍な情夫の

「妙案」に驚いた彼女は、それ以来彼との関係をぷっつりと絶ってしまった。

その後慌《あわただ》しい十数年がお慶の上に流れた。

チェリー・ホテルの経営者に見出《いだ》されて、彼のよき妾《めかけ》で、よき協力者になっていた彼女は、突然その経営者の死去にあった。そして最も順当な方法でチェリー・ホテルの女将《おかみ》の地位を得てしまった。数奇《すうき》を極《きわ》めた多端《たたん》な経験に鍛《きた》えられて、最早《もはや》冷徹な意志と信念とをもっていた彼女は、このホテルの困難な経営を女手《おんなで》一つで見事にやってのけて行った。

しかし経済的な余裕ができると共に、彼女を苦しめたものは香具師《てきや》の手に売渡《うりわた》された幸吉のことであった。奇怪な見世物《たかもの》となって国々を流れ渡っているであろう可憐なわが子のことを考えると、血肉《けつにく》の感情と、どうにもならない焦燥《しょうそう》とが、彼女の身体《からだ》をおののかした。

或《あ》る年の夏、彼女は小田原《おだわら》の夏祭《なつまつり》に渡ってきた興行物《もの》の広告を、ふとした機会に見て、蒼《あお》ざめて卒倒《そっとう》してしまった。その広告には「水母男《くらげおとこ》」という幸吉のような骨のない畸形児の見《た》世物《かもの》が、でかでかと興味的に宣伝されていた。正気にかえると、彼女は人々の留《と》めるのも聞かないで小田原に馳《か》けつけて行った。「水母男」の小屋にはいって、一目《ひとめ》見るなり彼女はその男に抱きついて泣き出してしまった。その男は十数年前に別れた幸吉と寸分違《ちが》わなかった。しかも左の眼《め》の下にある小さな黒子《ほくろ》までが、決定的に幸吉に似通《にかよ》っていた。警察官の斡旋《あっせん》で「水母男」の身許《みもと》が洗われると、果《はた》して彼女の直感通りそれは幸吉に相違ないことが立証された。

かなりの金額で幸吉はチェリー・ホテルの母の許《もと》に引取《ひきと》られた。彼が十九歳の夏であった。

三

チェリー・ホテルに移されてからは、彼は毎日目脂《めやに》で一杯になった眼をじっと見開いて、陰鬱《いんうつ》に寝転んでいた。その鈍《にぶ》い濁《にご》った視線と、身体《からだ》の割に不似合に大人びた顔とは、見る人に不可解な不気味さを感じさせた。長い見世物《たかもの》の生活が、たださえ憂鬱《ゆううつ》な彼の心を余す所なく責苛《せめさいな》んだにちがいなかった。

ホテルの女達は幸吉を少しも嫌わなかった。かえって悲惨な彼の肉体に心からの同情をもって接していた。隙《すき》を見ては彼を抱き上げて愛撫《あいぶ》したり、酔っぱらってはその頬に赤い唇をあてたりして、ほんとに隔意《かくい》のない親密さが示された。お銀は特に幸吉を愛《いと》しんで、客のいない昼の間はわざわざ彼を自分の部屋に連れてきて、絨氈《じゅうたん》の敷いた床の上を這《は》い廻《まわ》らせた。

——そうした女達の愛情は、少しずつ彼の陰鬱を解《ほぐ》して行った。機嫌のいい時など、蓄音機をかけて聞かしてやると、アア、アア、と奇怪な叫声《さけびごえ》を上げて明《あきら》かに喜びの態度を見せることさえあった。

幸吉がこのホテルの一員となって四年目のことであった。

この「万年幼児」の畸形児には、奇怪な生理的変化が現れてきた。彼の肉体が急に「青春」を見せてきたことであった。幼児のように小さくて、少しも発育しなかった彼の、肉の緊《しま》らないぶわぶわした頤《おとがい》に、不気味にもかなり黒い髭《ひげ》が疎《まば》らに生えてきた。健全な男の二十三であれば、髭の生えることは少しも不思議でなかったが、こんな走ることも立つこともできない海鼠《なまこ》のような、決定的に人間の天性を喪失した男に、突然黒い髭が生えて其処《そこ》にのみ「青春」と「健全」とを表白《ひょうはく》することは、実に不気味な戦慄すべき出来事であった。しかし刺戟《しげき》に慣らされてきたホテルの莫連《ばくれん》女達は、彼の髭を発見すると、かえって手を叩いて笑い興《きょう》じた。

幸吉の変化はそれのみでなかった。丁度《ちょうど》この髭と前後して、彼の色情《しきじょう》は意外な成長を示してきた。いままで女達の手に抱かれても少しも変《かわ》らなかった彼が、その頃から急に羞恥《しゅうち》の情を見せてきた。女達が酔っぱらって彼の頬に唇を与えると、彼は真赤《まっか》に頬を火照《ほて》らせて、羞《はず》かしそうに骨のない身体《からだ》をウジウジと蠢《うごめ》かした。特に彼を愛《いと》しんでいたお銀を見ると、グニャグニャした身体に懸命の嬌態《しな》をつくって、目脂《めやに》の溢《あふ》れた眼に不気味な流眄《ながしめ》を浮《うか》べて、アア、アアと激しく息を切らして這い寄って行った。そしていままで平気でお銀に面倒を見てもらっていた尿《にょう》や大便《だいべん》の始末も、その後彼女が彼を抱え上げて用を弁《べん》じさせようとしても、激しい奇声を発して拒《こば》むようになった。

『生意気に幸吉が色気《いろけ》づいたわよ』

　女達がいつとはなくそうしたことを語り合うようになってしまった。しかし夜毎《よごと》に数多《あまた》の男を相手にして、激しい廃頽《はいたい》の生活を送っている女達にとって、一人の畸形児の色情の問題などさして関心を払われる事柄《ことがら》ではなかった。

　幸吉の病的な色情は女将《おかみ》や女達の無関心のうちに次第に羽《はね》を拡《ひろ》げ始めた。そしてお銀に対した場合には、それが殊更《ことさら》に激しくなった。

　お銀が一日《いちじつ》彼を相手にしないと、ひどく憂鬱になって焦々《いらいら》と悶《もだ》えているのがはっきりと分《わか》った。女達には幸吉の憂鬱の原因はまるで想像できなかったが、余り激しくむずかるので、お銀は昼間の手の外せない時など、寝台《ベッド》の下にロウリングのついた揺籠《ゆりかご》をいれて、靴で蹴りながら彼をあやしてやった。

　或《あ》る時、幸吉の部屋の押入《おしいれ》を掃除した女中が、押入の隅《すみ》にあった大きな花瓶の中に異様なものが入れてあるのを発見した。丁度《ちょうど》退屈し切った閑散《かんさん》な午後だったので、女中はそれを女達に見せて廻《まわ》った。花瓶の中には、夥《おびただ》しい汚れた紙屑《かみくず》と一緒に、黒くなった絹《きぬ》の靴下や、手巾《はんかち》や、ヘアピン等《とう》が入れてあった。女達が好奇心から検《しら》べてみると、それらの品物の隅にはどれにもみんなアルファベットのGの印がつけてあった。このホテルでGの印のついた品物は、お銀の持物《もちもの》に外《ほか》ならなかった。また夥しい紙屑は美濃《みの》版の塵紙《トイレットペーパー》である所《ところ》から、それもお銀の鼻紙であることが分《わか》った。しかもそれらの手巾《はんかち》や黒く汚れた靴下や、鼻汁《はなしる》の染みた夥しい紙屑は、粘液性の液体でベトベトに湿っていた。牛乳《ミルク》の匂《におい》が強くする所から察して、この粘液性の液体は——牛乳のみを常食としている——幸吉の唾液であることも分った。察するに幸吉はお銀の部屋から密かに彼女の所有品（靴下や鼻紙）を拾ってきて、それを×め廻していたのにちがいなかった。しかしその原因については、ただ子供らしい無知からなんでも口にもって行ったものに相違ない位《ぐらい》にしか、女達は考えることができなかった。彼の変態的な色情や嗜好を認めるには、彼は余りに「人間以下」の存在であった。

また或《あ》る時のことであった。お銀は昨夜からの客を帰して、疲労のために深い昼寝を貪《むさぼ》っていた。その時マリという同輩の女が、むずかる幸吉をもてあまして、お銀の寝台《ベッド》の裾《すそ》にそっと置いて行ったのを、彼女は知らなかった。お銀がふと眼を覚《さま》すと、幸吉はいつのまにか彼女の蒲団《ふとん》の中にはいってきて、ぴったりと寄添《よりそ》っていた。彼女の眼《め》を覚したことを知ると、彼は急に激しく息を乱しながら、媚《こび》をふくんだ眼を光らして、ウジウジと身体《からだ》を波打《なみう》たした。はては激しく涎を垂らして、にっと歯のない赤い歯茎《はぐき》を見せて笑った。この凄《すさま》じい不気味な態度には、さすがのお銀も慄然《りつぜん》と顫《ふる》え上《あが》ってしまった。

# 四

チェリー・ホテルはダンスと酒と密事《みつごと》とで、その日その日の暦《カレンダア》を捲《め》くって行った。

或《あ》る夜《よ》、お銀の客となった、骨組《ほねぐみ》のがっしりした、気の大きなマドロスあがりの中年の男は、不思議に彼女の心を捕《とら》えてしまった。

『スペードのジョン』という外国語の綽名《ニックネイム》をもった、岡山生れの賭博者《ばくと》であった。特別の交渉をもったわけでも、特別の密談《テテ・ア・テテ》をしたわけでもなかったが、その夜《よ》、彼が舞踏場の床を踏み鳴らして踊った豪快《ごうかい》なタンゴと、淡泊な『夜の密事』とが、不思議に彼女に深い感銘を与えてしまった。彼の精悍《せいかん》な瞳と、がっしりした大きな掌《たなごころ》と「アデュウ！」といって手を上げるとそのまま後《あと》も振返《ふりか》えらないでゆっくり立去《たちさ》った逞《たくま》しい後姿《うしろすがた》とが、彼女の脳裏からいつまでも消えなかった。

その後《のち》彼は度々《たびたび》お銀の許《もと》に遊びにきた。

お銀も、ジョンも、決して『自分の心』を打明《うちあ》けなかったが、二人の間には普通の「ホテル女と嫖客《ひょうかく》」でない特別の交渉が始められた。嘘と手管《トリック》の社会であるだけに、その真実はかえって激しかった。お銀は彼に「心の底から」惚れこんでしまった。同輩の女達も、厭味《いやみ》のない豪放《ごうほう》なジョンを羨望《せんぼう》して、彼等《ら》の「ただならぬ」関係を祝福した。

しかし――誰《だ》れにも気附《づ》かれなかったが――このチェリー・ホテルの中で、二人の「情事《ラブ・アフェイア》」に異常な態度を見せた者が一人あった。外《ほか》ならぬ畸形児であった。

彼は二人の交渉が密度を加えるに従って、ひどく不機嫌になり始めた。そしてお銀が彼を抱え上げても、以前のように喜ばないで、焦燥に顔を歪《ゆが》めて、猜疑《さいぎ》深い白眼《はくがん》でじっと彼女の横顔を睨《にら》んでいた。

またジョンが遊びに来た時には、その都度《つど》、幸吉は奇怪な発作を見せるようになった。離《はな》れ室の女将《おかみ》の部屋（日本座敷）にいる時でも――夜の営業時間には殆《ほと》んど其処《そこ》にいるのが常《つね》であったが――、舞踏場から沢山《たくさん》の男女の声と一緒に、ジョンの特徴のある幅の広い声が聞《きこ》えて来ると、彼は急にそわそわと狼狽《ろうばい》し出して、激しく喘ぎながら座敷中を幾度も幾度も這い廻《まわ》った。ジョンの声を敏感に感知することは実に驚くべきもので、彼はただジョンの「声」のみを気にしながら生きていたのにちがいなかった。しかし女将《おかみ》にはこの不可解な幸吉の発作がなんのために起《おこ》るものであるか少しも見当がつかなかった。ましてジョンが来た時にのみ起ることなど分《わか》る筈《はず》がなかった。

或《あ》る嵐の夜《よ》。ホテルは意外に景気が悪《わ》るかった。客のないお銀が女将《おかみ》の部屋で話し込んでいた時であった。嵐を冒《おか》してジョンがやって来たものとみえて、母屋《おもや》の方から『ハロウ！お銀！』という、例の幅の広い声が聞《きこ》えてきた。お銀は女将と顔を見合《あわ》して、嫣然《にっこり》と笑うと、いそいそと立ち上《あが》った。すると、いままで母の膝《ひざ》の上に寝ていた幸吉が、突然大きな呻声《うめきごえ》を上げた。と、それに続いて、アア、アア、とヒステリックに激しく喘ぎ始めた。顔を真赤《まっか》に火照《ほて》らせて、唇を歪めて、海鼠《なまこ》のような身体《からだ》を波打って痙攣《けいれん》させた。お銀が驚いて振りかえると、彼はなんとも名状のできない、憤怒《ふんど》と悲嘆との錯綜《さくそう》した眼《まなこ》を大きく見開いて、はっしと彼女を睨みつけた。

『まあ、幸吉、どうしたのよ』

彼女が一旦《いったん》立ち上《あが》った腰を下《おろ》して、彼に手を差延《さしの》べると、いままで激しく喘いでいた幸吉は急に静かになった。そしてなにかもの悲しそうにウジウジと身体《からだ》を動かして、お銀の膝の上に這い上《あが》ってきた。呆然《ぼうぜん》と打ち驚いている女将《おかみ》を前にして、お銀の膝の上で彼はとめどもなく涎を垂らして涙を流し始めた。小さな有毒の蛇《ながむし》に魅入《みい》られたような不気味な恐怖にお銀の膝頭《ひざがしら》が小さく顫《ふる》えてきた。しかし彼女が再び立ち上って部屋から姿を消した時には、幸吉は諦《あきら》めたように静かになってじっと腹這《はらば》っていた。

彼のこうした狂的《きようてき》な発作に、女将《おかみ》は殊《こと》の外《ほか》心痛した。医者を呼んで診察して貰ったが『生来欠陥ばかり』の彼には、別段《べつだん》いままでと違った生理的な原因も発見されなかった。幼児のような小さい身体《からだ》を持った畸形児の彼が、人間並《なみ》の嫉妬や恋慕《れんぼ》をしようなど、たとえ医者であろうと考え及ばないことであったから——。

しかし彼の奇怪な発作が、次の出来事があってからは、不気味なほどぴったりと止《とま》ってしまった。

それはジョンが二日間流連《いつづけ》をした日のこと。客のいない昼間の客間《サロン》で、逞《たく》ましいジョンが軽々とお銀を抱き上げて、ふざけて接吻《せつぷん》を与えた時であった。彼等はふと隣室から、アア、アアと激しく喘いでいる幸吉の声を聞きつけた。急いで隣室に駆《か》けつけてみると、幸吉は長椅子の上から転げ落ちて、身体《からだ》中を痙攣させて、とめどもなく涎を垂らしながら、床板の上を転げ廻《まわ》っていた。彼等の姿を見ると、ぴったりと静かになって、こちらを向いて腹這《はつば》った。顔を真赤《まつか》に興奮させて、目脂《めやに》の溢れた眼をかっと見開いて、怨《うら》めしそうにジョンとお銀の顔を睨みつけた。色を失った唇がわなわなと小さく顫《ふる》えていた。顔に緊《しま》りがないだけに、その形相《ぎようそう》は特に怖《おそ》ろしかった。

『はっはっはっ、なにをそんなに怒ってるんだい』

磊落《らいらく》なジョンが笑いながら手を出して抱えようとしたが、モジモジと後退《あとずさ》りしてそれに応じなかった。眼頭《めがしら》に白い涙を滲《にじ》ませると、急にまた、アア、アアと、まるで火傷《やけど》でもしたように激しくのた打ち始めた。

その日以来、幸吉は不自然なほど静かになった。

自分の部屋の隅にじっと腹這《はらば》ったまま、空虚な一点を凝視して、何事かしきりに考えている様子であった。

お銀が手を差延《さしの》べると、従順に彼女の腕に這い寄ってきて、以前のような不気味な態度を見せないようになった。彼女の部屋にジョンがいる時ですら、幸吉はその横におとなしく寝転んでいた。

こんなに甚《はなは》だしく幸吉の態度が変化したことを、人々はまるで怪しまなかった。忙しいホテルの女達には――正直な所《ところ》――『小さい幸吉』のことなど一々《いちいち》かまっている余裕がなかった。お銀ですら、このことについてはまるで関心をもっていなかった。彼女の心はすっかりジョンが専有してしまっていた。ただ母親である女将《おかみ》のみが『可哀相な子供』の従順になったことを気附《づ》いて、大変に喜んでいた。

しかし人々が身体《からだ》の不自由な『取るに足らぬ』畸形児だからとて、彼の従順な静かな態度に、なにか知《し》ら装《よそお》ったような不自然さがあって、目脂《めやに》で一杯《いっぱい》になった瞳の色が険《けわ》しい光を帯びていたことを、無関心に黙殺したことは遂《つい》に怖《おそ》るべき惨劇を招いてしまった。

或《あ》る朝——。ホテルの朝は侘《わび》しかった。

昨夜から泊《とま》っていたジョンは帰仕度《かえりじたく》をしていた。お銀は幸吉を抱いて『愛人』の身支度を見守っていた。

ジョンはワイシャツを着かけたが、ふと頤《あご》を撫《な》でて、少し生えかかった髭のことが気になった。

『お銀、すまないが髭をあたってくれ』

剃《そり》道具の用意を命じると、再びワイシャツを脱いで胸毛の生えた逞《たく》ましい裸体を寝台《ベッド》の上に横たえた。

お銀は抱えていた幸吉をジョンの横に下《おろ》すと、いそいそと剃《そり》道具の用意をした。

やがて顔中に石鹸《せっけん》の泡を立てると、彼女は剃刀《かみそり》を握った。青白く研《と》ぎ澄まされた鋭い洋剃刀の刃《は》が、心よい切味《きれあじ》をみせて彼の肌膚《はだ》を撫でて行った。その時折悪《おりあ》しく、階下から同輩の女が大声に彼女の名を呼んだ。剃る手を止《や》めて、彼女は降りて行った。

ジョンは暫《しばら》くじっと待っていたが、なかなか彼女が来ないので、やがて所在なさそうに剃刀を取上《とりあ》げると、仰向《あおむき》に寝たまま鏡も見ないで手探《てさぐり》で頤《あご》の辺《あたり》の髭を剃り始めた。

お銀の階段を馳《か》け上《あが》って来る上靴《スリッパ》の音が響いてきた。

彼女は部屋の扉《ドア》を開けると、その途端《とたん》、

『あっ!』

口の中で小さい驚愕《きょうがく》の声を放った。其処《そこ》には寝ていなければならない筈《はず》の幸吉が、剃刀をもって無心に頤《あご》を撫でているジョンの頭の傍《そば》に這い寄って、蓋《おお》い被さるように上半身を起《おこ》していた。彼女が扉《ドア》を開けると、彼はちらっと激しい視線を投げた。その視線には――危険なつきつめた気配と、或《あ》る決心をしながらその断行の前に一瞬逡巡《しゅんじゅん》している様子と、激しい狼狽の影とが走った。ジョンは少しも気が附《つ》かないで剃刀を操《あやつ》っていた。

『危ない!』

お銀が大声をはり上げて、寝台《ベッド》の傍《そば》に走り寄った、瞬間、幸吉の身体《からだ》がぐっと上に反《そ》ったかと思うと、剃刀を当《あて》ているジョンの首筋の上に身体諸共《もろとも》どさりと倒れてしまった。

『あッ!』

ジョンの鋭い悲鳴が起《おこ》ると、同時に、幸吉の身体《からだ》は彼の胸の上からもんどり打って床板の上に放り出された。

お銀が馳《か》け寄った時には、ジョンの頸《けい》動脈が切れて血潮《ちしお》の飛沫《ひまつ》が遡《ほとば》しっていた。放り出された幸吉は——投げ上げられた時に、ジョンの握っていた剃刀で胸を刳《えぐ》られて、全身朱《あけ》に染《そま》って——床板の上に腹這《はらば》ったまま、とめどもなく涎を垂らして、歯のない真赤《まっか》な歯茎を見せて、ク、ク、ク、クと痙攣した哄笑《こうしょう》を吐き出していた。目脂《めやに》の溢れた眼が残忍な快感に輝いていた。

# 五

お銀の話はこれで終《お》わった。

長々と語り終ると、お銀は蚊帳《かちょう》の外のティー・テーブルに手を差延《さしの》べて、氷の浮いたアイス・ウォータアをコップに移した。そして喉を鳴らして一気に飲乾《のみほ》すと、口に残った氷を歯の間で音を立てて砕いた。

『どうだ、怖《お》っかなくなかったろう』

酔いの醒《さ》めた心持《こころもち》蒼ざめた頬に、意地の悪い微笑を浮《うか》べて私を凝視した。

『うむ。で、幸吉は無論《むろん》死んでしまったんだな……』

『胸を深く刳《えぐ》られてたんでその日のうちに死んでしまったさ。ああ、厭《いや》だ。厭だ。あんたを嚇《おど》かすつもりで話したが、あたしまで変な気になっちゃったい。さあ、も一度階下《した》に降りて酒でも飲んで来ようかな……』

　私が黙っているので、お銀も黙ってしまった。が、急に思い出したように晴々《はればれ》と、少々誇張した位《ぐらい》高らかに笑って、私の胸を一つ平手で大きく叩いた。

『どうだ、酒でも飲もうか、一つ元気を出して、あたしに惚れてごらんよ。幸吉はもうとっくの昔死んじゃったんだよ。あんたの先刻《さっき》の惚気《ほれけ》は一体どうなったんだい、ふふふ……』

　つい釣りこまれて微笑みかけたが、私の唇は忽《たちま》ち冷たく凝結《ぎょうけつ》してしまった。お銀の口から語られた奇怪な殺人事件――この華《はな》やかな『色情と歓楽の街』が紅棒《べにぼう》で描いた凄惨《せいさん》な殺人画は、私の胸を強く圧迫して、不気味な戦慄の背筋を流れるのを禁ずることができなかった。

## 解説

〈犯罪科学〉昭和五年十月号（一巻五号）に発表。

〈新青年〉を作品選択の対象から外《はず》して分《わか》ったことがある。ある時期、特定ジャンルの雑誌メディアにホラー小説が集中的に発表されているのだ。そのジャンルとは犯罪実話雑誌である。

犯罪実話雑誌とは読んで字の如《ごと》く犯罪に関する読物を専門に扱う大衆娯楽雑誌のことで、昭和五年六月創刊の〈犯罪科学〉（武俠社《ぶきょうしゃ》）がその先駆けとなった。『近代犯罪科学全集』の成功に気をよくした同社が元文藝春秋社々員の田中直樹《たなかなおき》を編輯《へんしゅう》長に迎え、「グロテイシズムとエロテチシズムの秘庫《ひこ》」の謳《うた》い文句とともに世に送ったのがこの雑誌。昭和七年十二月までに増刊を含め全三十七冊が発行された。〈犯罪科学〉の成功は類誌を生み、昭和六年十月には〈犯罪公論〉（四六書院）が、昭和七年一月には〈犯罪実話〉（駿南社《すんなんしゃ》）が出た。

いずれもメインは実話読物だが、毎号のように小説が掲載され、ある意味〈新青年〉の競合誌的な一面があった。だが同じ小説でも犯罪実話雑誌と〈新青年〉では大きな相違がある。それはアダルト要素の有無だ。もともと犯罪実話雑誌はエロが売り。だから小説もエロチックな要素が強い。一方〈新青年〉は基本的にセックスがタブー。黄金時代の同誌で活躍した獅子文六《ししぶんろく》の言葉を借りれば「エロチックを書くにしても、今のようなアケスケのことは、検閲の問題を別にして、だれも避けた。それは幼稚であり、ヤボであり、要するに、新青年好みでなかった」のである。

本作のような「アケスケ」な作品は、決して〈新青年〉には載らない。同誌の「セックスお断り」ポリシーに反するからだ。ブランドイメージもへったくれもない、怖いもの知らずの犯罪実話雑誌だからこそ、こんなリスキーな作品でも平気で載せることができたのだ。ホラー小説史上における犯罪実話雑誌の位置づけが、これでご理解いただけただろうか？

品行方正な読者のために説明しておくと、本作の舞台は「チャブ屋」と呼ばれるホテル形式の娼館《しょうかん》である。女衒《ぜげん》によって遊郭《ゆうかく》に「売られ」る娼妓《しょうぎ》とちがってチャブ屋の女は自分でホテル経営者と契約し、部屋代や食費、光熱費などをホテル側に支払う形式になっていた。フリーランスなので前借《まえしゃく》（年季契約を結ぶ際に抱え主から支給される一括先払い金）の返済に苦しむこともなく、外出も自由。前身はダンサー、タイピスト、ウェイトレス、看護婦などモダンな職業が多かった。娼妓にくらべて教養程度が高く、全体的に陽気で開放的なのが彼女たちの特徴だった。

チャブ屋街は横浜の本牧《ほんもく》地区と大丸谷《おおまるだに》の二ヶ所にあり、本牧地区はさらに本牧町、同町字《あざ》十二天《じゅうにてん》、同町字小湊《あざこみなと》の三区画に分れていたが、一般にはここで働くセックスワーカーたちをひっくるめて「本牧ガール」と呼んだ。地理的に客は外国人や外国航路の船員が多く、独特の異国情緒を求めて東京からも客が押し寄せた。本作にもそのけだるく退廃的なムードがよく出ている。庄野《しょうの》は「常識的に破滅した人人」（『死の書 第一分冊』収録）にも障碍者《しょうがいしゃ》の息子を持つ本牧ガールを登場させているが、チャブ屋に特別な思い入れでもあったのだろ

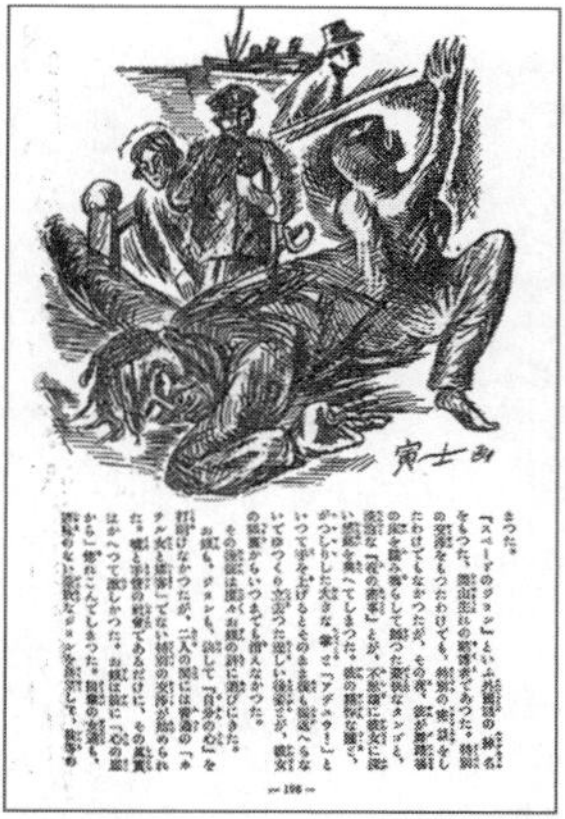

「紅棒で描いた殺人畫」本文（今村寅士画）

うか。

庄野は活動期間が短かく作品数も少ないため、文学史的にはほぼ無名に近い。何かと奇行が多く、ある日新宿《しんじゅく》の紀伊國屋《きのくにや》で庄野に「今夜はあなた達に本ば進呈しまっしょう」といわれた檀一雄《だんかずお》とその友人たちが好きな本を選んで渡すと、庄野は本を抱えたまま金を払わず店外に出てしまったという。他にも平気で下宿代を一年間も溜《た》めたり、苗字が同じというだけで福岡日々《にちにち》新聞社長の息子だと吹聴《ふいちょう》したり、某新進女流作家から会ったその日に病気をうつされるなど破天荒《はてんこう》なエピソードに事欠かない。

その他のジャンル作品としてタトゥーフェチとタナトスをテーマにしたエロチック・ホラー「刺青《いれずみ》をする女」（〈新青年〉昭和四年四月号）がある。過激さでは本作に劣るが〈新青年〉の標準からすればかなり「とんがった」作品だ。作品もユニークだが人物も滅法《めっぽう》面白い。もっと注目されていいと思う。

# 鱶《ふか》

夢川佐市

夢川佐市（むかわ　さいち）

経歴不明。大分県東部沿岸の地理に明るいことから、同地に何らかの関係がある人物かもしれない。

# 一

此《こ》の話は私が有名な今井五郎《いまいごろう》氏の私立探偵事務所に務《つと》めていた時のことである、好んで猟奇な世界に飛び込んだ私もあまりにグロテスクな事件に当面し、すっかり私の職業が嫌になってしまった、それ程《ほど》、仮に『鱶《ふか》』と名づけた此の事件は世にも惨虐《ざんぎゃく》を極《きわ》めた事件であった。

その時、と云《い》っても今から五年前の大正末年の夏八月、或《あ》る富豪令息《れいそく》の婚約に必要の血縁調査を依頼されて、遠く九州大分県国東《くにさき》半島へ出張した。

その調査事項は極《ご》く簡単だったので、旬日《じゅんじつ》を出ないで終了してしまったが、いざ引上《ひきあ》げようとするとき図《はか》らずも私を引き留《と》めるような事件が耳に這入《はい》った、何故《なぜ》か私は不思議な好奇心をそそられたのだ。

それは外《ほか》でもない。

来浦《くのうら》町は国東半島の中枢《ちゅうすう》地である。その町の巡査派出所へ今日も亦嬰児《またえいじ》行方不明の訴えをしたあわただしい姿の母親があった、これで幾日目か？　毎日毎日必《かな》らず一人ずつ、それもその受難区域は来浦を中心に豊後《ぶんご》海峡に面した海岸の村落一帯に及んでいると云うのだ。

生《うま》れて間もない嬰児のこと、勿論《もちろん》自分で飛出《とびだ》すと云うようなことはないはずだ。深夜か或《あるい》は快《こころよ》い昼寝の隙《すき》に何者かが忍び来《きた》って持ち去るわけだ、それにしても何のために嬰児のみを選んで連れ去るか？　人身売買の具《ぐ》か、そうでなければ今の世に妖怪変化と云う奴《やつ》の仕業《しわざ》かと、豊後海峡一帯の人達は児《こ》を持つ者も持たぬ者も、仕事も碌《ろく》に手につかぬと云う有様《ありさま》だった。

二

こうした悲惨な出来事をよそに、今日も亦《また》来浦の浜から出帆のサイレンの音を聞いてあわてて乗込《のりこ》んで行った若い漁師があった。

其船《その》は別府《べっぷ》姫島《ひめじま》を起点として国東半島を一週する黄色に塗った遊覧船、機関部の震動が全身筋肉を顫《ふる》わせる一千噸《トン》の報國丸《ほうこく》である。

名にし負う豊後海峡の波を白く切りながら姫島さして一直線に航行している。その姫島とは国東半島の側部《そくぶ》瀬戸内海に面する周囲六里《り》余《あまり》と云う細長い島で、其《その》昔平家没落の際上臈《じょうろう》達の立て籠《こも》ったので有名な島である、いまだに仙境《せんきょう》を残して四時《しじ》遊覧者が多い、貨物と乗客とを併用している報國丸の小さな船室には、塩鯖《しおさば》の行商を了《お》えて姫島へ帰る年増《としま》二人と別府から姫島見物に行くと云う二組の夫婦客と、隅の板張りに倦怠《だる》そうに軀《からだ》を凭《もた》らして沖の方ばかり観《み》ている来浦から乗った若い漁師の七人きりである。

時は八月の十五日、陸ならば煎《い》り付けられるような暑さだが、此処《ここ》は海の上、然《しか》も閑散《かんさん》な船室だ、太陽が瀬戸内海の直上《ちょくじょう》を傾く頃は皆うとりうとりとしていた。

夫婦客を相手にお国自慢を聴《き》かせていた行商の女二人も、いつか睡《ねむり》の夢に入っていたが、若い漁師はそっと軀《からだ》を板張りから離して行商女の年若《としわか》の方を静かに揺り起《おこ》した。

『済《す》まないけれど、鳥渡《ちょっと》こっちへ来て下さらんか』

こう云って先に立ちかけたが、女は怪訝《けげん》な顔をして男の容子《ようす》を見守っているばかりだ。

男は腰をかがめて低声《ていせい》で云った。

『御心配いりません。鳥渡《ちょっと》お聞きしたい事があるので』

女はすっと立って男の後《あと》に従ったが其《そ》の態度には充分警戒の色が見えている、二人は船室を出て甲板《かんぱん》上に立った。

『済みませんな、こんな処《ところ》へお呼びして』

無雑作な男の口調に反して女は口重く
『いんげ』

お国言葉が丸出しである。

『他でもありませんが、あまり突然でしょうが、あなた方の土地で何処《どこ》か私を当分使ってくれる家はありますまいか』

『漁師《りょうし》の家かえ』

『左様《さよう》です』

『あんたら漁さぁやるだかえ』

『やりますとも、こう見えても板子《いたご》に乗ってもう五年になるからね』

女はくすくす笑い出した、それも其筈《そのはず》、可細《かぼそ》い手に色、生白《なまじろ》い顔、どう欲目《よくめ》で見たって汐《しお》風《かぜ》に当《あた》った男とは思えない若者だから。

『あんたら何処《どこ》から来たんかえ、此《この》あたりの人やないんだろう』

『いや、私は二三ケ月前までは安岐《あき》に暫《しばら》く暮《くら》していたけれどもどうも思わしくないので、来浦へ移ってみた、此処《ここ》もやっぱり思わしくなかったと云うのは、私は鱶《ふか》を捕《せ》るのが本職なもんだから、それであっちこっちと居場所が定《きま》らないわけで、聞けば姫島ではよく鱶が捕れるそうだから今度は姫島へ移ってみようと思ってね。何処《どこ》ぞいい家はありませんか』

すると、女の眼付《めつき》は見る見る異様に輝いて来た。

『あんただちゃ、あしだちとものをいうのをやめちょくれ』

『な、何故《なぜ》です』

『あんただちの為《ため》になるよって』

『どうしてです、それが』

男の眼も異様に輝きはじめた。

『あしだちの島へ来て鱶《ふか》なんちゃこというと殺されて了《しま》うぜ』

此一言《このいちごん》は男の胸をどしりと衝《つ》いた。

『そんなに恐ろしい事だったら、ではもう望《のぞみ》は捨てるとしよう、併《しか》し私は何か仕事をしないと食べて行かれない其日稼《そのひかせぎ》の漁師だから今更何処《いまさらどこ》へ帰るというあてもなし、どうでしょうあなたの家でも結構だから何か仕事をさして置いてくれる事はできますまいか』

男の窮迫《きゆうはく》に同情しかけたものか、女の緊張していた態度は崩《くず》れかけた。

『行くところがねえのなら気の毒ぢゃほで、家へ置いてもあげたいが、家《うち》にはお父さんが居るほどお父さんがどげいうかまァ、一《ひ》と晩でも泊《とま》るつもりであしかたん家へおいで』

船は小さな岬《みさき》を急角度に曲《まが》って、絵のような入江に停《とま》った。

三

其《その》翌日の夕方だつた。

彼《か》の若い漁師は一本の釣竿《つりざお》を担《かつ》いで、行商の女と其父《その》に送られて彼等《ら》の所有の小舟《こぶね》に乗った。

『あんまり奥の方へ行かないほうがいい』

女は物優《ものやさ》しく注意を与えた。

『そうだとも、まだ馴《な》れぬ海だで、小容《こより》で済ましたほうがいいからな』

息子を気遣《きづか》うように父も艫《とも》を押しながら云った。

夜漁《よりよう》までして生計に必要を感じない島民はそれだけ恵まれた魚族《ぎょぞく》を豊富に近海に生棲《せいせい》さしている、それだのに何を苦《くるし》んで単身夜漁に沖に舟を進めたのであろう？　彼等父子《ふし》は其処《そこ》まで真意を穿《うが》つことは出来なかった、而《しか》も若い漁師は雇人《やといにん》として採用を願う前に鱶《ふか》は一切捕獲しないという誓約を交わしてある。それ故《ゆえ》に今宵《こよい》の夜漁は血気《けっき》に逮《はや》る若者が初陣《ういじん》の功を急ぐものと考えて女の父は笑ってその門出《かどで》を祝ったに違いない。

鱶が出たら何としよう。

若い漁師の頭には今そんな問題は浮《うか》び出ていない、唯《ただ》点滅する燈台《とうだい》の光をたよって、何処《どこ》かに己《おのれ》の目的物を捜している様子である。

四

東の空に星が一つ流れて、其《その》方面に向《むか》っているらしい客室の灯《ひ》が仄《ほのか》に見えさる一艘《そう》の巨船が俄《にわか》に非常汽笛《きてき》を鳴らした、其前方を透《すか》して見ると小舟が一艘急廻転《かいてん》して之《これ》を避《さ》けている。若者の小舟は之に向って急行した。二三丁《ちょう》あった間隔が追々《おいおい》に狭《せば》まれて軈《やが》て小舟と小舟が接近すると、先の小舟は恐れるように逆に北方に進路をとった。

『おーい、待ってくれ！』

若者は叫んだ、しかし之《これ》に耳をかさぬ態《てい》で舟は益々《ますます》離れて行く、若者は櫓《ろ》を速めた。

北に向《むか》っていた相手は、いつか西に方向を転換している、将《まさ》に近付くことを恐れているのだ。若者は益々《ますます》櫓を速めた。

深更《しんこう》の幕全《まった》く垂れた頃、相手の舟は小松林に包まれた岬の入江に纜《ともづな》を結《ゆわ》えて、陸に上《あが》った者を見れば影は二つである、其《その》影は松林の根方《ねかた》に蹲踞《そんきょ》して了《しま》った。若者も遙か隔《へだ》たった木《こ》蔭《かげ》に身をかくした。

間もなく東の空は白《しら》んで来た、潜《ひそ》んで居《い》た彼等が再び舟に乗ろうとした時、若者は駈《か》け寄って声をかけた。

『どうしたんですね、いやに逃げるぢゃありませんか』

二人は綱《つな》で引き倒されるようによろよろとなった。そして顔を見合《あわ》せて同じように云った。

『お、お前さんは何処《どこ》の者だ？』

と底力のある声だ。

『心配かけてすみません、なァに私は仕事を探していた者で、云わば宿無しと同じですよ、此《この》土地で少し悪いことをしたんで、昼間は大《おお》っ平《ぴら》に出ても歩けないし、と云って漁をしなけりゃ、食えない無一物《むいちぶつ》だから、昨夜も鯖釣《さばづり》に出ていた処《ところ》あんた方を見付けたんで、ひょっとして雇って貰えるならと思ったんでさあ。ああ偉く骨を折って了《しま》った』

若者の言葉と態度が稍《やや》不安を除《の》け去った如《ごと》くに感じてか、二人はうなずき合って軽く笑った。

『そうなら左様《そう》と始めっから云えばこんな苦労をしなかったものをなァ』

『そうだとも』

此《この》二人は四十を鳥渡《ちよつと》出た年頃、一人は頬骨《ほおぼね》の高い眉毛の濃い骨格逞《たくま》しい男、一人は痩軀《そうく》だが面長《おもなが》の佞奸相《ねいかんそう》をもった陽焼《ひやけ》のどす黒い中から眼《め》だけがぎょろぎょろ光っている。

『けれど、お前は本当の漁師かい』

『はははははよく私はそう云われるんで本当に困って了《しま》う』

こう云って若者はくどくどとかなり長い身の上話をした。すると

『とにかく俺達には俺達の掟《おきて》がある。それはいずれ話すけど、そいつを破るとお前の命のなくなることだけは承知して置いてくれよ』

若者は誓った。

『そんなら一緒に此《この》舟で行こうけれど、あの舟はどうする』

云われて気附《づ》くまでもなく、今此《この》三里を離れた訥言《とつげん》ケ浜《はま》に捨てて行くのは親切な主《しゅ》に対して申訳《もうしわけ》ない事であるが、之《これ》に執着している場合でない。

『なァにあんなものは構《かま》やしない、どうせ人の物だ』

あっさりと云ってのけたので二人には気に入った。

舟は波間に出た。

『私が漕《こ》ごう』

こう云って若者が櫓《ろ》をとると
『そうだな、此《この》浜を出て了《しま》うまでお前が漕いでくれ、俺達ぁ此処《ここ》に寝ているぜ』

底板にへたばるように長々と寝て了った、どう見ても人目《ひとめ》を避けていたい様子である。

やがて訥言ケ浜を出て姫島の方向に舳《かじ》を向けようとした時、

『おっとそっちへ遣《や》っちゃいけない、よしきた、俺が代《かわ》ろう』

がばと跳起《はねお》きた頬骨の高い方が若者の櫓を取って逆に方向を転換した。

『さア、お前は休め』

面長の方が自分の傍《そば》へ呼び寄せた、そして
『お前があの土地に居る間にあの界隈《かいわい》では何か変《かわ》った噂《うわさ》をしていなかったかい？』

『していましたよ』

『どんな事だね』

『毎日一人ずつ赤ん坊が居なくなるんで不思議だって』

『それに就《つ》いてお前はどう思う』

『なァに、どうもこうもありゃしない、世の中なんて、しょっ中《ちゅう》乱れていた方が面白いものさ、世間の奴等《やつら》が偉そうにしているのが何となく癪《しゃく》に障《さわ》って溜《たま》らないからね』

若者は彼等の懐中《ふところ》に入りたい一途《いちず》にあらぬことを云った、しかしそれは図に当《あた》って二人を喜ばせた。

## 五

潮流に乗ってかなり長い間《あいだ》を佐賀《さが》の関《せき》の沖合《おきあ》いに出た、此処《ここ》で小舟をうねりにまかせて三人は用意してきた食事をとった。

此時《この》である、若者は異様な臭気《しゅうき》を感じた、今まで、舟の進行中は勿論《もちろん》、朝まだき訥言《とつげん》ケ浜《はま》に舟を停《と》めていたときも、心が一方に走っていたためか、更《さら》に気付かなかったが食事を済ましてはじめて落着《おちつ》いた気分になると、嗅覚《きゅうかく》神経が働いてきて、一種不快な香《におい》をかぎはじめた、背にする艪《ろ》の方から、其《その》臭気は生肉《いきにく》の腐敗した香である。

――牛か豚の肉を買い置いてそれが暑気《しょき》のために腐ったのだな、

とこう思って気にも止めなかった、

『さ、若いの、食《しょく》休みをしたら愈々之《いよいよこれ》から仕事にかかるぜ』

頬骨の高いのが云ったが、仕事というのは将《まさ》に鱶《ふか》釣りであつた。

若者は勇躍して、安岐《あき》に居る頃から鱶を捕《と》りたくって堪《たま》らなかったがそれが充《みた》されなかったことを話した。二人は如何《どう》して鱶を捕るのかと問い訊《ただ》したので、若者は電気仕掛《じかけ》で捕ると説明した。

『器械があるのかね』

『いや、そいつァ、今はない』

『あはははは』

其処《そこ》で一《ひ》と先《まず》、彼等のなすままを見ることになって下働きという仕事を命ぜられた。

舟は其場《そのば》を東に去ること約十丁《ちょう》、四国の島が幽《かすか》に見える豊後《ぶんご》海峡の荒浪《あらなみ》に乗って、茲《ここ》に投《な》込《げこ》みという鱶釣《ふかづり》が行われるのだ、それは母指《おやゆび》よりも太い返りのある折曲《おりま》がった大形の鈎《かぎ》に三尺程《ほど》の太い銅線をつけて、之《これ》から長い頑丈な綱《つな》を引き、其元《そのもと》を舟に結《ゆわ》えて置く、鈎につける餌《えさ》は生々《なまなま》しい五斤《きん》ばかりの生肉《なまにく》であるが、愈々《いよいよ》用意が整うと一人が舟端《ふなばた》に立って、四方《しほう》を眺めている。

折柄《おりから》、鯔《ぼら》の一群を追って、水の上に背鰭《せびれ》を現わした一疋《ぴき》の鱶《ふか》が潜航艇のように波を切って襲来して来た。

此《この》時とばかり肉塊《にくかい》付いた鈎を鯔の群中《ぐんちゅう》目がけて投込《なげこ》むと鱶は一口にそれを食《く》ったが、鈎はするりと抜けている。

『畜生《ちくしょう》ッ！』

之《これ》は投込《なげこ》む時に既《すで》に肉は離れていたのだ、彼等は地団太《じだんだ》踏んで亦《また》次の襲来を待つことにした。

『おい、若いの、あすこから、今位《くら》いの肉を持ってきてくれ』

舟端《ふなべり》に立つ頬骨の高いのが命じると若者は先刻面長《せんこくおもなが》の方が取りに行ったのを見覚えているので其個処《そここ》を当《あて》に艪《ろ》の方の舟底《ふなぞこ》へ向《むか》って行った。

『早くしないと、今日は大《だい》ぶ来そうだからな』

背の方で嚙付《かみつ》くように云うのを聞き流して奥まった処《ところ》の蓋《ふた》を開けた。

『あッ!』

思わず叫びが咽喉《のど》の処《ところ》まで来たが、若者はじっと堪《こら》えた、それもそのはずむっといきれるような異臭が鼻を蔽《おお》い、ざくろのような肉塊が累々《るいるい》としている、その中には嬰児の肢骨《しこつ》胸骨頭蓋骨が散在し、猶《なお》片隅には頭部や手足を無惨にもぎとられた胴体ばかりの嬰児の屍体《したい》が一つ横《よこた》わっているのだ、あまりのことに若者の呼吸《いき》は止《とま》らんばかりに愕然《がくぜん》となった。

『おい、何をしてるんだ。早くしないか』

ぽんと肩《せ》を叩かれて振りかえって見ると面長の方が突立《つった》って軽い笑《えみ》を漂わせている。

『お前はそれを見てどう思う』

問われた若者は平然と笑い
『世の中はこう行かなくちゃうそだ』斯《こ》う云いながらも若者は生きた心地もなく血のしたたる人肉の一塊《かたまり》を摑《つか》んで頬骨の高い男の前へ持って行った。

諸君は若者が誰であるかもう既《すで》にお判《わか》りのことと思う。かく云う私がその若い漁師なのだ。

間もなく、一疋《ぴき》の鱶を捕《とら》えることが出来たので、黄昏《たそがれ》近く之《これ》を来浦《くのうら》町に程《ほど》近い熊毛《のげ》村に上陸して金にかえた。それにしても、私が来浦から報國丸に乗った所《ところ》、鱶《ふか》のことを話すと殺されると眼の色を変えた行商の女の言葉はどうしても判らない、或《あるい》は彼等もその一味ではなかったか、私はその結果をつかまない中《うち》に本部からの電報によって急遽《きゅうきょ》帰京してしまったのである。

## 解説

〈怪奇クラブ〉昭和五年十一月号（一巻八号）に発表。

血塗《ちまみ》れの残酷劇で有名なグラン・ギニョル座の看板作家にして「恐怖のプリンス」の異名をとる劇作家アンドレ・ド・ロルドが好きそうな話だ。容易にオチが予想できるのが難だが、分《わか》っていてもラストシーンの凄惨《せいさん》さには圧倒される。典型的なグラン＝ギニョレスク・ホラーである。このグラフィック・ゴア（具体的かつ詳細な残酷描写）の有無がコント・クリュエルとグラン＝ギニョレスク・ホラーの差だと思う。ロアルド・ダールの「天国への登り道」と本作をくらべてみよう。前者が匂いだけで読者にすべてを理解させるのに対し、後者はそのものズバリを描いてみせる。どちらが良い悪いの問題ではない。グラン＝ギニョレスク・

ホラーとはそういうものなのだ。
〈怪奇クラブ〉は日本初のホラー小説専門誌。〈幻想と怪奇〉（一九七三年創刊）以前にそんなものがあったのかと言われるかも知れないが、あったのである。創刊は昭和五年四月。世界的に見ても独〈デア・オーヒデーンガルテン〉（一九一九年創刊）、米〈ウィアード・テールズ〉（一九二三年創刊）、同〈ゴースト・ストーリーズ〉（一九二六年創刊）につづいて四番目だ。そもそも日本にはアメリカとちがって特定ジャンルに特化した小説雑誌が少ない（あるのは講談物と探偵小説ぐらい）ので、出版史的にもレアなケースと言える。

発行は東京市神田《かんだ》区錦町《にしきちょう》の旭光《きょっこう》社。奥付には編集発行人として「高見順《たかみじゅん》」の名がクレジットされている。この高見順は「故旧《こきゅう》忘れ得べき」の作者とは別人。〈怪奇クラブ〉のことは「作家」の高見も知っていて、「編集人」の高見に「一辺《いっぺん》会つて見たい」とは思ったものの「万一《まんいち》彼が僕に似た顔や気質などを持つてゐたら如何《どう》だらう」と考えると薄気味が悪く、結局会わずじまいだったという。

昭和六年三月、親会社のポケット講談社が発行する〈ポケット講談〉への合併吸収という形で終刊になった。サイズは四六判より横が四ミリ、縦が一センチほど短い特殊な判型《はんけい》。頁《ページ》数は二百ちょっと。巻頭にアート紙モノクロ印刷の口絵が八葉《よう》入る。本文はタイトルページに小さなカットが入るだけで挿絵《さしえ》はなし。カバーアートは根《ね》本雅夫《もとまさお》、口絵は伊《い》藤幾《とうき》久《く》造《ぞう》と佐《さ》川《がわ》珍香が担当。定価三十銭《せん》。現在の物価に換算すると六百円ぐらい。

内容は現代物と時代物が五対一ぐらいの割合で混在している。時代物はオーソドックスな怪談から吸血鬼やロボットが登場するアバンギャルドな作品まで種々雑多。わずかだが翻訳ものもある。執筆者は他で見たことのない人ばかり。知名度では宮崎《みやざき》一雨《いちう》や倉田《くらた》啓明《けいめい》がトップクラスなのだからあとは推《お》して知るべし。当然、作品の質は全体的に低い。

なぜこんな雑誌が生まれたのか。今となっては知る由《よし》もないが、ポケット講談社は次々に子会社を創立しては廉価《れんか》な新雑誌を続々と創刊する百円ショップ的な出版社だったので、この〈怪奇クラブ〉もそうした数ある新商品のひとつだったのではないかと思われる。とはいえ売れる見込み（あるいは今後ブームになりそうな気配）があるから出したわけで、ホラー小説というジャンルが当時それなりにポピュラリティーを得ていた証拠でもある。

〈怪奇クラブ〉掲載号表紙（根本雅夫画）

作者については何もわからない。夢《む》川《かわ》は実在の姓で、埼玉県東北部に多い名前（といっても百戸《こ》ぐらい）という。今のところ同名義での作品はこれ一つしか見つかっていない。その場限りの「捨てペンネーム」だったのだろうか。

# 殺人と遊戯と

小川好子

小川好子（おがわ　よしこ）

経歴不明。昭和五年から九年にかけて〈犯罪科学〉〈犯罪公論〉〈文化公論〉など田《た》中直樹《なかなおき》が編集する雑誌に十篇ほどの翻訳探偵小説や猟奇読物を発表した。「殺人と遊戯と」は唯一の創作。

僕の親友だった山中良一《やまなかりよういち》が突然自殺して、我々グルッペを驚かしたのはつい二ヶ月余り前の事であるが、その二ヶ月たったかたたぬかの此《こ》の頃《ごろ》、僕がまた彼と同じ様《よう》な道を辿《たど》ろうとしている。

僕はいよいよ今日の午後には僕のプランを実行することに決心した——だが、然《しか》し、僕は山中と全然同じ道を踏むのではない、一人の女性を道づれに、最後の勝利を謳《うた》いつつ人生に別離《アデユウ》を告げよう。明日《あす》の都市の新聞には、さぞ好材料として我々の事件を報導《ほうどう》して、紙面を賑《にぎ》わすであろう。

過失か？　心中か？　等々《とうとう》、いずれにしても美しいしかも噂《うわさ》のマドモアゼルと僕との謎の事件は刺戟《しげき》に慣れた都会人にも一寸《ちよつと》好奇心をそそるであろう。僕は予想される僕等《ら》の醜聞《スキヤンダル》に対しても決して不平はない——それ程《ほど》僕のパートナーは素晴らしいのだから。

けれど、どうして人生の喜びも充分味わっていない僕がわざわざ青春を断ち切ろうとしているか？——これを伝える前に先《ま》ず親友、山中良一の自殺に就《つい》ても、一《ひ》と通り述べておかねばならぬだろう。

山中の死は、彼が、木《き》谷洋子《たにようこ》と云《い》う一女性に失恋したためだと誰もが信じている、また事実大きい原因はそれに異《ちが》いないのだが、それにもかかわらず彼の死因に疑惑の念をはさんでいる男が二人ある。一人は僕の先輩T画伯、他は僕自身である。T画伯は例の女性、洋子を疑っている、が、別に根拠のあるわけでもなく漠然《ばくぜん》とした第六感でそう感じているらしい。けれど僕にとってはこの問題は重大な疑惑となって、未《いま》だに未解決のまま頭にこびりついている――と云うのも、あからさまに云えば、彼の自殺の原因は僕が計画した形無《けいむ》のトリックにかかって命を短《ちぢ》めたのではないか？　それとも、洋子が間接にせよ無理やりに彼を自殺さしたのか？　或《あるい》はつきつめれば、洋子が直接に彼を毒殺したのではないか？……と色々な考えに悩まされるからだ。この原因がはっきりする事によって僕が親友に対して自殺幇助《ほうじょ》を企《たくら》んだ罪――尤《もっと》も之《こ》れは法律上では絶対に成立しないが――の良心の痛みが、多少ともに、減少されるか、或は増加するわけなのだ。そしてそれを明白にするには死んだ山中か或は洋子に聞く外《ほか》はない。山中に訊ね得られないのはわかり切ったことだし、と云って洋子からききただすことも不可能だ。何故《なぜ》なら洋子はたとえ彼女が直接あの白い腕で十人の男を絞めたとしてもそれを少しでも口に洩らす女ではない、又《また》僕も、つい彼女に圧倒されて彼女をテストすることもできないでいる。それに、僕の邪推《じゃすい》かもしれないが、彼女の方でも秘《ひそか》に僕に猜疑《さいぎ》の念を向けているようなふしがないでもない。僕も彼女もお互《たがい》に探り合っていて、結局、山中の死は山中以外の誰にも謎として永遠に葬《ほうむ》られてゆくのだろう。

それにしても、何故《なぜ》に僕が、間接にもせよ親友を死に導く計画をたてたか？　またその僕が却《かえ》って洋子を疑うようになったか？　それを大体《だいたい》書き残しておこう。

×

この、山中と僕との二人の生活に大きい影を投げかけた木谷洋子に、僕が始《はじ》めて会ったのは半年ばかり前の去年の十月、丁度上野《ちょうどうえの》に開かれていた二科展《にかてん》の会場であった。そこで僕は連《つ》れのT画伯から彼女に紹介されたのである。彼女の刻《きざ》みの深い陰影の濃い容貌の印象は、瞬間的にサット僕にモナ・リザを想《おも》わしめた。然《しか》しリザには見られない若々しさと、そして古典的《クラシック》な顔立ちであるのにもかかわらず、その裡《うち》に異国的《エキゾチック》な香《にお》いが混然とただよっている。窈窕《ようちょう》として、而《しか》も暗《くら》っぽい魅力！

『マドモアゼル？　それともマダムですか？』

多分マドモアゼルだろうと思ったが、伯爵夫人《カウンテス》にでもふさわしい落ちつきがあったので、僕は後《あと》からT画伯に訊ねてみた。

『安心し給《たま》え。マドモアゼルだ』

T画伯は素見《ひやか》すようにそう云ったが、僕が彼女に苦心しているのを察したのか、こう云うのだった。

『あの女《ひと》、近頃のモダンガールなんかには持ち合《あわ》せのない彫刻的な美を持っているだろう。然《しか》しあんなとりすました顔をしていて仲々《なかなか》したたかものだって噂もあるんだよ。僕はずっと以前からの知り合いで、一寸《ちょっと》師弟関係もあったので、僕には特別本性をかくしているのかもしれないんだが、僕には全《まった》く明快な頭脳を持った近代的淑女《しゅくじょ》と云う風な輪郭より見せない。而《しか》し可成《かな》り噂も高いし、また彼女が自由の利《き》きすぎる程《ほど》のホテル生活等《とう》想像すれば僕だって断言できないからね。それに僕も画家《えかき》だから特別に敏感なのかもしれないが、注意して観察しているとただのマドモアゼルらしからぬ点が多々ある。異性との大胆な交際、——彼女はあれで男の友達ばかりさ——話しっぷり、落ちつき、それから細かい衣服調節の洗練された好み、化粧の仕方等《とう》、例えばあの人の顔をみ給《たま》え。殆《ほとん》ど素顔だぜ。非常に青白く透明したデリケートな皮膚をしているが、白粉《おしろい》も殆ど塗らないで生地《きじ》の美をそのままに生かしている、唇《くちびる》にしても何時《いつ》だって絶対に口紅をつけていたことがない。我々男性にはコテコテ塗りつぶした肌や真赤《まっか》に彩《いろど》った唇よりも、白粉気《け》のない素肌とか珊瑚《さんご》色にねっとりとした柔《やわらか》い唇なんかにどれ程《ほど》肉感的な衝動をかられるかしれないものだ。大抵《たいてい》の女は折角《せっかく》の自然の美までも粉飾をこらしすぎて台無しにしている、こんなことには結婚した女でも割に鈍感なものを、あのマドモアゼルは心憎《こころに》くい程心得ている人だからね。その外《ほか》、どんな小さな事にでも、あらゆる感覚と感能《かんのう》の世界を歩いて来て男心をすっかりのみこんだ女でないと表現できないような効果的な技巧を豊富にもっているようだ。

未《ま》だ結婚もしないし、と云って友愛結婚をしているでもないらしい。そのくせ、品行は方正でもない、始終《しじゅう》男友達が新陳代謝している様子だ——

いや、余り彼女の悪口《あくこう》を云うと君の顔色まで憂鬱《ゆううつ》になったからこの辺でやめよう。だが今日は彼女も美青年の定評ある君には満更《まんざら》でもないってな目だったよ、君も勇敢にそろそろ女《じょ》軍《ぐん》へ向けてスタートを切ってはどうだ。

だが、君に紹介した責任上、これだけは忠告しておくよ、彼女と享楽《きょうらく》するだけならいいが、魂《たましい》までとられないようにし給《たま》え。』

彼は奥歯に物のはさまったようなことを云ったが、その外《ほか》、彼女が貴族院議員、星野《ほしの》氏の側腹《わきばら》に生《うま》れ、表面《ひょうめん》星野家とは何の関係もないが、実は可成《かな》り多額の財産がつけられてあること、また彼女が去年まで二年間ドイツに行ってきたこと、従って彼女のホテルのアパート生活が毛唐《けとう》じみていて、贅《ぜい》をつくしていることなど僕が聞くままに話してくれた。

×

二回目に彼女に会ったのは、それから十日余りして偶然銀座《ぎんざ》で出遇《あ》ったのだが、その時僕の側《そば》には友人の山中がいたので、当然僕は彼女に山中を引き合《あわ》さねばならなかった。ここで僕は、この山中と僕との少し異常な友情に就《つい》て一寸《ちょつと》述べておこう。

僕と山中は文字通り少年時代からの竹馬《ちくば》の親友で通っているが、性格的には随分《ずいぶん》相異があった。一方この相異があったればこそ二人が共に友人としてここまで平穏にこれたとも云える。

山中は生来非常に気の弱い温和な同時に珍《めず》らしく純な性質で、時には全く自己の意志を持たないのかと思われる程《ほど》であった。それに反対して僕はよく云えば意志が強い、悪く云えば強情で意地っぱりであった。これは先天的な性質であると同時にお互《たがい》の後天的な環境が一層《いっそう》強く支配したのだろう。彼は母親の手一つで淋《さび》しい家庭に育った。僕はブルジョアの坊《ぼっ》ちゃまで周囲からやんやと持ち上げられ、我儘《わがまま》を通すお山の大将気分で大きくなった。僕は少年時代から、彼にも——いや彼に対しては特に、攻勢的で圧迫的であった。従って友人としてよりもむしろ弟か小姓《こしょう》のように彼を服従しなければ承知できなくて、暴力で虐待《ぎゃくたい》した事もあった。生成《せいせい》してからも同じことで、暴力こそ出さないが辛辣《しんらつ》な皮肉や有形無形の圧迫を彼に与えて優越を感じてきたが、それに対して彼は全く従順で反感も起《おこ》さなかった。今から思えば彼には被虐待《マゾヒズム》的の傾向がないでもなかったが、それよりも彼は意志が弱いので、何か一つの目標とする強い柱が必要だったのだろう。僕が思うままに彼を制御してもそれが僕の悪意から出たものとは夢にも思わなかったらしい、僕が友情から弱い彼を鼓舞《こぶ》し激励する手段だと信じていた。現代の青年にそんな純で初《うぶ》な男が、と馬鹿らしく思われる位《くらい》だ。或《あ》る友人達は僕と山中との仲をみて変態な友情だと云い、又《また》同性愛だと思い込んでいた者もあった位だ。然《しか》し山中はさておいて、僕の方では彼に内心敵意があっても同性愛なんて考えたこともない。

僕はこんなに彼を僕自身の意志で馭《ぎょ》していたが、そのくせ彼が、少しでも他の友人に頼ろうとすると、僕は怖《おそ》ろしく立腹して、彼を責めたものだった。

彼の人生観や恋愛観にしても、結局それは僕が注《そそ》ぎ込んでやったものであった。僕は彼の行動は勿論《もちろん》、思想や意志にまで僕が関与して、優越を感じようとした。

僕がこれ程《ほど》彼を圧迫しようとしたのは、大きい原因があったからでもある。それは、我々二人が最大目的としている芸術の点に於《お》ては残念ながら僕が彼よりも数段劣《おと》っている事をはっきり認識せざるを得なかったからだ。芸術に志《こころざ》すものにとって之《こ》れ程大きい打撃や苦痛はない。僕はどうかして彼の芸術も凌駕《りょうが》したいとあせったが、考えてみれば僕がいくら努力しても、人間の技術で天才を征服しようとするのは不可能を可能にならしめんと徒労するに等しい。そうあきらめながらも、彼のカンバスを見る毎《ごと》に私は嫉妬を感じていた。然《しか》し彼の方はそれに就《つい》ても全く無関心で、私がどこまでも虚勢を張って高飛車《たかびしゃ》に、先輩のような批評よりしなくても、彼は有難《ありがた》い説教として受け容《い》れていた。

僕自身をこんなに赤裸々《せきらら》に解剖すれば、きっと僕は、他人の幸福を呪う悪魔的な人間に見えるだろう。けれど自惚《うぬぼれ》ではなしに、僕は自分が純情も多分に持っている、また怖《おそ》ろしく潔癖《けっぺき》やである。ただ、どの人間にも共通の嫉妬心や征服欲が偶々《たまたま》親友に強く向けられただけの事である。結局僕にしろ彼にしろ全然、世間知らずだし、従って彼は臆病な性質から、僕は一種の潔癖とプライドからとで、二十五歳になる未《いま》だに女の肌も知らないでいる。二十年か三十年も昔の浪漫《ろうまん》派の詩人みたように恋愛を理想化しているのだ。だから二人の実際の恋愛と云えば中学時代にはかない夢の様《よう》なものがあったきりだ。この話をすると又《また》僕の弱点をさらけ出すようなものだが、この恋愛事件の時にも二人の対照は偶然同じ一人の少女だった。僕は彼が恋敵《ライバル》と知ると一層《いっそう》勇敢にすすんだが山中は消極的に沈黙してしまった。ところが僕が少女に当《あた》ってみると彼女が想《おも》っていたのは私でなく山中であった。僕も潔《いさぎよ》く恋をあきらめたがその代《かわ》り山中にそれを譲《ゆず》ろうともしなかった。却《かえ》って二人を遠ざけるようにしたので、彼も少女もお互《たがい》に片恋《かたこ》いだったと永久に信じているだろう。

僕が山中に対して抱いている感情の中にはこんな風な不純なものが潜在《せんざい》していたので、自然彼を洋子に紹介するのにもひどく気がすすまなかった。僕は特に独占欲が強い。僕は不知《しら》ず不知ずの裡《うち》に、彼と洋子の視線にも鋭く注意していた。

然《しか》し、山中の高い額《ひたい》、清潔な唇、波打った髪、どこか性格的な感傷と脆弱《ぜいじゃく》とを表現する甘い典雅《てんが》さ。混血児にも似たデリケートなその容姿が目の高いこの女性に映らなければ不思議と云うものだ。

×

それから我々は急進に、特別近しい交際をするようになった。勿論《もちろん》洋子にはありきたりの交際だったかもしれないが。僕は最初の中《うち》はどうかして山中を仲間に入れたくなかったので色々の考えもめぐらしたけれど、洋子の巧《たく》みな辞令には否応《いやおう》なしに彼を同伴せずにはいられなかったのである。そして彼も僕も、間もなく洋子に烈《はげ》しく恋してしまった。この度《たび》の恋には、さすがの山中も以前の時と違って、僕の言葉に反発を試みようとする程《ほど》にひたむきで、僕の熱情にも劣らない位《くらい》夢中だった。僕は彼の心を測《はか》り、若《も》し万一《まんいち》彼に先《さき》んじられてはと思って、洋子に度々《たびたび》求愛しようとしたが、きっとそんな場合には洋子の方で冗談にほぐらかしてしまうので彼女の心をはっきりつかむことができない。と云って、彼女は僕を遠ざけようともしないし、或《あ》る程度まで能動的に好意を示している。時には我々三人で映画を観《み》ている最中や、またタクシーの中では、私の身体《からだ》中の神経を過敏に集中さすように瞬間的に身体をふれる、また彼女の柔《やわらか》い掌《たなごころ》の中へ僕の指をたぐり入れるそうした人の目にかくれた瞬間的な、部分的な感触と云うものは、我々の様《よう》に初心者《もの》の感能《かんのう》を極度に刺戟《しげき》し、昂奮させてしまう。僕の開かれた欲望は彼女の滑《なめら》かな皮膚との接触に陶酔《とうすい》しようとしてイライラするが、その情欲《じょうよく》の下から僅《わず》かにはみ出た理性が、それを抑えた。僕のプライドが僕の正当な申出《プロポーズ》を容《い》れようとせず、ただ、無言で責任のない遊戯をする洋子に応じては不可《ふか》なりと、虚勢を張ることをすすめた。洋子は僕が虚勢を張り出したら、それっ切《き》り二度と僕を煽《あお》ろうとはしなかった、——全く僕の方で情《なさけ》なく思うほど。

この間《かん》の彼女が山中のかくれたる態度はどうであったか、それは僕には測り知れなかったが、丁度《ちょうど》知り合って二ヶ月目頃から彼女の態度が目に見えて変化する時があった。急に、僕の目の前でも公然と、彼女が吸いかけの煙草《たばこ》を彼に吸わしてみたり、時には山中の縮《ちぢ》れた頭髪を愛撫《あいぶ》してみたりする、まるで恋人同志だ。僕に通じない話を交《かわ》して微笑《ほほえ》み合っていることもある。山中と洋子との姿を音楽会や銀座によく見かけるとの噂を聞かされたのもその頃だ。又《また》、何日《いつか》彼女のホテルで、山中が飲めないと断るウヰスキーを、彼女が口移しに山中に飲ませた場面を見せつけられたこともある。

そんな事を一つ一つ取り挙《あ》げて云えば限りもないことだが、目前《もくぜん》で、自分が狂熱的に夢中になっている女と他《た》の男、而《しか》も心底《しんてい》に敵対心をもっている友人とのそうした狂態《きょうたい》や痴態《ちたい》めいたことは、かりに洋子が戯《たわむ》れに演じたものであったとしても、僕が、どんな思いだったか容易に察し得られるだろう。而もそれは、僕の片意地な性格をして、洋子や山中の前では事もなげに淡々とした無関心な風《ふう》を装《よそお》わしめようとしたので、一層《いっそう》の苦しみであった事は云うまでもない。

僕は、時々山中に向《むか》って、洋子のあんな風《ふう》な愛撫を甘んじて受けるのを恥辱《ちじょく》と思わないのか、と強く忠告めかして意見したが、その都度《つど》、山中はきっと今後は拒絶すると云いつつ、いざ洋子の前ではその誓言《せいげん》も次々と破ってるので終《つい》には僕も沈黙してしまった。

一方洋子からも、僕は無言の嘲《ちょうしょう》笑をあびせられているように感じた。私が仮面を被っていても、彼女の前ではとても完全にかくし終《おお》せられなかった。彼女は僕の焦熱《しょうねつ》地獄に陥《お》ちた様子に快感すら感じている様《よう》だった。

僕が、山中を自殺に導こうと計画するようになったのも、この頃からである。

普通探偵小説に従えば、きっとこんな場合には相手を殺害してしまうだろう。だが、いざとなると僕にはそれ程《ほど》思い切ったことはできなかった。若《も》し仮に僕が直接手にかけて山中を殺したとしても、どうしてそれが発見されずにすむだろうか？　たとえ証拠を残さなくても、第一に嫌疑を向けられるのは僕ではないか。そして万一《まんいち》僕の罪が発見されれば、僕が洋子を独占することは永久に夢となる。僕にはたとえ山中を洋子から引き離し得てもそれだけでは満足できない、他のあらゆる男からも引きはなしてしまいたいと思っている。僕には自分の手で山中を直接殺害することもできないが、と云って、山中をこのまま捨てておく事は一層《いっそう》耐えられない――と考えていると、結局、山中が一人勝手に自殺してくれれば最もよいのだと云うことになる。ではどうして自殺させるか？　僕はその事を毎夜毎夜考えたが、或夜《あるよ》、至極《しごく》穏当なプランに考えついたのである。これは可能性が少《すく》くない代《かわ》りには殆《ほとん》ど絶体《ぜったい》に安全だ。僕は、彼が非常に気の弱い点と、精神的に大きい打撃に耐えきれない点と、又《また》感受性の強い従って暗示《ヒント》を受け入れ易《やす》い性癖《せいへき》とを利用しようと思ったのである。若《も》し失敗に了《おわ》っても別に僕の計画を感づくものもないし、成功すればそれに越したことはない。彼ならでは、殆《ほとん》ど何の効《こう》も奏《そう》しないような他愛もない考えを思いついたのである。

×

その翌日、僕は久しぶりで山中を訪れた。我々は久しぶりに二人切りで絵画《かいが》の話などしていたが、お互《たがい》に何となく以前のように話にも身がのらない、その中《うち》僕は話を恋愛の方へと向けた。僕は近頃の恋愛が肉慾《にくよく》ばかりに走って浮薄《ふはく》なことを罵倒《ばとう》し、恋愛は至上であるべきだと、昔の清教徒《せいきょうと》的な殉教《じゅんきょう》恋愛を讃美した。ダンテの恋、それからゲーテのヴェルテルを盛《さかん》に謳歌《おうか》して後《のち》、僕は、若《も》し、我々が一旦《いったん》恋をしてそれが容《い》れられなかった時には、潑《いさぎよ》くヴェルテルの様《よう》に命を断つのこそ真《しん》の恋愛であり、人生だと主張し、僕も机の中には青酸加里《せいさんカリ》の用意まであると云うような話までしてしまった。彼も恋愛至上観には全然同意した。僕の話は彼の柔《やわらか》い頭を多分に刺戟《しげき》したらしい。


次に僕は洋子と二人きりの機会に、フト何気《なにげ》なく云った。

『洋子さんは真実山中と結婚なさるのですか？』

突然の僕の質問に呆気《あっけ》にとられていた洋子は、眉をひそめて云った。

『どうして。』

『山中が、自分で洋子さんと恋愛関係にあるって皆《みんな》にふれ歩いてるそうですよ。』

『まさか。』

『温和《おとな》しそうな顔した人間ほど陰険《いんけん》ですからね。』

僕は多くを語らなかったが、彼女も僕の心を探るような冷たい目で僕をみつめたまま話をかえてしまった。けれど、僕の一言《ひとこと》が、どんな影響を与えたか？　次に山中や我々二三の連中が集《あつま》ったとき、洋子は冷然《れいぜん》と、彼女は山中に対して愛情の持ち合《あわ》せは、微塵《みじん》もないと巧みに宣言したのだ。山中はさすがの僕も同情を感じる程真青《ほどまつさお》になって無言のまま、唇をふるわせていた。

×

山中が自殺したのは其《それ》から間もなくである、――一週間目頃だったか。僕は自分の予想が余りにも適確《てきかく》に実現されたので恐怖さえ覚えた。

山中は少年時代から無意識の中《うち》に僕の吹き込む息吹《いきぶ》きを無条件に吸い込むのに習慣づけられ、小学校の生徒が先生の言葉を天下の真理と信じ込んでいるように、僕の意見はあらゆる点まで信じ込んでいた、だから僕が一週間前《ぜん》に吹き込んだヴェルテルの自殺、殉教恋愛が、この際《さい》彼の頭にどんなに働き、また、私が洋子に投げた嘘言《つくりごと》のために洋子が彼に与えた大きい打撃に対して、僕の息吹《いきぶ》きが、どんな暗示となったか？　つまり彼は僕の暗示に引きづられて自殺を決心したのではないか！　僕の用いた二つの無形の兇器が、こんなに易々《やすやす》と自殺幇助の任《つと》めを果《はた》すとは？　僕自身にしてもこのプランには五十パーセントのプロバビリティより持っていなかったのだ、彼がいくら僕の暗示にかかり易《やす》いとは云え、生命《いのち》までも？　と僕があやうんでいたことも杞憂《きゆう》に過ぎなかった。僕は余りにも早く空想が実現した気味悪さと親友を死に導いた心の咎《とが》を感じないではなかったが、それよりも、思えば幼少からの足《あし》枷《かせ》をとりはずした事にせいせいもした。それに誰一人僕が間接にトリックを考えたなんてことに思い及ぶものはない。数人の者が、山中が洋子の目の前で失恋したのを見ていたのだ、と云ったような中心人物である洋子が、山中の死に対しても大して感動するでもなく、責任を感じるでもない冷淡な様子を非難する者はあっても、僕が無二の親友を失った悲歎《ひたん》を責める者はなかったのである。

誰にも気づかれずに成功したものの、矢張《やは》り日が経《た》つにつれ良心の重荷《おもに》は段々《だんだん》と感じられた。悪夢にうなされることも多くなった――僕があんな嘘を洋子に云わなかったら、山中を煽動《せんどう》しなかったら等《など》と暗い影がつきまとっていた。ところが今から一ヶ月程《ほど》前に、僕は例のT画伯から意外な事を色々聞かせられ、実際、総《すべ》てがわからなくなったのである。

『また、洋子さんの男友達が一人自殺したって云うじゃないか?』彼は一寸《ちよつと》額を暗くして云った。

『またって?』

『またって――実は今だから云うが、彼女の男友達で自殺したのはその青年が始《はじ》めてじゃないのだぜ。こうっと、僕の知ってるだけでも二三人はあった、彼女がドイツに二年行ってきたのも、その前に自殺した者が続出し、世間の噂も可成《かな》りやかましかったのでそのわずらわしさを避けるためにも行ったらしい。』

『矢張《やは》り失恋の結果ですか。』僕は意外な話に驚きと好奇心も手伝って聞いた。

『それがね、皆《みな》、美青年で童貞だそうだ。死ぬ前まで洋子さんの恋人の様《よう》に思われていたのだが、然《しか》し恋人同志なら何もわざわざ男だけ自殺するなんて一寸《ちょっと》変だね。』そう云い乍《なが》らもT画伯は何か云い渋っているらしいので、僕は彼をうながした。

『僕は事実を確《たしか》めたわけじゃないから、ただ噂だけを伝えるのだがね、或《あ》る者に云わせると、洋子さんは非常な淫婦《いんぷ》で、次々と新しい異性を欲《ほっ》しるので、捨てられた男は悲観して自殺したのだろうって云うんだ。普通ならついでに女も殺してしまいそうなもんだが、何しろ大抵《たいてい》教養があってノーブルな青年ばかりなので、そこまで大胆にやれないんだね。

又他《またた》の者に云わせると、彼女が変態的な性癖を持っているためだと云うんだ。唯《ただ》、肉欲《にくよく》を享楽することには、つまらなくあきたらないので、もっと変《かわ》った純粋な刺戟《しげき》を求める、そのために、出来るだけ情熱を濫費《らんぴ》したことのない、また女に就《つい》ての卑《いや》しい智識《ちしき》のない無垢《むく》な青年を選んで遊び相手にする。猫が散々《さんざん》ジャレついた上でないと鼠《ねずみ》を殺さないように、そんな初《うぶ》な男が自制できなくなるまで娯《たの》しんだ上で、うるさくなれば急に冷淡につきはなすのだろうと云う噂が、尤《もっと》も適中しているらしい。だからそんなに思いつめていた世間知らずの坊《ぼっ》ちゃんなら、当然人生が暗闇《くらやみ》にも見えるわけで、古典的な悲劇に陥《お》ちるってんだね。尚《な》お、彼女がひどい虐待者《サジスト》なので、お相手の者は精神的にも肉体的にも虐待《ぎゃくたい》されるとか聞いたが。』

それからT画伯は一寸《ちょっと》声を落《おと》して云った。『僕はこの事は誰にも話したことはないのだし、又《また》うっかり大声で云えないことだけれど、——僕も段々《だんだん》彼女の自殺者が増して行くのを考えると一寸《ちよつと》奇怪な想像までさせられるよ、彼女が特に妖婦《ようふ》であるとかよりも、恋人の自殺そのものに興味を覚えているのじゃないかと思わせられるのだ。自分が恋する故《ゆえ》に殺して独占すると云うことも満更例《まんざら》のないことでもないし、また、歴史的にみても心理的に女性の方が男性よりも残忍性が強いことは認められていることだ。殺人などにしても女の方が大胆で残酷だ。特に毒薬の殺人は、例のクレオパトラにしろ、メデアにしろ、ルクヌチア、カタリナにしろ皆《みな》女性でしかも絶世の美女だ。彼女達は最初は邪魔者を殺すために行《おこな》ったのが、次第に転じて、秘められた毒殺そのものに変態的な快感をそそられ、終《つい》に罪のない者まで毒殺している。現代からは、そんな心理は古代や中世紀の女だけにあった残虐性だと考えているが、然《しか》しそれは社会制度とか教育の力に抑圧されているだけであって、若《も》し自由に薬が手に入るとか、発見される危険がないとすれば現代の女でも決して中世の女に劣らないかもしれぬ。特に天才的な人間程《ほど》変質者が多い。だから洋子さんの様《よう》な異才の女、特に物質栄華《えいが》に倦怠《けんたい》した女は強い変態なたのしみを求めているだろう。偶然彼女の最初の恋人が自殺した、するとそれが彼女に異様な刺戟を与えた——と、考えられないことでもない。そうすると、次々にと青年が自殺することも疑えば随分《ずいぶん》奇怪至極《しごく》なことじゃあないか、何かそこに洋子さんの直接、間接の大きい働きはないか？　若《も》し彼女のアパートを捜索すれば意外なものが発見されはしないか？……なんて勿論《もちろん》、これは彼女の妖《あや》しい美しさにふさわしい空想にすぎないかもしれないけれど――』

×

彼の話は僕の頭をひどく困乱させた。彼は山中の死について内心、洋子を疑っていたらしいが、そう聞けば、山中が、僕の予期したように僕の青酸加里《カリ》を盗み出さないで、何処《どこ》でどうして手に入れたのか砒素《ひそ》を服用して自殺していたことも怪しい。では山中の死は私の暗示ではなくてむしろ洋子の何等《なんら》かの活躍があったのではないか?……洋子が残忍な情熱にきらきらと目を輝かしながら毒死した屍体《したい》を快《こころ》よさげに見下《おろ》しているシーンが、僕の渦巻く頭の中にポカリポカリと表《あらわ》れてくる、そして何時《いつ》の間にかその死体の中には僕自身の、口や鼻からどす黒い血を流し、苦悶《くもん》にのたうっている醜《みにく》い姿までもが浮《うか》んできた。

若《も》し、彼女が、T画伯の想像するような怖《おそ》ろしい吸血女《じょ》であるとすれば、僕もその犠牲にならぬ裡《うち》に一刻も早く逃げ出さねばならない、そう思えばこの頃《ごろ》の彼女の態度は、次第に僕を地獄の中に陥《おと》し入れようとしているのではないか? 鼻の尖《さき》につきつけられた肉にぴくぴくと感覚を消耗《しょうもう》される犬の様《よう》に、何日《いつ》与えられるかどうかわからないおあずけをくわされているのではないか?

時々唇の触れる程《ほど》顔を近づけてジーッと僕の目を凝視する洋子の目は何を語っているか?……

けれど、僕は逃げない——何故《なぜ》なら、もうすでに、僕には、僕の感覚と感能《かんのう》とが続く限り彼女の青ざめた魅力が僕を釘《くぎ》づけにしている事をはっきり知ったからだ。同時に彼女が僕に抱いている感情は、山中へのそれより劣るとも優《まさ》らないことも知っている。T画伯の話のように、彼女は感情濫費者《らんぴしゃ》なのだろう、僕も山中も彼女の遊戯のお相手にすぎないのだろう。僕もこの頃のような感情浪費の生活には耐えきれない。だが、決して僕は僕の先輩達、——山中やその他未知の青年達と同じ道はとらない。僕の生命《せいめい》のつきるときは、同時に彼女と云う妖星《ようせい》の消える時にするつもりだ。僕はいよいよ彼女を無理にも私の永久の旅路《たびじ》の同伴者に運命づけてしまうのだ。

×

彼女との死を決心して後《のち》、僕は二人の心中の方法を色々と考えあぐんだが、いよいよ僕はこの記録を書き始める数時間前《ぜん》に、素晴らしいプランを思い浮《うか》べた。これは、毒薬や暴力のように醜い屍体を人々の前に曝《さら》すこともない、又《また》あの調和のとれた青白い皮膚に包まれた洋子の美しい肉体を魂の去った後《のち》まで人に触れさせないためにも——あの嬌慢《きょうまん》な女に僕が捧《ささ》げる最後の好意としても、——また未《ま》だ僕の心のどこかに残っている弱い意志と未練《みれん》とにも束縛《そくばく》されることの少ない、唯一のそして最も好ましい手段だろう。

僕は今日の午後、彼女をドライブに誘《さそ》うのだ。彼女は必ず、僕の申出《もうしで》に喜んで応ずるだろう――彼女は以前から僕のパッカードの乗心地《のりごこち》を称して『ワンダフル！』と云っているのだから――そして遠乗《ドライブ》にふさわしいあのスマートなオレンジ色のスーツに同色のベレーを無雑作に被《かむ》って同乗するだろう。僕はこの贅沢《ぜいたく》な助手を側《そば》にのせて、沿道《えんどう》の人々の羨望《せんぼう》の瞳を浴びつつ車をU海岸へと走らせよう。U海岸には有名な数百丈《じょう》の絶崖《ぜつがい》がある。僕はその絶崖へまっしぐらに向《むか》うのだ。数町《ちょう》手前に行かないまでも、敏感な洋子は僕の意図を推《すい》することだろう。ああ之《こ》れからが僕の最も大きい娯《たの》しみなのだ。僕の心を知った洋子は、あの平常の心にくいまでの落ちつきをすっかり取り乱してしまうに異《ちが》いない。そして、あわてふためいて、僕に哀願《あいがん》するだろう、またあの蛇《へび》の様《よう》に柔軟な腕を僕の首すじにからみつけ、あのぬらぬらと感能《かんのう》的にぬれた唇を僕の唇におしあて、生《う》まれて始《はじ》めてであろう真《しん》の涙を止めどもなく讃々《さんさん》とあの深い瞳からあふらすことであろう――その時こそ僕が最後の勝利を得たときだ。

僕は彼女の哀願に、涙に、耳をふたぎ、目を閉じよう。そして片手に、暴《あば》れ狂うであろう彼女の身体《からだ》をしっかりと抱きしめて、フルスピードで絶崖に吶喊《とっかん》しよう。

あの美しい白砂青松《はくさせいしょう》のU海岸、

深い紺碧《こんぺき》の海原《うなばら》――それは我々の最後の背景としても決して不足のないものだろうと思う。

# 解説

〈犯罪科学〉昭和六年三月号（二巻三号）に発表。

犯罪実話雑誌には名前から女性と思われるライターがけっこういる。例をあげると麻川信子《あさかわのぶこ》、朝日蘭子《あさひらんこ》、黒田類子《くろだるいこ》、白木蘭子《しらきらんこ》、高野美佐子《たかのみさこ》、槇山鈴子《まきやますずこ》、松花裕子《まつばなゆうこ》などだ。中には男性によるなりすましもいたろうが、〈犯罪科学〉執筆者の集合写真を見ると女性が何人か写っているので、実際に女性ライターがいたことは間違いないと思う。だがこれら「犯罪実話界のレディ」たちのほとんどは一、二度の投稿で姿を消してしまう。小川好子《おがわよしこ》はほとんど唯一の女性「レギュラー」ライターだった。

小川は〈犯罪科学〉昭和五年六月創刊号にJ・D・バースホード「つけ痣《あざ》」の翻訳を引っさげてエログロ文壇に登場。同誌には翻訳・実話・創作を合わせて八篇発表している。翻訳はバーナード・ケープス、エリザベス・ビリヤース、スティーヴン・フィリップスなど。ケープスは「毒薬の瓶」でロナルド・ノックスとH・ハリントン共編『探偵小説十戒《じゅっかい》』（一九二八）の収録作。「つけ痣」も同書収録作だから、小川がテキストとして用いたのはこの有名なアンソロジーだった可能性がある。

創作や読物は「女性にしては」というべきか、はたまた「女性ならでは」というべきか、サディスティックな要素が強い。たとえば昭和六年五月号の「フイルムに採《と》ったモデル」は春画《しゅんが》を密造している貧乏画家が、作画の参考資料にするために金で雇《やと》った浮浪者に自分の妻をギャングバング《輪姦》させ、その光景を秘《ひそ》かに撮影するが、偶然そのフィルムを見てしまった妻はショックで自殺……という、ひどく後味の悪い話。実話と銘打たれている。小川の作品はどういうわけか女性がひどい目に遭《あ》うシチュエーションが多い。

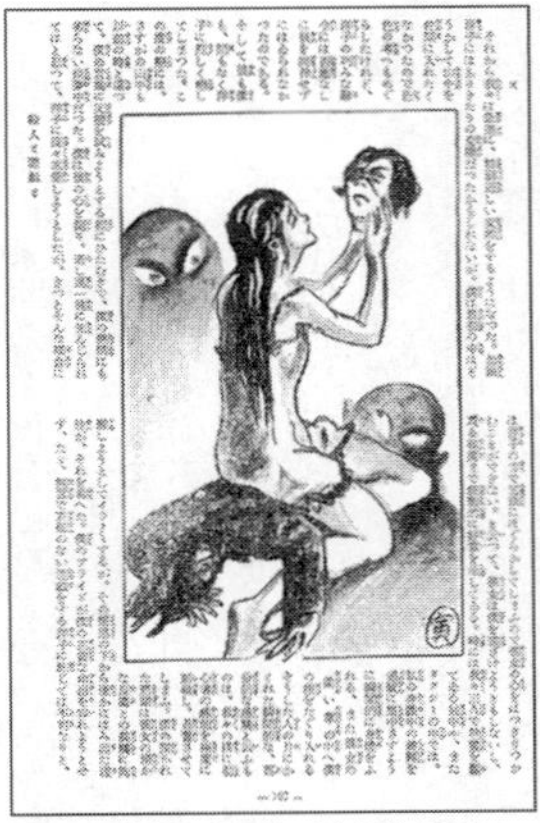

「殺人と遊戯と」本文（今村寅士画）

〈犯罪科学〉以前にこの名義での活動実績が見られないことから同誌編輯《へんしゅう》長の田《た》中直樹《なかなおき》が発掘した「新人」だと思われるが経歴は不明。当時、読売新聞社の社会部（のち婦人部）に突撃体験レポートで名を馳《は》せた同姓同名の女性ジャーナリストがいて、この人が犯罪実話雑誌ライターの小川好子かも知れない。とはいえ別に確《かく》たる証拠があるわけではなく、そんな気がするというだけの話だけれど。

ジャーナリストの小川好子もなかなか興味深い人物だ。入社から一ヶ月も経《た》たないうちに「夜の繁華街をひとりで歩いてわざとナンパされ、その顛末《てんまつ》をレポートする」というハードな企画を担当させられてしまうのである。

まるで昭和末期の深夜番組だ。今なら炎上確実だろう。小川のレポートは「貞操《ていそう》のSOS」のタイトルで昭和七年一月二十五日から二月十三日まで十九回にわたり〈読売新聞〉夕刊に連載された。筆名は旗《はた》マロミ。自動車で連れ去られそうになったり、むりやり旅館に連れ込まれたり、いま読んでも結構ハラハラする。

昭和五十年の時点で六十二歳だったというから、生まれは大正二年か。本人の言《げん》に「私は小学生時代から作文だけは多分に自信があり、上京後も雑誌に寄稿していた」とあり、この雑誌が犯罪実話雑誌だとすると俄然《がぜん》同一人物説が現実味を帯びてくる。だがそうなると〈犯罪科学〉デビュー時の年齢は十六ないし十七歳。いくら何でもそれは若すぎる気がするのだが、角田喜久雄《つのだきくお》が「毛皮の外套《がいとう》を着た男」を書いたのは十六歳だったから全《まった》くあり得ないことではない。マロミさん、ご存命なら連絡ください。

# 硝子《ガラス》箱の眼

妹尾アキ夫

妹尾アキ夫（せのお　あきお）

本名・韶夫《あきお》。別名に妹尾紹夫、胡鉄梅、小原俊一など。明治二十五年三月四日、岡山県西北條《さいほくじよう》郡津山《つやま》町（現・津山市）に生まれる。早稲田大学大学部文学科英文学科卒。植村宗一《うえむらそういち》（直木三十五《なおきさんじゆうご》）の人間社と鷲尾浩《わしおひろし》（鷲尾雨工《うこう》）の冬夏社で翻訳の仕事をするが両社とも経営が逼迫《ひつぱく》したため、森下雨村《もりしたうそん》を頼って〈新青年〉に翻訳探偵小説の寄稿を始める。昭和二年四月から昭和八年三月まで攻玉社《こうぎよくしや》中学に英語教師として奉職。学内では探偵小説の話は一切しなかったが、休日には探偵小説好きの生徒が自宅に遊びにきたという。昭和三十七年四月十九日、脳出血のため川崎市中原《なかはら》区の自宅で死去。オーガスト・ダーレス「蝙蝠鐘楼《こうもりしようろう》」やA・M・バレイジ「深夜の来訪者」など海外作品の翻訳の他に「人肉の腸詰《ソーセイジ》」「凍《こお》るアラベスク」「恋人を食《く》ふ」「本牧《ほんもく》のヴイナス」といったリリカルなホラー小説の創作が数篇ある。

夜更《よふ》けだった。北の国のある漁師町《りょうし》の一番大きいカフェ――そのカフェの大部分のお客は帰ってしまって、暴風雨のあとのように取散《とりち》らされた隅っこに、黒いウーステッドの背広を着た若い男が一人腰かけて、時々、先の円《まる》くなった鉛筆を舐《な》めずっては「東京A新聞社」と、上の方に赤い活字で刷った原稿用紙に、じれったそうに長い文句を書きこんでいた。

アメリカの飛行機が村の近くの海岸に墜落して、一人は瀕死、一人は即死した。この記者は、苦心の末に、その瀕死のアメリカ人に会って、墜落の原因を聞くことが出来た。英語が自由に話せる者は、彼より他に一人もなかった。新聞記者も彼が一人だった。だから云《い》うまでもなく、今彼が認《したた》めつつある記事は、いわゆる特種《とくだね》と云うやつで、明日《あす》の東京の朝刊に、爆弾のごとく轟《とどろ》かねばならぬ。彼の胸が烈《はげ》しく動悸《どうき》打って、頬《ほほ》が赤くなった。できるだけ長く詳しく書こう。書いてしまったら、電話がないから、郵便局へ行って、電報にして打とう。

ふと顔を起こすと、いつの間に来たのか、身にはさっぱりした灰色のスコッチの服を着ているのだが、田舎《いなか》の村長でも今は冠《かぶ》らなくなった破れた色のさめた山高帽を冠《かぶ》った、四十ぐらいの肥《ふと》った男が横向きに坐《すわ》って、両手でステッキの頭を支え、顔だけこちらに向けて、物《もの》珍《めず》らしげに原稿用紙をじろじろ見ているのだ。

二人の眼《め》と眼が出会うと、山高帽は田舎によくある素朴な愛想のいい微笑を浮かべて、

「あんたは東京の新聞社の方ですか？」と訊《き》いたが、こう藪《やぶ》から棒に訊かれても、腹が立たぬだけの人懐《ひとなつか》しさが、その男の和《なご》やかな顔にあふれていたのである。

「そうです。」

「今夜は大変な騒ぎでしたね、飛行機の墜落で。」

「ええ、大変な……。」

「見ましたか、飛行機を？」

「ええ。」

「しかし世の中の人は、あんな馬鹿げたことには大騒ぎをするが、隠れた事件は何も知らないでいます。私はそれが残念でならんです。世間の人があんな馬鹿げたことに騒いでいる間に、陰《かげ》のほうでは実に怖《おそ》ろしい殺人や犯罪が行われています。私はこの話はまだ誰にも話さない、警察へも云わずにいる。しかし貴方《あなた》は東京の有名な新聞社のかただから話し甲斐《がい》がある。あなたはこの町の鳥岡《とりおか》と云う医者を知ってますか？」

「いいえ、そんなこたァ……。」

「これは驚いた。鳥岡と云《い》ったら、世界的の医学者ですよ。ライプチヒの大学を出て、永《なが》らくあちらにいたんですが、二年前にこの町へ帰ったお医者様で、今ではもっぱら田舎にひっこんで、脳神経の研究に没頭して、ときどき研究の結果を、ドイツの雑誌に発表しているそ

うです。つまり、日本よりも外国に知られた学者なんですよ。ところが、この人はちょっと、その、変物《へんぶつ》でしてね、変物と云うのも可笑《おか》しいが、とにかく、狂人だと云っている人もあるぐらいな風変《ふうがわ》りな人物で、町の医者としてはあまり流行《はや》らず、ごくまれに訪ねて来る患者に会うだけで、滅多《めった》に町の人と交際しない、いつも定《き》まりきって夕方海岸を散歩するほかは、始《し》終《じゅう》狭い自分の家にすっこんでいるんです。ところが、その家と云うのが、二年ほど前に、町はずれの、山の麓《ふもと》に建てた、医者としては余り大きくもないお粗末な西洋館なんですが、大工の話によると、なんでも、六畳敷《じき》ほどの広さの、怪しいじゃありませんか、地下室があると云うんです。家には、奥様もいなければ、看護婦もいない、ただ、どこか他処《よそ》の町から雇われて来た飯《めし》たき婆さんが一人いるきりですが。町のものの噂《うわさ》によると、この婆さんでさえ、地下室へは一度も入ったことがないそうです。そんな噂が、つまり、この医者を、妙に秘密的な、黒い陰《かげ》を持った人物にしてしまったんです。ところがですね……。」

と、山高帽は、ちょっと言葉を切ってウイスキーを啜《すす》り、相手の顔をまじまじ見入りながら、また話をつづけた――。

「……ところが、わたしは今夜、こっそり一人でその地下室へ忍び込みましてね、じつに不思議な、とてもお話にならんような奇怪なものを見たんですよ。いったい私の職業は何であるか、その医者の友人でもないのに、どんな方法で地下の研究室へ忍び込んだか、そんなことは、ここでお話《はなし》する必要もないし、また私と云う人物を表面に出したくもないから、云わないことにいたしましょう。とにかく、ずっと以前から、この医者を怪しいと睨《にら》んで、機会が来るのを待っていたお蔭《かげ》で、私は、家の内の誰にも見つけられず、合鍵一つ使わないで、まるで自分の家の物置《ものおき》へでも入るように、やすやすと地下室へ下《お》りることが出来たんです。けれども、地下室へ下りて、電灯をつけてみて驚きましたね。六畳敷《じき》ほどの、コンクリート張りの壁の周囲は、一面に蚕棚《かいこだな》のような、何段にも重なった棚になっていて、そこに、アルコール漬《づけ》の罎《びん》が無数に並べてあって、そのなかには、犬や、猫や、猿の頭を、ちょうど解剖図のように、半分に立割《たちわ》ったのが入れてあるんです。そのうちには、本当の人間の顔を立割ったのもありましたが、そいつは、頭髪や口髭《くちひげ》の赤い外国人で、多分、死刑囚かなんかの首を標本屋が精製したのを、買い込んで持って帰ったんでしょう。それから、人間のか、他の動物のか、それは見当がつきませんが、大小いろいろの脳髄だけをアルコール漬にしたのは、ほとんど数えつくされぬほど沢山《たくさん》ありました。そんなものを、順々に見ているうちに、私は思わずゾッと身顫《みぶる》いして、心臓の鼓動が一時《いちじ》に止まるような怖いものを見つけたんです……。」

「なんです？」

「一尺《しゃく》四方ぐらいの硝子《ガラス》箱の中に、琥珀《こはく》色の透明の液が一杯に入れてあって、その中に、やはり硝子で作った、ちょっと頭蓋骨みたいな形をしたものが入れてあって、それに人間の脳髄と、二つの黒い眼球だけが、はめこんであるんです。それだけなら、なにも、べつに驚きはしないんですが、よく見ると、あなた、気味の悪いことには、その二つの眼玉が、時々ぎろぎろ上下に動くのです！　云うまでもなく、この脳髄は生きているんですよ。鳥岡が脳神経の学者で、犬の脳髄をある種の溶液――その溶液の成分が何であるか私は知りませんが、とにかく、その溶液の中に浸《ひた》しておくと、すくなくも一週間の間は生きている、と主張していることは私も聞いていましたが、まさか彼が、人間の脳髄にまで実験の手を伸ばしていようとは思わなかったですよ。ええ、実際思わなかったです。私はその硝子箱の前に立って、不気味に動く二つの眼を、長い間じっと眺めていました。その中《うち》に大変なことに気附《づ》いたんです。あなたはモールズ式の信号を御存じですか？」

「いいえ。」

「モールズ式の信号と云ったら、ほら、霧の夜なんかよく船で発火信号をやるでしょう。明滅する電灯の時間の長短によってアルファベットが現わせる万国共通の信号ですよ。日本の普通の電報なんかも、機械が記録する線の長短でイロハが現わせるんだから、あれもモールズ信号の一つですよ。私は、硝子箱の中の眼が、ごくのろく、だるげに、上下へ動くのを見ている中《うち》に、その動きに一種不規則なリズムがあることに気附《づ》き、まもなくそれがモールズ式信号であることを知りました。つまりこの硝子箱の中の生きた脳髄は、耳がないからこちらの言葉を聞くことは出来ないが、眼だけは二つあるので、地下室にぱッと明るい電灯がついて、鳥岡と違った私が入って来たのを認めて、なにか訴えているんです。それはさておき、その眼がどんなことを話したかといいますと――「……医者は私に向いて、郵便局を出る時に、誰かに病院へ行《ゆ》くと云って出たかと訊きました。私は、いいえ、私は局に雇《やと》われている女事務員ですから、遠方へ行《ゆ》く時のほかは、行《ゆ》くさきを局の人に云いません。ただ代《かわ》りの人に留守《るす》をたのんで出ただけです、と答えました。医者は何度もその点をひつこく念を押して訊ねました。ここへ来る途中で誰かに会ったかとも訊ねました。私はなぜそんなことを訊ねるのか不思議に思いましたが、いいえ、誰にも会いませんと答えました。すると、医者は、よろしい、あなたの肋膜炎《ろくまくえん》は可《か》なり進んでいるから、一時《いちじ》も早く手術に取りかからぬと危険だから、こちらへいらっしゃい、と私を別室の手術台の上にのせ、魔睡《ますい》剤を掛けはじめました。わたしは大変不安だったのですが、医者を信じていたので、ただ云われるままになっていました。そして、一つ、二つ、三つと数えている中《うち》に意識が朦朧《もうろう》となってしまいました。しばらくして気が付いてみますと、まあ何と云う怖《おそ》ろしいことでしょう。わたしの脳髄は体と切り放《はな》たれ、ただ眼だけ残して、この棚の上に置かれているのです。時々この暗い部屋に明《あか》りがついて、白い服を着た医者が、あちこち動くのが夢のように見えました。ここに置かれて何日たったか解《わか》りませんが、三日四日は経《た》ったでしょう。苦痛は感じませんが、意識は次第に朧《おぼろ》になって行《ゆ》きます。たぶんわたしは今日明日の中《うち》にこのまま眠るように死んで行《ゆ》くでしょう。それにしても貴方《あなた》のようにモールズ信号の解る人に来て頂けたのは嬉しいことです。どうかこのことを世間に知らせ、鬼のような医者を罰して下さい。わたしの云ったことがまるでお解りになったら、どうかもう一度頷《うなず》いて見せて下さい……。」私は限りない同情といとしさに涙ぐみながら、大きく頷いて見せました。すると硝子箱の中の疲れ切った眼が、死んだように動かなくなりました。貴方は新聞記者です。この話を広く世間に知らして下さい。医者の家は山の下の鳥岡と云って、この町の者は誰でも知ってますよ。いや、これは飛んだお邪魔をいたしました。」

こう云い棄《す》てると、その男は金を払い、急いで店を出て、自動車に乗ると、消えるようにどこかへ行ってしまった。

若い記者が我《わ》れに返ると、卓子《テーブル》の上に破れた山高帽が残してある。なにげなく取上《とりあ》げてみると、その下に一枚の名刺が置いてあった。それには鉛筆の走り書《がき》で「ゆっくり電報をお書きなさい。あなたは十五分間で朝刊の締め切りを逃《に》がしましたよ。――東京N新聞記者小原《おはら》健一郎《けんいちろう》」と書いてある。

若いA新聞記者は、腹の底から出るような声で喘《あえ》いだ――

「やられたッ！」また「やられたッ！」

**解　説**

〈文学時代〉昭和六年六月号（三巻六号）に妹尾《せのお》韶夫《あきお》名義で発表。

人間の脳を培養槽の中で生かしておく「体外脳保存」はSFではおなじみのアイデアだが、どちらかというとメインテーマよりも小道具として扱われることの方が多い。タイムマシンやロボットとちがってストーリーを膨《ふく》らませにくいからだろうか。

本作はその厄介な体外脳保存を正面から扱った珍《めずら》しい作品である。一九三〇年以前に英語圏で発表されたSF三千篇を梗概《こうがい》つきでカタログ化したエヴリット・ブライラーの浩瀚《こうかん》なリファレンスブック『草創期のSF』*Science-Fiction: The Early Years*（1991）にも〈ウィアード・テールズ〉一九二四年十一月号に発表されたノーマン・エルウッド・ハマーストロムとR・F・シーライト合作の「瓶詰《びんづめ》の脳髄」The Brain in the Jar 一篇しか挙例されていない。どうやら世界的にみてもきわめて早い時期の作品らしい。

ただしアイデア自体はオリジナルではない可能性がある。というのは「瓶詰の脳髄」と本作には複数の共通点があるからだ。第一次大戦末期、ドイツ軍によって肉体から脳と眼球を分離され、特殊な溶液を満たしたガラス容器の中で生きたまま保存されているフランス人スパイが念動力や遠隔マインドコントロール能力を駆使して復讐する――というのが「瓶詰の脳髄」の粗筋《あらすじ》。培養液の中で生きる脳という基本設定だけでなく、脳と眼球が視神経でつながっている点も一致している。

SFに関心の薄い妹尾が欧米にも例の少ない画期的アイデアを独力で思いつくのは、不可能とは言わないが難しいと思う。やはり元ネタがあると考えるべきだろう。

だからといって編者は「硝子箱《ガラス》の眼」が「瓶詰の脳髄」のパクリだの文化盗用だのといって騒ぐつもりは毛頭《もうとう》ない。むしろ逆に同じアイデアから独自のストーリーを展開させた妹尾の手腕に敬服するものである。脳が眼球をぐりぐり動かしてコミュニケーションをとるアイデアも面白いし、妹尾が好んで訳したL・J・ビーストン風のどんでん返しもいい。残酷な展開のまま終わらせないところに作者の人間的な優しさが感じられる。アイデアは借り物であったとしても、総合的に見れば間違いなく妹尾の作品だ。本書に再録した所以《ゆえん》もそこにある。

妹尾にはアーチー・ビンズ「深夜の自動車」〈新青年〉昭和三年二月十日増刊号）他、〈ウイアード・テールズ〉発表作の邦訳が五篇ほどある。うち四篇はクリスティン・キャンベル・トムスンのアンソロジー『夜読むなかれ』*Not at Night*（1925）および『続・夜読むなかれ』*More Not at Night*（1926）に基づくものと思われるが、残り一篇は初出誌をテキストとしている。

「瓶詰の脳髄」はトムスンのアンソロジーには含まれておらず、従ってもし妹尾が同作を参照したとすれば初出誌にあたるしかない。一九二四年頃、妹尾は上海《シャンハイ》の義兄宅に寄寓《きぐう》し古本漁《あさ》りに熱中していた。租界《そかい》の外国人が売り払った〈ウィアード・テールズ〉が妹尾の手に入ったのではないか——と想像すると、それだけで楽しくなってくる。なお妹尾による〈ウイアード・テールズ〉発表作の邦訳のいくつかは編者と藤元直樹共編『怪樹の腕』（東京創元社、二〇一三年）に収めたので、ホラー・パルプの戦前邦訳に興味のある方はご一読いただければ幸いである。

# 墓地下《ぼちした》の研究所

宮里良保

宮里良保（みやざと　よしやす）

本名同じ。別名に宮里青鳥《せいちょう》。明治三十年、沖縄県那覇《なは》区（現・那覇市）に生まれる。那覇区立商業学校（現・沖縄県立那覇商業高等学校）を経て早稲田大学第五高等予科（理工科）に入学。一年下に佐《さ》野昌一《のしょういち》（海野《うんの》十三《じゅうざ》）がいた。経済的理由で早大を中退。大正七年頃、東京蒲田《かまた》の日本自動車学校に事務員として勤務。のち技術指導教官になる。〈科学画報〉大正十三年五月号に「飛行機物語」を発表したのが縁で科学画報社に入社。〈科学画報〉専任スタッフとして編輯《へんしゅう》業務のかたわら無線と航空に関する記事を同誌に執筆する。昭和九年十二月、第四代〈科学画報〉編輯長に就任。翌年退社し、その後は電気普及会、電気協会、大日本電気会、電設工業協会などで団体職員として活動した。昭和四十五年五月七日、病気のため死去。著作には啓蒙的な科学読物の他に「無限大飛行」「飛行する家」などテクノロジーの進歩をテーマにした創作が若干《じゃっかん》ある。

じめじめした鈍重《どんじゅう》な空気が自分の入室によって幽《かす》かに動き、天井から吊り下げられた赤い十ワットの電灯の光束《こうそく》も心持ちゆらめいた。瞳孔《ひとみ》の絞《しぼ》りがやっとこの室《しつ》の光と調和して来ると、成程《なるほど》学者の研究室らしい化学や電気の実験装置がぼんやり浮出《うきだ》して見えて来た。掛けるべき一脚《きゃく》の椅子の用意もないので、ぽつねんとものの二三分も不動のまま入口の扉《ドア》近くに立っていると、人の気配のなかった室の一隅《いちぐう》に影のようなものが動いた。ハッと一足《ひとあし》すざってよく見ると、蒸溜器らしいものの蔭《かげ》から黒い実験衣をつけた男が顕微鏡を片づけながら立ちあがり、壁ぎわの洗面器で手を洗ってタオルで拭《ふ》きながら、ジロリと自分の方を眼鏡《ねがね》越しに睨《にら》んだ。白い髪、白い髯《ひげ》の一度社長室で会った事のあるここの主《ぬし》だ。そのまま挨拶に来るかと思ったら、向《むこ》う壁の扉《ドア》を開けて姿を消した。ハテな、社長から自分の行くことを予《あらかじ》め通知してある筈《はず》だから、用件を知らぬ筈はないと思うが、それとも今日は例の機嫌の悪い日にも、生憎《あいにく》ぶっつかったのかな、と一人やきもきしていると又《また》十何分かが過ぎた。

と、どこからともなくゴオッという地響きのような機関の音が聞《きこ》えて来た。それと同時に部屋中に異様な活気が動いた。そして右手の誘導線輪《りん》の上に仕掛けられた渦巻《うずまき》型のループアンテナから後光《ごこう》のない青白いガス状の球や環《わ》がふわりと続けざまに飛び出して来た。その青白いガス状の球や環は順序よく空中に浮出《うきだ》したかと思うと、それから一メートル位《くらい》離れて置かれたレイデン瓶の中へ吸い込まれるようにして消えてなくなった。ははあ、霊魂を摘出する実験を始めたなと、今までの退屈はどっかへふっとんで、次に現れて来るものに興味が湧いて来た。ところがモーターの響《ひびき》はパタとやんで又《また》室内は元の静寂にもどった。そこへ扉《ドア》をあけて現れたのは、ここの主人M博士であった。

『やあ、大変お待せした。大体《だいたい》君に見て貰う予備実験は済んだが、特に何か社長から頼みの伝言《ことづて》でもあったかね』

『は、実は例のサン劇場から注文をうけたスターの人造人間の魂《たましい》を出来るだけ早くとどけて頂きたいと申しました。何しろ、手前の工場の工程としては生理的機能がすっかり出来上《あが》りまして骨骼《こっかく》の構成と調和の具合、肉の弾力さや皮膚の艶《つや》といい、特に顔の線とカーブの点等《とう》は、恐らく今まで地上に現れたどの女性にも見られないだろう、といわれる程《ほど》の美学的全価値をそなえて居《お》ります』

『だから、それに当てはまる申分《もうしぶん》のない霊が至急必要だというのだろう』

『そうです、我々技術者が神にも人間界にも見られなかった女性を人造したと同様に、先生の方でも……』

『しかし、そう急がれては困る。幽界《ゆうかい》は人間の世界の何万倍もの広さと深さがあって、その中からたった一つの理想的霊魂を求めようとしているのだ。それは君、大平洋の真中《まんなか》で金魚を釣上《つりあ》げるより困難な仕事だよ』

『けれども先生、劇場の方ではこの秋のレヴュウのスターとして是非あのロボットをステージに送りたいといっています』

『それは先方の都合というものだ。学者は営利会社の技師じゃない。俺は君の会社の要求があったればこそ、この墓場《はかば》の真下までわざわざトンネルをうがって、今研究をやっているじゃないか。俺の仕事が君の会社の人造人間工場《こうば》で工業化される時に、ロボットも我々と寸分ちがわない魂をもつものになるわけさ』

『へえ、死人の霊魂が商品化されるそして此処《ここ》が墓場の地下室ですって』

『そうだ。誰も知るまいが此処は青山《あおやま》墓地の真下五百メートルの地点だよ。我々の頭上には何万という白骨が二重にも三重にも積みかさねられて、それから放散《ほうさん》する無数の霊がこの俺の研究室の中へ毎日集められつつあるのじゃ』

頭の上が墓地だと聞いて今一度室《しつ》の四囲《まわり》を隅から隅まで見まわして見たのだが、赤い光線に照し出されたすべてに、何の変《かわ》りもなかった。

『とに角《かく》、何かの霊を呼ぶから見て帰りたまえ』

と博士は僕を室の右隅の実験設備の所へ案内した。そこは陰惨《いんさん》な幽霊を呼ぶ場所としては余りに科学的整然さをもっていて、まずX光線室といった方がふさわしい仕掛けの所だ。ここで初めて命ぜられるままに椅子に掛けた。

『すべての人間が生理的に活動が休止し、即《すなわ》ち死んでしまったからといって、その人の霊魂というものは決して消失しない。しかしそれは君等《きみら》の普通の肉眼では見る事が出来ないというのは、赤外線とか紫外線等《など》という光線が普通の眼《め》で見られないのと同じ理窟《りくつ》だ。ところが特別な死霊を見る能力をもった人間が居る。幽霊を見たという人がそれだ、なぜ普通の人には見えないのが特定の人に見えるかといえば、その人の眼の能力は霊と波長が同調するからだ。わかりよくいえばラジオと同じようなもので、放送する電波と同調した受信機のみが聴《き》こえるのと少しも変《かわ》らない。俺の発明したこの装置はつまり機械的に、どの霊とも同調せしめ得るもので、どの時代、どの人格の霊でも呼びよせる事が出来る。講釈は、この位《くらい》にして兎《と》に角《かく》呼んで見るよ』

博士の講義をいい加減に聞いている自分は、正直の所《ところ》神聖な死人の霊などを見せて貰うよりも、自分は早く地上の空気を吸わしてもらいたい気持ちで一《いっ》ぱいになった。そんな事にはおかまいなしに各実験装置のスイッチやレバーやダイヤルは廻《まわ》された。そして例の地響《じひびき》をたてうなるモーターの音が地下から聞《きこ》え、室内は次第に何《な》んともいえぬ圧迫を感ずる雰囲気で充《みた》されて来た。と同時に部屋の各所から青白いガス状の球や環《わ》が不規則に飛んだ。博士は忙しそうに両手をつかって三つ四つのダイヤルを調節していた。すると次第にモーターのうなりも静かになり、室内に飛ぶ青白いガス状の飛来も消えうせて、自分の眼の前のガラススクリーンがボーッと明るくなって来た。そうしてだんだんピントがはっきりして来ると、大きな建物の入口らしい所に一人の若い女がしょんぼり赤ん坊を抱いて立って居るのがはっきり見えた。

『これは一九三一年の銀座の真夜中のスケッチだよ。この女はカフェーTの女給《じよきゆう》をしていた小夜子《さよこ》というものだったがね、産後ここの支配人の虐待《ぎやくたい》に耐えられず死んだのさ。それをうらんで今でもそのカフェーの入口にいつも立っているんだ』

博士の渡した受話器を何《な》んの気なしに耳に当てた。その刹那《せつな》、自分の血管の中の血は逆に流れたかと思われるほど変《かわ》っていた。もう再び受話器をあてる気にはなれない。あの赤ン坊のうえたような泣き声、その母親の……ああもう自分は帰ろう。

『先生、僕を帰して下さい』

『まあ落ちつきたまえ。これから実験は面白くなって行《ゆ》くんだ』

□

今になって見ると、少しその時の自分の狼狽《ろうばい》さは意気地《いくじ》がなさすぎたと思うけれども、つもりつもったあの時の恐怖は、見えも外聞《がいぶん》もあったもんじゃない。無理やりにすがって、来た時と同じように変てこな運搬車に箱づめされて地上に帰った。

どこにあの墓地下《ぼちした》の研究所の入口が設《もう》けてあるか、今でも不思議の一つである。

## 解説

〈若草〉昭和六年八月号（七巻八号）に発表。「ロボットの魂」と改題のうえ『身辺科学《しんぺんかがく》』（大日本法令出版株式會社、昭和十六年六月十五日）に収録された。

サイエンス・フィクションとスーパーナチュラル・フィクションは、本来、対照的な関係にある小説ジャンルである。前者は既知《きち》科学の延長線上にある事象がテーマなのに対し、後者は科学の枠外にあるもの、すなわち科学の未知領域を扱うからだ。だからひとつの作品内に超科学的要素と超自然的要素が併存《へいぞん》することは滅多《めった》にない。本作はその数少ない例外で、核となるのは霊魂を自立走行ロボットの行動制御ソフトウェアとして利用するという奇想天外なアイデアだ。作者が科学ジャーナリストというのがまた変わっている。

作者はわが国における科学ジャーナリストの草分けの一人。〈科学画報〉の編輯《へんしゅう》スタッフで、のちチーフに昇格している。およそスピリチュアリズムとは縁のなさそうな人物だが、心霊問題への関心が深く、しかも自《みずか》らそれを公言していた。宮里《みやざと》が本作においてスーパーサイエンスとスーパーナチュラルの融合を試みたのは、本作が「三十年後の怪談」と題する科学的な怪談コント特集のために執筆されたものだから――という表面的な理由だけでなく、宮里自身が科学小説にもスピリチュアリズムにも興味を持っていたからでもある。

宮里が心霊現象に興味を抱くようになったのは、学生時代に幽霊（らしきもの）と遭遇したことがきっかけになっている。大正四年、所用で岡山県川上郡《かわかみ》（現・高梁市《たかはし》）成羽町《なりわちょう》の小泉《こいずみ》鉱山を訪れたときのことである。地元の警察に紹介されたTという旅館の「主屋と可成《かなり》隔《へだ》つた、裏の高台に建てられた二間《ふたま》つゞきの閑静《かんせい》な」離れで寝ていると「血のしたゝる短刀を逆手《さかて》に持つ」怪漢《かいかん》が襲いかかってくる。驚いて跳《は》ね起きると怪漢の姿はない。夢かと思って寝るとまたあらわれる。これが朝まで四回続いた。

後日、宮里は自分が下宿する家の主人M氏にこの話をした。M氏は元成羽署の巡査で、その離れでは使い込みをした徴税吏員《りいん》が短刀で喉を突いて自殺したことがあり、その検屍《けんし》に立ち会ったのが偶然にもこのM氏だった。爾来《じらい》そこで寝るとうなされたり、幽霊を見たりするので、地元では化物《ばけもの》屋敷として有名なのだという。泊める旅館もひどいが知らぬ顔で紹介する警察はさらにひどい。他に宿泊施設がなかったのだろうか。

「ほんとうに幽霊なるものを知るには、自らその事実をつかむやうに実際にあたらなければならぬ」というのが宮里のスタンス。幽霊屋敷があると聞けば現地調査に赴《おもむ》き、心霊写真や念写現象の再現実験を試みて「人工的に幽霊写真と称せられたものと、外観的に同様な写真」（〈科学画報〉昭和九年十一月号）を作ったりしている。だからといってこれらすべてがインチキだと言い張ったりはしない。心霊写真に関しては飽くまで見た目そっくりのものができた、というだけだ。宮里は信奉者《ビリーバー》でも懐疑論者《スケプテイシスト》でもなくオープンマインドな研究家《リサーチャー》だった。科学精神に富んだ合理主義者（手相や妖怪変化《へんげ》といった明らかな迷信は否定している）なのに、なぜか空想科学に惹《ひ》かれやすいのがこの宮里という人の面白いところだ。

岡山での体験も「若《も》し幽霊といふものが仮に存在するものとすれば、私の見た幽霊を一つの心理的テレビジョンと見ることも面白いと思ふ。といふのは、あの室《しつ》で変死した男が一つの送映所で、それを見た私が受映所となり、彼が影像を送る時に用《もち》ひた電波即《すなわ》ち魂《たましい》の波の波長が、恰度《ちょうど》私が受信し得る波長とぴつたり合つてゐた為《た》めに、私の頭の中のテレヴイジョン受映機はスクリーン上に夢といふ現象で見事にそれを写し出したのかも知れない」（「幽霊を見た話」〈科学画報〉昭和二年十月号）と疑似科学的な解釈を試みている。

面白いけれど科学ジャーナリストとしては変わった人だと思う。

# 蛇

喜多槐三

喜多槐三（きた　かいぞう）

経歴不明。昭和五年から十二年にかけて〈デカメロン〉〈犯罪実話〉などの雑誌に海外の珍《ちん》風俗や犯罪に関する読物を一ダース半ほど発表した。作品数が少ないうえ内容に強い偏《かたよ》りがあることから文筆は余技と思われる。

山口恭介《やまぐちきょうすけ》が死んだ、自殺したと云《い》う電話に接しても私は別に驚きませんでした。私は、彼自身が何《ど》ういう者であるかを知ったら必ず生きては居《い》まいと想像していたからです。人を殺した罪は彼にあるかも知れませぬ。然《しか》し殺すべき意志は勿論《もちろん》、原因も彼には毛頭《もうとう》なかったのです。私はその点彼に同情を寄せます。そして今更乍《いまさらなが》ら科学者の偉大な研究が、科学者自身にとっては満足でも、その犠牲者にとっては間々《まま》不幸を醸《かも》すものだとつくづく悟ったのです。で、此処《ここ》に私は山口恭介の不思議な短い一生についてお話《はなし》しましょう。

## 1

恭介は三歳の折《おり》母を亡くしました。母が亡くなってからは家政婦てるの手一つで育てられたのです。父は有名な医学博士故山口順三郎《じゅんざぶろう》氏で、氏の生涯が人類改造の目的に終始《しゅうし》した事は世間周知の事実であります。従って氏は研究に没頭し勝《が》ちでしたから、一子《いっし》恭介が父の愛情を知らなかったのも無理ありません。後年《こうねん》彼が偏屈《へんくつ》で意固地《いこじ》になったのも、この幼年時代の環境が原因しているとも云えましょう。

五歳の時、彼は口中《こうちゆう》を病《わずら》いました。（何の病気か彼は自殺する数日前まで知らなかったのです）その病いで彼が朧《おぼろ》げ乍《なが》ら記憶しているのは、話が出来ない程《ほど》口中が痛んだ事と、ゴム管《くだ》を以《も》って流動物を摂取《せつしゆ》した事と、全快後《ぜんかいご》父が不思議にも自分に注意しだしたという事だけでした。

口中《こうちゆう》が全快して自由に食べ物がとれる様《よう》になると、彼はよく白色《はくしよく》の殻《から》で比較的軟弱な雀《すずめ》の卵の様なものを食べさせられました。箸《はし》で突くとぶよぶよ弾力性に富んだその卵が、恭介には不気味に思われて何時《いつ》も口にするのを躊躇《ちゆうちよ》しました。すると博士は『これはお前の体に非常な薬なのだ。安心して食べるがいい』と云って、無理にも食べさせられるのです。で恭介は、病後可成《かなり》衰弱していたので、これを食べれば丈夫になると信じ、我慢し乍《なが》ら咽喉《のど》に通したのでした。

彼が八歳になって小学校に通《かよ》い出す頃、博士は訪問者によくこんな話をしました。私もそれを聞いた一人なのです。

『園芸家が自己の所信によって新種の草木《そうもく》を創造する様《よう》に、私はあらゆる高等動物や下等動物の別なく、両親の接触なしに一つの生命を創造し得ると信じています』とか、『体外生殖の実験は、犬、猫、鼠《ねずみ》、兎等《うさぎとう》の動物試験にのみ成功して、これから推《お》して人間にも体外生殖の可能性があると云うに止《とど》まっています。然《しか》し私の実験はそんな廻《まわ》りくどい理論をぬいて直接人間に、他の人類よりも強大な力を与えようと云うのです。幸い成功しそうですよ。』などと。けれどそれが如何《いか》なる実験であるか誰しも聞いては居《い》ませんでした。それ程《ほど》秘密に研究を続けていたのです。

その山口博士が、恭介が小学校へ入学した年の暮《くれ》突然頓死《とんし》しました。これは我国《わがくに》の学界にとって実に一大《いちだい》損失でした。氏ほど熱心な研究家は世界にも稀《まれ》でしたし、その優生学、人種改造という研究が何《ど》の程度まで進んで居《い》たのか、遂《つい》に発表されないで仕舞《しま》ったからです。

当時私は、博士に私淑《ししゆく》して居たので出来るだけ頓死《とんし》の原因を調べてみました。家政婦てるの話に依《よ》ると、博士は恭介が六歳の時から時折《ときおり》彼の口中《こうちゆう》を診察し、唾液を試験管に採《と》って何か調べていたという事です。そして頓死した夜も例の様《よう》に恭介の部屋に這入《はい》って何事かしていたが、突然、ドアから飛出《とびだ》すや否《いな》や、狂人の様に喚《わめ》き乍《なが》ら自分の研究室に馳込《かけこ》み、てるが物音に驚いてその場に駈《か》け付けた時は、既《すで》に博士は鋭利なメスを以《も》って中指を切断し、血のタラタラと滴《したた》るその右手をぼんやり眺めていたと云うのです。そして『蒔《ま》いた種《たね》は刈取《かりと》る』と独言《ひとりごと》したと思うと、蒼白《あおじろ》の顔に極度の苦痛を漂《ただよ》わして椅子に掛け、次の瞬間にはよろよろと床の上に顛落《てんらく》して、『構《かま》わずに置いて呉《く》れ!』と叫んでるが、てるが電話をかけようとするのを止め、後《あと》から這入《はい》って来た恭介の将来を『頼む!!』と云ったきり、転輾《てんてん》と呻《うめ》き廻《まわ》って五分の後《のち》には死んで仕舞《しま》ったと云うのでした。幼い恭介に問い質《ただ》しても明晰《はっきり》した事は知り得ませんでした。

で、この博士の叫んだ『蒔いた種』云々《うんぬん》の言葉は、私には勿論《もちろん》、総《すべ》ての人々にとっても不思議な謎でした。それに又《また》、何が死因か、これも疑問だったのです。死骸は翌日帝大の解剖室に運ばれました。然《しか》し解剖の結果においても、何か強烈な毒物による死としか判断されませんでした。

こんな出来事があって、博士の葬儀が青山《あおやま》斎場で盛大に挙行された夜《よ》から、残された一子《いっし》山口恭介の陰鬱《いんうつ》な、孤独な生活が始まるのです。

## 2

恭介は、学問はよく出来ましたが、友人と言っては北村澄子《きたむらすみこ》と呼ぶ富豪《かねもち》の少女だけしか有りませんでした。彼の学校では二年級まで男女共学なので、彼はこの少女と机を並べていたのです。彼は澄子が好きでしたが滅多《めった》に自分から遊びに誘う事はせず、昼休みの時間なぞ嬉《き》嬉《き》として遊ぶ小供等《こどもら》の群《むれ》から離れて、唯《ただ》一人ぽつねんとしているのが常《つね》でした。従って家に帰っても唄声《うたごえ》一つ出さず、影法師の様《よう》に黙って部屋に閉じ籠《こも》って居《お》りました。

彼は他に身寄りがなかったので、てると共に父親の残した広大な屋敷内で、下女《げじょ》一人使わず暮《くら》していたのです。てるは稀《まれ》に見る健気《けなげ》な女で、故博士夫妻の恩顧《おんこ》に報《むく》ゆるため、恭介を己《おの》が手一つで成人させようと、専心《せんしん》、それにのみ心を砕《くだ》いて居《い》たのでした。

恭介が三年生になった初夏の或《あ》る一日、同級生一同は先生に引率《いんそつ》されて郊外多摩川辺《たまがわへん》に遠足しました。

六月の太陽がさんさんと輝いている川辺には雑草が青々と繁り、無数の羽虫が精一杯飛び廻っています。元気な男生達は或る者は走り或る者は角力を取り、又女生達は三々伍々摘草や鬼ごっこに余念ありませんでした。けれど恭介だけは常と何等《なんら》変《かわ》りなく、唯《ただ》一人とある窪地《くぼち》に身を横たえて、激しい渇《かつ》をじっと我慢し乍《なが》ら、白く輝く大空を眺めていたのです。彼の短い生涯の中に、此《こ》の時程《ほど》安らかな気分は多分なかったでしょう。

と、突然、

『山口さん。』

と呼ばれたので、吃驚《びっくり》して身を起《おこ》しました。

呼んだのは北村澄子です。彼女は太陽を背にして窪地の縁《ふち》に微笑《ほほえ》み乍《なが》ら立っているのでした。その上気《じょうき》して熱《ほて》った顔には、発育盛《ざか》りの健康さが潑剌《はつらつ》と躍っています。彼女は日頃の恭介の性質をよく知っていましたから、一人群《むれ》からはなれている彼を不思議がる様子もなく、ずるずると窪地を下りて彼の傍《そば》に腰を下《おろ》しました。そして、『こら、今、虫に刺されたのよ』と、ズロースの下、右腿《みぎもも》の内側を恭介に見せました。『何だかへんに痛いの、先生にお薬を貰おうかしら。』

『どれ?』恭介は覗きました。白い軟《やわら》かな皮膚がぷっくりと膨《ふく》れて、刺口《さしぐち》から透明の液が少し滲《し》み出ているのです。

『きっと毒虫《どくむし》に刺されたんだよ。毒を吸取《すいと》ると直《なお》るんだ。吸取ってあげようか。』

『そんな事、可笑《おか》しいわ』澄子は無邪気《むじゃき》に笑いました。

『可笑しいことなんかあるもんかい。ね、吸取《すいと》ってあげるよ。早くしないと毒が拡《ひろ》がるから……』


多くの生徒達は河原《かわら》の上の方に移動していたので四辺《あたり》には誰もおりません。時折《ときおり》思い出した様《よう》に吹く生温《なまぬる》い風が、むしむしする草蒸熱《いきれ》を此《こ》の窪地に運んで来るだけです。恭介は額《ひたい》に浮《うか》んだ汗を拭《ぬぐ》ってから彼女の前に廻《まわ》って、刺口《さしぐち》を吸っては唾液を吐き出し、吐き出しては又《また》強く吸いました。その度毎《たびごと》に澄子は声を出して笑い且《か》つ身もだえしました。

『よしてよ。ね。よしてったら……くすぐったいんだもの。誰か来ると不可《いけ》ないわ。』

やっとの事、彼女は恭介から離れると、もう窪地を出ていました。が、目に可愛《かわい》い媚《こび》を湛《たた》えて、

『先生のとこへ行ってみるわ。今日帰ってから遊びに行ってもいい？』

『ああ、おいでよ』恭介は伏目《ふしめ》になって返事しました。

『じゃ、待っててね。』

彼女はくるりと向《むき》を変えて駈《か》け出すと、もう窪地の恭介からは見えませんでした。で独《ひと》りになって気が付くと、何時《いつ》の間にか鼓動が非常に激しくなっているのです。耳をすますとたった今の澄子の笑声《わらいごえ》が、鼓動の合間《あいま》合間に聞《きこ》える様《よう》です。彼はその笑声を打ち消したくはな

いと長い間《あいだ》身動きもせずにおりました。

それから何の位《どのくらい》経ったか分《わか》りません。彼は突然笛の音を耳にして、夢から醒《さ》めた様《よう》に立上《たちあが》ると、一同の方に走って行きました。呼笛《よびこ》が鳴れば集まると云う事は、予《かね》て先生から話されてあったからです。

然《しか》し近寄るに従って、それが普通の集合でない事が明晰《はっきり》わかりました。生徒等は円陣を作って何か見ているらしいのです。彼は後ろの方で小声に尋ねました。

『何か起《おこ》ったの？』

『北村さんが毒虫に刺されて死んだのよ』女生徒の一人が囁《ささや》きました。

『先生の前まで走って来たら倒れっちゃったんだよ』男生《だんせい》の声も震えておりました。

恭介はそれらを聞くと、はッと心を打たれて言葉が出なくなりました。そして我《わ》れ知らず人を掻分《かきわ》けて漸《ようや》く前に出て見ると、果《はた》して青草の上に倒れているのは澄子です。既《すで》に呼吸《いき》もないのでしょう。今が今迄《まで》美しかった彼女の頬《ほほ》は、血の気《け》が失《う》せて苦痛のためか歪《ゆが》んでいました。そして右腿の刺口はそこを中心として異様に膨脹《ぼうちょう》し、その膨脹は見る見る右脚全部に及び、さては左脚《さきやく》にも下腹部にも胸部にも拡《ひろ》がって行くのです。それ許《ばか》りでなく、或《あ》る部分は水泡《すいほう》を作り、或る部分は皮膚が破れて壊沮《かいそ》を生じつつあるのでした。恭介はその変《かわ》り果てた澄子の有様《ありさま》に、思わず人垣から飛び出すと、青草の上に身を投出《なげだ》して声を上げて泣きました。

こんな出来事で生徒一同は、往《ゆ》きの楽しさに代《かわ》って帰りは皆暗い気持ちでした。中でも恭介は人一倍得体《えたい》の知れぬ驚怖《きょうふ》に襲われて、喪心《そうしん》したかの様《よう》に度々《たびたび》躓《つまず》き乍《なが》ら歩いたのです。彼は小供心《こども》にも、澄子と共に死んで仕舞《しま》いたかったと思いました。彼女を殺したのが猛毒なら、自分もその猛毒を吸ったのだ。だのに何故《なぜ》、彼女のみ死んで自分は生きているのだろう。せめて彼女の身代《みがわ》りに自分が死んだのなら……そんな事を思うと止めどもなく涙が出るのでした。

この少女の死は子を持つ親達に多大なショックを与えました。従って少女を刺した毒虫が何であるか、世人《せじん》はこぞってそれをたしかめようとしたのです。幸い澄子の父親も愛児の死因を明《あき》らかにすべく解剖を快諾したのでした。

然《しか》し結果は、毒物が如何《いか》なる種類のものであるか、毒虫が何属のものであったか、それを明言する学者はおりませんでした。或《あ》る者は毒蛇《どくじゃ》らしいと云い、或る物は斑猫《カントリデス》らしいと云い、又《また》他の者は毒蛇にしろ斑猫《カントリデス》にしろ、多摩川辺《へん》には絶対に棲息《せいそく》しないと断言するのです。とにかく少女の死は一つの謎でした。

3

斯《こ》うして澄子を失ってからの恭介の生活は全《まった》くの孤独で、てるが如何《いか》に彼の気分を引立《ひきた》てようとしてもその甲斐《かい》がなく益々《ますます》陰鬱《いんうつ》な世界に没入して行きました。彼は終日無言でしたが、心の中では一瞬の絶間《たえま》もなく澄子の姿を描いていたのです。しかもその幻影が己《おのれ》の意の侭《まま》になるのを無上の悦楽としました。彼は幻影と遊び幻影と戯《たわむ》れて、数十日間此《こ》の世の一切を忘却していたのですが、間もなくそれは行為にまで現われました。葬式直後貰って来た彼女の写真を卓子《テーブル》に立てて、夜更《よふ》くる迄《まで》ぼそぼそ独言《ひとりごと》する事があったし、またその写真を抱きしめ乍《なが》ら眠る様《よう》にもなったのです。

そうした生活の幾年かが過ぎると、彼はもう中学を卒業したのですが、上の学校に進むことを断念して仕舞《しま》いました。てるは『父の偉大な業蹟《ぎょうせき》をつぐには何《ど》うしても大学を終《お》わらねば駄目です』と、極力勧《すす》めたのですが、彼は頑《がん》として自分の意志を翻《ひるがえ》しませんでした。そして世間とは交渉なく、己《おのれ》の書斎——もとの博士の書斎に閉じこもったのです。幸い父の遺産は彼の一生の衣食《いしょく》を保証しているのでした。

で、来る日も来る日も何事もせず、陳列窓の剝製《はくせい》の猿の様《よう》に、唯《ただ》机の前に腰を下《おろ》して黙然《もくねん》としている彼の頭に浮《うか》ぶものは、依然として澄子の幻影ばかりでした。而《しか》も不思議な事には、その幻影の澄子が多摩川辺《へん》で死んだ当時の幼い彼女ではなく、成育した美しい彼女なのです。恭介が一つ歳を取れば幻の澄子も亦《また》一つ歳を増して居《い》ました。彼は十九歳でしたから幻の澄子も十九歳でなければなりません。彼はこの青春期の澄子を出来得る限り美しくする事に努力しました。

海の神秘を思わせる様《よう》な黒い瞳、桜色にほのめく頰、真直《まっすぐ》に通った鼻、薔薇《ばら》の様な唇《くちびる》、咽喉《のど》から襟元《えりもと》へかけてのしなやかな曲線、ふさふさとした緑の黒髪、彼はこうした澄子を描いて自《みずか》ら満足し、昨日よりは今日、今日よりは明日《あす》と、日一日《ひいちにち》身と魂《たましい》とをその中に打込《うちこ》んで行《ゆ》くのでした。明らかに初期の精神病者となっていたのに違いありません。

## 4

それは入梅《にゆうばい》後の日光がいゝやが上にも照りつける七月の或《あ》る日でした。中学卒業後二年の間、一歩も門外に踏出《ふみで》なかった恭介は、何《ど》うした気紛《きまぐ》れからかその日に限って痩《や》せた青白い身を門外《もんがい》に運んでいたのです。塵埃《ほこり》だらけの郊外の道には炎々《えんえん》と燃ゆる地熱の外《ほか》、犬の仔《こ》一つ影を見せていませんでした。

前にも云った通り恭介の屋敷は非常に広大でしたので、その屋敷のみで町の一画《いっかく》を作り、四角な屋敷を廻《まわ》って道路があるのです。彼はその道路を石塀《いしべい》に添うて第一の角《かど》を曲《まが》りました。と、思わず其処《そこ》に立止《たちどま》って仕舞《しま》いました。

何故《なぜ》なら、彼の行手《ゆくて》十間程向《けんほどむこ》うから幻《まぼろし》に見る澄子が歩いて来るからでした。然《しか》し彼にとっては決して見違いではないのです。彼は三度四度《みたびよたび》己《おの》が眼を疑い且《か》つ瞬《また》きました。暑さの為《た》めに上気しているものの、澄んだ眸《ひとみ》と云い真紅《まっか》な唇と云い、その顔全体の輪郭など、正《まさ》しく幻影に見慣れた澄子に相違ありません。（この瞬時、恭介には幻影と実在の区別がつかなくなり、恐ろしい錯誤《さくご》に陥《おちい》って仕舞《しま》ったのでしょう）彼はふらふらと女の前に駈《か》け寄ると『澄子さん！』と叫びました。眼は歓喜の為《た》めに生々《いきいき》と輝き、呼吸もはずんで居《お》りました。

けれどパラソルを手にした若い女は、変な態度で近寄って来た男を知らなかったのです。彼女は自分以外の誰かを呼んだのかと周囲を見廻《まわ》しました。然《しか》し白い熱気に充《み》ちた街上《がいじょう》には自分以外誰も居ないのに不安を感じ、足早に行き過ぎようとしました。が、その時は恭介が既《すで》に立ち塞《ふさ》がっていたのです。

『澄子さん、今日は何《ど》うしてそんなによそよそしい態度をなさるんです。』

『何誰《どなた》かお人違いじゃ御座《ござ》いませんの。』女は身を避《さ》けて、恭介を睨《にら》み乍《なが》ら落付《おちつ》いて云いました。

『人違い……人違いですって？』彼は眼を見開いて叫びました。『僕は恭介ですよ。貴女《あなた》は今まで僕を騙《だま》して居《い》たんですか。』

『騙すの何のって……私、貴方《あなた》を少しも存じません。』

彼女は一刻も早く不気味な男から逃れようと、パラソルで顔をかくし、もと来た道へ引返《ひきかえ》そうとしました。これを見た恭介の心には、突然、兇暴《きょうぼう》な憤怒《ふんぬ》の情《じょう》が湧き起《おこ》ったのです。

――永年《ながねん》、俺はお前の為《た》めに騙されて来たのか。だのに、俺はお前を唯一の恋人とも思い慰《い》安者《あんしゃ》だとも思って来た。生活、生命《せいめい》、思想、それらを全部だとも思って来た。だのに何と云う馬鹿だったろう……そう思うと、此《こ》の千載一遇《せんざいいちぐう》の機会を空《むな》しく別れ去るに忍びなかったのです。で数歩行き過ぎた女の後を追うと、荒々しく女の前に立塞《たちふさが》って彼女を抱きすくめました。瞬間女は驚愕《きょうがく》に色を変えて何事か叫ぼうとしましたが、既《すで》に其《そ》の時は恭介の唇が彼女の唇を圧《あっ》しておりました。そして女がそれを頑強に拒絶し、反抗しようとすれば程《ほど》、彼は躁《もが》く女を強く抱き締め、唇を強く噛《か》みました。パラソルは手を放《はな》れて地に落ち、手提《ハンドバック》は男の足に踏み躙《にじ》られました。

数十秒後、恭介は女の憎悪と侮蔑《ぶべつ》に燃える瞳をちらと眺めて、意外にも裏切った恋人の行為に彼自身憤怒を感じ乍《なが》ら、夢遊病者の様《よう》に蹌々踉々《そうそうろうろう》と、後《あと》をも見ずに第二の角を曲《まが》って裏門から己《おの》が邸内に這入《はい》ったのです。

それから小《こ》一時間後でしたろう。てるが驚き顔に彼の部屋に這入って来たのは。

『若様、大変なことが起《おこ》ったのです。屋敷の右側の、ほら、あの椎《しい》の木のある塀外《へいそと》に、若い女が死んでいるんですって。死因が怪しいって刑事の方が屋敷《うち》を調べに来ましたが……』

恭介はそれを聞いても別に驚きませんでした。

『ほぉ——調べるなら調べさせるがいい。』

『はい、ではそう申しましょう。何だか気味悪い事で御座《ござ》います。』

てるの話に驚かなかったものの、一人になると彼は自分乍《なが》ら解《げ》せない事件に当惑しました。自分が澄子を抱いて接吻《せっぷん》した場所は、正《まさ》しく椎の木の下だったのです。其処《そこ》に若い女が倒れているとすれば不思議と云うより仕方がありません。それに自分は接吻こそしたが殺す様《よう》な事はしない。だから死んだ女は恐らく澄子ではなく、その後通った女に違いあるまい、と、ぼんやりと窓から外を眺めて居《い》ました。彼は女の死体を見に行く気力がない程軀《ほどからだ》がだるかったのです。

その日の夕刊には、早くもこの若い女の変死記事が掲載されましたが、恭介は予期した通り澄子でない女の名を読んで安心しました。尚此《なおこ》の事件に就《つ》いて其《そ》の後何の交渉もなかったのを、恭介は当然だと信じておりました。

然《しか》し、彼が路上で澄子に逢《あ》い、意外な反抗に遇《あ》ったと思う憤怒の情は、彼自身を破滅に導く第一歩となったのです。と云うのは、あれ程《ほど》無造作に彼の脳裏に髣髴《ほうふつ》と現れた澄子の面影《おもかげ》が、この日以来絶対に現れなくなったからでした。折角《せっかく》形つくると思われる彼女の姿も、近寄ると思う瞬間跡《あと》かたもなく消え失せて仕舞《しま》うのです。彼はあせりにあせって幾度《いくたび》もその幻を摑《つか》もうと努力しましたが、結局徒労に過ぎませんでした。彼はこれに依《よ》って悩まずには居《い》られません。今までは澄子が傍《そば》に居たればこそ一室《いっしつ》に閉じ籠《こも》ってもいられたのです。その澄子が現れないとなると、心の空虚は日増《ひまし》に彼を圧迫しました。彼は檻《おり》の中の虎の様《よう》に終日部屋中を歩き廻《まわ》りました。そして何《ど》う考えたか――多分彼は、今一度澄子にめぐり逢って、謝罪しようと思ったのでしょう――半月程後《のち》からは来る夜《よ》も来る夜も町から町へと独り影の様にさまよい歩き、疲れ果ててはジャズの騒擾《そうじょう》たるカッフェの一隅《いちぐう》に、魂を抜かれた老人の様に茫然《ぼうぜん》としている彼自身を見出《いだ》す事になったのです。独り歩く蛇《へび》。これは彼に最《もっと》も適した言葉でありました。

5

それから二《ふ》タ月も過ぎた初秋の風の吹く或《あ》る晩です。恭介は例の様《よう》な夜歩《よある》きで疲れた軀《からだ》を、新宿のとあるカフェーに休めました。すると彼が卓子《テーブル》について間もなく、続いて這入《はい》って来た初老の紳士が、故意か偶然か彼と同じ卓子《テーブル》について、彼と同様カクテルを注文しました。恭介は以前から煙草が嫌いでした。で、処《ところ》が前の紳士の手にした煙草《たばこ》の煙が卓子《テーブル》の下を抜けて彼の胸元から顔へと懸《かか》るのです。恭介は以前から煙草が嫌いでした。で、

『失礼ですが……』と、遠慮勝《が》ちに云ったのです。『それを何卒《なにとぞ》……』

紳士は狼狽《あわ》てて投げ捨てました。

『これは失礼しました。うっかりしていたもんですから……』そして丁寧《ていねい》に頭を下げるのです。

恭介は余りに丁寧すぎる紳士の態度に面喰《めんくら》って、反《かえ》って赤面しました。

『いいえ。私こそ我が侭《まま》を云って……』途端《とたん》に気が付くと卓上のきゃしゃな一輪挿《いちりんざ》しには蛇の模様が描いてあります。彼は陰気な世辞《せじ》笑いをしながら云いました。『丁度《ちょうど》これと同じ性

質なものですから……』

この言葉に紳士も花挿《はなさ》しに目を止めて笑いました。

『蛇ですか、其奴《そいつ》は生来《せいらい》煙草、殊《こと》に脂《やに》を好まないんですね。然《しか》し煙草嫌いな人は私の友人にも沢山居《たくさんお》りますよ。』

その間《あいだ》にカクテルが運ばれたので、恭介は黙って細足《ほそあし》のグラスを手にしました。けれど紳士はそれには手も触れず、馴《な》れ馴れしく話を続けました。

『こんな場所で初めて逢《あ》った貴方《あなた》に話するなんておかしく思うでしょうが、蛇の話で実に面白いことがあるんです。聞いて頂けますかな。』

こう云うと紳士は恭介の顔を正面《まとも》に凝視しました。そして恭介がまだ返事もしない中《うち》に話し出したのです。

『御存じでしょうが浅草蔵前《あさくさくらまえ》に蛇善《へびぜん》と云う蛇屋の老舗《しにせ》がありますね。私はあすこの主人と懇《こん》意《い》になって、四年以前、三河《みかわ》から近江《おうみ》地方へ蛇取りに出かけた事がありました。手甲《てこう》、刺子《さしこ》の足袋《たび》、四枚重ねの脚絆《きやはん》、それにゴム長靴と云った不恰好さで。はははは。』

恭介は、此《こ》の老紳士は話好きなのだと察しましたが、何故《なぜ》こんな話をするのか理由《わけ》が解《わか》りませんでした。然《しか》し紳士は恭介の不審には頓着《とんちゃく》なく、ぼつぼつと小声で話し続けました。

『所《ところ》で行ってみると、私には蛇の所在が一向判《いっこうわか》らないのに、彼等《ら》蛇取りは四五間《けん》いや十間も離れていて、容易に青大将がいるとか蝮蛇《まむし》がいるとか云って、事実それを捕《と》えるのです。私は不思議に感じてその理由を訊ねましたね。すると蛇取りに熟練すれば、草の種類とか蛇類特有の体臭とかで簡単に知れると云うのです。私もこれには興味を感じて随分《ずいぶん》研究した結果、漸《ようや》くその法を会得《えとく》しましたよ。この知識は今年の春台湾《たいわん》に毒蛇《どくじゃ》採集に行った折《おり》非常に役立って、同島の蛇類《へびるい》研究所の人々も驚いた位《くらい》でした。』

紳士が何気《なにげ》なく語る口裏には、何かしら目的がある様《よう》です。それが恭介の心に一抹《いちまつ》の不安を催《もよお》させました。

『それから内地――東京に帰って間もなくでした。所用あって郊外×の方に行ったのです。七月の暑い日盛《ひざか》りでした。或《あ》る屋敷の塀外《へいそと》で偶然にも若い女の死ぬ処《ところ》に出会《くわ》したのです。その死因が実に不思議で、台湾で眼《ま》のあたり見た蛇毒《じゃどく》に依《よ》るのと同じ徴候を呈《てい》したものです。その女は唇を齧《か》まれていましたが奇怪じゃありませんか。内地では滅多《めった》に見られない百歩蛇《ひゃっぽへび》に齧まれた徴候なんですよ。』

恭介は思わずゾッとして全身の筋肉が戦慄《おのの》くのを感じました。凡《およ》そ二ケ月前、澄子と出会ったあの瞬間の自分の行為が、明晰《はっきり》と網膜に甦《よみがえ》って来たからです。彼は次第に蒼白《そうはく》になり乍《なが》ら、然《しか》し全身に力を入れて、仮令《たとえ》その女の死因が何であろうとも、自分に何の関係もありはしない。俺は澄子にしか接吻しなかったのだ。だから蛇毒《じゃどく》による他の女の死に何の係《かかわ》りがあろうと、自分自身に勇気附《づ》けていました。

『あの当時、新聞で貴方《あなた》もお読みでしょうが、警察ではあれに適当な判断を下《くだ》す者が一人も居ませんでした。で、蛇毒《じゃどく》に依《よ》る死とは判明しても、その蛇が何処《どこ》から現れたかと云う事になると、誰も見当がつかなかったのです。恰度《ちょうど》女が倒れていた場所が、椎の木の下だったので、一人の刑事などは、その木から飛んで来て首に捲《ま》きつき、比較的皮膚の軟弱な唇を嚙んだのだろうと、いい加減な推量をしたものです。が、こんな馬鹿気《げ》た推量を矛盾《むじゅん》とは知り乍《なが》ら肯定せねばならぬ仕末《しまつ》でした。と云って又《また》、その蛇が逃げ去った跡《あと》もなかったのですから奇怪なものです。』

一語一語引入《ひきい》れられて、立つにも立たれなくなった恭介は、あの夜夕刊の記事を詳細に読まなかった事を悔《く》いました。よく読んでさえいたら此処《ここ》でこんなに迄《まで》驚かずとも済んだに違いありません。それにしても此《こ》の紳士は何だろう、と云う疑問が次第に強くなって来ました。

『斯《こ》うしてあの事件は有耶無耶《うやむや》に葬《ほうむ》り去られましたが、私だけは、少くとも私だけは秘《ひそか》にその謎を解いたと自信しているのです。と云うのは、私はその加害者と逢《あ》ったのですからね。その男は私に気付かない様《よう》でしたが、私の方はよくその男を見ました。通り過ぎる瞬間異様な体臭を感じたからです。その体臭と云うのが前にお話《はなし》した爬虫類《はちゅうるい》、殊《こと》に蝮蛇《まむし》科の持つ特色ある生臭《なまぐさ》いもので、生殖期とか昂奮時とかには一層《いっそう》強く発散するものなのです。彼は帽子も被らず空手《からて》でしたから何処《どこ》にも毒蛇《どくじゃ》を秘《かく》し持つ筈《はず》がありませんでした。で、この事実を数日考えた結果、突飛《とっぴ》な推量かも知れませんが、その男自身が毒蛇なのだと解《かい》したのです。何《ど》うです、実に奇怪な話じゃありませんか。』

『実に、不思議な話ですね。』恭介は高鳴る胸を静め乍《なが》ら云いました。『それで貴方《あなた》は、毒蛇《どくじゃ》の体臭を持つ男を御存じなんですか。』

『ええ、知ってますとも。』紳士は断言しました。『然《しか》し、人間《ひと》が自分の体臭を知らない様《よう》に、彼自身でも気付いては居《い》ないのです。また始終《しじゅう》その男の傍《そば》にいる者は、その臭気に慣れて気が付かないのです。その男ですか。その男は色の青白い、中肉中背、眉の長い鼻筋の通った、顎《あご》の下にほくろのある……まあ、貴方似合《あなたそつくり》の若者でしたよ。はははは。』

『私そっくりですって……私に……あの私に……ははは。』

恭介も空虚な笑声《わらいごえ》を挙《あ》げました。けれど紳士の冷たい瞳に接するともう笑声も出なくなって仕舞《しま》ったのです。冷気が体内を横切る様《よう》な気がしました。そして一刻もこの場に居られなくなって、立ち上《あが》ると早口に、

『面白い話を有難う御座《ござ》いました。約束がありますので、では、お先へ失礼致します。』

よろよろと出て行く恭介の後姿を、紳士は黙念《もくねん》と見送っておりました。

## 6

それから四日後、山口恭介は毒を呷《あお》って死んだのです。机上《きじょう》には二通の書面が残されてありました。開封されてある一通は恭介にあてられた手紙で、も一通は私に残した彼の遺書で

した。

ここに開封された――恭介が読んだであろう手紙の一部を抜萃《ばっすい》してみましょう。

「――（前略）――貴方《あなた》一人しか歩いていなかった路上に女が打倒《うちたお》れているとすれば、貴方に嫌疑をかけるのも当然でしょう。しかも貴方が故山口博士に瓜二つの点と、貴方が山口家の裏門へ這入《はい》られた事からして、貴方こそ私が十何年逢《あ》わなかった恭介君だと思いました。それ故《ゆえ》、私は出張して来た刑事や警官に、一言《いちごん》も貴方の事を話さなかったのです。ですから何等《なんら》の嫌疑も貴方には懸《かか》りませんでした。然《しか》し私は、貴方に就《つ》いて熟考に熟考致しました。とその考えの中に、不図《ふと》故博士の事が浮《うか》び出したのです。博士は貴方の口中《こうちゅう》を診察中、あッと叫んで研究室に駈込《かけこ》んで指を切断し、間もなく頓死《とんし》されたのでした。それが奇怪にも蛇毒《じゃどく》の死らしかったではありませんか。この事実に思い当《あた》ると私は一気に貴方の学生時代を調べてみました。すると当時問題視された北村澄子の死に突当《つきあた》りました。これから判断して貴方に親しく接した者は、一人ならず二人までも不思議な死を遂《と》げているのを知りました。これこそ何か秘密がなければならぬ。蛇毒、蛇毒と何回心の中で繰返《くりかえ》したか分《わか》りません。不幸にして博士は日記も記録も残して置きませんでした。が私は博士と毒蛇とを結び合《あわ》せて考える時、何《ど》うしても忘れ得ぬ事実があるのです。それは博士が台湾から蝮蛇《まむし》科に属する飯匙蛇《コブラ》、亀殺斗《ハブ》、百歩蛇《ひゃっぽへび》、雨傘蛇《あまがさへび》、青竹糸《せいちくし》等《とう》を取寄《とりよ》せたにも係《かかわ》らず、親友の私にさえ語らず何時《いつ》の間にか処理して仕舞《しま》った事でした。これら蛇類の猛烈な毒こそ、博士、澄子及びあの若い女の死体に現れた徴候を呈するものなのです。此処《ここ》に至って私はこう判断しました。あれら毒蛇は貴方の為《ため》に使用されたのだと。驚かずにお読み下さい。故博士は人種改造を目的として居《い》た程《ほど》でしたから、輸血術や筋肉の移植術にかけては当時唯一の手腕家《しゆわんか》でした。その手腕を利用して、貴方が五歳の折《おり》虫歯を病《や》まれたのを機会に、或《あ》る特殊な方法で得た、毒液を分泌する毒蛇の腺《せん》細胞を、貴方の唾液腺に移植したに相違ないのです。而《しか》して貴方自身は、最初は極《ご》く少量の毒液の分泌から次第に免疫し年と共に腺細胞は増大して、やがては猛毒の分泌となったのだと想像するのです。博士が貴方の口中を診察したのは手術の如何《いかん》をみるためだったのでしょう。が何かの拍子《ひようし》で貴方は挿入《そうにゆう》していた博士の指頭《しとう》を噛み傷《きず》つけたのです。北村澄子は毒虫に刺《さ》された傷口から、最後の女は貴方が噛んだ唇から、共に毒唾《どくだ》が作用したのです。これは私の推理であって事実か否《いな》か分《わか》りません。何卒《なにとぞ》モルモット、兎、猫等《とう》を疵《きず》付けて貴方の唾液を験査《けんさ》して頂き度《と》う存じます。若《も》し私の推理が誤《あやま》っていましたなら、如何《いか》なる謝罪をも致《いた》す心算《つもり》で御座《ござ》います。(下略《かりやく》)」

恭介が私に残した手紙には、実験の結果蛇毒《じやどく》があったと書いてありました。生きて社会に害を及ぼすよりは死んで忘れられた方が好《よ》い、法の手の下《くだ》るのを待って父博士に汚名を着せるよりは万事秘密裡《り》に自決した方が好いとも書いてありました。私は独り歩きの蛇だった、蛇は孤独を愛する動物だとも書いてありました。

私は一人の女の幻影によって生きていた。路《みち》で逢《あ》った女はあくまでその女だったとも書いてありました。

とに角《かく》、彼は父親が毒蛇《どくじや》を殺す時使用していた毒薬の残りを呷って自殺したのです。幼少時、毒蛇の卵で育てられた自分自身を！

蛇足ですが、過《す》ぐる夜、カフェーで彼と逢《あ》ったのも、彼の机上にあった手紙の筆者も私です。

私は恭介が自殺したのは、私に正体を見現《みあら》わされた為《た》めだとは思っていません。遅かれ早かれ、彼自身、如何《いか》なる者であるか気付く時があったでしょうから。

## 解説

〈犯罪実話〉昭和七年一月号（二巻一号）に発表。

怪奇犯罪実話と銘打たれているが実話ではない。フィクションである。かといって百パーセント純粋な創作でもない。黒岩涙香《くろいわるいこう》「怪《あやし》の物《もの》」（〈萬朝報《よろずちようほう》〉明治二十八年七月五日～九月二十七日）から借りたアイデアをもとに、独自にストーリー展開させた二次創作なのである。

「怪の物」の原作は研究家のあいだでもいまだ不明とされているようだ。せっかくだからこの機会に書誌的データを明確にしておこう。作者はアイルランド生まれの作家・ジャーナリスト・出版人のエドマンド・ダウニー（一八五六～一九三七）。原題は「赤柱館《せきちゅう》の庭園」"Redpost Park"といい、一八八六年八月七日から同年十月九日にかけてイギリスの日刊新聞〈ザ・シェフィールド・インデペンデント〉のサプリメント（毎土曜に発行される別冊附録）に十回にわたって連載されたもの。

完結後まもなく『悲しみの家』*A House of Tears*の題でロンドンのウォード&ダウニー社（ダウニーがオズバート・ウォードと共同経営する出版社）から単行本が出た。〈ザ・スペクテイター〉誌の評は「いわゆる煽情小説《シリング・ショッカー》だ。構成も文章も巧みで、読み始めたら一気に読み切ってしまう」と好意的だった。その後ニューヨークのジョン・W・ラヴェル社とジョージ・マンロ社から廉価《れんか》なペーパーバック版が刊行されている。涙香はマンロ社の「シーサイド・ライブラリー」をテキストに用《もち》いることが多く、「怪の物」も後者が底本《ていほん》である可能性が高い。

涙香の訳は登場人物の名が日本人化されている点を除けば原作にほぼ忠実で、ストーリーに大幅な影響を及ぼすような逸脱はない。強《し》いていえば冒頭部分に独自の文章が加えられているぐらいだ。涙香といえば自由訳のイメージが強いので、意外な感じがした。本作は「怪の物」の核になるアイデアを独創的に発展させた派生的作品で、プロットはまったくのオリジナルである。蛇人間のリビドーに焦点を置いたところがいかにも犯罪実話雑誌らしい。

「怪の物」は国立国会図書館の近代デジタルコレクションでオンライン閲覧可能なので、興味のある人は読みくらべてみるといいだろう。

〈犯罪実話〉は〈犯罪科学〉のエピゴーネン誌。前身は〈探偵〉という犯罪実話読物も載る探偵小説雑誌だったが、昭和七年一月号から〈犯罪実話〉と改題され犯罪実話雑誌として再スタートを切った。紆余曲折《うよきょくせつ》の多い雑誌で発行所や編輯《へんしゅう》人がコロコロ変わり、しばらく田中《たなか》直樹《なおき》がチーフエディターだったこともある。〈犯罪科学〉〈犯罪公論〉にくらべると小説はあまりパッとしない。見るべきものは城田《しろた》シュレーダーの作品ぐらいで、ホラー小説ファンにとっては魅力に乏《とぼ》しい雑誌だった。

# 毒ガスと恋人の眼

那珂良二

那珂良二（なか りょうじ）

本名・岡澤《おかざわ》三能《みつよし》。別名に木津登良、那珂良三、木村虎夫、木津土良四、宝十三、南《なん》洋一郎《よういちろう》など。誤って南洋一郎《みなみよういちろう》の原稿料が那珂に支払われたことがあるという。明治三十三年一月五日、福岡市に生まれる。福岡県立福岡工業学校（現・福岡県立福岡工業高等学校）卒業後、岡《おか》炭坑株式会社に入社。早稲田大学、日本大学に学ぶがいずれも中退。昭和三年〈科学画報〉誌の懸賞科学小説募集に応じた「灰色にぼかされた結婚」が二等当選し科学小説家としてデビュー。同年〈サンデー毎日〉の第三回大衆文芸に時代小説「濁流心中」が佳作当選。その後しばらく創作から離れたが、昭和十七年に科学小説集『海底国境線』（奥川書房）で復帰。続いて『非武装艦隊』（同、昭和十七年）と『成層圏要塞』（釣之《つりの》研究社、昭和十九年）の二冊を上梓した。さらに釣之研究社から『珊瑚島公路』の刊行が予定されていたが紙不足のため未刊に終わった。昭和二十五年十二月十六日死去。

## 1

松村真介《まつむらしんすけ》と外山《とやま》サチ子《こ》とは郊外の同じアパアトの屋根の下に住んでいた。しかも隣り同志の部屋に居る恋人同志でもあった

金曜日の夜――サチ子は電灯のシェードを部屋で編んでいた。出来上《あが》ったら真介の部屋を飾ろうと、少女らしい胸のときめきといっしょに指さきを動かしていた。

『居るかい？　サチ子さん。』

声と共に扉を明《あ》けてはいって来たのが真介だ。

『もう随分《ずいぶん》おそいでしょうね。ちっとも時間が経《た》つの、わからなかったわ。』

サチ子の眼《め》がみずみずしくかがやいた。

『十時だよ。お茶を呑《の》みに出かけないか？』

『街へ？　でも途中が暗《く》らいんですもの。』

『僕がいっしょに居るじゃないか。』

『だって。なんだか怖いわよ。それに、ほら、シェードも大分《だいぶ》出来上《あが》りかけているんでし

よ。』

そう云《い》われてみれば、真介も無理にとは云えない。自分への贈りものを編んでいる彼女なのであるから。

『それもそうだね。』

『だから、今夜は一人で行ってらっしゃいな。あたし、お留守番《るすばん》をするわ。』

『ん。では失敬《しっけい》しようかな。他にも用事があるんだし……。』

はげしい接吻《せっぷん》を残《の》こして、真介は口笛を吹きながら部屋を出て行った。彼は国立科学研究所第三部の毒ガス技手《ぎて》。そして彼女は三井《みつい》物産につとめるタイピストなのである。

## 2

国立科学研究所第三部のある実験室。そこでは腐爛《ふらん》性の猛毒ガス・イペリットが製造されているのだ。

レトルト、フラスコ、蒸発皿《じょうはつざら》、配電盤、など、などでがっちりと冷たく装甲された部屋は、強烈な酸液《さんえき》の匂いで、むっとむせ返える様だ。

真介は純白の仕事衣《い》をひっかけて、実験台に向《むか》っていた。イペリット製造の一メンバアなのである。

『計度器を見てくれ。』

部屋のすみに、塩酸をビーカーに入れていた男が真介に呼びかけた。

『二百六十キロ・グラム。』

イペリットを液化して貯蔵するタンクの計度グラスを見ると、真介は機械のように、こう答えた。

『今日は、エフィシェンシイが良《い》いぞ。』

『土曜日だ。半どんだぞ。それくらいにしておけよ。』

真介は対手《たいしゅ》の顔を見ないで、口丈《だ》けは喋《しゃ》べり、手は依然として試験管にかけていた。

『なにを、しているんだ、ね。』

対手《たいしゅ》の男が、実験台の向《むこ》うに歩いてきて、真介の手許《てもと》を見た。

『う、ふふふふ。』

真介は笑いを殺《こ》ろしながら、ポケットから、小型の——万年ペンの帽子みたいなケースをとり出した。

『ピストル用のガス容弾《ようだん》じゃないか。』

『そうだ。』

『危《あぶな》いぞ。イペリットか?』

『ノウ、ノウ。催涙《さいるい》ガスを容《い》れるんだ。』

ピストル型のきわめて小さい発射器に、その容弾《ようだん》を装置する。軽い音といっしょに、ガスは銃口から発射して、対手《たいしゅ》の身体《からだ》を襲う。たちまちにして、涙がさんさんと溢《あふ》れこぼれてしばらくは眼《め》が明けられない、と云う、なんとセンチメントな毒ガスを、真介はこさえているのである。

3

土曜日の午後である。

研究所は半どんだ。ほがらかな天気だ。

そっとポケットに忍ばせて帰った催涙ガスの小容弾が一打《ダース》。アパアトの部屋に寝そべっていると——人間って変なものだ。毒薬をもっていると嚥《の》んでみたくなる様《よう》な気持ちになるのと同じく、真介は、さっきから、催涙ピストルを一発ぶっ散《ぱな》してみたくて仕方がなかった。

——そうだ。実験をしてみなくては、若《も》しかすると不発に終《おわ》る様《よう》なことがあるかも知れないんだから。

そんな理窟《りくつ》をつけ乍《なが》ら、真介は椅子から思い切って飛び上《あが》った。

そして部屋の入口に近い壁に、仕方がないからキリストの画像をピンで止めて、それに向《むか》って発射することに決めた。

押入《おしい》れから、防毒面をとり出して無造作に顔にあてて、さてキリストを覘《ねら》ってピストルを構えたが、キリストを悪漢だと想像し、自分を、その悪漢に向《むか》って発射するサチ子であると、彼はここで考えるのである。

何故《なぜ》なら——昨夜、お茶のみに、サチ子を誘った時、途《みち》が暗《くらく》て怖いと云ったサチ子の言葉が、ぴーんと真介にひびいたのだ。

——なるほど。それでは護身用に、催涙ピストルをこさえてやろう。それならば彼女はタイプライタアのキイを弾《う》つほどの気軽さで曳《ひ》き金《がね》をひくことが出来るんだから。

そして、今日のいまになったのだ。恋人への贈物の実験をしている彼なのである。

ばん！

それはきわめて軽いひびきであった。ピストルの音だとは、とても思えないほどの撥音《はつおん》であった。しかし、しずかな昼のアパアトにとっては可成《かな》りのひびきであったにちがいない。

銃口から、クリーム色のガスが、尾を曳《ひ》いて飛び出すと、みごとキリストの影像にぶっつかる。同時にさっとひろがる。たちまちキリストはガスに包まれてしまう。そして壁も額縁《がくぶち》も、椅子も机も……部屋全体が、うすいクリーム色のガスで満たされてしまった。

怪奇なマスクをつけた真介丈《だ》けが、そのなかにくろぐろと突っ立っているのだ。右手には冷たく光るピストルを握ったまま

『素晴らしい！』

だが、ああ、その次《つ》ぎの切那《せつな》。思いも設《か》けない素晴らしい事件がもち上《あが》ったのである。

4

その日、サチ子は頭痛がしていた。大した痛みでもなかったが、土曜日であることに思いつくと、

——真介さんは半どんの筈《はず》だわ。

と、ばかり、会社には電話をかけて休むことにしていた。

それから、おひる近くには起き上《あが》って、真介への贈物《おくりもの》のシェードを、また懸命に編みはじめた。

だから、真介が帰って来て隣りの部屋に入ったこともよく知っていた。しかし、シェードが出来上《あが》ったら、だしぬけに訪ねて行って愕《おど》ろかしてやろう。……そんな朗《ほが》らかな恋人らしい悪戯《いたずら》気《け》からだまって知らぬ顔をしていた。

そして、やっと彼女の贈物が編み上《あが》ってしまって、今度は彼女の顔にパフがあてられてコムパクトで飾られているとき——

隣室から、短い、ばん！　と云う鈍《にぶ》い音がきこえた。

——何だろう？

彼女は贈物《おくりもの》のシェードを握ると、そのまま駈《か》ける様《よう》にして廊下に出た。真介の部屋に扉から転《こ》ろげこんだ。

と、次《つ》ぎの瞬間、彼女は、はげしい刺戟《しげき》を眼に感じた。ぽろぽろ、と熱い大きな涙がとめ度《ど》もなく流れはじめた。

『真介さん。』

涙のためにまるでなにも見えない部屋のおくに向《むか》って叫んだが、咽喉《のど》が変にひからびて声が出かねた。そして、ぽろぽろと涙を流して立ちすくんだ。

クリーム色にうっすりとぼやけた部屋に、午後の陽《ひ》がきれいに流れていた。

窓を開けようかな、と思った矢先《やさ》き。真介は不意の闖入者《ちんにゅうしゃ》におどろかされてしまった。しかもそれが恋人のサチ子であると解《わか》った時、彼は呆然《ぼうぜん》と釘《くぎ》づけになった様《よう》に、身体《からだ》を硬《こ》わばらせてしまった。

彼女も亦《また》石像のように立ちすくんで、毒ガスにやられて涙を流していた。口をゆがめて何ごとかを叫んでいるらしい。しかしそれはマスクを通して完全にききとれる声ではなかった。ただ、マスクを通じて、いとも完全に見られたものは、彼女が左の眼を、かっと大きく見開いて、ガスの中に立っていることだった。

右の眼はつぶられて、涙が条痕《じょうこん》を描いて流れていた。だが左の眼は？　瞬《また》き一つしようとはしない。一点を凝視して、硝子《ガラス》のように妖《あや》しくかがやいていた。

——おお、ガラスだ。義眼《ぎがん》だ。

真介はピストルを床に叩きつけて呟《つぶや》いた。

## 解説

〈経済往来〉昭和七年三月号（七巻三号）に発表。

本作は未来的ガジェットが登場するSFだが、同時にコント・クリュエルでもある。都会的なラブロマンスだと思って読み進めるとショッキングなオチに暗然《あんぜん》とさせられる。こういう作品が何気《なにげ》なく載ってたりするから昔の雑誌は侮《あなど》れない。

当時、すでに催涙《さいるい》ピストルと呼ばれる非致死性兵器は存在していた。長さ十二センチほどのゴムでできた円筒状の閉管《へいかん》容器で、中にエーテルに溶解《ようかい》させたクロルピクリンが入っており、発射口は金属キャップとゼラチンの保護膜《まく》で二重に密閉されている。使用する時はキャップをはずし底部を押す。すると内容物がゼラチン膜を破って容器から飛び出すようになっていた。昭和五年五月二十六日、日比谷《ひびや》署の巡査が東京市電の解雇者復職要求デモの参加者に向けて使用し、そのため警視総監の丸山鶴吉《まるやまつるきち》は無産党の代議士連から強い抗議を受けている。

他方本作の催涙ピストルは、催涙ガスを充塡《じゅうてん》したカートリッジを専用のシングルショット式ハンドガンにセットして発射するタイプ。連射がきかない点をのぞけば護身用グッズとして現在一般に流通しているピストル型催涙スプレーとほぼ同じ構造だ。似たような形式の催涙ピストルもあるにはあったが猿を使って実験したところ効果ゼロだったという。陸軍でも独自に開発を進めていたが昭和七年の段階では実用化に至っていない。つまり本作に登場するようなハイスペックの催涙ピストルはフィクションの世界にしか存在しない夢のデバイスだったのである。

那珂《なか》の作品はそのほとんどが科学小説かエログロ随筆の範疇《はんちゅう》に含まれるものだが、中には本作のようなホラーや猟奇犯罪実話もある。たとえば「死刑囚の腕」〈探偵〉昭和六年十二月号）は死刑囚の腕を移植された男がドナーの幻影に怯《おび》えるサイコロジカル・ホラー。元ネタはモーリス・ルナールの「オルラックの手」Les Mains d'Orlac（1920）またはロベルト・ヴィーネによる同作の映画化作品『芸術と手術』Orlacs Hande（1924）のどちらかだろう。「殺人魔失踪事件」（〈グロテスク〉昭和六年七月号）は一九〇〇年から一九一四年にかけて男女二十一名を殺害し、遺体をアルコール漬けにして自宅で保存したハンガリーの連続殺人犯ベラ・キスの犯行を描いた犯罪実話。オリジナルではなくウィリアム・ル・キュー「ベラ・

キス」Bela Kiss の翻訳で、原文の冗長な部分をカットしてメリハリをつける一方、よりグロテスクさを増すために原文にはない文章（たとえばアルコール漬けにされた屍体《したい》の描写など）が付け加えられている。

日頃「昭和初期の猟奇ホラー・ブームを多面的・多角的に理解するためには、その文化的背景として実際の犯罪事件も視野に入れる必要がある」と考えている編者にとってはこれも貴重な史料だ。ホラー小説の歴史的研究を志《こころざ》す人は、犯罪学の専門誌だろうが警察の内部資料だろうが、かまわずどんどん読みなさい。たまに凄惨《せいさん》な殺人現場や斬首《ざんしゅ》の瞬間をとらえた写真が載ってたりするけれど、それしきのことでビビってどうする。

# バビロンの吸血鬼

高垣眸

高垣眸（たかがき ひとみ）

本名・末男《すえお》。別名に田川緑、青梅昕二《きんじ》、黒髯中尉、野田胡城、高村武蔵、楠瀬日也、星影大尉、小野《おの》迪夫《みちお》など。明治三十一年一月二十日、広島県尾道《おのみち》市に生まれる。九歳の夏、押川春浪《おしかわしゅんろう》の海底軍艦シリーズを読み、その「壮大な気宇《きう》と青少年を愛する情熱」に魅了され「私も一生、こうしたジャンルのものに専念しよう」と決心。早稲田大学大学部文学科英文学科に入学するが講義よりもスポーツや演劇運動に熱中した。大正十二年、学友・額田《ぬかだ》六福《ろっぷく》の紹介で青梅《おうめ》町外六ヶ村組合立実科高等女学校（現・東京都立多摩《たま》高等学校）に英語教員として入職。同十四年、宿直中に書いた「龍神丸」が〈少年倶楽部〉に採用され、少年小説作家としてデビュー。昭和二年頃、教職を辞し専業作家となる。昭和十八年、戦火を避けるため千葉県夷隅《いすみ》郡勝浦《かつうら》町（現・勝浦市勝浦）に移転。戦後は同地で著述のかたわらロータリークラブや青年会議所の設立など公益活動に尽力した。昭和五十八年四月二日、老衰のため勝浦市の自宅で死去。代表作に「銀蛇《ぎんだ》の窟《いわや》」「豹《ジヤガー》の眼」「快傑黒頭巾」「まぼろし城」「大陸の若鷹」などがある。

## 1　奇怪な話

晩秋の、月の明るい静寂な夜だった。

東京山《やま》の手《て》の高台、森のように茂った木立《こだち》に蓋《おお》われた陰気な邸《やしき》があって、誰云《い》うとなく、ミイラ屋敷という奇妙な名で呼ばれていた。

この邸の主《あるじ》は、日本よりは外国の学界で有名だと云われる世界的の大考古学者鳥山《とりやま》博士だ。博士はミイラの研究にかけては、全《まった》く世界の第一人者と認められていた。

宏大《こうだい》な邸内には、博士が世界各地から発掘したり探し求めて持ち帰った、珍奇《ちんき》貴重な古代ミイラが、何十体となく保存され、一々《いちいち》硝子《ガラス》箱に納めて番号を付けてあった。その中には、欧米の博物館にも無い貴重なミイラもかなり多くあって、度々《たびたび》大金で譲渡《ゆずりわた》しの交渉を受けたのだが、むろん、博士は手放すわけがなかった。博士の集めた標本のミイラは、全く世界考古学界の羨望《せんぼう》の的《まと》であり、金目《かねめ》にしたら、およそ莫大《ばくだい》な財産だと云われている。

博士は学者肌の風変《ふうがわ》りな人で、世間の俗物とは交際もしないし、十数年前に大学をやめてからは、採集旅行以外にはめったに邸《やしき》を出ず、一切の訪問者にも絶対に面会しなかった。

家族は、甥《おい》の村井《むらい》健次《けんじ》という府立中学四年生の少年が只《ただ》一人っきりだ。健次少年は恐ろしく頭脳明敏《めいびん》な秀才で、博士も深く彼を愛していたし、学業のひまには博士の研究の助手をさせていたほどだった。

召使いも只《ただ》一人で、数十年来鳥山家に仕えている角五郎《かくごろう》と云う正直な爺《じい》やが、食事の世話も何もかも一切引受《ひきう》けてやっていて、極《きわ》めて質素《しっそ》な静かな暮《くら》しだ。

降るような地虫《じむし》の声に、快《こころ》よい秋の夜は更《ふ》けて行《ゆ》く。来年高校を受験《うけ》る健次は、階下《した》の部屋で熱心に読書していた。

角五郎爺やは、盆《ぼん》の上に紅茶をのせて、健次の部屋へやって来た。

『坊《ぼ》っちゃん、御精《ごせい》が出ますね。紅茶をいれて来ましたから召上《めしあが》れ』

『ああ、有り難う』

健次は本の頁《ページ》から目を放してニッコリした。すると、爺やは、机のそばに近づきながら、声を落《おと》して云った。

『ねえ坊っちゃん、此頃《このごろ》、旦那さまの御様子が、何だか妙だと思いませんかね?』

『え? 何故《なぜ》だね?』

『近頃は、食事もあまり沢山召上《たくさんめしあ》がらないんですよ。それに、研究室の扉口《ドア》に、いつも鍵がかかっているし、さっきも扉《ドア》の外まで、食器を下げに行ったんですがね、扉《ドア》の内側で、旦那さまと、誰かが話している声が聞《きこ》えたんですぜ』

角五郎爺やは、ソッと天井の上を見上げた。博士の研究室は、健次の部屋のすぐ真上にある。健次は微笑した。

『だって、そんな筈《はず》はないよ爺や。第一、此頃《このごろ》は訪問者なんか絶対に邸《やしき》へも入《はい》れないように云いつかってるんだし、むろん、今日だって誰も来やしなかったし。爺やはきっと、伯父《おじ》さんが声を出して読書していらしったのを聞きまちがえたんだろう』

『私も始《はじ》めはそうだと思ってたんですけど、その声は旦那さまの御声《おこえ》とはまるきり違っていて、何とも云えないきみのわるい、嗄《しわが》れた荒っぽい声でしたぜ。そして、何かわけのわからぬ言葉で、旦那さまに口答えでもしているようでしたよ。坊《ぼっ》ちゃん、あの研究室には、旦那さまの他に、たしかに誰か、もう一人居ますぜ』

正直で一徹者《いってつもの》の角五郎爺やが、まさか嘘をつく筈《はず》はない。誰もいる筈のない処《ところ》に、誰だか変な奴《やつ》がいるなんて、凡《およ》そきみのよくない話だ。爺やは健次にそれを告げに来たのだ。

『たしかに、そ奴《いつ》の声を聞いたんだね』

『たしかですとも。あんな嫌な声は今まで聞いた事もありませんよ。まるで人間の声じゃないようでしたぜ』

『おかしいね。人間の声でない、だって、まさか、ミイラが喋《しゃべ》る筈《はず》はないだろう。とにかく気になるから、二階へ行って様子を見て来よう』

健次は立ち上《あが》った。

『じゃ、私も一《いっ》しょに参りましょう』

角五郎爺やもつづいて廊下へ出た時、すぐ頭の上の博士の研究室の方で、はげしく硝子《ガラス》の砕《くだ》ける音がした。つづいて、恐ろしい叫び声が、静かに夜更けの邸内に響き渡った。

## 2　博士の死と盗まれたミイラ

『あれッ……』

『二階だね、爺や、行って見ようよ』

二人は転ぶように階段を駆け上《あが》った。その時だった。

『ヒッヒッヒイッ、イッヒッヒッヒイッ』

悪魔の哄笑《こうしょう》のような、世にも奇怪な嗄《しわが》れた笑い声が、研究室の扉《ドア》を洩れて聞《きこ》えて来た。

二人は階段の上《あが》り口に立ちすくんで、思わず顔を見合《あわ》せた。それは全く、ゾッとするようなきみわるさだったのだ。が、健次は勇気のある少年だった。研究室の前へ駈《か》けよると、扉《ドア》の把手《とって》に手をかけたが、内側からガッチリと鍵が下りていたらしく、扉《ドア》はビクとも動かなかった。

『伯父さん、扉《ドア》を開けて下さい』

博士の答はなかった。

『旦那さま、旦那さま』

研究室内は、ヒッソリと静まり返っている。

『爺や、仕方がない。扉《ドア》を叩き破って入って見よう』

健次は廊下の隅に積み上げられた古代の石斧《いしおの》の中から大きそうなのを取り上げて、錠前《じょうまえ》の処《ところ》を力まかせに乱打した。錠は砕けてサッと押開《おしひら》かれた扉《ドア》。室内を覗き込んだ二人は、殆《ほと》ど同時に、アッと叫んだ。

『アッ、しまった！　伯父さま！』

『おお、旦那さまが、大変だ！』

南側の窓に近い床の上に、仰向《あおむ》けに倒れている老博士を見出《いだ》すと、二人は夢中でその傍《そば》へ走り寄って、跪《ひざま》ずいて抱き上げた。

『伯父さん、どうなさいましたッ』

博士はかすかに眼《め》を開いた。が、すでにその瞳孔は空洞《うつろ》のように大きく開いていて、蒼白《あおざ》めた顔には、恐怖と苦痛と、迫り寄る死の影とが、深く刻み込まれていた。

『伯父さん、僕です、健次です』

『ウ……、バビロ……牙《きば》だ、血を……窓……悪魔が逃げた』

老博士は、意味のわからぬ言葉を、切れ切れに呟《つぶや》くと、ぐったりとなって息が絶えた。

『あッ、伯父さん』

『旦那さま』

二人は、博士の無惨な最期《さいご》を、ただウロウロと見守るばかりだったが、健次少年が早く冷静を取り返した。

『爺や、早く医者を呼んで、そして、警察へも電話で知らせとくれ、早く』

『ハイ、ハイ』

角五郎爺やは泡を喰《く》って廊下へ飛び出して行った。健次は次第に冷えて行く老博士の屍体《したい》を、そっともと通りに寝かすと、床の上に立ち上《あが》って、静かにあたりの取乱《とりみだ》された様子を見まわした。

研究室はかなり広い洋室だったが、山のような標本瓶で埋《うず》められていた。大きな机《デスク》の上には、古代バビロニヤの経巻《きょうかん》だと云う古色蒼然《こしょくそうぜん》とした羊皮紙《ようひし》の巻物《まきもの》が一部、繰り延べられていた。

そして、第十三号の番号札のつけられていた、バビロニヤの古都《こと》から発掘した死蠟《しろう》のミイラの硝子《ガラス》箱が、木ッ葉微塵《こっぱみじん》に砕け、箱の中のミイラは、搔《か》き消すようになくなっていた。

『あッ、博士を殺した犯人は、あのミイラを盗んで逃げたのだな。フウム、あのミイラに目をつける盗賊《どろぼう》なら、必ず考古学に関係のあるものに相違ない。他に何か盗まれた物があるかしら？』

探偵小説の愛読者である健次君は、頭の中で、素早く推理を巡《めぐ》らしていた。扉口《とぐち》は厳重に錠が下りていたのだから、犯人の逃げたのは、むろん開け放した窓からだ。窓とすれすれに、大欅《おおけやき》の枝が延びているので、曲者《くせもの》は恐らく、この枝へ飛び移って逃げ去ったのだろう。そうすれば、むろん、忍び込んだのも、この大欅からだと思われる。

角五郎の急報によって、近所の医院の医者と、警官達とが、殆《ほとん》ど同時に駈《か》けつけて来た。間もなく、署長が警察医を連れて乗りつけた。医者達の診察によると、博士は完全に息が絶えていた。そして、喉のあたりに、紫色の五本の指の跡《あと》が、クッキリと残されていたし、右手首の大動脈のあたりに、深い歯型が残っていて、そこから生々《なまなま》しい血が流れ出していた。

非常線は八方に張られ、時を移さず犯人の捜査が始められたが、犯人の行方《ゆくえ》は遂《つい》に知れなかった。

## 3　復讐を誓う

『考古学の大家、鳥山博士惨殺さる』

『古代バビロニヤのミイラ盗まる』

『惨虐《ざんぎゃく》な犯人の兇行《きょうこう》』

『謎の犯人、強盗か怨恨《えんこん》か』

帝都四百万の市民は、朝刊に記された大活字に目を瞠《みは》った。

国宝的大考古学者、鳥山博士を襲った兇漢《きょうかん》は、貴重な古《こ》金銀類には目もくれず、只《ただ》一個のミイラを盗み去ったのだ？　むろん、そのミイラは考古学者の間に於《お》ては、無限にひとしい価値を持っているものだが、世界に二つとない珍稀《ちんき》なものだけに、売って金《かね》にするつもりで盗み出したのなら、すぐ足がついてしまうだろう。今年の春あった上野《うえの》博物館の国宝の仏像盗み出し事件と、全く同じような結果になるだろう。而《しか》も、あの仏像三体とちがって匿《かく》して置く場所にも困る大きなミイラだ。

何のために盗んだ？　何処《どこ》へ匿《かく》した？

警視庁あたりでは、この犯人は意外に早く発見出来るものと云う見込みで、かなり楽観している様子だった。

角五郎爺やも健次少年も、取調《とりしら》べを受けたが、二人共《とも》、犯人の心当《あた》りは更《さら》になかった。むろん、故博士は学者肌の人格者で、決して人の怨《うら》みを受ける筈《はず》はなかったし、学術上の論敵などと云う者も持たなかった。大体《だいたい》が考古学などと云う学問は、浮世《うきよ》を離れた仙人のような学者の仕事で、生々《なまなま》しい殺人事件に関係のありそうな筈はなかったのだ。

健次少年は、愛する伯父を失って、悲しみの涙のうちにも、何とかして伯父を兇手《きょうしゅ》に仆《たお》した犯人を見つけ出したいと考えた。

死に際《ぎわ》に、伯父が切れ切れに呟いた奇怪な言葉、

『バビロ』は『バビロンのミイラ』の事で、盗まれたミイラを指しているに違いないが、

『牙だ……血を……窓……悪魔が逃げた』と云う、あとの言葉に至っては、更《さら》にわけがわからなかった。

『伯父さん、僕きっと犯人を見つけ出して、伯父さんの仇《かたき》を取りますからね』

健次少年は、鳥山博士の棺《かん》の前に、跪《ひざまず》いて、固く固く誓った。

## 4　頻発《ひんぱつ》する怪事件

次の朝、東京全市民は、再び恐ろしい新聞の報道に驚《おど》ろかされた。その記事と云うのは、大体《だいたい》、次のようなことだった。

**兇悪な殺人事件**

鳥山博士を襲ったと同一犯人？

昨夜十時頃、例の怪事件のあった鳥山博士邸から程遠《ほどとお》からぬD坂で、またもや奇怪な、惨虐《ざんぎやく》な殺人事件が起《おこ》った。

同所は、人通りの少《すく》い淋《さび》しい場所だが、午後十時頃、坂の中途《ちゅうと》で、けたたましい悲鳴が聞《きこ》えたので、坂の上の交番から巡査一名が、押取刀《おっとりがたな》で駆けつけ、同時に坂下《さかした》のE町《まち》を通行中の人達も、現場へ駆けつけたが、鋪道の上には、無残な一《いち》婦人の死体が、まだ冷《ひ》えもやらず仆《たお》れているのを発見したばかりで、犯人の姿も早何処《はやどこ》にも見出せなかった。

殺された婦人は、同所附近《ふきん》のE町三番地、山田《やまだ》米吉《よねきち》妻しづ（二八）で、用達《ようたし》の途中を襲われたものだった。が、懐中《かいちゅう》の財布《さいふ》（現金三円五十銭《せん》入り）は、そのまま手もつけられていなかった上に、喉もとに残された例の怪しい指の跡《あと》と云い、右手首の歯型ようの傷と云い、全く鳥山博士を襲った兇悪な犯人と同一の犯行らしく、金銭に目もくれぬ点と、惨虐《ざんぎゃく》な犯行の模様から考えて、或《あるい》は精神に異常を呈《てい》した殺人狂の如《ごと》きものではあるまいか。警視庁当局も、大体《だいたい》にその見当で精神異常者のある家庭や、狂人の家出の有無などの取調《とりしら》べを開始している。が、附近一体は、異常な恐怖に充《み》され、戦々兢々《せんせんきょうきょう》として、犯人の逮捕が一日も早い事を祈っている。

と云うのだ。

健次少年は、その記事を読んで考え込んだ。

『D坂は、両側が大きな邸《やしき》のコンクリート塀《べい》で、横町《よこちょう》はない筈《はず》だ。その坂の中途で悲鳴が聞《きこ》えて、坂の上と下とから数人が、時を移さず駆けつけたと云うのだから、犯人が逃げたのは、坂の上へでも、又は、坂の下へでもない。とすれば、坂のどちらか側の塀を越して、どの邸《やしき》へか逃げ込んだに違いない。僅《わず》かの間《あいだ》に、あの高い塀を躍《おど》り越えた犯人は、よほど身の軽い奴に相違ない。そして、もし精神病《きちがい》者だとすれば、恐らくはこの附近《ふきん》に住んでいる者に相違ない。よし』

心のうちで思案すると、健次少年は日の暮れるのを待って、すっかり身仕度をして、その兇暴な精神病《きちがい》者に出会うべく、邸《やしき》を出た。爽《さわや》かに秋風の吹く宵《よい》だ。自動車はひっきりなしに疾駆《しっく》するし、トラックは地音《じおと》を立て乍《なが》ら往来する。宵のうちは人通りが多かったが、夜が更けると、次第に人通りが少なくなった。

むろん、通行人達はきみのわるい噂《うわさ》に脅《おび》えてしまったのだ。が、健次少年は、いよいよ心を引き緊《し》めて、油断なく八方に注意し乍《なが》ら、片手はポケットに忍ばせたピストルの柄《え》を、しっかりと握りしめていた。

やがて、D坂の方へ歩を運んだ時、暗い家の軒下《のきした》から、何やらパッと飛出《とびだ》して来たものがあった。

『来たなっ』

ハッと立直《たちなお》って身構え乍《なが》ら、左手の懐中電灯をサッと相手にさしつけた時、意外にも、相手も亦《また》、懐中電灯を健次の方にむけて光らせた。で、互《たがい》に顔を見合《あわ》せると、

『あ、君は鳥山博士のお宅の坊《ぼっ》ちゃんではないか?』

『おお、山口《やまぐち》刑事、あなたでしたか?』

曲者《くせもの》だと思った相手は顔見知りの探偵だった。探偵はやさしく云った。

『危《あぶな》い。君は今頃、こんな処《ところ》で、何をしているんだね?』

『僕、伯父さんの仇《かたき》を、探して歩いてたんですよ。山口さん、手がかりはありましたか?』

『残念だがまだだ。併《しか》し、ほぼ見当はついてるんだ。とにかく、こんな処《ところ》にいては危険だから、早く邸《やしき》へ帰りたまえ』

『ええ、有り難う。では僕、帰ります』

『ああ、そうしたまえ。途中が恐《こわ》ければ、門まで送って行ってあげようか』

『いいえ、大丈夫です。じゃ、山口さん、曲者を早く捕《つか》まえて下さいね』

『いいとも、今夜はきっと、上げて見せるよ』

そして、二人は右と左とに別れた。

## 5 第三の犠牲者

健次はむろん、大人しく邸《やしき》へ帰るつもりはないのだ。が、探偵に本当のことを云えば、何のかのと忠告されるのは知れているので、わざと別れて帰るふりをしたのだ。だが、警視庁の見込みも、自分と同じだと考えると、いよいよ、有望になって来た。

山口刑事と別れて、わざと大きな足音をさせ乍《なが》ら、五十米《メートル》ばかりも行き過ぎた頃だった。

『うわッ、ううウッ』

山口刑事の去った方角で、突然、恐怖と苦悶に充《み》ちた絶叫が聞《きこ》えた。そして、かすかに、呼子《よびこ》の笛らしい音色《ねいろ》が鳴ったように思われてすぐ止《や》んだのだ。

『あッ、山口さんが曲者《くせもの》を捕《つか》まえたなッ』

併《しか》し、兇悪な曲者だ。山口刑事が苦闘に陥《おちい》っているかも知れない。よし、応援に駆けつけてやれ。

健次少年は砂塵《さじん》を蹴って駆け出した。駆け乍《なが》ら前方を透《すか》して見ると、薄暗い街灯の光の射す塀下《へいした》の道路のほとりに、蹲《うずくま》る黒い影。

『山口さんッ、曲者は捕まりましたかッ』

健次少年は思わず叫んだ。すると、意外！　塀下に蹲る黒い影は、パッと立ち上《あが》って、三米《メートル》以上もある高塀《たかべい》に、ヒラリと飛びつくと、あっと云う間に塀の彼方《かなた》へ消えてしまった。

『あッ、あいつだッ』

ピストルを取出《とりだ》し乍《なが》ら、駆け寄った塀の下には、アッ、たった今さき別れたばかりの、山口探偵が虚空を摑《つか》んで仆《たお》れているではないか。而《しか》も、断末魔の苦悶の最中だ。

『しまったッ、山口さん、何《ど》うしましたッ』

『ム、ウウム、やられた、化物《ばけもの》だ、凄い力の怪物だ、血を、血を吸う化物、無、念だッ』

探偵の喉首からは、夜目《よめ》にもしるく、どす黒い血が噴き出していた。何と云う兇悪な曲者だ！　第三の犠牲者は、敏腕の探偵、鬼刑事と云われた山口氏だ。而《しか》も、今度は喉首に鋭い歯型が残されていた。一瞬にして相手を仆《たお》して、その生血《なまち》を啜《すす》る。全く怪物でなくて何だろう。

健次少年は、山口刑事の屍《しかばね》から外《そ》らした眼を、頭上に聳《そび》える高塀の頂上に向けた。と、

『ヒッヒッヒイッ、ヒイッ、イッイッ』

ゾッとするような、かつて鳥山博士の研究室の内から聞《き》こえて来たのと同じような、あの嗄《しわが》れた悪魔の笑い声が、暗の中からきみ悪く響いて来たのだ。

『ム、曲者ッ』

健次少年は夢中で、ピストルの引鉄《ひきがね》を引いた。一発、二発、三発、夜の沈黙を破る銃声を聞きつけたものか、非常線を張っていた警官達が、バタバタと四方《しほう》の街々《まちまち》から駆けつけて来る。

『おーい、此処《ここ》だッ、曲者はこの塀の中だぞッ、早くこの邸《やしき》を包囲してくれッ』

健次少年は、近づいて来る警官達に向《むか》って叫んだ。

邸の周囲はたちまち多数の警官や、附近《ふきん》の町々《まちまち》の青年団、在郷《ざいごう》軍人会の人々によって取《とり》まかれた。同時に、一隊の決死隊によって、邸内隈《ていないくま》なく捜索を開始された。

その邸《やしき》は有名な洋画家松崎《まつざき》氏の住居《すまい》だったが、恐ろしい殺人魔が邸内に入り込んだと聞かされた家人《かじん》達は、色を変えて慄《ふる》え上《あが》った。

捜索は夜明けまで続けられたが、遂《つい》に空《むな》しく、曲者の姿はもとより、手がかりさえ得られなかった。

引続《ひきつづ》いて起《おこ》る兇悪な殺人事件に、区内はもとより、全市を挙《あ》げて恐怖に充《み》たされた。警視庁は全力を注《そそ》いで、犯人逮捕に努力し、大新聞は競争的に、犯人を捕《とら》えたり殺したりしたものに賞金を提供すると発表した。

にも、関《かかわ》らず、当局を愚弄《ぐろう》するような犯人の兇行は毎夜《まいよ》の如《ごと》く続いた。今や大東京の治安は、只《ただ》一個の奇怪な殺人鬼のために、かき乱されてしまった。

第四、第五、第六、第七、次々に狙われた犠牲者は、殆《ほとん》ど一瞬の間《あいだ》に生命《せいめい》を奪われ、その生血《なまち》を啜られるのだった。前代未聞《みもん》の怪事件だ。警察当局の無能を罵《ののし》り叫ぶ声は次第に高まり、軍隊の出動を願う者も多くなった。全市はもとより、近県各地の精神病患者は残らず調査されたが、犯人らしいものは遂《つい》に見当《あた》らなかった。

この怪物、そうだ、山口探偵が最後の際に洩らした呟きの如《ごと》く、この犯人は確かに怪物に相違なかった。この恐るべき怪物は一体《いったい》、何処《どこ》に潜んでいるのだろう。その正体は！

## 6　博士の日誌

　健次少年は真剣に考えた。彼は何としてもこの怪事件の謎を解く決心をした。そして、最初の事件の起《おこ》った、故鳥山博士の研究室へ閉じ籠《こも》った。

『果《はた》してこの曲者《くせもの》が単なる狂人だろうか？　曲者が人を殺した場合は、いつも生血《なまち》を啜るだけで、決してその所持品には目もくれないのに、なぜ、博士の研究室を襲った場合に限って、古代バビロンのミイラを盗み去ったか？　盗まれたミイラが今日まで発見されないのは何故《なぜ》か？　そうだ、あのバビロンのミイラについて調べて見よう。そうすれば何か手がかりを発見することが出来るかも知れない』

　健次少年は賢《かしこ》くも、そういった疑問を起《おこ》した。疑って見ると、断末魔の故博士も、たしかに、

『バビロ……牙だ、血を……窓……悪魔が逃げ出した』と呟いたではないか。『バビロ』勿《もち》論《ろん》、バビロンのミイラの事に違いない。『牙』『血』そして、『悪魔が逃げ出した』その悪魔こそ、今兇暴を逞《たくま》しくする怪物なのだ。『逃げ出した』『窓』そうだ（窓から逃げ出した悪魔）（バビロンのミイラ）待てよ……

　健次少年はハッと思い当《あた》った。そして、博士の死後、手もふれずに、そのままに机《デスク》の上

に拡《ひろ》げられていた『古代バビロニヤの経巻《きょうかん》』を思い出して、調べて見たが、むろん、むつかしい古代語の上に、暗号で書かれてあるらしく、どうしても読み解く事が出来ない。

『残念だなあ。この経巻さえ、読むことが出来たらなあ』

絶望して経巻を投げ出した時、ふと、机《デスク》の隅に、書きかけられたまま伏せてある、博士の研究日誌を見出した。

『あ、伯父さんの研究日誌だ。今まで、何故《なぜ》これに気がつかなかったろう』

健次少年は胸を躍らせて、急いで頁《ページ》を繰《く》った。すると、果《はた》して目的の、バビロン古代ミイラに関する記事が、どの頁にも見出されたではないか。

**×月×日**

バビロニヤの死臘《しろう》ミイラの驚《おど》ろくべき秘密を解く鍵は、実に、この経巻の謎を解読する事によって得られると云う確信を得た。

**×月×日**

暗号のキーが次第に発見される。

今日までに判断し得た部分の訳
『国王ヘロデスの王子ナマン、遂《つい》に発狂したまえり。これ尊《とうと》き預言者ミカナンを殺したる罪の報《むく》いなるべし。狂王子《きようじ》は、その性《さが》、俄《にわか》に兇暴となり、侍臣侍女《じしんじじよ》の多くを惨殺し、その生血《なまち》を啜り呑《の》む、恐ろしき悪癖《あくへき》にとらわれ給《たま》えり』

ああ悪魔、このミイラは果《はた》して、殺人鬼のミイラなのか。

**×月×日**

『王子の兇悪、日々に甚《はなはだ》しければ、余《よ》、イスラエルの博士ナラポス、勅《ちよく》を奉《ほう》じて、王子を永遠の眠りに入《い》らしめたり。王子は、その肉体を失うことなく、永遠に醒《さ》めざる眠《ねむり》に入《い》り給《たま》えり。よって、これを王家の陵墓《りようぼ》に納めたり』

ミイラは、博士ナラポスによって、催眠術を施《ほどこ》されたまま、生き乍《なが》ら、そうだ、永遠に生き乍ら、眠りつづけているのであろうか。奇怪な事である。二千年以前に作られたミイラは、果《はた》して死臘《しろう》となって完全な姿のまま、今日《こんにち》まで伝わっている。が、そのミイラは果して生きているのか？　二千年来、眠りつづけて、死なない不滅の生命《せいめい》と云うものが、果してあり得るか。余の好奇心は高まった。余は学術のため、真理のため、この疑問を解決しなければならぬ。

**×月×日**

催眠術の解き方、暗示の与え方に関する秘密が遂《つい》に解けた。余は、この殺人狂、吸血魔のミイラに対して、永遠の眠《ねむり》を呼び覚ます術を施そうと決心した。

健次少年は、博士の日誌をここまで読むと、ハッとした。盗まれたとばかり思った、古代バビロンのミイラは、もしや永遠の眠《ねむり》から呼び醒《さま》されて生き返り、その兇暴な本性のままに、恐ろしい犯行を続けているのではあるまいか。

そして、永遠の眠《ねむり》から醒めた時、忽《たちま》ち悪魔は博士に躍りかかって、喉を締め、手首の動脈を喰《く》い切って、博士の血を貪《むさぼ》り啜ったのではないだろうか？　血は彼の命の糧《かて》なのだ。

恐ろしい事だ。信ずべからざる怪奇だ。が、今、帝都を挙げて恐怖に陥《おとしい》入れたあの怪物の、人間放《ばな》れのした不思議な行動を考えると、たしかに、生き返ったミイラに相違ない。さすがの健次少年も、あまりの奇怪さ、恐ろしさに、ゾッとした。

## 7　迫る怪物

その時、角五郎爺やが、顔色を変えて階下《した》から駆け上《あが》って来た。

『坊《ぼっ》ちゃん。坊ちゃん』

『どうした、爺や？』

『怪しい足音が、そして、誰か曲者《くせもの》が、庭を歩きまわっています』

『何、曲者が？』

来たナ、吸血のミイラ？　健次の全身の血は俄《にわか》に波打って躍り上《あが》った。とたんに、

『アッ、あの窓の外ッ、坊《ぼ》っちゃん、誰か？』

ギョッとして慄《ふる》え上《あが》り乍《なが》ら、角五郎爺やの目くばせする、南側の硝子《ガラス》窓。漆《うるし》のような暗《やみ》の中に、外から窓硝子《ガラス》とスレスレに覗いているのは、紛《まぎ》れもなく、一個の兇悪な顔だった。

鉛《なまり》色をした顔、毒蛇《どくじや》のような冷たい眼の光《ひか》り、上反《うわぞ》った唇《くちびる》の間から洩れる白く光る鋭い牙、赤ちゃけた頭髪はモジャモジャと額《ひたい》を蓋《おお》っている。その顔こそ、見覚えのある、第十三号、古代バビロンの死臘《しろう》ミイラだ。

二千年の命を呼び醒まされた吸血鬼、殺人狂の王子ナマンのミイラは、今や、再び、この書斎の、健次少年を襲って、今夜の生命《いのち》の糧《かて》となるべき生血《なまち》を食い啜ろうとするのか。

健次は机の抽出《ひきだ》しから、ピストルを取り出して身構えた。角五郎爺やは、生きた色もなくワナワナと慄《ふる》えていた。

とたんに、ガチャン、窓硝子《ガラス》が叩き壊されて、大欅《おおけやき》の枝の上に蹲《うずくま》っていたナマン王子のミイラは、一躍、疾風《しっぷう》の如《ごと》くに研究室の内に飛び込んで来た。

ズドン、ドン、ドン、
健次少年の掌《しょうちゅう》中から、自動拳銃が激しく火を吹いて鳴り響いた。立ち罩《こ》める硝煙《しょうえん》に包まれて、ミイラは一瞬、棒の如《ごと》く立ち竦《すく》んだ。

『イッヒッヒ、イッヒイッ』

たとえようのない凄い笑い声が、ミイラの土《つち》色をした唇から洩れた。ミイラの胸のあたりから、生々しい血汐《ちしお》が吹き出した。眼から、鼻の孔《あな》から、唇から、血汐は溢《あふ》れるように吹き出した。

『ヒッ、イヒッ、ヒッ』

血飛抹《ちしぶき》と一《いっ》しょに、再び、凄惨《せいさん》な悪魔の笑いが響いた。ミイラはよろよろと、よろめき乍《なが》らも、真直《まっすぐ》に健次少年の方に突き進んで来た。

ズドン、ドン、

自動拳銃が残りの弾丸を射尽《うちつく》した。同時に、仆《たお》れるように掴みかかったミイラの、鋼鉄のような双腕《もろうで》が、健次少年の両肩を、磐石《ばんじゃく》のような力で抑えつけた。

『あッ、畜生ッ、ううむッ』

必死で堪《こら》えようとしたが、見る見る健次の体は、弓のように反《そ》った。そして、怪物と折重《おりかさな》って、床の上へどうと仆《たお》れた。

『無念ッ、おのれッ』

健次の顔のすぐ近くに、怒りに歪《ゆが》んだ怪物の、兇悪醜怪《しゅうかい》な顔があった。はげしく息をするたびに、胸の悪くなるような腥《なまぐさ》い匂いがする。怪物は真黒《まっくろ》い舌で唇をなめ、牙を鳴らしながら、しだいに健次の喉首《のどくび》の方へ、血に飢《う》えたその兇悪な口を近づけて来る。

『ああ、もう、もう駄目だッ、くそッ』

健次は昏混《こんこん》として気を失ってしまった。

×　×　×　×　×　×

『おーい、坊《ぼっ》ちゃん、健坊ちゃん』

遠くで名を呼ばれて、ハッと我に返った健次は、角五郎爺やに抱かれていた。見廻《まわ》すと、研究室の内には、多勢《おおぜい》の警官や、近所の町の自警団の人達が居流《いなが》れていた。

『あッ、爺や、ミイラは？』

『坊《ぼ》っちゃん、御安心なさい。ミイラはもう死んじゃいました』

『えッ？　ほんとうか？』

『ほんとうだ。ごらんなさい。角五郎爺さんが、命懸《いのちが》けでミイラの頭を打ち砕いたのだ。とにかく、この兇悪な怪物をしとめたのは、君方《きみがた》二人の大手柄でしたよ。怪物は爺さんに、石斧で頭を砕かれる前に、君のピストルで打ち抜かれて、夥《おびた》だしい血を吹き出してしまったので、もう殆《ほとん》どくたばりかかっていたんだよ』

E署の署長が、そう云い乍《なが》ら指ざした処《ところ》を見やると、たった今さっきまで、兇暴を極めていた怪物は、夥《おびた》だしい血汐《ちしお》の中に仆《たお》れたまま、再びもとの死臘《しろう》ミイラの姿に化していた。

が、二千年来、そのミイラの中に眠りつづけた兇悪な生命は、もう再び醒める時はない筈《はず》だった。その証拠には、この怪物が、古代ミイラであったという、驚《おど》ろくべき説明を聞かされた人々が、争ってミイラに手を触れようとした時、生命を失った二千年来の残骸は、脆《もろ》くもボロボロの灰のような粉末になって、人々の指先で崩《くず》れてしまったのだった。

## 解説

〈少年世界〉昭和八年一月号（三十九巻一号）に発表。

ホラー小説アンソロジー、それも本書のように戦前の作品を対象にした本に児童向けの作品が載ることはまずない。なぜならば戦前の児童雑誌はホラー小説を意図的に避けていたからである。今では考えられないことだが、子供に恐怖心を与えるような作品は「教育に悪い」と思われていたのだ。ではなぜ本作みたいなバイオレンス度の高いホラーが存在しているのかというと、そこには作者と出版社のよんどころない事情があった。いわゆる「大人の事情」というやつだ。その辺の説明から始めよう。

昭和四年のことだ。高垣眸《たかがきひとみ》のもとに〈キング〉の編集者が原稿依頼にやってきた。いくら「私は少年少女物しか書く気はない」といっても諦《あきら》めない。執拗に喰《く》いさがってくる。根負けした高垣が「嫌だと云うのに無理に書かすのなら、大人作家並《なみ》の稿料は出すのだろうね？」というと「いいえ、先生の稿料は少倶並でと編輯《へんしゅう》会議で決定していますので」「あまり我がままを仰有《おっしゃ》らずにお書きになってれば、私共は大雑誌ですから、必ず先生を有名にして差上《さしあ》げますから」と答えた。

カッとなった高垣は編集者に「帰れっ無礼者ッ」と怒声《どせい》を浴びせると社長に詰問状を送りつけた。思わず「ほんと？」と言いたくなるエピソードだが、本人がエッセイでそう言っているのだからホントだろう。高垣眸という人は、まるで押川春浪の小説から抜け出してきたような直情径行型の熱血漢だった。端《はた》で観《み》ている分には面白いが家族はたまらない。〈キング〉は高垣のホームグラウンドである〈少年倶楽部〉と同じ講談社が発行する雑誌だ。その講談社に喧嘩《けんか》を売ったのである。果たせるかなたちまち生活に窮《きゅう》することになった。そこに救いの手をさしのべたのが博文館の〈少年世界〉だった。

かつては時事新報社の〈少年〉や実業之日本社の〈日本少年〉とともに児童雑誌界の雄《ゆう》として君臨《くんりん》した〈少年世界〉も躍進めざましい〈少年倶楽部〉に圧倒され、往時の勢いはもはやどこにもなかった。何らかの打開策を打たねばならない。それには内容の差別化が必要だ。〈少年倶楽部〉のモットーが「おもしろくてためになる」ならば、こちらは「おもしろいけど、ためにはならない」で行こう——とでも考えたのだろうか。〈少年世界〉は高垣に教育的価値よりも娯楽性を重視した作品を書かせた。そのひとつが「バビロンの吸血鬼」である。

たしかに〈少年倶楽部〉には載らないタイプの作品だ。山口刑事の断末魔シーンなど、よくここまで書けたものだと感心する。他の作家なら躊躇《ためら》ったあげく断念しただろう。高垣はどんな場面を書くときも決して手を抜かない作家だった。全力でぶつかってくる。「子どもらの能力の、限界点のものを与えることが、本当には親切なのだ」というのが児童文学に対する高垣の信念だったから。高垣は文章においても熱血の人なのだ。

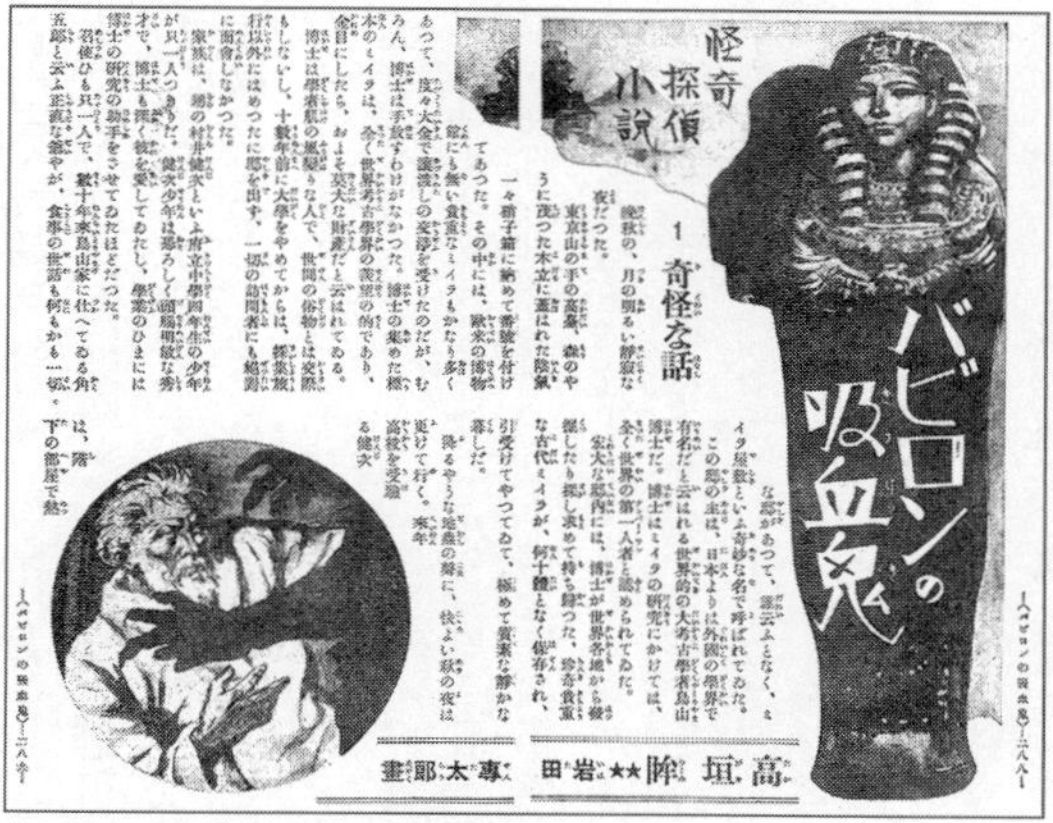

怪奇探偵小説

バビロンの吸血鬼

高垣眸
岩田專太郎畫

1 奇怪な話

晩秋の、月の明るい靜寂な夜だつた。

東京山の手の高臺、森のやうに茂つた木立に蔽はれた陰氣な邸があつて、誰云ふとなく、ミイラ屋敷といふ奇妙な名で呼ばれてゐた。

この邸の主は、日本よりは外國の學界で有名だと云はれる世界的の大考古學者島山博士だ。博士はミイラの研究にかけては、全く世界の第一人者と認められてゐた。

宏大な邸内には、博士が世界各地から發掘したり探し求めて持ち歸つた、珍奇貴重な古代ミイラが、何十體となく保存され、一々硝子箱に納めて番號を付けてあつた。その中には、歐米の博物館にも無い貴重なミイラもかなり多くあつて、度々大金で譲渡しの交渉を受けたのだが、むろん、博士は手放すわけがなかつた。博士の集めた標本のミイラは、全く世界考古學界の羨望の的であり、金目にしたら、およそ莫大な財產だと云はれてゐる。

博士は學者肌の風變りな人で、世間の俗物とは交際もしないし、十數年前に大學をやめてからは、探集旅行以外にはめつたに邸を出ず、一切の訪問者にも絶對に面會しなかつた。

家族は、甥の村井健次といふ府立中學四年生の少年が只一人つきりだ。健次少年は恐ろしく頭腦明敏な秀才で、博士も深く彼を愛してゐたし、學業のひまには博士の研究の助手をさせてゐたほどだつた。

召使ひも只一人で、數十年來島山家に仕へてゐる角五郎と云ふ正直な爺やが、食事の世話も何もかも一切引受けてやつてゐて、極めて質素な靜かな暮しだ。

降るやうな蟲の聲に、快よい秋の夜は更けて行く。來年高校を受驗する健次は、階下の部屋で熱

「バビロンの吸血鬼」本文（岩田専太郎画）

　本作の吸血ミイラはひたすら恐怖を撒《ま》き散らすだけの、さながら殺人マシンのごとき存在として描かれている。底が浅いと言えばそれまでだが、「人知を超えた何かが人心を恐怖に陥《おとしい》れる」というパターンはモンスターホラーの王道でもある。全編にわたって恐怖が凝縮され、結末まで緊張感が持続する。大人が読んでも楽しめる作品だ。

「恐怖のミイラ」というテレビ番組をご存じだろうか。昭和三十六年、日本テレビ系列で放映された日本初の連続ホラードラマである。製作は宣弘《せんこう》社プロダクション。今とちがってホラー耐性のない当時の子供たちにとってはトラウマ級の怖さだったらしい。ネットには「トイレに行けなくなった」「うなされた」な

どの声が散見される。その原作者としてクレジットされているのが高垣眸だ。

石橋春海《いしばしはるみ》氏の『蘇《よみがえ》る！　伝説の昭和特撮ヒーロー』（コスミック出版、二〇二一年）によれば原作は〈少年倶楽部〉に発表されたもので、田村正蔵《たむらしょうぞう》監督が企画担当の西村俊一《にしむらしゅんいち》から受け取ったのは「2、3ページほどの」短篇だったという。だがいくら探しても〈少年倶楽部〉にはその原作とおぼしき作品は載っていない。改題誌の〈少年クラブ〉も同様だ。田村監督が受け取った原作とは何だったのか？

「恐怖のミイラ」に触れたのは、この「バビロンの吸血鬼」こそ同作の原作ではないかと推測されるからなのだ。以下は全《まった》くの想像だが、田村が受け取った「原作」は雑誌まるごとではなく切り抜きで初出に関する情報が失われており、高垣本人も記憶が曖昧《あいまい》だったのではなかろうか。西村俊一の父親（西村俊成《としなり》）が〈少年倶楽部〉編輯スタッフだったことも混乱に拍車をかける原因ではないかと思う。

その他のジャンル作品に「帝都恐怖来」（〈少年世界〉昭和七年四月～六月号）がある。外宇宙から飛来した巨大な蛾が埼玉県の山林に卵を産み、孵化《ふか》した幼虫が餌《えさ》となる建築用木材を求めて東京に進撃してくる大怪獣パニックものだ。同誌に「鬼哭城」連載中だったため小野《おの》廸夫《みちお》の別名で発表された。G・R・マロック「翼ある恐怖」The Winged Terror（1931）の翻案だが、巧みに日本化されており、なかなか読み応《ごた》えがある。

# 食人植物サラセニア

城田シュレーダー

城田シュレーダー（しろた しゅれーだー）

本名シドニー・シュレーダー。別名に城田シドニー。明治三十六年、ドイツ人ジャーナリストのカール・ダニエル・フランツ・シュレーダーと日本人女性サイトウ・トヨの長男として神奈川県横浜《よこはま》市に生まれる。法政大学で史学を学んだとされるが、卒業者名簿には記録がない。事実ならばキャンパスで香山《かやま》滋《しげる》（明治三十七年生、経済学部中退）や岩佐《いわさ》東一郎《とういちろう》（明治三十八年生、文学部卒）とすれ違っていた可能性がある。また城田が在学していたと思われる時期、内田《うちだ》百閒《ひゃっけん》が予科独逸《ドイツ》語部で教鞭《きょうべん》を執《と》っていた。〈新青年〉昭和六年二月号の「決闘」（城戸シュレイダー名義）で作家デビュー。同誌への寄稿はこれ一回のみで、以後はもっぱら犯罪実話雑誌を活動の場とする。エログロ色の濃い秘境冒険譚《たん》やスパイスリラーを得意としたが、乗物トリックや密室殺人を扱った本格ミステリもある。昭和八年秋、結核のため死去。

一

此《こ》の話は、最近恒例の香料仕入《しいれ》旅行から帰った神戸《こうべ》屈指の香料業者で、且《かつ》は蘭科《オーキッド》植物の蒐集《しゅうしゅう》家として有名なフレデレック・ガモン翁《おう》の土産《みやげ》話である。

六甲山南麓《ろっこうさんなんろく》の本邸内に在《あ》る翁のチーク材二千坪《つぼ》に余る大温室は有名なものである。

二

今度も亦《また》、翁《おう》は、例の善美《ぜんび》を尽《つく》した自家用ヨットの「探奇号《たんきごう》」に乗り組んで、金と時間お構《かま》いなしに、あの広いメラネシヤ大叢島《だいそうとう》群の諸島を片端《かたっぱし》から探奇行脚《あんぎゃ》をやってのけ、意外の収穫に北叟笑《ほくそえ》み乍《なが》ら、愈々《いよいよ》最後の目的地のニューギニヤ大島《だいとう》パプア湾に投錨《とうびょう》したのは昨年、即《すなわ》ち昭和五年六月六日の朝だった。

凡《およ》そ此《こ》のニューギニヤとボルネオほど調査の行渡《ゆきわた》らぬ闇黒《あんこく》地帯は今日《こんにち》他に類がないだろう。世界で最も濃密な大森林と干満常《かんまんつね》なき沼沢《しょうたく》と、そして其《そ》の間《かん》、随所に出没する猛悪《もうあく》で教化の道なしと言われるメラネシヤ食人種の加害の為《た》め折角《せっかく》の交通路も全《まった》く使用に耐えないのだ。現《げん》に本島第一の町である英領モアスビ港の人口が今日《こんにち》なお僅《わず》かに三千人というに徴《ちょう》しても、其《そ》の未開さ加減は想像に難《かた》くないだろう。嘘のような話だが、二十世紀の今日《こんにち》でも此《こ》の首都から東海岸に至る僅か十七哩《マイル》の山径《やまみち》を横断した白人は唯《ただ》の一人もないのである。山越《やまごし》十七哩《マイル》の代《かわ》りに、商人達は迂廻《うかい》三百哩《マイル》の船旅を余儀《よぎ》なくされて居《い》る始末だ。

首が恐《おそろ》しいからだ。白人の首を欲しがる蛮人《ばんじん》が怕《こわ》いからだ。

白人から頂戴した黴毒《ばいどく》、結核等《とう》の悪疫《あくえき》のため瞬時にして無残《むざん》にも其《そ》の人口の十分の七を失い、海岸から奥山地《さんち》に追い込まれた黒人《くろんぼ》達の白人《しろんぼ》に対する憎悪は骨髄《こつずい》に徹《てつ》するものがある。彼等《ら》は文字通り肉を喰《くら》い骨をしゃぶり、更《さら》に、頭蓋骨に彼等独特の巧緻《こうち》な細工を施《ほどこ》して、永《なが》く家の宝として保存する。これぞ有名な「マオリの首飾《くびかざり》」だ。此《こ》の首一個、うまくヨーロッパへ盗み出せばそれだけで七八千弗《ドル》の儲《もうけ》は確実なのだから誰しも首は欲しい、が、首の材料にされる事は耐《たま》らない。其処《そこ》で、一昨年の秋のように、贋首《にせくび》が出現して欧洲《おうしゅう》の博物館が尻餅《しりもち》つくような事が出来《しゅったい》するのである。

所《ところ》で自《みず》からヨットをパプア湾に留《とど》めたガモン翁《おう》の腹の中は、其処《そこ》から有名なフライ河四百哩《マイル》をガソリン短艇《ボート》で遡航《そこう》して、前人未発《みはつ》のマーレー湖に達し、全世界の好事家《こうずか》に涎《よだれ》を垂らさせる程《ほど》の素晴《すば》らしいものを何か発見してやろう。という野望に燃えて居《い》たに相違ない。そして、あわよくば、生きた極楽鳥《ごくらくちょう》の雌雄《つがい》と、既《すで》に絶滅したと信じられている猿足倭人《えんそくわいじん》の男女の骨格（身長二尺《しやく》三四寸《すん》の極度の倭人《こびと》で、猿と同様に足指《あしゆび》でものを摑《つか》む事の出来る唯一の人種である）と、例のマオリの家宝、飾首《かざりくび》の二三個も手に入れる目論見《もくろみ》だったのではあるまいか……。何故《なぜ》なら若《も》し、成功すれば是《これ》だけでも優に四五万弗《ドル》の価値《ねうち》が有《あ》る上、更《さら》に此《こ》の世界的蘭《らん》科植物地帯から珍奇《ちんき》な洋蘭《オーキッド》の二三十株も捜し出す事が出来れば、それこそ、天狗《てんぐ》の鼻を倍になし得る事受合《うけあ》いだからである。

虎穴《こけつ》に入《い》らずんば虎児《こじ》を得ず、とか何とか、事《こと》一度、珍物《ちんぶつ》蒐集となるとあの臆病なガモン翁《おう》が無我夢中になって突進するのだから、傍《はた》の者は耐《たま》らない。蒐集狂《コレクトメニヤ》の御附合《おつきあい》だけは、もう御免だとあれほど剛気《ごうき》な秘書のドクトル・レチネンが愚痴《こぼ》すのも無理はないのである。

——所《ところ》で、其《そ》の時も、パプア湾の土人からマーレーの湖の神秘的な伝説の二三を耳にするや忽《たちま》ち翁の理性は麻痺《まひ》して了《しま》い、他《た》の者が反対するなら単身でも行《ゆ》くと言い出した。——事実、フライ河は今日《こんにち》なお白人種の足跡なき四百哩《マイル》の神秘境《きょう》、文字通りの闇黒《あんこく》地帯とて、此《こ》の処女地踏破《とうは》は如何《いか》なる珍奇な発見が有るか計《はか》り知る可《べか》らざるものがある。誰しも一度は嗜欲《しよく》を動かす所以《ゆえん》である。

『若《も》し之《これ》がアフリカか南洋だったら私は死を賭《と》しても同意しなかったであろうが、太洋洲《しゅう》諸島には御承知の通り猛獣と称するものが絶無《ぜつむ》なので、此《こ》の地では唯《ただ》、土蛮《どばん》と悪疫《あくえき》だけ注意すれば宜敷《よろし》い……。で私も観念して大将——彼等はガモン翁《おう》の事を斯《か》く呼ぶ——の望みを遂げさせる事にしたのです。商売柄《がら》、私達のヨットに積んでおる浅吃水《せんきつすい》の三十馬力《ホースパワー》モータボート其《そ》の他の設備は殆《ほと》んど完全なものだったので、之《これ》に大将と私と機関手の吉田《よしだ》と四名の忠実で屈強《くつきよう》な黒人《ニグロ》、都合七人で二個月《か》分の食料を用意して、往復十八日間の予定で愈々《いよいよ》フライの本流を遡航《そこう》することにしました。それが、丁度《ちようど》昭和五年の六月十五日の朝に当《あた》ります。』

ドクトル・レチネンの探検報告にある通り短艇《ボート》の遡航は始《はじま》ったが、意外にも両岸は茫々《ぼうぼう》千里の焼野《やけ》原で、人里《ひとざと》どころか鳥の声さえ聞《きこ》えない死の世界だった。而《しか》も一度降雨《こうう》すると翌朝《よくあさ》にはもう河水《かすい》が網流《もうりゅう》となって何《いず》れが本流か支流か見当が付かなくなる為《た》め、愈々《いよいよ》、目的の密林地帯に入るストリの支流の分岐点に達した時には已《すで》に予定の四倍の日数を費して了《しま》って居《い》たのである。が、それから先の二百哩《マイル》こそは実に珍奇を極《きわ》めた蘭科植物《オーキッド》で、その道の人々には、此《こ》の世乍《なが》らの極楽《ごくらく》とまで感じられたと言う。何《なに》せい、欧米日本の園芸界で一茎《ひとくき》数千円の相場を保《たも》つ斯界《しかい》の稀品《きひん》バンダやデンドロ、シンビジュム等《とう》の洋蘭《オーキッド》から、サラセニヤやネペンテスの喰肉《しょくにく》植物の各変種が、手の届く限り目の及ぶ限り、芳香馥郁《ほうこうふくいく》たる珍《ちん》果実と共に生成しているのだから耐《たま》らない。——が然《しか》しこうなるともっともっとで高きを求めて飽《あ》く事なきが人情だ。そして遂《つい》に彼等はマーレー湖に到達したが、著《つ》いて見ると意外にも湖《みずうみ》は兇暴な鱶《ふか》と河鮫《かわざめ》らしいものが棲息《せいそく》しとるというだけで周囲数十哩《マイル》、茫莫《ぼうばく》たる湿地《しめり》帯は全く予期に反する荒地《あれち》だった。が、彼等の期待は既《すで》に帰途《きと》の珍植物採収に燃えて居《い》たので湖畔に留《とど》まる事、僅《わず》かに一日で、疲労を押して急速に引き返す事になったのだ。

今にして思えば、若《も》しガモン翁《おう》の気紛《きまぐ》れ病さえなく、往行《おうこう》中にもっと落付《おちつ》いて地理を調べて置いたならあんな犠牲は出さずに済んだ筈《はず》だったのだ。が、翁が例によって、セカセカと先を急がした為《た》め、一度通った水路であるのに一行七名、誰一人、帰路の記憶が無かった計《ばか》りに飛んだ奇禍《きか》に会う事とはなったのだ。

其《そ》の夜《よ》まで何一つ生命的な不安を、感ぜずに遣《や》って来た一行に、何か知《し》ら『変だな?』という程《ほど》の幽《かす》かな疑惑の影の射したのは、実にマーレー湖に別れて五日目、愈々《いよいよ》、密林地帯の珍物《ちんぶつ》蒐集探検に入って二日目の野営《キャンプ》の夜《よ》、詳しく言えば昭和五年七月三日夜の事だった。

何とも形容の出来ぬ、血腥《ちなまぐさ》い、魚腸《ぎょちょう》の腐敗したような悪臭が深夜、突如として五個の野営《テント》を襲ったのだ。目を醒《さま》した一同が余《あま》りの悪臭の為《た》め窒息的な嘔吐《はきけ》と眩暈《めまい》に苦《くる》しめられて居《い》る内に、何時《いつ》の間にか悪臭の方はぴたりと止《や》んで跡形《あとかた》もなくなった……。所《ところ》が注意して居ると、其《そ》の翌夜《よくや》も、翌々夜も、午前二時頃から黎明《よあけ》に掛けて正体不明の悪臭がまるで判《はん》で捺《お》したように其の辺《へん》一帯を浸《ひた》す事が判明した。怪臭《かいしゅう》の正体を曝露《ばくろ》する為《た》めに附近《ふきん》十哩《マイル》以内の捜査が再三再四繰返《くりか》えされた事いうまでもない。が遺憾乍《なが》ら容易に真相を知るは愚《おろ》か、其の激烈な臭源《しゅうげん》自体は愚か、その位置すら見当を付け得《う》べくもなかったのだ。

三

『——其《そ》の時には儂《わし》達は河から七哩《マイル》ほどの陸上《おか》に蒐集《コレクション》テントを進めて仕事をして居《お》った

のです。何故《なぜ》なら其の辺《へん》一帯の渓谷《けいこく》地帯が非常に特異な生物学的性質を有する事がドクトル・レチネンの調査で判明したからです。——所《ところ》へ此《こ》の怪臭じゃ……。最初は何が何でも此の黎明《れいめい》の悪臭の正体を摑《つか》まぬ限り短艇《ボート》へは帰らないとか何とかいって毎日頑張って見《み》たが、まるで雲を摑むようで途方に暮れた所へ、連日の苦闘で一同の疲労が目に見えて来た為《た》め、残念乍《なが》ら、兎《と》に角《かく》一度舟に戻って出直そうという事になったのじゃが、其《そ》の実、毎夜此《こ》の悪臭に悩《なやま》されつづけて居《い》る内に、不思議な事に段々《だんだん》と一同の鼻が変質して来て最初はあれ程《ほど》、嘔吐《はきけ》を催《もよお》す程に堪《こた》えた悪臭が、悪臭どころか、得《え》も言われぬ薫香《くんこう》のように思われだすようになった。之《これ》を嗅《か》がん事には夜も眠られぬという、妙な変態性欲《せいよく》的な興奮を感ずるようになったのじゃ。此の傾向は特に黒人《ニグロ》達に強烈で、余程《よほど》気が荒《すさ》びてきたらしい。是《これ》は人間だけではなく、連れて居《い》たハロクの小猿など発情期前と同様に毎夜興奮して騒ぐのは唯事《ただごと》ではなさ相《そう》だ。頗《すこぶ》る無気味で危険でもあるから——というのが、帰艇《きてい》の真実《ほんとう》の理由だったのじゃ。——』

鼻も落ちそうで、其《そ》の癖《くせ》妙に性欲《せいよく》を蠱惑《こわく》するような奇怪な夜臭《やしゅう》から遁《のが》れ、小川伝《づた》いに一行七名が背進《はいしん》を開始してから二日目の夜《よ》の事だ。変に湿気《しつけ》の高い、曇り日の行進にへとへとに労《つか》れた一行は少し早目《はやめ》に野営《キャンプ》する事になり、忠実な黒人《ニグロ》達はいつもの通り、夕食の準備の為《た》め野菜代《が》わりにする樹《き》の芽《め》や果実《くだもの》を集めに行った。所《ところ》がものの三十分も経《た》った頃、黒人《ニグロ》の一人が血相かえて飛び帰って、仲間の黒人《ニグロ》と猿が天狗《てんぐ》に拐われたから直《す》ぐ来てくれとオロオロ声で報告したのに驚いてガモン翁《おう》達三名が取るものも取り合えず馳《は》せつけると、其処《そこ》は特に樹《こ》深《ぶか》い一区切《ひとくぎ》り密林で、幽《かす》か乍《なが》ら例の悪臭がそこはかとなく漂《ただよ》っているのではないか……。樹に登って居《い》た残りの二人の黒人《ニグロ》達が、恐怖に戦《おのの》き乍《なが》ら耳に手を当てて『よく聞《きこ》け』という。成《な》る程《ほど》、しんと静まり返った夕闇の中を幽《かす》かに遠く甲高い悲鳴が聞えて来るではないか……。何処《どこ》かで黒人《ニグロ》の一人が必死に救いを求めて居《い》るのである。樹上の同行者の話を綜合《そうごう》するに、四人がばらばらになって密林のとばくちで若芽《わかめ》を摘《つ》んでいざ帰ろうとすると意外にも頭数《あたまかず》が一人足りないので驚いて捜しに行こうとしていると、途端《とたん》に 噪《けたたま》しい猿の啼声《なきごえ》がし、次《つ》いで、失踪《しっそう》した黒人《ニグロ》の『助《ヘルプ》けて、助《ヘルプ》けて——』という悲鳴が突発《とっぱつ》した。所《ところ》が大して広い密林でもないのに怎《ど》ういうものか悲鳴の位置が或《あるい》は近く或は遠く移動するようで、さしも聴覚と視力の強い彼等にもまるで現場の判断がつかないのだ。声は此処《ここ》だ此処だと必死に呼んで居《い》るのだが、段々《だんだん》、弱っていくのが手にとるように判《わか》るので気が気でなく、狂気のように捜したが何としても判然《はっきり》せぬ。其《そ》の内に、遂《つ》い今し方まで啼《な》いて居《い》た猿の声が先《ま》ず堕《お》ち、黒人《ニグロ》の方も斯《しか》く気息奄々《きそくえんえん》たるものになって了《しま》ったのだと言うのである。其《そ》の夜《よ》から前後二日間に亙《わた》って行われた一行六名の凡《あら》ゆる合理的な必死の捜査が遂《つ》いに全く無駄に帰《き》した時には、流石《さすが》剛気なドクトル・レチネンさえもが小首をかしげて戦慄せざるを得なかった。何故《なぜ》なら、此《こ》の犠牲を出した密林が極めて狭い中洲《なかす》みたいな、他《ほか》とは全く隔絶した場所で、失踪者は其《そ》の狭い地域の中で遭難した事が確実であるのに彼等の姿を生死に拘《かかわ》らず発見し得なかったからである。不気味と怖気《おじけ》の為《た》め、捜査を断念して生残《いきのこ》り六名は前途を急ぐ事になった。

所《ところ》が真《まこと》に恐しい椿事《ちんじ》は、実に其《そ》の翌日突発《とっぱつ》したのである。

四

『――丁度其《ちょうどそ》の時、儂等《わしら》は短艇《ボート》まで三哩《マイル》ばかりの小川の傍《そば》に野営《キャンプ》して、陰鬱《いんうつ》な夕餉《ゆうげ》をとっておったのじゃ――』

ガモン翁《おう》は説明する。最早《もはや》、翁の顔には冗談気《げ》など微塵《みじん》もない。

『――野天《のてん》の食卓《テーブル》の側《そば》で、黒人《ニグロ》達が昼間狩《か》り猟した藪《やぶ》七面鳥の焼肉《ロース》を作って居る美味《うま》相《そう》な香《におい》が小川で水浴《すいよく》して居る儂等《わしら》の所にまで臭《にお》って来てとても耐《たま》らなかった。何でも其処《そこ》は途方もなく巨大なパンタヌス樹《じゅ》の下で、附近《ふきん》一帯に蘭科《オーキッド》植物の気根《きこん》と歯羊《しだ》の根が垂れ下《さが》って物凄い程《ほど》の野営地じゃった。――でも空腹の儂等は幽《かす》かなロウソクの光の中に円座《えんざ》して夢中になって鳥《とり》ロースを詰込《つめこ》んで居《お》った時の事じゃ。暫《しばら》くすると、儂の正面に座って居た黒人従者《ニグロじゅうしゃ》の一人が、何を思ったか急にそわそわし出して、さも不気味相《そう》に自分の身辺の闇を見透《すか》したりして居たが遂々耐《とうとうたま》り兼《か》ねたと見え、戦《おのの》く声で、「樹《き》が動いた」と言い出した。不思議な事に此《こ》の一見何でもない黒人《ニグロ》の詞《ことば》を耳にした刹那《せつな》、儂等は言合《いいあわ》した様《よう》に此の動くという言葉が、「風の為《た》め――」などいう意味でない事を直感したのじゃ。

「其処《そこ》を、其処を、御覧なされませ……」恐怖に上摺《うわず》った声で絶叫し乍《なが》ら其《そ》の黒人《ニグロ》は儂《わし》の背後を指《ゆびさ》した。「――其の樹《き》の葉と蔓《つる》が、先刻《さっき》からもう二三碼《ヤード》も動いて来て居《い》るでがすよ、旦《ト》那《ワン》様……」

振返《ふりかえ》って見て、儂等《わしら》も愕然《がくぜん》とした。何と、儂の背後七碼程《ヤードほど》に佇立《ちょりつ》する溶樹《ようじゅ》に似た樹の樹《じゅ》枝《し》から垂《さが》れ下って居《い》る鉄砲瓜《てっぽううり》のような蔓《つる》植物の葉が、此《こ》の葉の先端には二尺位《しゃくぐらい》の日本糸瓜《へちま》の髭蔓《ひげつる》のようで遙《はる》かに敏感な丈夫な蔓が附着《ふちゃく》しおって、見る見る内に他物《たぶつ》に絡《から》み付く事が出来るのじゃが、其《そ》の葉が何時《いつ》の間にか一斉《いっせい》に此方《こっち》を向いてテラテラした葉面《はづら》を一列横隊《おうたい》に揃《そろ》えて居《い》るのが夜目《よめ》にもはっきりと見えたではないか……。

「光線だね。光線に敏感な熱帯合歓木《ねむのき》の一種なのだな――」

所《ところ》が次の刹那《せつな》、斯《か》く言ったレチネンと儂《わし》は竦然《しょうぜん》と顔を見合《あわ》さねばならなかった。何故《なぜ》なら幽《かす》かな蠟燭《ろうそく》の光の中で、其《そ》の植物の髭蔓《ひげつる》がじゃ、まるで魂《たましい》あるものの様《よう》に動いて居《い》たからじゃ。いや其の時の不気味さ……。熟《よ》く見ると仄白《ほのじろ》い蔓が儂達の方に向けて、一斉に伸縮運動を繰返《くりかえ》して居《い》る容子《ようす》は断末魔の人間の手の指そっくりじゃ。闇の中から、火を求めて、伸びつ縮みつ踠《もが》く触手……今思い出しても竦然《ぞっ》とする。もう鳥《とり》ロースどころでない。喰《く》いかけた焼鳥も器物《きぶつ》も其の侭《まま》、一同大急ぎで消灯すると直《す》ぐ寝台に遁《に》げ込んで了《しま》った。疲れて居《い》るので、総《すべ》て調査は翌朝という事にして、其の夜は其の侭《まま》熟睡した訳《わけ》だが、扨《さ》て、其朝《そのあさ》起きて見《み》ると驚いた事には、例の怪しい蔓は二十碼《ヤード》も後方に退《しりぞ》いて何があったかと言いたげに静《しずま》り返って居《い》るのに、食卓の上は浪藉《ろうぜき》たる有様《ありさま》で、まだ十分、残って居た筈《はず》の鳥肉や鳥の骨などの腥《なまぐ》さ物《もの》が身形《みかた》もなくなって了《しま》っていたのではないか!!　言うまでもなく昨夜《ゆうべ》の焼鳥の香《か》に慕《した》い寄って来た小型獣か大蜥蜴《おおとかげ》の仕業《しわざ》なのじゃ。然《しか》し、儂等としては食物《しょくもつ》の当てが外れたので、朝からまた何か射《う》って来なくてはならぬというので、三人の黒人《ニグロ》達は早朝から銃をもって狩猟《かり》に出かけて行《ゆ》き、野営地《キャンプ》に残った儂等三名は其《そ》の辺《へん》の奇怪な植物を調査して居《お》った。ドクトル・レチネンの考証によると昨夜《ゆうべ》、盛《さか》んに動き廻《まわ》った怪蔓《かいまん》性植物はネペンテスペントリコサの一種に属する食虫植物だという事は判《わか》ったが、其の習性は今日《こんにち》なお学界にすら全く知れて居《お》らぬ相《そう》じゃった。――兎《と》に角《かく》、注意して其の辺を見て歩くと意外に珍稀な、といっても決して観賞的に美麗《びれい》珍奇という意味ではないが、植物が多い。

「もう少し気を入れてこういう方面の植物も見て来るのでしたね……」とレチネンが後悔した、「……僕等《ら》は余り観賞本位の珍奇蒐集をやり過ぎたようです。尤《もっと》も斯《こ》ういう花も実も無い植物じゃ採集して持ち帰る気もしませんがねえ……。おや、是《こ》れは……?」

急に目を輝かしてレチネンが沼地に生えている巨大な山芭蕉《やまばしょう》の一株《ひとかぶ》の方に馳《か》け下《くだ》って行ったと思った途端、タン……タンと銃声が朝の静寂《しじま》を破って響き渡った。引き継《つ》いで、タンタンタン……盛んに射《う》つ。距離は凡《およ》そ三哩位《マイルぐらい》の遠方じゃ。黒人《ニグロ》達が何か射ち止《と》めたらしい。レチネンも何気《なにげ》なく儂《わし》の方に引き返して来た。

「何か猟《と》ったらしいですね。何だろう?　今のは確かに実弾で、散弾ではないようだが……」

所《ところ》が是《こ》れが容易ならぬ事だったのじゃ。もの十分と経たない内に同じ場所から同じ銃声で三一三一の第一危険信号《ファースト・クラス・アラーム》が連続的に射ち出されたのではないか……⁉　儂等《わしら》同志の暗号で最悪の場合、つまり隊員の生命《いのち》に危難の及んだ際にのみ用《もち》うる定《さだ》めの救急信号なのじゃ。儂等は愕然《がくぜん》とした。口には出さなんだが昨夜《ゆうべ》から妙に予感のあった儂等には、扨《さ》ては愈々《いよいよ》お出《い》でなすったなの実感が咄嗟《とっさ》に来たのである。銃と弾薬と外科用具箱を引担《ひっかつ》ぐや、三名、偉《い》太天《だてん》走りに駈《か》け出した。無言で、必死の面持《おもも》ちで、レチネンが先頭を切る。遠く、幽《かす》かに、ＳＯＳの銃声が迅《はや》く迅くと急き立《せ》てるが何分《なにぶん》にも人跡未踏の熱帯原始林じゃで蔓茨《つるいばら》を拓《ひら》くだけでも容易でない。いや此《こ》の時の焦躁《しょうそう》を儂は今でも彷彿《ほうふつ》と目に見るほどです哩《わい》。で、直線距離は僅《わず》かに四哩《マイル》ばかりの所《ところ》を無慮《むりょ》四時間も費やし、儂達が現場に著《つ》いた時は既《すで》に十一時を廻《まわ》っていた。総《すべ》て手遅れだったのじゃ……』

五

其処《そこ》はフライ河支流から一哩《マイル》ほどの蔭湿《いんしつ》な低地の密林《ジャングル》で珍《めずら》しくも巨大な羊歯《しだ》が鬱蒼《うっそう》と繁《はん》茂《も》し、殆《ほと》んど石炭期を思わせるような特異な場所だった。

駈《か》け著《つ》けた救援者達が此《こ》の濃密な密林に踏み込むや、第一に感じた事は、其処《そこ》はかとなく漂う例の奇怪な臭気だった。三名は顔を見合《あわ》せて竦然《しょうぜん》とした。無知で単純な黒人《ニグロ》達は確かに此の正態《しょうたい》不明の悪臭——詳しく言えばそれは実に黒人女《ニグロ》の臭気に酷似する所《ところ》の催情《さいじょう》的な悪臭なのだ——の誘惑に負けて斯様《かよう》な危険な場所に深入りしたらしい。ガモン翁《おう》やドクトルは是《こ》れを怖《おそ》れたからこそ前に此の悪臭の正体を調べる事さえ断念したのではなかったか。透徹《とうてつ》した其《そ》の注意も今は水泡《すいほう》に帰《き》した理《わけ》だった。僅《わず》かに生き残って居《い》た二人の黒人《ニグロ》の極度におどおどした容子《ようす》を見ても彼等が秘かにガモン翁の禁《きん》を破って臭気の正体に接近し取り返しのつかぬ事態に墜《おちい》った事が窺《うかがわ》れるのだ。

彼等の動顚《どうてん》した報告を綜合《そうごう》すると、最初四人で巨大なコアラという狸《たぬき》を発見し此《こ》の密林に追い込んだので二時間も追っかけまわして漸《ようや》く射落《いおと》した所《ところ》、意地悪く獲物はピーザンの叢藪《やぶ》の中に墜《お》ちて了《しま》った。で、相談して一人が獲物の登って居《い》た大樹《おおき》に登り、他の一人が叢《くさむら》に這込《はいこ》んで落ちた獲物を上下相《あい》呼応して捜す事になり、捜して居ると、三十分も経った頃、突然、樹上の黒人《ニグロ》が絹《きぬ》を裂くような悲鳴を上げた。

『〇〇だ。助けて、助けて、助けてくれーえ……』

警備の二人は驚愕《きょうがく》したが樹深《こぶか》くて友の姿さえ見えぬ。

『何だ、如何《どう》した、何だ……？』

後《あと》は唯《ただ》、助けてと言うだけで、段々《だんだん》に声が弱るとやがて、突然ズシンと墜落する音がし、今度は地の底から二人の悲鳴が、陰惨《いんさん》に響いて来た。

『——助けて。助けて。おお、友達よ……』

『助けて、助けてくれい。熱い。熱い。熱湯だ。』

が二人の黒人《ニグロ》に何が出来るだろう？　すっかり狼狽《ろうばい》して了《しま》った彼等は敢然《かんぜん》、叢《くさむら》に這込《はいこ》む覚悟をした其《そ》の途端に、例の恐《おそろ》しい魔臭が鬱然《うつぜん》として叢の中心から溢《あふ》れ出して来たではなかったか……？　余りの臭気の濃密さに二人は一時《いちじ》窒息しかかった。が是《これ》が幸い彼等の理性を呼び戻した。二人は泪《なみだ》をのんで其場《そのば》を離れ、教《おそわ》った通りテントに向けて非常信号を発したのであった。然《しか》し、断腸《だんちょう》の思いで彼等が聞いて居《い》た、同僚の断末魔の言葉『熱湯だ。おお苦しい!!』を最後に、ガモン隊が到着するまで既《すで》に二時間以上たっていた。被害者二人の生命《いのち》は最早《もはや》、絶望と見るの他《ほか》はない……。

『――よし。確かに熱い、熱湯だ、と叫んだんだな。で、其《そ》の叢《くさむら》は何処《どこ》ら辺《へん》だ？』

黒人《ニグロ》の指示した所には例の山芭蕉《やまばしょう》に酷似した怪植物の矗々《すくすく》たる一株《ひとかぶ》が、二百坪程《ほど》の地域を占めて大樹《たいじゅ》の下蔭《したかげ》に生《は》え茂っていた。

『仕方がない。あの株の中心に向けて片端《かたつぱし》から斬倒《きりたお》して通路を拓《ひら》く事にしよう。』

株は意外に柔《やわら》かいと見え、逞《たくま》しい黒人《ニグロ》の斧《おの》の二三振りで小気味よく巨大な細長い喇叭《ラッパ》型の軸が転倒した。肉の厚さ三寸程《すんほど》で中は空洞だが其処《そこ》に溜《たま》って居《い》た濃緑の葉汁《ようじゅう》が流れ出した瞬間に其《そ》の余りの悪臭に一同目が眩《くら》んだ。これぞ例の怪臭の正体だったので、毒瓦斯《がす》除けのマスクによって一同は作業を継続した。株の中心近い辺《へん》は溢れ出た樹液の沼だった。そして、噫《ああ》、午後二時近く遂《つい》に一《いち》黒人の死体を此《こ》の樹液の沼の中に発見して更《さら》に他の一人の死屍《しがい》を獲物のコアラ狸《たぬき》と共に葉牡丹《はぼたん》の芯《しん》の如《ごと》き薬筒《やくとう》中に見出《いだ》す事が出来た。

直径四尺程《ほど》の幹《みき》に一刀《いつとう》を加えると、滝の如《ごと》く流出する液体それに押《おさ》れて同じ切り口から現われた黒人の顔には、実に、目も鼻も耳も唇《くちびる》も、否《いな》皮膚や頭髪さえも無かった。唯《ただ》のっぺらぼうの人面《じんめん》だった。余りの不気味さに流石《さすが》剛気《ごうき》のドクトル・レチネンが思わず外まで逃げ出したというに徴《ちよう》しても其《そ》の時の悽愴《せいそう》で陰惨な光景が覗《うかが》えるではないか……。此《こ》の恐《おそろ》しい植物は僅々《きんきん》三四時間で自《おの》れの獲物を強烈な消化液で是《こ》れだけ消化して了《しま》って居《い》たのである。

是《こ》れぞ一九三〇年の植物学会を驚愕させたドクトル・フレデリック・ガモンの名に於《お》ける二十有余《ゆうよ》種の新発見植物の筆頭を飾る大食肉植物サラセニア・ニューギニヤ・ガモノレチネン（二人の名誉を記念して斯《か》く命名された）に他ならないのである。

六

『……というような訳《わけ》で喃《なあ》――』

と得意満面のガモン翁《おう》が、例によって御自慢の継ぎ足しをやる。『――此《こ》の時、此の惨状に直面し一行周章狼狽する中に在《あ》って、尤《もつと》も是《こ》れはレチネンには内証《ないしよう》じゃがな――尠《すくな》くも斯《か》く申す儂《わし》のみは、昔日《せきじつ》の嗜《たしなみ》の効《かい》あって終始《しゆうし》一貫、泰然自若《たいぜんじじやく》として……』

『――腰を抜かしておられましてね――』何時《いつ》の間にか同席して居《い》た当のドクトル・レチネンが辛辣《しんらつ》に翁《おう》の詞《ことば》を遮《さえぎ》って一同を驚かせた。

『何じゃい？　君、其処《そこ》に匿《かく》れとったんか……？』

『匿れる所《どころ》か、正々堂々と御武勇伝を拝聴して居《お》りました。御《お》気付きにならなかったのは貴方《あなた》が……』

『まあ、もう宜《よろ》しい。時に君一つ儂《わし》に代《かわ》って例の科学的な所を説明して上げて下さらんか……』

『では一つ温室の方に行って頂きましょうか、準備も出来てますから……。話すにしても実物を見乍《なが》らの方が良いですからね……』

敷地二千坪という東洋一の大温室まで芝生《しばふ》を歩き乍《なが》ら、真摯《しんし》な態度でレチネン温室主任は説明する。

『——一度でも食虫植物の怪異な習性を見た者で、若《も》しも此《こ》の種の植物の巨大なのが在《あ》って人間を喰《く》ったら怎《ど》うだろう、と空想しない人は先《ま》ず無いだろうと思います。其《そ》の人間の空想が最初に記録に現れたのがあの有名なアラビヤン・ナイトの中の物語です。賢明な諸君の御承知の通りあの物語《ものがた》りでは、大体《だいたい》、東アフリカのウガンダ奥地の或《あ》るアラビヤ人の旧家に帯《たい》留《りゅう》して居《い》たアラビヤ人の女《おんなきやく》客が、余りの蒸暑《むしあつ》さに耐《たま》りかね、或夜《あるよ》秘かに厳禁されていた南方の窓を明け放った侭《まま》寝た所《ところ》、翌朝彼女の姿は完全に寝台《ベッド》から消失して了《しま》ったので、大騒ぎになり調べた結果、其の窓から五碼《ヤード》ほど離れて繁茂《はんも》して居た主人自慢の奇樹《きじゅ》が、深夜、窓から長い太い蔓《つる》の触手を差入《さしい》れて眠って居る女の体に絡《から》み付け、呀《あ》っというまに巨大な消化嚢《のう》に引摺《ひきず》り込み、瞬《また》く間に骨肉《こつにく》を溶かして自己の養分にして了《しま》った事が判《わか》ったので、即座に怪樹《かいじゅ》を焼いて後害《こうがい》を絶った、という風《ふう》に書かれていますが、是《こ》れは明《あきら》かに喰虫《しょくちゅう》植物ツアンテデチヤやネペンテスから来た幻想です。特に紅海《こうかい》沿岸に之《これ》が多いのです。——では、さ、何卒《なにとぞ》……』

　広大な温室の最奥《さいおく》の一区画、特殊植物室の扉《ドア》に懸《か》けてある「危険に就《つ》き無断出入厳禁」の札《ふだ》を見た時には流石《さすが》に一同妙な顔を見合《あわ》せて逡巡《うじうじ》した。誰しも、うっかり入って変な蔓に首ッ玉でも締《しめ》られては降参《こうさん》だと思ったに相違ない。大丈夫ですよ、茲《ここ》は横《（ママ）》浜の真中《まんなか》ですからね……苦笑するレチネンの後から怖々《こわごわ》這入《はい》って行くと、だしぬけにむうっと水分の多い高温の大気が不思議な臭気を含んで私達の鼻孔《びこう》を圧《あっ》し、急に嘔吐《はきけ》を催させられたが其《そ》の時には夙《はや》くも二重自動扉《ダブル・オート・ドア》が背後で締《しま》って遁道《にげみち》は塞《ふさが》って居《い》た。愈々《いよいよ》観念して見廻《ま》わすと、暗い暑い室内は唯是《ただこ》れ食虫植物のパラダイスだ。私達、素人目《しろうとめ》にも一瞥《いちべつ》してそれと判る蠅《はえ》地獄、虫取菫《むしとりすみれ》、毯《もう》氈苔《せんごけ》、等《とう》の可憐《かれん》な種類からネペンテス、カラ等の巨人種に至るまで何百何千の新種変種の此《こ》のインテリ植物が、立つもの、這《は》うもの、垂れるもの、夫々《それぞれ》に赤土鉢《あかどばち》に植《う》え込まれて並んで居る……。

『是《こ》れですよ。是れが例の人喰《ひとくい》植物サラセニア・ニューギニヤなんですがね……』

　樹蔭《こかげ》の闇からだしぬけに声を掛けられて私は正直、竦然《ぎょっ》とした。——それは直径三尺ほどの素焼《すやき》の鉢に植え込まれた四尺計《ばか》りの芭蕉《ばしょう》だったが近寄って見ると、変にてらてらした、淡《たん》緑厚肉《りよくあつにく》の樹軸《じくく》は少しく平べったい円筒形《がた》で丁度《ちようど》細長い喇叭《ラッパ》みたいに上縁《じようえん》が広がって海芋《カラア》のように巻き込んでおり、縁《へり》の一部が二尺程《ほど》の敏感相《そう》な蔓になって居《い》る怪異な植物だ。

『──随分《ずいぶん》、骨を折って持ち帰ったのですが五十鉢の内で根付いて呉《く》れたのは其《そ》れが唯《たつ》た一《ひと》鉢でした。今別に蘖《ひこばえ》を三鉢育てて居《い》るので三月《みつき》もしたら○○植物園に譲《ゆず》って上げられる筈《はず》ですが、今の所《ところ》、鉢に附《つ》けた本種は全世界に是《こ》れ一個しかないものです。原産地から捜して来るには万全《まんぜん》を期《き》すればどうしても二百万円は掛《かか》るので、二万弗《ドル》、三千磅《ポンド》、といった註文《ちゆうもん》がもう七八通もきて居ますよ。大将の商売も一つ当《あた》ると是れだから、いや大きいですよ。──じゃ一つ面白い実験をして見せますか……。ああそれから是《これ》が例の蔓を動かす方の奴《やつ》です。』

大小二つの鉢を卓《テーブル》に並べて置いてドクトルは出て行った。──成程《なるほど》、先刻《さつき》の話の通りうつぼかずら様《よう》の植物の袋の先《さ》きに糸瓜《へちま》の蔓そっくりの蔓が巻かれている。二尺位《ぐらい》の此《こ》の蘭はもうすっかり自分の太い気根《きこん》で鉢を抱き締めていて転《ころが》したって微動だもしない程《ほど》がっちり附《ふ》着《ちやく》している。

『よいですか？　じゃよく見とって下さい。』

両手に運んで来て硝子蓋皿《シャーレイ》の一個を両植物の傍《そば》に等分に置くや、彼はパッと蓋《ふた》を取り去った。咄嗟《とつさ》にぷうんと腐肉《ふにく》の悪臭が鼻につく。器《うつわ》の中には馬肉の腐肉が三十匁《もんめ》ほど入っていたのである。二分、三分、途端に小型の方の植物の蔓が一斉《いつせい》に動き出した。正《まさ》しく、断末魔の人間の指の踠《もが》きその侭《まま》の不気味極《きわま》る運動だ。此《こ》の時、彼《ドクトル》はまた別の皿の羊肉《ひつじにく》を酒精《アルコール》ランプでじいじいと焼き始めた。美味相《うまそう》なロースの香《か》が一同の鼻を打って食欲《しょくよく》を刺戟《しげき》する。此《こ》の時、助手が天井を蔽《おお》って室内を暗くする。次の刹那《せつな》だ。実に想像も出来ぬ迅《はや》さで問題の蔓植物の七八本の触手が腐肉に伸びてがんじがらめに絡《からま》ったかと思うと三十匁《もんめ》の肉を軽々《かるがる》と宙に釣り上げた。そして、重さに苦しむように、徐々に、伸びつ縮みつし乍《なが》ら、巧みに手許《てもと》に運んで行く……と思ったのは僻目《ひがめ》だった。其《そ》の刹那、突如として、大鉢の方の植物の辺《ほとり》から、甘酸《あまずっぱ》い、腥《なまぐさ》い、何とも形容の出来ぬ濃密な悪臭が毒瓦斯《がす》の如《ごと》く瀰漫《びまん》した。是《これ》ぞ問題の怪臭に相違ない。それに噎《む》せて私達が慌《あわ》てて鼻孔を押《おさ》えた時には、既《すで》に、肝腎《かんじん》な腐肉の一塊《いっかい》はサラセニアの強い蔓に援《たす》けられて、物の美事《みごと》に掠奪者《りゃくだつしゃ》の悪臭濛々《もうもう》たる腹中《ふくちゅう》に納められて居《い》たのである。馬鹿を見たのは最初に腐肉を釣り上げた小型の蔓植物だったのだ。

## 七

『いや諸君、御実習は如何《いかが》でしたな……？』

露台《バルコン》で悠々《ゆうゆう》紫煙《しえん》を薫《くゆ》らせ乍《なが》ら、頭も胸もすっかり不快にして戻って来た私達にこんな挨拶をするガモン翁《おう》が此《こ》の時ばかりは心から癪《しゃく》に障《さわ》った。

が流石《さすが》は専門家だ。ドクトル・レチネンの説明は愈々益々《いよいよますます》真摯《しんし》に続けられた。

『――あれが、あの悪臭が、あの植物の麻酔剤である事もはや疑いありません。何《いず》れ明春《みょうしゅん》の国際科学大会に報告しますが、あの巨大な喰肉《しょくにく》植物の消化液が発散する悪臭は、あの有名なラフンシヤ・アーノルデ（註《ちゅう》直径七尺に達する世界第一の巨花《きょか》で一八一八年スマトラ島にて発見される。）の悪臭と同様に動物を酔わせて恍惚《こうこつ》状態に陥《おちい》れる作用が有るのです。何分《なにぶん》まだ時日《じじつ》がなく、十分に研究が出来て居《お》らぬですが、私一個の見解ではあの悪臭には確かに動物の性的機能を一時的に極度に昂進《こうしん》させる働きがあるらしい。最初は鼻持ちのならぬ悪臭で嘔吐《おうと》を催す位《くらい》だが暫《しばら》く嗅いで居《い》ると妙に魅力を感じて来て、怎《ど》うにも耐《たま》らぬ程《ほど》の性的興奮を催します。論より証拠一般動物や知能の低い黒人等《ニグロら》が、男女を問わず、あれを嗅ぐと狂暴《きょうぼう》に発情するが、未成年者は総《すべ》て臭《くさ》いといって遁《に》げるだけなのに徴《ちょう》しても其《そ》の辺《へん》の事情が判りましょう。諸君も只今《ただいま》、温室で、あの悪臭に辟易《へきえき》なすった時、悪臭は悪臭だが何処《どこ》かで一度嗅いだ事のある臭気のような気がなすった事と思いますが……？　如何《いかが》ですか？』

正《まさ》に然《しか》り。あの悪臭は決して私達にとっても絶対に未知の香《か》ではなかった。納豆《なっとう》、塩辛、腋臭《わきが》、を連想させる極《ご》く身近かな悪臭だった事だけは確かである。

『黒人《ニグロ》の臭いです。動物の事は知りませんが、あれが黒人《ニグロ》の分泌液の臭気、つまり体臭ですね、その臭いにそっくりだという事は絶対に間違いありません。所《ところ》がです。此《こ》の性的陶酔《とうすい》はまだ単なる前駆《ぜんく》症状に過ぎないので、直《す》ぐ其《そ》の後《あと》に大脳麻酔が遣《や》って来るのです。左様《さよう》、実験の結果では最初に悪臭を嗅いでから十分位《ぐらい》で気分が昂揚《こうよう》し、亢進《こうしん》から臭《にお》いを発する樹木の方に無意識に接近し度《た》くなる、所謂《いわゆる》、怖いもの見たさの詮索本能です。で夢中で臭いを出す元を捜して行くと丁度《ちょうど》怪樹の正体を発見する頃、即《すなわ》ち最初から二三十分後に至って突然、全身無力から深《ふか》麻酔状態に陥るのです。症状は一酸化炭素の中毒そっくりです。そして遂《つい》に、あの臭い液汁《えきじゅう》中に斃《たお》れる事になるのです。所《ところ》であの濃緑色の樹液ですが、分析して調べた所、実に、如何《いか》な健啖《けんたん》な野獣の胃液にも類例のない程《ほど》強力な蛋白《たんぱく》消化力を有する事が分《わか》りました。成分は今、一寸申上《ちょっともうしあ》げ兼《か》ねますが、今御覧になった鉢植《はちうえ》のでさえ、あの樹軸《じく》の空洞に溜《たま》っている消化液の中に兎《うさぎ》を入れますと、約三十分間で毛皮と脂肪層を完全に消化して了《しま》う程ですからね。……例の原産地で黒人《ニグロ》をとられた際、溢れた液の中を靴で歩き廻《まわ》った処《ところ》、忽《たちま》ち革が溶けて底が抜けたのには慄然《りつぜん》としました。とにかく、最初は性的臭気で動物を欺《あざむ》き誘《さそ》い愈々《いよいよ》消化液の及ぶ近距離に来《きた》る時分《じぶん》を見計《はから》って是《こ》れを麻酔捕獲し自己の栄養にする手段の巧妙さは寧《むし》ろ戦慄に値《あたい》するほどです。それ計《ばか》りではない。彼は実に動物の他《ほか》にお仲間の植物をすら麻酔せしめて利用するのです。今も、温室で腐肉を奪い去られた方の植物が、一時《いちじ》、蔓も何もだらりとして了《しま》ったのを見られたでしょうが、あれは明《あきら》かに植物麻酔の結果なのです。所《ところ》が面白い事には、あの触手の極度に鋭敏な小さい方の植物は蘭科の寄生植物で根は土中の他の植物の根に食込《くいこ》んで養分を無料頂戴《ちょうだい》する太い奴なのですが、巨大なサラセニアはちゃんと彼の寄生を許して見えない根ッ子から養分を供給してやって居《お》るのです。今の温室の奴も、植木鉢乍《なが》らに根はつながって居《い》るのを御覧になりませんでしたか……。植物ですからそんな意図はないのですが、我々人間から見ると、如何《いか》にも富者《ふしゃ》が飼いならして置いた奴隷を使役《しえき》するようで、鳥渡《ちょっと》考えさせられます。』

## 解説

〈犯罪実話〉昭和八年二月号（三巻二号）に発表。城田《しろた》シドニー名義。

城田は〈新青年〉昭和六年二月号の「決闘」（城戸シュレイダー名義）で作家デビュー。「新人十二ヶ月」と題する同誌の新人発掘企画の第二回作品だったが、同誌への寄稿はこれ一回きりで、以後、犯罪実話雑誌が城田の主なホームグラウンドになる。

作家としてきわめてエネルギッシュで、昭和六年九月から昭和八年十二月まで毎月のようにどこかの雑誌に作品が発表されている。同じ月に別の雑誌に作品が発表されたことが五回もある。生前発表した作品は判明するだけで二十八篇。これほど多くの作品を犯罪実話雑誌に書いた作家は他に例がない。パルプマガジン専門の作家がパルプ作家なら、城田は犯罪実話雑誌作家と呼ぶべきだろう。偉いかどうかは別として凄いと思う。

得意ジャンルはエキゾチックな異境冒険譚《たん》やルブラン式どんでん返しのある探偵小説、スパイスリラーなど。人間と類人猿の交配実験やカニバリズム衝動を惹起《じゃっき》する媚薬《びやく》といったアブノーマルなアイデアを好んで作中に取り入れる傾向がある。城田が犯罪実話雑誌を作品発表の場に選んだ理由もこの辺《へん》にあるのかも知れない。〈新青年〉が嫌いだったのではなく、自分が本当に書きたいものを載せてくれるのは犯罪実話雑誌だけだったのではないか。

大衆小説研究家の末永昭二《すえながしようじ》氏は城田と橘外男《たちばなそとお》の人獣交婚《こうこん》小説を比較して「状況証拠しかないが、橘は「城田物」を読んでいたのではないか」（『城戸禮《きどれい》 人と作品』里艸《りそう》、平成十年）と推論する。たしかに両者の間には作者自身を思わせる語り手、実話風スタイル、類人猿への偏愛、エログロ趣味、カタカナ語の多用、ダイナミックな国際性など複数の共通点がある。ここまでくるとさすがに偶然の一致で済ますわけには行かない。何らかの影響関係があると考えた方が自然だろう。

サラセニアは実在の植物だが、アメリカ東海岸一帯とカナダ南東部の諸州だけに分布し、ニューギニアには自生しない。匂いはないか、あるいは人間にはほとんど感じられないほど弱い。草丈《くさたけ》は最大で九十センチぐらい。もちろん人は食べない。ネペンテスベントリコサ（ネペンテス・ベントリコーサ）はウツボカズラ科の食虫植物でヒョウタン型の捕虫袋《ほちゆうぶくろ》で昆虫を捕食する。大きなものは小型哺乳類《ほにゆうるい》もエサにするという。どちらも現地ではごくありふれた植物で、日本でもホームセンターの園芸コーナーで普通に売られている。

昔の大衆小説にはよく巻ひげで野獣や人間をとらえる巨大な食人植物が登場するが、あれは完全な創作で、元はといえば一八七四年四月二十八日にニューヨークの日刊新聞〈ザ・ワールド〉紙に載った「クリノイダ・ダジーアナ マダガスカルの食人植物」Crinoida Dajeeana: The Man-eating Tree of Madagascar という虚報《ホークス》（日本の新聞がよくやる印象操作目的のウソ記事ではなく読者を面白がらせるための与太《よた》）から始まったものだ。これがさまざまなバリエーションを生み「食人植物もの」というひとつのカテゴリーにまで成長した。ドイル「アメリカ人の話」（一八八〇）、ウェルズ「めずらしい蘭《らん》の花が咲く」（一八九四）、クラーク「尻ごみする蘭」（一九五六）などが有名で、日本では岡本綺堂《おかもときどう》、國枝史郎《くにえだしろう》、城昌《じょうまさ》幸《ゆき》、山本周五郎《やまもとしゅうごろう》、海野十三《うんのじゅうざ》、南洋一郎《みなみよういちろう》らが食人植物テーマの作品を書いている。本作もそのひとつだが、食人植物の捕食《ほしょく》行動が凄い。何と成人男性の性欲中枢を刺戟《しげき》する芳香で獲物を誘き寄せるのだ。城田らしい大胆なアイデアである。

「食人植物サラセニア」本文

城田の作品には居留地《きょりゅうち》に住む裕福な外国人が頻繁《ひんぱん》に登場する。城田自身コロニアルな雰囲気が残る横浜山手《やまて》地区の生まれなので、旧居留地やそこに住む人々に対して特別な思い入れがあるのだろう。城田が描く居留地は彼個人のノスタルジーが生んだ、どんな奇怪なことでも起こりうる夢の国《ネバーネバーランド》だったのである。その住人はいずれも風変わりな趣味の持ち主ばかり。本作のガモン翁《おう》も趣味のためなら金に糸目《いとめ》をつけない超マニアックなプラントハンターだ。この辺の日本人離れしたスケールの大きさが城田の持ち味といえる。再評価が待たれる作家の一人だ。

# 首切術の娘

阿部徳蔵

阿部徳蔵（あべ　とくぞう）

本名同じ。明治二十二年、東京市小石川《こいしかわ》区久堅《ひさかた》町（現・文京《ぶんきょう》区小石川）に生まれる。父・弘臧《こうぞう》は一橋《ひとつばし》徳川《とくがわ》家の御家人《ごけにん》。彰義隊《しょうぎたい》の創設メンバーで、その名付け親といわれる。早稲田中学を経て早稲田大学大学部文学科に入学。ただし卒業者名簿には記録がない。子供の頃からマジックに熱中し、道具を自作して友人たちの前で演じていたという。大正十年、徳川義親《よしちか》侯爵の歓送会でマジックを披露《ひろう》。これを機に侯の庇護《ひご》を受ける。昭和五年、赤坂御所《あかさかごしょ》における皇族懇親会の席上で「人体交換」を演じ、天皇皇后両陛下の天覧《てんらん》を賜《たまわ》った。昭和八年、ＴＡＭＣ（東京アマチュア・マジシアンズ・クラブ）に顧問として参加。昭和十年から十三年まで会長を務めた。昭和十九年八月二十五日、結核のため藤沢《ふじさわ》町鵠沼《くげぬま》（現・藤沢市鵠沼地区）の自宅で死去。著書に『奇術随筆』（人文書院、昭和十一年）と『とらんぷ』（第一書房、昭和十三年）がある。

一

せっかく、いい気持に寝込んでいる大久保《おおくぼ》をおこすでもない、と彼は、こっそり庭伝《づた》いに往来《おうらい》へ出た。午後一時。八月初旬の太陽が、麦稈《むぎわら》帽子を突抜《つきぬ》けるほどに照りつけていた。

彼はひとりで、浅間《せんげん》神社のお祭りへ出かけるところである。

彼と大久保とは、中学時代からの親友で、大学も同期に卒業したし、入社した会社も同じであるという関係から、ほとんど、毎日のように行来《ゆきき》している。で今度、会社から二週間暑《しょ》中《ちゅう》休暇をもらったので、彼は大久保を、自分の郷里の実家へ連れて来たのだった。

ぶらぶら、彼は田圃道《たんぼみち》を四五丁《ちょう》歩いて来た。ともう、あの賑《にぎや》かな曲馬団の楽隊の音がきこえはじめた。彼は、何年ぶりかで故郷のお祭りへ行《ゆ》くのだと思うと、その楽隊の音をきいただけで、妙に子供っぽい気分になって、やたらに胸のおどるのを覚えたのだった。

田圃のとっつぁきにはささやかな流れがあり、そこの土橋《どばし》を渡ると、すぐ目の前に浅間《せんげん》神社がある。

神社は、こんもりとした森の中にあって、後《うしろ》には樹木の繁《しげ》ったかなり広い小山をしょっている。神社のまわりにも、むろん沢山《たくさん》の露店《ろてん》は出ているのであるが、その大部分と見世物《みせもの》小屋とは森の外の広場にある。そしてそこには、遮《さえぎ》るもののない真夏の日光ががんがんに直射している。

彼は、人に揉《も》まれ押されながら露店の前を通って行った。どの露店もどの露店も、全《まった》く昔《むかし》的でおよそ銀座《ぎんざ》の感覚からは遠いものだと考えながら、彼は見世物小屋のあるところへ行った。

まず大《おお》テントの曲馬団をぴか一《いち》として、大小数々の見世物が軒《のき》を並べている。犬芝居《いぬしばい》、西洋奇術、轆轤首《ろくろつくび》、首切《くびきり》術、南洋の大蛇《だいじゃ》、アルコール漬けの畸《き》形児《けいじ》、等《とう》等等、と、いずれを見ても、奇怪なものの陳列《ちんれつ》ばかりだった。

彼は、どれかへはいって見《み》たい気がして、ふらふらと首切術の木戸《きど》をくぐった。中は、子供や娘や、その外《ほか》相当年輩の人々もいて、ぎっしり一杯《いっぱい》だった。

見ると、小屋の正面に小さい舞台が出来ている。そして彼がはいるとすぐにその幕が明《あ》いた。首切術である。

舞台は、その三方に黒幕を張廻《はりめぐ》らし、杉の青葉《あおば》が、そこら中《じゅう》ごちゃごちゃにまき散らされてあって、その中央に三本脚の卓子《テーブル》が据《す》えてある。そしてその上に女の首がのっている。むろんその首のつくりものでない証拠には、目も動かせば笑いもするが、卓子《テーブル》の下を覗くと、そこは完全に向《むこ》うまで見透《みとお》しになっている。

（奇妙だ！）と思いながら、彼は『失礼、失礼！』と女子供を押分《おしわ》けて一番前へ出た。そこには、横に丸太が一本渡されている。彼は、それに上半身をぐっと、もたせて、その首に見入ったのだった。首は、おそらく二十前後の女の首らしく、野暮《やぼ》な桃割《ももわれ》にいって紅《あか》い花簪《はなかんざし》をさしていた。一見して、すぐ田舎《いなか》娘と思われるが、笑うと、行儀よく白い歯が並んで、まことに愛くるしい表情をする顔だった。

彼が、わけもなく見とれているうちにするするすると幕が閉《しま》った。二三分休憩。で、幕があく。がこんどは、別な女がたわいもなく奇術を十分程《ほど》やって幕になる。とまた次は首切術。という順序で、奇術と首切術とが交互に行われているのであった。

彼は、何度も何度も繰返《くりかえ》して首切術を見た。卓子《テーブル》の下をすかしたり、横を見たり上を見たり、まるで一心不乱だった。が、彼にはどうしてもその種《たね》がわからなかった。小屋中《じゅう》で、何しろ彼が只《ただ》一人の都会人である上に、しかも一番前にがんばって、長いあいだ研究的に見ているのだから、首の女にしてもしまいにはおかしくなって来た。で、時々、彼の顔を見てはくすくす笑ったりしていた。

テントの中とはいえ、真夏の陽《ひ》が直射するまっ下《した》である。そこへ持って来て汗の匂いだの、かみの油の香《かおり》だのが混然と溶け合って、場内に渦を巻いている。一時間半。立ちつづけたために、彼はひどく頭のいたみを覚えて、あやうく倒れそうになって来た。で彼は、残り惜しい気もしたが、この見世物小屋を出てしまった。

二

小屋を出ると、彼はようやく人波《ひとなみ》を分けて群集の圏外へ歩き出した。一休みしようと、彼は神社の裏の小山の下へ行った。そこには五百坪《つぼ》ばかりの池があって、絶えず清水《しみず》が湧出《わきだ》すので、水は飲料にしてもいいほど清冽《せいれつ》なものだった。が、池の底があまり深いため、水は文字通り紺碧《こんぺき》の色をたたえていた。

彼は、池のふちへどっこいしょと腰を下《おろ》した。そこには、うっ蒼《そう》と繁った老木《ろうぼく》が枝さし交《かわ》していて、黒い大きな影をつくっていた。そして、水面《すいめん》からは絶えず涼《すず》しい風が渡って来るので、彼はほっとして救われたように打ち寛《くつろ》いだ。

ここは、群集からは、かなり遠ざかった地点であるが、でも曲馬団の楽隊は手にとるように聞《きこ》えるし、何とはない人のざわめきも、朦朧《もうろう》と耳に響いていた。彼はバットを一本出して火をつけた。一口《ひとくち》すってつくづくうまいと思った。疲れたような眩暈《めまい》のするような、なんだか妙な気持ちになって、ぼんやり水面《すいめん》を眺めていた。

その時、彼はがさがさ人の近づく気配を感じた。彼はその方に目をやった。と、一人の女が、やや急ぎあしに彼の方へ近づいて来た。女は、はでな絽《ろ》の着物に一重《ひとえ》帯《おび》をしめていた。見たような顔だな、と、彼は女を見詰《つ》めていると、女は、馴馴《なれなれ》しく彼のそばへ来てしゃがみ

こんだ。そして軽く彼に会釈《えしやく》した。とたんに、(あっ、首切術の女だ!)と、気がついた時、女は懐《なつか》しげに微笑しながら、

『とてもさっきは熱心に見ていらしったのね。あたしなんだか恥《はずか》しくなってしまいましたわ。』

といった。あまりだしぬけな女の出現に、彼は一寸《ちよつと》返事にもまごついてしまった。

『ずい分《ぶん》熱心に見たつもりですがね、どうしてもわからないんです。種《たね》を教えて下さいませんか?』

女はだまってほほえんでいた。

『教えていただけないでしょうか……?』

かさねて彼がきくと、

『御存じない方がいいんですの。奇術は種《たね》をしらないうちが花ですわ。』

女は種を教えようとしなかった。

『でも不思議ですねえ……。』

『不思議に見えますこと?』

『ええ、しかし僕ぁ、あんまり熱心に見ていたものだから、それに小屋の中はあの暑さでしよ、あぶなく倒れるところでしたよ。』

『ほんとうにあすこは、ひどいお暑さですものねえ。』

女は、同情するようにしみじみといって、巧妙にウェーヴしたかみの毛を、かるく撫《な》であげるようにした。

『おや、あなたはさっき桃割《ももわれ》でしたねえ。いつの間におなおしになりました?』

『ほほほほ、あれかつらですわ。』

女は鮮やかに笑った。涼しい風がちらちら、女の着物の裾《すそ》を動かしている。

『まるで見違えましたよ。とてもすっきりなさいましたねえ。あなた都会人でしょ。』

彼はだしぬけにこんな質問をした。

『ええ、あたくし都会育ちですわ。』

女は、ちらり彼に視線を投げた。

『それがどうして、あんな田舎廻《まわ》りの見世物なんかへおはいりになったのです?』

『パパやママのお手助けでございますの……。』

『それにしてもあなた……。』

後《あと》をいいかけたが、急に女が暗い顔をしたので、彼は話題をかえた。

『さっき口上言《こうじょういい》が、「花ちゃんやあ……」ってあなたを呼びましたね。あなた花子さんっておっしゃるんですか。』

女は一寸《ちょっと》顔を赤くして、

『いいえ、あれ親方《おやかた》がつけてしまいましたの。あたくしほんとうはマリ子って申しますのよ。』

女は、恥《はずか》しそうに顔を伏せた。で彼はまた話題をかえた。

『しかしあなた。今頃こんなところへいらしってもいいんですか？』

女は急いでくびをふった。

『大変ですわ、めっかったら……、でもあたし、お約束して今いい人に逢《あ》いに来ましたの。』

『え?!』

彼は目を丸くした。

『まあ……そんなにびっくりなさらないでもいいことよ。あなたのようく知ってらっしゃる人ですわ。』

『なに僕の……知ってる？』

彼が、いよいよ驚いている時、山の上で人の足音がした。と思う間《ま》に、一人の男が山をかけおりて来た。その男を、一目《ひとめ》見ると彼は、

『あっ！　君かあ……。』

彼はしばし啞然《あぜん》とした。男というのは、彼の家にいる大久保だった。

『はははははは。』

大久保は快活に笑った。

彼としては、かねがね大久保の女にかけてのすばやさは、しって知りぬいている。すでに

この土地へ来て、まだ幾日もたたないうちに、もう大久保は数町《ちょう》離れた町のカフェーの女給《じょきゅう》達に渡りをつけてしまったらしかった。そして時々、それらしい女から手紙を受け取っては、いやににやにやしている大久保を彼は見かけたことさえあった。

が、まさか首切術の女にまでとは彼も思わなかったのである。

『君も早いねえ。』つくづく彼がたん息《そく》するようにいうと、

『そうかね。』大久保はけろりとしていた。

『あたしずい分《ぶん》待ちましたわ。』

女は恨言《うらみごと》のようにいった。そしていそいそ大久保のそばへ寄《より》そって行く様子はもうただごとではない、と彼は思った。

『おいおい、すこし手加減をするもんだよ。日中《にっちゅう》人前だぜ……。』

大久保とマリ子とは、ほとんど抱擁《ほうよう》に近い姿勢をとっていた。その時、あわただしい人の気配がした。三人が音の方をふりむいた。とたんにマリ子の顔色がさっと変《かわ》った。

『た、たい変《へん》です。親方《おやかた》達があたしを探しに来ました。早く！　早くつれて逃げて下さい!!』

いううちに、もう四五人の男が、三人の方へかけつけて来た。三人は、夢中で後《うしろ》の山へかけ上《あが》った。その拍子《ひょうし》に、大久保は、木の根につまずいて倒れ、足を怪我した様子だった。三人は、一散《いっさん》に走った。山の中をあっちこっち逃げ廻《まわ》った。大久保の足からは血が流れていた。いよいよ追手《おって》は近づくばかり。で三人は、下の群集をめがけて山をかけ下りた。

気がつくと、彼はいつの間にか大久保にもマリ子にもはぐれていた。ふりかえると、『あの野郎だっ！　たたんじまえ』と、どなりながら三四人の男が追って来た。彼は夢中で、目の前の見世物小屋へ飛び込んだ。とたんに口上言《こうじょういい》が、

『花ちゃんやあ！』

といった。

『ああいよう！』

と答えた女は、間違いもなく今のいままで一緒に逃げていたマリ子だった。しかもマリ子は、美しい顔に微笑《ほほえみ》さえ浮べて、舞台の上の卓子《テーブル》の上へ、のんきそうに首をのせていた。

『あっ。マリ子だっ！　僕はまた首切術の小屋へはいってしまった。』

こういった自分の声で気がつくと、彼は風通しのいい社務所の一室で横になっていたのであった。

彼の枕元には、白衣《びやくえ》をつけた神主《かんぬし》さんと、かねて顔染《なじ》みの村の医師が詰襟《つめえり》ですわっていた。医師は簡単に診察して、

『決して御心配はありません。この暑気《しょき》で眩暈《めまい》を起《おこ》されただけです。がまあ、涼しくなるまで安静にされておられた方がいいでしょう。』

こういって、医師はすたすた帰って行った。

三

彼が家についたのは、もうそよそよ夕風《ゆうかぜ》の吹く頃だった。彼の家は、村中きっての旧家なので、構えも非常に大きく、家の中もなかなか広かった。彼は、長い廊下を幾曲《まが》りかして、大久保と二人で起居《ききょ》している離座敷《はなれ》へ行った。

大久保は、ねそべって雑誌を読んでいた。

彼の足音をききつけるとすぐにふりかえって、

『君、大分《だいぶ》顔色が悪いね。どうかしたのかい？』

と心配そうにきいた。

『うん、お祭りへ行ってね、目をまわしちまったんだ。』

『そいつぁあぶなかったねえ。しかしもういいのかい？』

ねそべっていた身体《からだ》を、やおら起《おこ》すと大久保はいった。

『なんでもないんだよ。ちっとも心配することはないって、医者もそういってたくらいだから……。』

いいながら大久保の前へすわった。

『それならいいがね……しかし君、一体《いったい》どこで倒れたんだい。』

じっと正面から、大久保は彼を見詰めていた。

『それがわからないんだ。多分見世物小屋の中じゃあないかと思うんだがね。とにかく気のついた時には社務所の中に寝ていたんだ。なんでも二三人で僕を社務所へ抱え込んで来たのだそうだが、その人達はなんともいわずに帰っちまったものだから、社務所の方でも僕の倒れた場所がわからないんだよ。』

『今日はまたばかに暑かったからなあ……。』

大久保は詠嘆《えいたん》するようにいった。そのうち女中が、風呂が湧いたと知らせて来た。二人は湯殿《ゆどの》へ行った。見ると大久保は、足へ繃帯《ほうたい》を巻いていた。薄《う》すく血がにじんでいる。

『おや、君は怪我をしているね。』

彼が一寸《ちょっと》おどろいたようにいうと、

『うん、さっきおもてへ出てころんじまったんだ。』

大久保は、こともなげな様子だった。が彼には、大久保の足の怪我が、何やら思合《おもいあわ》されるふしもあるように感じて妙に気になった。

二人は、湯から上《あが》ると夕食をすませ、夕刊を読んでいた。と、急に大久保が思い出したように腕時計を見て、

『おや、もう七時半だね。僕ちょっと散歩に行って来るよ。』

いいながら、手早く帯をしめなおして立ち上《あが》った。

『僕も一緒に行こうか……。』

『まあ君は見合《あわ》せた方がよかないか。昼間倒れたんだからね。』

大久保がいった。それもそうだと考えて彼は止《やめ》ることにした。

『じゃあ行って来るぜ。』

妙にそわそわ、落ちつかない様子で大久保は出て行った。見ると、彼のすわっていたところに、折りたたんだレター・ペーパーらしい紙が落ちていた。彼はなんの気なしにそれを拾《ひろ》い上《あ》げて開いてみた。と、それには鉛筆の走り書きで、

『さっきお目にかかった浅間《せんげん》様のお池のふちで、今夜八時に、きっときっと間違いなくね。マリ子』

と書いてあった。彼は手紙を読むと、またあやうく眩暈をおこして倒れそうな気がしたのだった。

## 解説

〈犯罪公論〉昭和八年五月号（三巻五号）に発表。

社主の柳沼澤介《やぎぬまたくすけ》と喧嘩して武侠社《ぶきょう》を飛び出した田中直樹《たなかなおき》が〈犯罪科学〉のライバル誌とし

て立ち上げたのが〈犯罪公論〉。〈犯罪科学〉の看板作家たちは、こぞってこの新雑誌に移転した。本書収録の作家だと小川好子《おがわよしこ》、米村正一《よねむらしょういち》、それにこの阿部徳蔵《あべとくぞう》らが移転組。

阿部は昭和六年十月創刊号の「水晶透視と犬」から昭和八年十月号の「奇術随筆」まで合わせて二十四篇の小説と読物を寄稿している。同誌で最《もっと》もアクティブな執筆者のひとりだった。「水晶透視と犬」は「早川るり子の消失」（昭和六年十一月号）、「花花《はなばな》は喜ぶ」（同十二月号）と三部作をなす作品で、主人公の周囲で心霊現象らしき奇怪な事件が次々に発生するが、最後にすべては主人公の気を引くために女性マジシャンが仕組んだトリックだった……という内容。阿部の創作はこのパターンが多い。

中には「奇術師幻想図」（〈犯罪公論〉昭和七年二月号）や「明暗屏風《びょうぶ》」（〈新青年〉昭和十四年三月号）のように合理的な説明のないままに終わる純粋なファンタジーもある。本作はそのひとつで夢と現実、時間と空間の境界線がいつのまにか曖昧《あいまい》になってしまう。文章によるトリックアートというか、クラインの壺《つぼ》みたいな作品だ。見世物《みせもの》小屋で気分が悪くなってから社務所で意識を取戻《とりもど》すまでは明らかに「彼」の夢だが、では失神していた彼がどうやってマリ子と大久保の関係を知ることができたのか？　何度読んでも分《わか》らない。

阿部はクロースアップ・マジック（観客の目前で演じるマジック）の達人で、実際にその演技を見た音楽評論家の兼常清佐《かねつねきよすけ》は「僅《わず》か二メートルも離れていない鼻先で、湯を入れた洗面器が空中に浮き上がつたり、トランプの模様が見る見るうちに変《かわ》つたり、札《さつ》が忽然《こつぜん》としてどこかへ消えてしまつたり、種々様々の幻術はニホンの小説にあるハッサンカンやシクハードをそのまゝ目の前に見るやうであつた。私は頭がぐらぐ〳〵して来た」といっている。編者も本作を読むたびに頭がぐらぐらする。阿部マジックにかかってしまったのだろうか。

作品だけでなく、阿部はその人物像も多くの謎に包まれている。秦豊吉《はたとよきち》をして「大正昭和へかけて、阿部ほどの天才はいない」と言わしめるほどの腕を持ちながら営利目的のステージには決して立たず、生涯アマチュアを貫《つらぬ》き通した。プライベートな話題に触れることを極度に嫌い、親しい友人にも私生活を明かさなかった。そのため「親の遺産で暮らしているのではないか」と噂《うわさ》されたが、事業投資や不動産賃貸などで生計を支えていたふしがある。

口を開けばマジックのことばかりで、マジックのほか何物も眼中になきが如《ごと》くであったが、国文にも造詣《ぞうけい》が深く、かと思うとお座敷では器用に小唄《こうた》を口ずさむなど捌《さば》けた一面もあった。マジシャンの立場から職業的霊媒《れいばい》を否定する一方で本人は方角禁忌《きんき》を固く信じており、昭和十二年に友人で経済学者の向坂逸郎《さきさかいつろう》が第一次人民事件に連座して逮捕された時、家族を見舞おうとしたものの折悪《おりあ》しくその家が凶方位《きょう》にあたっていたため、必死の思いで訪問したというエピソードが残っている。ちょっと可愛《かわい》いと思った。

# 恐怖鬼《き》佞《ね》魔《ま》倶楽部奇譚

米村正一

米村正一（よねむら　しょういち）

本名同じ。明治三十六年四月十五日、広島県広島市に生まれる。第一高等学校を経て東京帝国大学法学部政治科に入学。新人会に入会し、セツルメント活動に参加する。在学中、高等試験司法科試験（現・司法試験）に合格。弁護士資格を得る。大正十四年、日本農民組合香川県連合会の顧問弁護士として高松《たかまつ》に派遣され、小作《こさく》争議の弁護にあたる。同時に朝倉菊雄《あさくらきくお》（後の島木《しまき》健作《けんさく》）らと労働農民党香川県連合会の組織拡大に奮闘するが、第一回普通選挙の運動中に治安維持法違反の疑いで逮捕（三・一五事件）され県外退去を命じられる。以後、運動から距離を置き弁護士業務に専念した。昭和六十二年二月八日、死去。訳著にルカッチ『階級意識とは何ぞや』（同人社書房、昭和二年）、コローヴィン『過渡期国際法』（改造社、昭和八年）、スターリン『ソヴェト民族政策論』（ナウカ社、昭和二十一年）などがある。

I

「申し遅れてまことに失礼いたしました。私、田村《たむら》と申します。今後とも何分《なにぶん》よろしく。両《りよう》三度、会《かい》でお目にかかったことがございますね。ま、一杯いかがです、こう涼《すず》しくなるとやはり日本酒に限りますね。」

夜《よ》が更《ふ》けた、というよりもやはり不景気のせいであろう、まだ十二時には間《ま》があるのに、バアのお客といえば向《むこ》うの隅《すみ》に二三人ぐでんぐでんになっているのを除けば、私とその田村という男だけであった。

「込み入った話があるから」

と言って女給《じよきゆう》を退《しりぞ》けた彼は、会が済んで何処《どこ》かへ遊びに行こうとしていた私をこのバアへ引き入れた上、酒をすすめるばかりで、仲々《なかなか》その話には移らなかった。

「会も毎度同じようなものばかりで、さっぱり面白くありませんな。どうです、今夜のなんざ、ハルピンあたりへ行《ゆ》けばざらに見られるもんじゃありませんか?」

彼は少し酒の廻《まわ》った眼《め》の縁《ふち》を赤くして、やっとこう切り出した。

「ほんとですね。あれでは高い金を出して見る程《ほど》のこともありませんね。」

私も少しいい心地になって来た。

実を言えばその夜《よ》は、毎月一回、秘かな会員組織で怪しい映画を見ての帰りで、その男とは二三度あちこちの集まりで逢《あ》った記憶があったが、こうしてお互《たがい》に話し合うのはこれが初めてなのだった。元来、人の前では公表し難《にく》い秘密なことを楽しむ仲間であるものだから、お互にどこか警戒し合うところがあって、一度や二度顔を合《あわ》せたところで、仲々《なかなか》話を交わすところまでは行かないものなのであるが、その夜は、会場ときめられた京橋《きょうばし》に近い或《あ》るビルヂングの地下室を出て、タクシーを拾おうとするところを後《うしろ》から肩を叩かれて、この銀座《ぎんざ》の裏通りのバアへ連れて来られたのである。

「今夜はいかがでした?」

「詰《つま》りませんね。もう、どれを見ても似たり寄ったりで、一寸《ちよつと》した昂奮《こうふん》さえ起きませんよ。」

「そうでしょう。私も至極《しごく》同感ですね。それについて、是非、あなたに御相談をして見たいことがあるのですが、一寸直《ちよつとす》ぐそこのバアまでお付合《つきあ》い下さいませんか?」

こんな話がきっかけだった。

田村という男は身なりのきちんとした五十がらみの、何処《どこ》かゆったりしたところのある老紳士であった。いずれ私と同じように毎日用もなく退屈に苦しんでいる人間に相違はない。秋の半ばというに、もうどっしりと厚いオーバーに身を包んで、香《かおり》の高いシガーをやたらとふかしていた。

「お互《たがい》、もうあんな映画は見飽《あ》いてしまいましたねえ。ところでと、あなたはあれ以上のものを御覧になりたいとはお思いになりませんか？　若《も》しお望みなら御案内申し上げてもいいのですがね。」

私は聴《き》き耳を立てた。

「あれ以上と申しますと？」

「そうですな。一口《ひとくち》に言って何と言いますかな。そうですなあ、ま、まだ時間もありますから御遠慮なくおあけ下さい。洋酒がお好きなら何なりと御註文《ちゆうもん》なすって下さい。日本酒の方が、そうですか、ではもう一本つけさせましょう。」

田村という男は更《さら》に一本つけさせた。もう我々のテーブルの上には五六本の徳利《とくり》が並んでいる。

田村はぐっと一杯あおって突然変なことを言い出した。

「映画、つまり映画のことですが、あなたは今日《きょう》の映画が奇妙に一方へ偏《へん》しているとはお考えになりませんか？」

「一方に偏するとは？」

「それです。今日《こんにち》映画というものは人間の文化と切っても切れぬ深い関係を持っておりますね。ところで、今、今日《こんにち》の映画を冷静に考えて見ますと、大体《だいたい》に於《お》いて二つの種類から成っています。第一が所謂《いわゆる》実写物で、第二は所謂映画劇、この二つとなりましょう。尤《もっと》も近頃は猛獣映画というような半分は実写的な興味を持ち、半分はストーリーというものもありますが、これは厳密に言えばやはり劇の方へ入れていいでしょう。で、問題はその第一の実写です。映画が文化的に大きな価値を持っているのは、何もそれが映画劇という新しい形式の芸術を生んだからではなくて、自然と人生のありのままの姿を居ながらにして見せてくれるからではないでしょうか？　お互《たがい》にこうして東京の真中《まんなか》にいてパミール高原の雪景色も見られれば、同時に又《また》アフリカのジャングルで獅子《しし》が縞馬《しまうま》を斃《たお》すところも見られる、顕微鏡を利用した映画の如《ごと》きは、肉眼の及ばぬ神秘な世界までをまざまざとスクリーンの上に現わしてくれます。時間と距離が映画の出現によってはじめて人間に征服せられたと言ってもいいでしょう。ところが映画劇の発生によっては、高々《たかだか》、新《あた》らしい一つの芸術形式が出来上《あが》ったというより外《ほか》に大した価値もないと思われます。いや、簡単にいたしましょう、申し上げるまでもなく、そんなことはよく御存じのことでしょうから、つまり、今、私がここで主張したいのは、映画の真《しん》に文化的な価値は実写物《もの》にあるという、ただ、それだけの簡単なことです……」

私は話がやけに固くて、何事かと思ったとは反対に、とんと面白くもないので、少々うんざりして来た。ところが田村という老紳士は、益々《ますます》、能弁《のうべん》に話を進めて行《ゆ》くのであった。

「それでです。今後はその実写映画の対象の方から考えて見ますが、実写というからには自然と人生の一切が次から次へとフイルムに影を写して行《ゆ》くべきであるのに、実際を見ると先《ま》ず実写映画の対象は大部分が自然の山や川の景色です。これは決して悪くはありません。ところが問題は残りの人生方面の実写です。これが頗《すこぶ》る愚劣じゃありませんか？　何かの式を撮《と》ったものでなければ、スポーツ、ダンス位《ぐらい》なもの、面白くもなければ珍《めず》らしくもありませんな。人生が映画では、ただそんな浮《うわ》っ面《つら》のところで現われているばかりです。毎日毎日の新聞を御覧なさい、特に所謂《いわゆる》三面ではどうです、そこには大小様々な人間の世の姿が凡《あら》ゆる形で現われているじゃありませんか？　自殺もあれば姦通《かんつう》もある、殺人強盗もあれば放火もある、一夜《いちや》に千金を投じて豪遊する人の話もあれば街上《がいじょう》で餓《が》死《し》する人々の話もある、飛行機の分列《ぶんれつ》式や銅像除幕式の式の順序ばかりではありません。しかも、人々は殺人や自殺の記事には眼を牽《ひ》かれても、銅像除幕式の記事なんかを読みたくて新聞を開きません。その一番人人が興味を持っているものが、不思議と映画からボイコットされているのはどうしたわけでしょう？　そこですよ、私が一方に偏《へん》していはしないかと思うのは……」

「なるほど。」

私は思わず膝《ひざ》を乗り出した。

田村はここで一寸《ちょっと》声を落《おと》して、

「それでです、私はこう思うのです、若《も》しも今日《こんにち》のこの発達した映画が、例えば殺人事件のあの恐ろしい刹那《せつな》の姿をほんとにフイルムに納《おさ》めることが出来たら、どんなに素晴らしいことだろうと。どうです？　そうはお思いになりませんか？　尤《もっと》も殺人事件でもあれば、当局の人や新聞社の方面ではその現場を写真にとりましょう。或《あるい》は活動写真にとるかも知れません。しかし、考えて見ると、彼等《ら》はただ事件の完了したところを、つまり被害者と共に事件自身がもう死んで済んでしまった跡《あと》を写すだけのことで、その生々《いきいき》としたスリリングな有様《ありさま》をフイルムに納めて来るのではありません。それでは大した価値もないじゃありませんか、文章で書かれたのを読んだって同じことです。」

「そうですねえ。そ、それでは、そんなものを写したフイルムがあるのですか？」

私は待ち切れなくなってこう促《うなが》した。

「まあ、お待ちなさい。」

相手は手で押《おさ》えて、やけに落付《おちつ》いていた。

「というわけで、人間の文化には明るい半面があると同じように暗い半面があり、どういうわけか人間はその暗い半面により一層《いっそう》興味を感ずる動物です。しかも、その暗い半面へは、これも亦《また》変なことには、人間が今日《こんにち》までに発明した文明の利器即《すなわ》ち、映画を利用することを忘れている、おかしなことではありませんか？」

「そうですね。でも、それが実際上は不可能だからではないでしょうか？　なるほど御《お》説の通り、若《も》しそうした種類の写真を取ることが出来たら大したものでしょう。今夜見て来たようなものとはちがって、法医学上にも芸術上にも、どれだけの価値があるか判《わか》らないし、お互《たがい》もそれをどんなに喜んで見ることでしょう、ただ問題は肝腎《かんじん》のその可能性の問題ですね。」

「ところが可能なのです。その証拠を実はお見せしたいために御引留《おひきと》めをしたのです。今夜はもう更《ふ》けましたからこれでお別れしましょう。一度御覧に入れます。その時と場所とは何《なん》等《ら》かの方法でお知らせいたしましょう。ただくれぐれも秘密を守っていただきましょう。若《も》し漏れたとなったら、並大抵《なみたいてい》なことでは済みませんからね。」

田村という男の眼がその一瞬きらきらとかがやいた。

「承知いたしました。でも、私のアドレスは……」

「いやもうよく承知しております。こんな話をしていい人はそう沢山《たくさん》はないのですもの、何もかも調べた上で打ち明けた訳《わけ》で、ははは、どうも勝手なことをしました失礼、どうぞ悪《あ》しからず。」

外へ出るとひどい霧が下りていた。勘定はその男が私を押《おさ》えて無理に払った。

「では御《お》別れいたします。いずれそのうち又《また》。」

男はタクシーを呼び止めると私を残して新橋《しんばし》の方へ消えて行った。

この会のあった夜にはきっと何処《どこ》かへ消えてしまう私も、何だかそんな元気がなくなって、家へおとなしく帰ることにした。

タクシーを拾って小《こ》石川《いしかわ》の家《うち》まで帰る途中思い掛《が》けない今夜の話を思い返して見た。

あの田村という老紳士は何だろう？　彼の論理は正しいが、それだけ何処《どこ》かに何か恐ろしい矛盾《むじゅん》が潜《ひそ》んでいるようでもある。現行犯の映画？　そんなものが自分で犯罪を行わずにどうして撮影出来るのだろう？

それに、あの男は私の生活の何もかも知っているように自信ありげなことを言った。何とない不安がじっと覆いかぶさって来るように思われる。

「若《も》し漏れたとなったら、並大抵《なみたいてい》なことでは済みませんからね……」

その上、ちゃんと自分はいつの間にか止《とど》めをさされている。そう思うと何か不吉な影が感ぜられてならなかった。

小石川原町《はらまち》の家《うち》へ帰ると眠そうに眼をしょぼしょぼさせた婆《ばあ》やが門を開《あ》けてくれた。

「お帰りなさいませ。」

「誰も来なかったかい？」

私は口癖になっている問《とい》を発した。

「いえ、たった今、田村さんとかいう人が見えましてお渡しするものを忘れたから、お渡ししてくれとこの箱を御届《お》けになってそのままお帰りになりました。へえ、自動車を待たせてお置きになりましてな……」

今の今迄《まで》考えていたその怪しい男が、もう先に廻《まわ》って家《いえ》を訪ねている。私はぞっと水を掛けられたように寒気《さむけ》を覚えた。

二階の寝室で、取るものも取り敢《あ》えず、婆やの渡した一寸《すん》四方位《ぐらい》の小さな紙の箱を開いて見ると小さな旗の形をした七宝《しっぽう》の徽章《きしょう》が入っていた。全体が黒色で真中《まんなか》に赤色《あかいろ》の星が入っており、何処《どこ》の国の旗でもなさそうな奇妙な徽章であった。そして、その上、小さな紙片《かみきれ》に次のようなペンの走り書きがしてあった。

先刻《さっき》は失礼、明夜《みようや》正八時《しょう》この徽章を左の襟《えり》につけ、銀座四丁目三越《みつこし》前にお待ち願上《ねがいあげ》候《そうろう》。

## Ⅱ

十一月の秋らしい晴れた日が明けて暮れた。その翌日、私は半分何かに強《し》いられたような心地で、とっぷりと暮れた夜の街を命ぜられた銀座四丁目の三越の前へ急いだ。土曜日ではあるし、丁度又《ちょうどまた》人の出盛《でざか》りであの混雑した交叉点《こうさてん》にタクシーを止めることは禁ぜられてあるとのことで、車は行《ゆ》き過ぎて十間《けん》ばかりのところで止《と》まった。

人の波を掻《か》き分けながら三越の入口へ辿《たど》り着いてさて見廻《まわ》すと、人々はただ漫然《まんぜん》と往《ゆ》き来しているばかりで、それと覚《おぼ》しい人はいない。オーバーの襟《えり》には昨夜届けられた変な旗のマークをつけている。オーバーへマークをつけるなんぞ少し変ではあるが、それでも人の目印にするには命ぜられたようにそうするより外《ほか》はない。時計を見ると八時に五分前である。

「おい、何をそこでぼんやりしてるんだ。いい人でも待っているのかい?」

突然、肩を叩かれて振り返《かえ》ると学校時代からの親友の佐藤《さとう》がにこにこしながら立っていた。佐藤は中学校時代からの旧《ふる》い友達で、今時の青年には珍《めず》らしいおとなしい男だった。私の父がまだ生きていた時には私以上に、父から愛せられていたし、私の家《うち》へも我が家《いえ》のように出入りしていたが、父が死んで、莫大《ばくだい》な遺産を相続した私が、何という仕事もなしにぶらぶら遊び暮らすようになってからは、何処《どこ》か話にそりが合わなくなったような気がして、いつの間にか三度逢《あ》うのが二度というようになってしまっていた。丸《まる》ノ内《うち》のM銀行では、若いのに相当重要な役を与えられているという。

「何《な》んだ、誰かと思えば、いや、そんな浮いたことじゃないよ。」

「又《また》なにか面白い所でも探して人でも待ち合わしているのかい？」

「そうでもないさ。一寸《ちょっと》用のある人と落ち合う約束があるのでね。」

私は何だか図星《ずぼし》を指されたような気で、どぎまぎしながら答えた。

「近頃、ちっとも現われないが、どうしている？　いくらお金持《かねもち》でも遊んでばかりいるのはいけないよ。あ、何だ、このマークは、何処《どこ》の旗だい？」

悪いものを見られて困ってしまった。

「外国の船会社のさ。今度そこへ勤めることになったんだ。」

私は咄嗟《とっさ》の答にこんな苦しいことを言った。すると佐藤は大声で笑いながら、

「そうかい、それはよかったな。そうそう、それはたしかドイツのハンブルグ、アメリカ会

社のマークだったな。でも、何時《いつ》こっちへ支店が出来たのだろう?」

「つい最近だ。」

何だかからかわれているような気がした。佐藤が早く何処《どこ》かへ行ってくれぬと、もう八時までにどれ程《ほど》の時間もない。

「あ、八時だな。僕一寸《ちよつと》用がある、失敬するよ。又いずれ。」

いらだって私が差し出した腕時計をちらと覗いた佐藤は、いい塩梅《あんばい》に、そのまますたすたと行ってしまった。

正《しよう》八時だ。

「あの、水野《みずの》さんではございません?」

年の頃が二十前後の、髪をバブにした綺麗な洋装の女が、突然、眼の前に現われた。

「え、そうです。」

「では、自動車でお待ちしておりますわ、どうぞ。」

よもや、こんな女が迎えに来ていようとは知らなかった私は、昨夜《ゆうべ》田村と言った男との約束かどうかをはっきりと問い返しもしないで、その儘《まま》女の後について行った。

待たせてあった自動車は美事《みごと》な高級車であった。

「あなただけですか?」

私がこう尋ねると女は、

「ええ、そうですわ。」

とにっこり微笑《ほほえ》んだ。

自動車は築地《つきじ》の方面へ快《こころよ》く走り出した。

「皆さんお待ちでございますわ。」

「そうですか。でも、僕お伺《うかが》いしていいのでしょうかしら？」

「まあ、そんなこと、何の遠慮が要《い》るものですか？　あら、どう遊ばした。カラーに灰がかかってますわ。」

女がそう言ったのと、女の取り出したハンカチが私の鼻先へプンと高い匂《におい》で触れたのとを覚えているだけで、私はそのまま急に眠くなってしまった。

ふと気がついて見ると何時《いつ》の間にやら私は長い寝椅子に横になっている。恐ろしく贅沢《ぜいたく》な応接室で、すぐ目の前には大きなストーヴが赤々と燃え、上品な壁にはネーデルランド派の古い洋画がかかっている。五六脚《きやく》の椅子から机に至る迄《まで》、並大抵《なみたいてい》な品ではない。どう考えても大した上流社会の応接室にちがいない。

と、左手のドアが静かに開いた。

「どうも失礼いたしました。どなたでも最初は是非こうして来ていただく規約があるもんですから、どうぞ悪《あ》しからず、御気分はいかがです。」

昨夜《ゆうべ》の田村がにこにこして這入《はい》って来た。

「いや、でも一寸面喰《ちょっとめんくら》いましたよ。昨夜《ゆうべ》は失礼いたしました。」

私はてれかくしにわざと丁寧に答えた。

「こちらこそ、どうもこう言うことは前以《まえもつ》て申し上げて置くわけにも参りませんので、失礼の程《ほど》は万々《ばんばん》お許しを願います。ま、気付《きつ》けにウイスキーでもいかがです。」

田村はマントルピースの上から上等の瓶《びん》とグラスを持って来た。

「いや、結構です。」

私は警戒の心は緩《ゆる》めなかった。

「ま、いいじゃありませんか、私もこうして一つ戴《いただ》きます。」

田村は一杯ぐっと傾けた。

「どうしても、そうですか、では、早速《さっそく》御覧に入れましょう。どうぞこちらへ……」

次の室《へや》はちゃんと小さな映画の試写室になっていた。

それから、私はたった独《ひと》り、この心細く暗い室《へや》の中で世にも恐ろしい映画を見たのである。

田村の言葉は決して嘘ではなかった。最初は「一家六人鏖殺《おうさつ》事件」であった。枕を並べて眠っている一族が、忍び込んだ怪盗のために×でも××するように、斧《おの》一挺《ちょう》××××××××××××××××××。××××××××××××、××××××××、××××××××××、×××××××××××××××、×××××××××××、×××××××、××地獄にも勝る光景がまるで絵巻物のように大きく小さく次から次へと展開された。私は思わず冷汗《ひやあせ》をかいて前の椅子へしがみついた。戦慄《せんりつ》というか悪寒《おかん》というか、この余りに恐ろしい写真を前に、私は殆《あや》うく卒倒《そっとう》しかかるところであった。パッと電灯がついて、恐ろしい地獄が白い映写幕の中へ消えた。

「いかがです？」

とにっこり笑いながら、後《うしろ》の方から田村がやって来た。

「大変なものでしょう？」

私は咽喉《のど》が詰《つま》って返事がつかえてしまった。

「まだ、いろいろ、ありますが、それは又《また》ゆっくりと御覧に入れることにしまして、次の間《ま》へ帰りませんか？　会員が待っていますよ。御紹介いたしましょう。」

私は物を言う元気さえなくなってふらふらしながら元の応接室へ引き返した。

応接室には右の襟に例の黒地に赤い星のマークを佩《お》びた見知らぬ男が四人ばかりウイスキーをあおっていた。

「御紹介の前に、さ、気付けを一杯」

田村はなみなみとジョニ・ウオーカーをついでくれた。

私はそれを三杯もたて続けにあおった。どうやら気がはっきりして来たようだった。

「最初は、どんな猟奇ファンでもこうですよ。お互《たがい》、皆《みな》そんな目に逢《あ》って来たのですから。」

待っていた男の一人がこう言って笑った。

遠くで電車が走る音がした。

田村が突然立ち上《あが》った。

「さて皆さん、我々は今日、茲《ここ》に新会員を迎えたことを喜びたいと思います。名は規約によって私から齋藤《さいとう》氏とお呼びすることにいたします。決してこの会の秘密を漏らすような人でないことは不肖《ふしょう》組織委員長が誓って申します。では、この方《かた》が稲本《いなもと》氏、この方が勝《かつ》氏、この方が山田《やまだ》氏、この方が武井《たけい》氏です。」

私はいつの間にか齋藤という仮名を与えられて、この訳《わけ》の判らぬ会の一員に加えられてしまったが、今はそれを拒絶する程《ほど》の勇気がなくなって、そのままずるずるべったりに挨拶をしてしまった。

田村は又《また》立ち上《あが》った。

「御欠席の方は致《いた》し方《かた》もございませんが、今夜お集《あつま》りを願いましたのは外《ほか》でもありません、この新会員齋藤氏の御披露《ひろう》もさることながら、一つは新《あた》らしく台湾から或《あ》る奇妙な殺人事件のフイルムが這入《はい》りましたので、それを試写いたしたいと思うのでございます。場所は台北《たいほく》、或る会社員の妻君《さいくん》が殺されるところで、近頃新聞紙を賑《にぎ》わしている、あの事件でございます。では、どうぞ会場へ。」

ぞろぞろと立って出て行《ゆ》く人々の後へ私はふらふらとついて行った。台湾での事件は私もよく知っていた。或《あ》る会社員の妻君《さいくん》がその主人が出張して不在中、主人の洋服のバンドで絞《こう》殺《さつ》されていた。外から誰一人その家へ這入《はい》った形跡もなし、さりとて、主人は台北市から百何十里《り》もある地点でその夜《よ》は立派な不在証明《アリバイ》を持っている。その妻君は貞淑《ていしゅく》な人で他人から恨《うらみ》を受ける筋《すじ》はないし、主人だって人格者だ。その身辺《しんぺん》に何の暗いところもない。しかも何一つ奪われた物はない。自殺とすると、それが又《また》変なのだ。第一自殺すべき原因がないのみならず、その妻君には可《か》なり格闘した形跡がある、それに自分で寝たままバンドで頸《くび》を絞めて死ぬことなんかは出来る筈《はず》がない。とも角《かく》も近頃の珍事件として今センセーションを起《おこ》しているものである。

その事件の現行犯が、どうしてフイルムに納《おさ》められたのであろう？　それが又《また》、どうしてこの東京へ送られて来ているのであろう？

私は何が何だか訳《わけ》が判らなくなった。

やがて大きくその会社員の家がスクリーンに現われた。新聞紙に出ているのと同じである。窓が近づいて来る。妻君はそろそろ寝着《ねまき》に着かえようとしている夜の遠景……

## Ⅲ

「朝寝坊だなあ、眼が覚めたかい。」

佐藤の顔が大きく覗いている。

私は寝台の上で飛び起きた。直《す》ぐ枕元に椅子を寄せて、いつも乍《なが》らスマートな洋服をきちんと身につけた佐藤が、ウエストミンスターをふかしていた。

「いくら日曜でも、あんまり朝寝坊が過ぎるなあ、何時だと思う、もう十時だぜ。」

直《す》ぐ左手のカーテンを引くとパッと清々《すがすが》しい秋の朝陽《あさひ》が流れ込んだ。

「うーん、そんな時間かなあ。」

私は一つ大きな延《の》びをした。

「猟奇屋さん、昨夜《ゆうべ》は大変遅かったそうだね。いい収穫でもあったかい。」

佐藤はにやにやと笑って紫の煙を吹いた。

「三越の前で変に固くなっていたじゃないか、何処《どこ》へ行ったい？」

私は不思議な一夜を思い出した。やけにウイスキーをすすめられて、半分眠ったまま何処《どこ》をどう通ったものか、田村という男に降ろされて見たら、もう自分の家の前であった。酔った眼にも夜がいたく更《ふ》けて、しいんと一切が寝静まっていたことを覚えている。

「うん、ぶらぶらと飲んで廻《まわ》ったんだ。」

私は曖昧《あいまい》な答をして、床《とこ》を出ると、いつものように婆やが置いてくれた小テーブルの上のサンドウィッチに手を延《の》ばした。

「嘘を言え、馬鹿に綺麗なメッチェンと二人で芝浦《しばうら》の方から大崎《おおさき》へ、大した勢《いきおい》でドライヴしたじゃないか！」

佐藤の言葉は意外だった。

「君、そ、それを知っているのか？」

「知っているどころか、さんざん当てられたい。どうも様子が変だと思ったものだから、別に用もなし、タクシーを拾って後をつけてやったら、お楽《たのし》みなことだね、ぐるぐると大廻《まわ》りにドライヴした挙句《あげく》、大崎の大した家の門の中へ消えたじゃないか、君も仲々《なかなか》隅へ置けないね。とてつもない巣を拵《こしら》えているなんて……」

「大崎？　なるほど……」

私は佐藤に跡をつけられたことを憤慨《ふんがい》するどころではなかった。考え詰めて見ると恐ろしい不安な一夜でもあった。その自分でそうと判《はん》じ兼ねる自分の行き先きを友は知っていてくれる！

「大崎の何処《どこ》いらだろうね？」

私は佐藤に思わずこう問い掛けた。

「何処《どこ》いらかって？　はははは、おいおいはっきり眼を覚ませよ、寝呆《ねぼ》けてはいけないなあ、自分で自分の行き先を知らないなんて、からかうのは止《よ》せよ。狐《きつね》につままれたのかい？」

佐藤は半分笑って半分怒ってしまった。

私は困ってしまった。大きなジレンマが大きな口を開いて私を呑《の》み込もうとしている。生命《いのち》掛《が》けの秘密を誓わされて帰って来たからには、相手がたとえこんなに真面目な友達とはいえうっかり漏らされはしない、と言って、若《も》しこの機会に自分の行《ゆ》き先でも聞いて置かねば——親友が故意か偶然かそれを知っていてくれたとは何という天の助けであろう！——若《も》し万一のことがあった場合、自分で自分を助け出すことさえ出来そうもない。恐ろしい団体が、この東京に恐ろしい秘密な仕事をしている、たとえそれが唯《ただ》彼等のあの病的な猟奇慾《よく》を満足させるだけの目的しか持たぬにしても、思えばあの恐怖鬼佞魔《きねま》倶楽部ほど世に恐ろしい団体があるであろうか？　自分はまだ何の仕事もしていない、いわば唯ちょっとドアから内を覗いて見ただけだ、今なら自分は何の罪も犯してはいない、しかし——このままでずるずるべったりに進んで行ったら……

「佐藤、助けてくれ、佐藤、僕は今恐ろしい目に逢《あ》っているんだ！」

私は佐藤へ飛びかかった。

「どうしたい、驚《おど》ろかせるない、今日はどうも君変だぞ。」

佐藤は人の苦しみも外《そと》にいっそ平気な顔をしていた。

「君にだけ話す、僕の生命《いのち》を助けると思うなら一切他言をしないで、僕を助けてくれ。僕は今、飛《と》んでもない仲間に這入《はい》ってしまったのだ！」

「何だね？　今日はこれ、歌舞伎《かぶき》座の招待券を二枚も貰ったので、銀座で昼飯でも食ったら、久し振りに吉右衛門《きちえもん》でも見に行こうかと、君を引き出しに来て見たら、朝っぱらから変なことばかりを聞かせるぞ。しっかりしろよ、いくら猟奇屋でもまだ頭へ来るには早かろう。」

佐藤は相《あい》も変《かわ》らず憎い程《ほど》平然として、まるで私のこの塗《と》炭《たん》の苦しみを冗談に聞いている！私は腹が立って来た。

「佐藤、君は僕のこの苦しみが判らぬのか！」

「どうしたんだ。こんな結構な生活をしていて何が苦しみなんだ。聞かぬとは言わぬよ。話してくれ。場合によれば力になってもやる。」

そこへ婆やが速達の手紙を持って来た。ぎくりと、不吉な予想に襲われて封を切って読んだ私は、それを佐藤へ押しつけた。

「これだ、ああ、これだよ！」

佐藤は相も変《かわ》らず平然とたった一枚のレターペーパーを読んで、

「何だい、変な手紙だな、（くれぐれも他言無之様《これなきよう》、若《も》し然《しか》らざる節《せつ》は……）たったこれだけの文句じゃないか、おい水野、又《また》変な不良かなんかに脅《おど》されているな。」

私は昨夜《ゆうべ》のことを何もかもあけすけに告白した。恐怖鬼佞魔《きねま》倶楽部——それは猟奇の鬼の団体であった。最初の程《ほど》は唯《ただ》単に普通の猟奇を追っていたが、或時《ある》、所謂《いわゆる》エロ映画の話から、嘗《かつ》て私に田村が話して聞かせたような議論が出て、如何《いか》にして真実の犯罪が撮影し得るかということが問題になった。殺人、強盗、強×、更《さら》には犯罪ではないが自殺の前後、あらゆる種類の刑戮《けいりく》等《とう》が、どうしたらフイルムに納《おさ》め得るか、彼等はそれを長い間考えて先《ま》ず一つの合法的な方法を考え出したのである。

彼等の話は世にありとも思えぬ程《ほど》恐ろしいものであった。それを一々《いちいち》述べることは私のこの弱い神経が許さない。一例を殺人に採《と》ろう。殺人の現行犯をどうして撮影するか、彼等はこういうのである。先《ま》ず一人の犠牲者を選ぶ。それは必ず世の指弾《しだん》を受ける価値のある因業《いんごう》な人間であって、相当の××でなければならない。×××が一番いい。その中から一番ひどい奴《やつ》を選ぶのだ。次に何等《なんら》かの方法で××を××するか、又《また》は規定の手続《てつづき》を踏んでクラブ員の一人が××になる。そして出獄を眼前に控えた強盗殺人等《とう》の兇悪な囚人に接触して、何気《なにげ》ない世間話の間に、その某《なにがし》という×××がどんなに悪辣《あくらつ》な奴で、どんなに×を持っているかを誇大に話すのだ。時としては、腕をまくり歯を食いしばって大げさに「社会に生きていても害にこそなれ決して存在の価値のある人間ではない、その為《た》めどれだけの人が苦しんでいるか判らない、自分が若《も》し社会に生きることが不可能になった場合には先《ま》ずその×を×して、×を×××に分けてやる。」というような憤慨《ふんがい》をするのもいい。それを出来るだけ多くの出獄前の兇徒《きようと》に話すのだ。又一方獄外でも努めて無頼漢《ぶらいかん》に接近する。そして時にふれ折にふれてそんな噂《うわさ》をする。それからは、丁度《ちようど》、海辺に出て魚を釣るようなものだ。その男の寝室が撮影出来るところに毎夜毎夜潜《ひそ》んでいる。魚が釣れるか釣れないか、それは釣《つり》魚道楽の人の心持《こころもち》と同じであろう。彼等はこういう奇怪な理屈により、いくら好きな道とは言え、気の永《なが》い計画を実行し、五年間かかってやっと二つの殺人フイルムをとることが出来たのであった！

勿論《もちろん》、これには一方《ひとかた》ならぬ危険が伴《ともな》った。（その危険がやがては後に彼等を猟奇の鬼にしてしまったのである。）それは撮影技術上の本質的な問題から発生した。それというのは、こういう兇行《きょうこう》の行われるのは先《ま》ず大部分が夜間である。その夜間の撮影は実際上普通の電灯の光では出来るものでない。少《すく》くとも五百ワットの電球に照明器が必要である。光度の不足を犯罪者には判らぬように補《おぎな》うということは、事実上、不可能に近い上に、飛《と》んでもない第三者として発見せられた時の危険はこの上もない。たった二度、死ぬる思いで撮影して来たフイルムも、現像して見るとまるでなってはいなかった。それにこの方法では、大撮《おおうつ》しの如《ごと》きは勿論《もちろん》、角度を変えて撮影するというような平凡なことでさえ全《まった》く不可能である。ただ、この方法は先《ま》ず合法的である点に強味があった。あの程度の煽動《せんどう》では人を殺すことを教唆《きょうさ》したとはいえないし、人を殺すところを第三者がフイルムに納《おさ》めたからといって、それが何も殺人の幇助《ほうじょ》になるわけでもない。仮《か》りにその行為が曝《ば》れたとしても、高々《たかだか》家宅侵入の罪に留《とど》まる。

やがて、彼等のこの奇怪な仕事に恐ろしい転機が来た。彼等はたとえ前の通りの方法によって、その僅《わず》かな収穫を楽しむにしても、それが生命懸《いのちが》けの努力であることに違いのないのを覚えて来た。若《も》し、犯罪者が彼等を発見して襲いかかったら——そうしてそんなことは百パーセントにプロバブルなことなのだ——彼等も用意の武器で防禦《ぼうぎょ》せねばならぬ。彼等が殺されねば彼等が殺人罪を犯すことになるであろう。思う存分のことも出来ないのにいつも最大の危険と最大の犯罪に脅《おど》かされる、こんな馬鹿気《げ》たことはない、同じ生命《いのち》懸けなら――彼等は恐ろしい計画へ次第に堕《お》ちて行かねばならなかった。彼等はとうとう自分達の手で兇行を行うようになったのである。彼等はこう言うのである。凡《およ》そ殺人――今、犯罪中で一番スリリングな殺人だけの例を採《と》る――なるものはその動機を二つに分けることが出来る。第一は所謂怨恨物窃《いわゆるえんこんものと》り等《とう》相当の理由のある場合であるが、これは被害者の身辺を探り、紛失した物の行方《ゆくえ》を追う場合には案外発覚し易《やす》いものだ。第二は理由のない、××のための××である。これは発覚が頗《すこぶ》る困難である。ただ、普通の人間なら何の恨《うらみ》もない人間をただ××のために×すというようなことはないわけであるから、一種の精神病者の行為と見られ、その方面を探索されて発見せられることがある。その上、そういう精神の能力が不完全な人間はともすれば馬鹿げた証拠を残したりして発覚を自《みずか》ら招くことも考えられる。ところが、茲《ここ》には全く正常な精神を持ち、しかも社会の相当の地位にある人々が、充分な用意の下《もと》に計画的に理由のない殺人を行うのである。発覚の余地がないではないか?

彼等は恐ろしくもそうした理由で次々と一家鏖殺《おうさつ》や個々の殺人強×を試みて悉《ことごと》く成功した。東京郊外K町の六人殺し、O市の一家鏖殺事件、S県I村の老婆殺し、Y原の女学生強×殺人事件、過去数年に亙《わた》って所謂《いわゆる》迷宮入りを伝えられた事件の犯人は、思い掛《が》けずもこの大崎に本部を持ったモーニングを着込んだ猟奇の鬼共《ども》なのであった! その証拠は、あの本部で立派に十数巻のフイルムになって残っている! 台湾の事件でもそうである。それは彼等が夏を利用した魔のロケーションの結果に過ぎない。妻君《さいくん》を殺したのは正《まさ》にあの田村自身であり、犯跡《はんせき》を覆うために主人のバンドを利用しただけのことである！　それを私はまざまざとスクリーンの上に見た！

しかも、最近は女がそのグループに加入して来た。それが私を三越前から自動車に乗せたのだ。クラブ員の総数は会員自身それを知らない。しかし、その統制は恐ろしいまでに保《たも》たれていて、若《も》し、少しでも裏切り行為があったら、哀れな裏切者は、今彼等が着手している刑戮《けいりく》フイルムの上に悲惨な最後を残すだけのことである！

「よし、断じて他言はしない。僕にはそんな恐ろしい猟奇の鬼以上の頭がある、君を立派に助けて上げよう。」

佐藤は固く唇《くちびる》を嚙《か》んで強い決心を示した。

が、直《す》ぐ柔《やわら》かな表情に帰って、

「でも、まだ、今、君が危険という訳《わけ》でもあるまい。くよくよ思っていたら君自身の健康がいけなくなる。何もかも引き受けたから、今夜は吉右衛門へ附《つ》き合え。計画はもうちゃんと頭に出来ているよ。」

いつの間にか思わぬ時が経《た》ったと見えて、正午のサイレンが何の屈託《くったく》もなさそうに高々《たかだか》と鳴り出した。

## Ⅳ

その夜、私はあの豪壮《ごうそう》な歌舞伎座の特等席で、魂《たましい》のない人形も同然であった。それに反して佐藤は、吉右衛門の芸をひどく嬉しがって、何かとそれを批評しては私のこの重い心を一層《いっそう》重くさせた。実際、自分が悲しんだり不安でいたりする前で、他人が呑気《のんき》にはしゃいでいるのを見る程《ほど》つらいことはない。その佐藤の言葉は私には紙片《かみきれ》が耳へ吹きつけられると同じことであった。

休憩の時間にも、佐藤は滅入《めい》り込んだ私を残して、電話を掛《か》けに行ったり、さも愉快そうに廊下の上を往《ゆ》き来して口笛を吹いて見たり、考えて見ると友達甲斐《がい》もないように振舞《ふるま》っていた。私は言葉もなく脅《おび》え込んで、じっとただ固く椅子に坐《すわ》り、いつもならとやこうの品定めもするであろう、金魚のように歩いている美しい女達の影にさえ恐れていた。

名優が大きく頼光《らいこう》を舞い納めると、日本全土を美しい絵模様にした豪奢《ごうしゃ》な緞帳《どんちょう》がするすると下りて、あわただしい打ち出しになった。

「ああ、よかったなあ！」

佐藤は詰《つ》まらなそうに立ち上《あが》った私を振り返って、心憎くも嬉しそうに笑った。

ぞろぞろと人に混《まじ》って劇場の玄関から出ると、例によってタクシーが葡萄《ぶどう》の房《ふさ》へ集《あつま》った金《かな》ぶんぶんのようにぎっちりと詰めかけている。佐藤はと振り返って見ると姿が見えない。と、向《む》うから運転手らしい男がやって来て、

「水野さんですか？　佐藤さんは、こちらの車でお待ちです。」と帽子を取った。

丁度《ちょうど》、あの看板絵の前に、にこにこ笑った佐藤を載せた車が止《と》っている。空を仰《あお》ぐと降るような星空である。

「何だ、早い奴だなあ。」

私はこう言いながらドアに手を掛けて、猫背になったまま車の中へ這入《はい》った。

「あら、齋藤さん！」

どかりと坐ったのと、思いも初《そ》めぬ女の声に驚いて左横にちらとあの魔性《ましょう》の女を見たのと、又《また》何か高い香《かおり》を嗅《か》いだまままずんと車が走り出したのと、どうして佐藤があの女に変《かわ》ったのかと強く抵抗しようとする気持と、それだけの淡い意識がごちゃごちゃになって、流星のように尾を牽《ひ》きながら消えて行った。

ふと記憶を回復したときには、私は変な台の上に膝を並べて坐っていた。洋服はいつの間にか脱ぎ捨てられて、ワイシャツに毛のズボンだけである。高い所にいると見えて目の真前《まんまえ》にシャンデリアの輝いた天井が見えた。

「気が付いたか！」

下から声がした。

覗こうとすると身体《からだ》の自由が利《き》かない。柱のようなものに縛《しば》られている。

「裏切者、思い知ったか！」

はっ、と思って見ると、そこは例の応接室で、下にはずらりと田村を始めとして、あの恐ろしいクラブの鬼共《ども》が四五人並んで立っている。おまけに二度もこうして私を誘拐した女までが――

田村は兇悪そうな笑《えみ》を――全く兇悪そのものに見えた――噛みしめながら、大きな声でこう言った。

「齋藤君、いや水野君、お気の毒だが君はとうとうフイルムに納《おさ》まることになったよ。入会したばかりだから助けてやっては、という意見もあったが、後々《あとあと》のこともあり、悪例を残すことになるから、×××にしてしまう。わっはっは」

田村がこうして意味なく笑うと一同がげらげらと笑った。

「猟奇の何のと若い癖に生意気なことをしていい気になった罰じゃ判ったか！　上を見ろ、その縄《なわ》一本が君の最後を支えてくれるのだ。」

私は死にもの狂いの声を出した。

「助けて下さい。悪かったです！　以後決して秘密は明かしません！」

悪漢たちは無情にげらげらと笑った。

「ならん！」

田村は答えた。私はたらたらと生汗《なまあせ》を流して嘆願した。

「何でもします、どんなことでも致します、ただ生命《いのち》だけは助けて下さい！」

「贅沢《ぜいたく》を言うな。本来なら×××の刑に行うところなんだ。楽に死ねるのに不服を言うな！　さ、諸君、これでもう引導《いんどう》はいいでしょう。始《はじ》めて見る方もあるでしょうからよく見ていて下さい。」

「田村さん！」

私の我ながら悲痛な声が、又《また》しても悪人達の笑い声に打ち消された。

「さ、始めよう、先《ま》ず、×××××くところから始めるかな、あ、それはそうと佐藤君はどうした、肝腎《かんじん》の撮影技師がいなくては……」

佐藤！　私は滅茶滅茶《めっちゃめっちゃ》に混乱した。あのおとなしい銀行員で、そうして私の無二の親友までが、畜生《ちくしょう》、畜生、私はもう万策《ばんさく》が尽きて男泣きにおいおいと泣き出した。

そこへ佐藤が撮影機を重たそうに担《かつ》いで、これも亦《また》、げらげらと笑いながら現われた。

「おい、水野、君はいつでも死刑台上に上った時の気持はどうだろうと言っていたなあ、どうだい、まんざら悪くもあるまい！」

笑声《わらいごえ》が一時《いちじ》に爆発した。

V

「いや、どうも余り薬が効《き》き過ぎたな。一生恨《うら》まれたって文句の言い様《よう》がないよ。君が卒倒《そっとう》しようとは考えなかったもんだからね、金持《かねもち》のお坊《ぼっ》ちゃんで猟奇屋のことだ、うんといじめてやれと一同大いにヘビーをかけたのがいけなかった。どうだったい死刑囚の気持は？　ははは、そう怒るなよ。

君の猟奇もいい可減なところで止《や》めないと、いずれは身を滅ぼすというので、僕と僕の伯《お》父《じ》が一週間も頭を捻《ひね》って組み出した飛《と》んでもない大掛《おおがか》りな芝居さ。君から見れば僕以上に憎いだろう、このミスター・タムラ、これが僕の愛すべき伯父さんだよ。姓は勿論《もちろん》、同じ佐藤、プロダクションの社長さんさ。これで内心は仲々《なかなか》猟奇党に色気のある方《かた》だから以後、君が憎んだと同じ程度に親しくしてほしいね。現に僕には秘密で秘かにエロ映画を見に行っていたからね。そうはいかんか？　はははは、ま、君の憤慨《ふんがい》もさることながら、こちらは大いに君の為《た》めを思って働いたのだから、結果は兎《と》も角《かく》も、誠意だけは認めてほしいなあ。ミスター・タムラの紹介を終《おわ》ったからこの次の悪役、佐藤八重子《やえこ》嬢を紹介しよう。仲々《なかなか》の毒婦《どくふ》と思えばそうも見えようが、じっとこうかしこまった所《ところ》はまんざらでもあるまい。それに仲々美人だろう。おい、そう横槍《よこやり》を入れるなよ、紹介の済むまでは紹介される人間は黙っているものです。で、この八重子嬢、こんなに美しい癖《くせ》にこれで君も知ってるように仲々勇敢なんだ。二度も君にエーテルを嗅がした程《ほど》だからね。でも、決して悪人ではないから安心してほしいね。まだ未婚、芳紀正《ほうきまさ》に十九歳、花の盛りだ、以後断じてエーテルは嗅がさぬそうだから交際をしてやってくれ。尤《もっと》もエーテル以上の魔酔薬を嗅がしたら、それは断じて僕の責任ではないから、前以《まえも》ってお断わりして置くよ。で、次にミスター・イナモト・アンド・カンパニー、このお歴々の悪漢氏はミスター・タムラのＰプロダクションに勤めている撮影技師諸君だ。今度は商売を変えて一役《ひとやく》演じていただいたのだ。余り寝醒《ねざ》めがよくないと皆こぼしているから、甚《はなは》だ心細いギャングスターだ。

で、先《ま》ず一通り紹介が済んだ訳《わけ》だな。どうだい、気分ははっきりして来たかい。そうか、それは安心だ。で、何、此処《ここ》か、そうそうこの恐怖鬼佞魔《きねま》倶楽部の本部の種明かしがまだ済まなかったな。大崎でも芝浦でもない、クラブ事件の発生地とは直《す》ぐ目と鼻の間の麴町《こうじまち》は内幸町《さいわいちょう》だ。勿論《もちろん》、Ｐプロダクション社長ミスター・タムラの家、君が眠って通《かよ》った車は自家用のビュイックだ。

最後に、あの大した映画について大いに君の眼を嗤《わら》わねばならないね。何もかもミスター・イナモト・アンド・カンパニーの余技《よぎ》だが、ゴム人形や生きた人間のメーキァップに君が汗を流して恐れ入ったというから面白かったよ。あの位《くらい》のことなら何でもないね、今日《こんにち》の映画技術はもっと進んでいる筈《はず》だよ。ゴム人形の身体《からだ》へ赤インキを入れて顔の所だけにレンズを向けながら、腹のあたりをぐいぐい押して、顔から血を吹き出す役は僕が勤《つと》めた。何しろ大急ぎで拵《こし》らえるというのだから、僕まで夜《よ》な夜な動員されたのだ。君の頭に猟奇的な、所謂《いわゆる》グロ的な先入主《しゅ》がある上に、エーテルで一眠りして来た後《のち》、たった一人、見知らぬ所で半分びくびくしながら映画を見たものだから、尾花《おばな》が幽霊に見える以上の効果を奏《そう》したのだなあ。もう一度、何なら映して見てもいい、落付《おちつ》いて見ると見られたものじゃないぜ、あんなに成功したのが不思議な位《くらい》だ。

まだ何かあったかなあ、あ、そうそう、例のハンブルグ、アメリカ汽船会社のマークか、わははは、それにしてもハンブルグ、アメリカ汽船会社はよかったろう。君は支店が出来たと大真面目でそう言ったぜ。さしむき君が株でも持って支店長になるか？　いや、どうも、まぜっ返して済まなかった。でも、あの時はほんとに可笑《おか》しかったぜ、わははは、その所謂《いわ》ゆる《ゆる》ハンブルグ、アメリカ汽船のマークにして、世にも恐ろしき恐怖鬼佞魔《きねま》倶楽部のマークは僕の発案、ポケットマネーでわざわざ拵《こしら》えさせたのだ。これ見給《たま》え、この不敵にして天人共《てんにんとも》に許さざる、ランドリューやアル・カポネに勝《まさ》る日本製の悪漢、いや、皆さんどうも失礼、その悪漢達はまだ得々《とくとく》と佩用《はいよう》してござるよ。銀座で君とこの伯父が別れるところは僕がちゃんとあのバアにいたのだから知っている。すぐ自動車を飛ばして君の家へ届けたんだ、婆さんの寝ぼけ眼《まなこ》を幸《さいわい》にまんまと、ミスター・タムラに化《ば》けたのさ。

今夜、君にいよいよ最後の止《とど》めを刺すというので、僕は君を逃がさぬように朝から見張っていて、まんまと歌舞伎座へ連れ出したのだ。休憩時間に電話を掛けて置いて手配を頼んだら万事オーケーとの返事。例のビュイックを廻《まわ》してもらって、君がドアを開けて頭を下げて乗り込む刹那《せつな》に八重子嬢と入れ代《かわ》ったが、その時、ドアの取っ手で肘《ひじ》をがんとやってまだ痛い。あまり君をいじめ過ぎた罰《ばち》があたったのだろう。

やれやれ長談議をやって、君よりももうこっちがくたびれてしまった。もう大丈夫だろう。隣の部屋でこの大芝居の慰謝会と慰労会とを兼ねてやる仕度が出来ている。君が映画を見た部屋さ。ただの食堂だよ。御馳走《ごちそう》が大分《だいぶ》あるらしい。僕は少々腹が減って来た。さあ行こう。台湾の妻君殺し？　今更《いまさら》、説明するまでもあるまい。台湾の警察さえ判りかねているのにどうして我々逸民《いつみん》なんぞに別《わか》るものか」

## 解説

〈犯罪公論〉昭和八年六月号（三巻六号）に発表。

本作は本物の殺人行為を撮影した娯楽映画――いわゆるスナッフフィルムをテーマとする作品である。この概念はエド・サンダースのノンフィクション・ブック『ファミリー』（一九七一）によって紹介され、一九七六年のアメリカ映画『スナッフ』を通じて世界的に有名になった。

なぜそれが戦前の作品に登場するのかというと、名称こそ七十年代の生まれだが、その概念は二十世紀初頭に存在していたからである。奇人ドルムザン男爵が次々に怪事件を起こすギヨーム・アポリネールのコントオムニバス「贋《にせ》救世主アンフィオン、またはドルムザン男爵の冒険」（一九〇七）の第二話「傑作映画」が殺人映画を扱った最初の作品とされる。

男爵がセンセーショナルなドキュメンタリー専門の映画プロダクションを設立し、殺人映画を作って大儲《もう》けする話で、むりやり犯人にされた男の処刑シーンをつけ加えてさらに人気を博す……という笑うに笑えないオチがつく。スコットランド女王メアリー・ステュアートの斬首《ざんしゅ》をストップ・トリックを使って再現した「メアリー・ステュアートの処刑」The Execution of Mary Stuart（1895）や象を感電死させるシーンを撮影した「象の電殺」Electrocuting an Elephant（1903）といったショッキングな映画が作られているが、案外これらが発想のヒントだったりするのかも知れない。

「贋救世主アンフィオン」は昭和二年に安藤左門《あんどうさもん》、昭和五年に堀辰雄《ほりたつお》と祖父《そふ》江登《えのぼる》によって訳されているが、おそらくこれらの邦訳に刺戟《しげき》されたのだろう。横溝正史《よこみぞせいし》「恐怖の映画」（昭和六年）、江戸川乱歩《えどがわらんぽ》「蠢《うごめ》く触手」（昭和七年）、森下雨村《もりしたうそん》「呪《のろい》の仮面」（昭和七～八年）、横溝正史「妖魂《ようこん》」（昭和十一年）など殺人映画をテーマないし物語の一部に取り入れた作品が続けざまに書かれている。本作もそのひとつだが、発表媒体が犯罪実話雑誌なので筆に仮借《かしゃく》がない。「これでもか」とばかりの力の入れようである。そのパワフルさは一部が伏字《ふせじ》化されてもなお健在だ。

米村《よねむら》は田《た》中直樹《なかなおき》が「発掘」した作家のひとりで、犯罪実話雑誌には「壜《びん》の中の裸形《らぎょう》」（〈犯罪科学〉昭和六年三月号）でデビュー。自分を裏切った友人とその恋人を巨大なガラス容器に閉じ込めて殺し、死体が腐乱《ふらん》する過程を撮影して銀座《ぎんざ》でゲリラ上映する話。あまりにもワイルドな発想と手加減のない描写に驚嘆させられる。

他にも恋慕《れんぼ》する人妻に仮死薬を飲ませ、生きたまま火葬炉《ろ》に入れてしまう「地獄からの手紙」（同昭和六年五月号）、雷帝《らいてい》イヴァンの暴政録「恐怖王イワン暴虐《ぼうぎゃく》史」（〈犯罪公論〉昭和六年十一月、十二月号）、反国民党の女性闘士を主人公にした「同志呉秀蓮《ウーシユーリエン》」（同昭和七年二月号）などの創作がある。いずれも強烈なバイオレンス描写かコミュニズムへのシンパシー、あるいはその両方を含むのが特徴だ。本作にも伏字だらけではっきりとは分らないが、階級闘争の煽動《せんどう》を匂わせる部分がある。

米村は若い頃から文学への造詣《ぞうけい》が深く、一高では文芸部に所属し、大学時代は「文学部の教室にもぐりこんでモーパッサン文学論をきいたり」していたという。香川県で労農党の組織拡大に奔走《ほんそう》していた時に知り合った朝倉菊雄《あさくらきくお》の原稿を友人でナウカ社社長の大竹博吉《おおたけひろきち》に推薦し、作家・島木健作《しまきけんさく》として世に出るよう取り計らったのは他ならぬ米村だった。ご子息で自動車ジャーナリストの米村太刀夫《たちお》氏によると「日常会話で江戸川乱歩の名が出たことはあるが、とくに探偵小説が好きだというわけではなく、小説を書いていたことも知らなかった」とのことである。内容が内容だけに、やはり家族には言いにくかったのだろう。

　これほどの異才がこれまでその存在すら知られずにきたのは、ひとえに米村が〈新青年〉系作家ではなかったという単純な理由による。編者が〈新青年〉中心史観からの脱却を主張するのも米村のような例があるからだ。

「毎月一回、秘かな会員組織で怪しい映画を見」る会というのは、ようするに会員制のブルーフィルム鑑賞会のことである。もちろん違法なので秘かに会員を集めて本作のようにビルの一室か私人宅で上映する。誰でも考えることなのか早くも大正三年には「桜夜会《おうやかい》」「いたづら会」などいくつかの組織が存在したという。上山草人《かみやまそうじん》が渡米前に書いた長編小説『煉獄《れんごく》』（大正七年）にも「公《おおびら》には世間に出せない種類の西洋の活動写真を、ひそかに会員を募《つの》つて、観《み》せる催《もよお》し」のことが出てくる。

　当然のように会費は高く、通常の映画料金が十銭《せん》の時代に秘密映画は三円から五円（今なら六千円から一万円）もした。そのため会員は生活苦とは無縁の有閑《ゆうかん》有産階級が多かった。「私」が亡父《ぼうふ》の遺産で遊んで暮らす高等遊民という設定なのも、そうした背景があるからだ。モデルは芸者や娼妓《しょうぎ》、女優などで、ギャラは百円から五百円が相場だったそうだが、よい子はそんなこと知らなくてもよろしい。

# インデヤンの手

小山甲三

小山甲三（こやま　こうぞう）

本名同じ。明治二十四年、埼玉県に生まれる。十三歳で渡米。明治四十五年、ノースダコタ州立大学法科を卒業。ワシントン州シアトル市の日本人街にオフィスを構え、邦人相手に法律通弁《つうべん》や債権回収、供託金の融資などを行う。大正十一年帰国。横浜市で貿易会社「小山甲三商店」を興《おこ》すが震災のため倒産。中学教師、ホテル支配人などの職を転々とする。初めて書いた小説「行きかふ人々」が〈日の出〉の懸賞募集に当選。「放浪哀歌《あいか》」と改題のうえ同誌昭和八年四月号に掲載された。同年「移民地の或《ある》女」が〈週刊朝日〉の懸賞事実小説二等に、昭和九年「アメリカ三度笠《さんどがさ》」が〈サンデー毎日〉の第十四回大衆文芸にそれぞれ当選。十八年に及ぶアメリカ生活で得た知識と体験を活《い》かした一連の実話風フィクションで人気を博す。昭和十二年頃から作品量が減少。「小唄峠《メリケンとうげ》の雨」（〈妖艶《ようえん》〉昭和二十三年二月号）を最後に沈黙する。著書に『アメリカ敗れたり』（新正堂、昭和十七年）およびその華語訳『美国敗了』（新京・五星書林、康徳九年）がある。

# 一

怪談なんて、凡《およ》そ現代的感覚のないものだが、何時《いつ》聞いても一種の興味を感ずるのは不思議である。だが、どれも、これも、一定の型にはまっているのが厭《いや》だ。それは多くが創作であるからだといいたいが、さて、事実の怪談なんて、そうザラにあろうはずはないのである。この話は、事実であるだけに、怪談の型から外《はず》れている、或《あるい》は怪談といわれるものではないかも知れない。と前置《まえおき》して、ドクトルSが語ったのは、次の物語である――

一株一ドルで無理に買わされた△△鉱山会社の株券五十枚、トランクの底に蔵《しま》ったまま忘れていたのが、十年も経《た》って突然芽《め》がふいた。どうしてそんなことになったのか解《わか》らないインチキ会社と見切《みきり》をつけたSは、売れといわれるままに喜んで手放した。その代金が、なんと、百倍の五千ドル！　多年《たねん》の宿望《しゅくぼう》であった遊覧旅行に、思立《おもいた》ったが吉日《きちじつ》と、猶予《ゆうよ》もなく、住み馴《な》れたM町を飛出《とびだ》したのが、アメリカ中部の長い冬が急に夏になった六月初旬、新緑が眼《め》に痛い朝であった。

彼は遊覧旅行の第一コースを、P市からセントルイスまで、船でミスシッピイを下《くだ》ろうというのであった。アメリカ大陸の胸を飾るリボンのように、カナダの奥から、ニューオリエンの海に注《そそ》ぐ長江《ちょうこう》ミスシッピイ。「文明は水辺《すいへん》より」と嘗《かつ》て竹越三叉《たけこしさんさ》が喝破《かっぱ》した如《ごと》く、鉄道のなかった時代、アメリカの文化は、先《ま》ず海よりこの河を溯《さかのぼ》って、奥へ奥へと拡《ひろ》がって行ったのである。

ミスシッピイはアメリカの歴史を物語っている。そして、アメリカの歴史は、衰《おとろ》えかけた欧洲《おうしゅう》民族の復興と、彼等《ら》のために、天与《てんよ》の領土を失ったインデヤン族の、悲しい滅亡の歴史である。

ミスシッピイの水に対する時、Sは常に、興亡《こうぼう》のあとを想《おも》って、無量の感慨に耽《ふ》ける——。ミスシッピイを下って見たいとは、彼の宿望であった。だが、汽車の便《びん》がなかった時代はともかく、今ごろ船でミスシッピイを下ろうとは、遊覧旅行としても甚《はなは》だ悠長過ぎる計画であった。第一、ミスシッピイを上下する船が、あるにはあるが、それは貨物の運搬を主とするもので、乗客といえば、河沿いの町から町へ、極《きわ》めて近距離を乗る人はあっても、P市からセントルイスまで乗り通す人などは皆無《かいむ》といってもよかった。だから汽船《ふね》ではSが船員のベッドと食物《しょくもつ》で満足するならばと念を押して、Sの申込《もうしこみ》を受け入れた。

外輪《そとわ》の、古風な船であった。それがSにはとても嬉しかった。艫《とも》の日除《ひよけ》の下に僅《わずか》に設《もう》けられた客席。その椅子に凭《よ》って、移り変《かわ》る両岸の景色を眺めているSに、小数の乗客が遠慮なく話しかける。都会人らしくない人ばかりだ。相手になっているSの胸には和《なご》やかな、のんびりした気持が湧いて来る。眼をあげると、断崖が、野となり、牧場《ぼくじょう》が、村となり、町となる、緩《ゆる》やかな、両岸の変化が、長閑《のどか》に果《はて》しなく、展開する。舟津《ふなつき》がある。人々が、手をあげ、帽子を振って、汽船《ふね》の着くのを待っている。大抵《たいてい》は汽船《ふね》に荷物の運送を託する人々である。二《ふた》言《こと》、三言《みこと》、船員と冗談をいい合ううちに、汽船《ふね》は欠伸《あくび》のような汽笛《きてき》を鳴らして、再び中流に浮《う》び出る。振返《ふりかえ》ると、人々はまだ埠頭《ふとう》に立って、汽船《ふね》を見送っている。いつまでも見送っている。河流《かりゅう》の真直《まっすぐ》なところではそれが豆のようになって漸《ようや》く河面《かわも》の水蒸気にかき消されるまで見える——。

こんな暢気《のんき》な光景を、物質文明を誇るアメリカに見ることが、Sにはとても面白かった。乗継馬車《ステジコーチー》や郵便船《パケット》の文化が、自動車や飛行機の文明から取残《とりのこ》されているのだ。

Ｐ市からセントルイスまで約六十時間の航程《こうてい》である。最後の三日目には、Sもさすがに船旅の単調さに倦《う》いて、密《ひそか》に固い大地の上の自由な行動を思わぬでもなかった。セントルイスへ三十哩《マイル》という或舟津《あるふなつき》で乗合《のりあわ》せた一人の男の、日本人かとも疑われるほどの黒髪黒眸《こくはつこくぼう》を、Sは軽い驚異をもって注目した。三十がらみの、粗野《そや》な風采《ふうさい》のうちに、何処《どこ》か有産階級らしい落着《おちつき》と温雅《おんが》を思わせる人物であった。Sとテーブルを挟《はさ》んで椅子に凭《よ》ったこの男は、拡《ひろ》げた新聞の上から、時々、Sの上に好奇の眼を向けていたが、やがて、躊躇《ためらい》がちに話しかけた。

「……ご免下さい……日本人とお見受け致しますが……」

彼の口調は極めて慇懃《いんぎん》であった。

「さよう……。初めてこの辺を旅行するものです……実は、先刻《せんこく》から徒然《とぜん》に苦しんでいるような次第で……」

密《ひそか》に対話の機会を待っていたSは愛想よく応答した。

「この辺で日本人をお見かけすることは甚《はなは》だ稀《まれ》でございます。ご覧の通り、私は東洋人に似た容貌《ようぼう》をもっておりますので、失礼ですが何かこうお懐《なつか》しいような気が致します」

男は明るく微笑《わら》いながらいった。

「いや、全《まった》くよく似ておいでです。ちょっと同国人ではないかと疑いましたほどで……」

「そんなに似ていますか？　他人からよくそういわれますが……」

「全く——。しかし、日本人に似ているということは、貴下《あなた》にとって、或《あるい》はご迷惑でございましょう。日本人というものが、この国では決して威張《いば》れる存在ではありませんから……」

Sの言葉を、男は急に真面目な表情で受けた。

「そういう人種的差別を、私は甚《はなは》だ不愉快に思っています。私の体には七分《しちぶ》の土人の血が流れています」

熱っぽくいった彼を、Sはじっと見返して黙っていた。

「有色人種の多くが、白人種に屈従《くつじゅう》したのは運命です。優劣の問題ではないと私は思います。日本の進歩がよくそれを証明しているではありませんか？　私は白人の優越観を冷笑《わら》ってやりたいのです。日本が今日《こんにち》世界の三大強国の中に割りこんだとは、痛快至極《しごく》のことではありませんか？」

興奮の色さえ浮《うか》べてそういい切った相手の真剣さに、Sは何か知らず、熱いものが胸先《むなさき》にこみあげた。

「……有難《ありがと》う……有難う……我々日本人の努力が、そんなに喜んで頂けるとは……衷心《ちゆうしん》から感謝致します」

Sは思わず起立《たちあが》って握手を求めた。堅く握り合った手を通して、打解《うちと》けた親しみが、湯のように二人の胸を流れた。

Sはこの新《あた》らしい友人を、名をジェームス・ウーペック、祖父の代から、セントルイスの北方十マイルのE町に、農園を経営している離脱土人《アブシーテッドインデヤン》であると知った。

二人の間に対話はあれからこれへ尽きなかった。

ウーペックはSが遙々《はるばる》P市からミスシッピイを下って来たのだと聞いて、眼を瞠《みは》った。

「それはまたどういう理由《わけ》で？」

「私にはミスシッピイが懐《なつか》しいのです」

「ミスシッピイが懐しいとは？」

「種々《いろいろ》の意味において――。殊《こと》に貴下《あなた》がたの祖先がこの河を死守線として白人の侵略に反抗したことや、また、今日《こんにち》のアメリカ文明がもとこの河から拡《ひろ》がったことなどを思うと、無量の感慨に打たれます」

「成程《なるほど》……」

と、ウーペックは軽い溜息《ためいき》をついて
「貴下《あなた》は定めてインデヤンの伝説などに興味をもって居《お》られるでしょう？」

「大いに——」

「私の祖父が書残《かきのこ》したものが自宅にありますが、是非お目にかけたいと思います」

Sは思いがけない機会を喜んだ。

「それは是非拝見したいですな」

「では、自宅《たく》へお出《い》で下さいませんか？　決してご遠慮に及びません。私は独身者で妹が一人ありますが、セントルイスの学校に寄宿しています。父母もおりません。家政婦《ハウスキーパー》がおる切《き》りで……他に農園の使用人が居《い》ますがこれ等《ら》は別の家に住んでいます。どうですお出で下さいませんか？」

Sはこの親切な招待を受けるのが心苦しかったが、さりとて、拒《ことわ》るのは尚《なお》心苦しかった。

「……それは、飛《と》んだお手数をかけて恐縮ですが……では、ちょっと立寄《たちよ》らせて頂きましょうか」

「どうぞ、ゆっくりご逗留《とうりゆう》下さいませんか。私は毎日徒然《とぜん》に苦しんでいますから……。オオ、漸《よう》くE町へ参りました。あそこに桟橋《さんばし》が見えます」

ウーペックは起立《たちあが》って、前方を指した。彼の指を追って、Sは、河の右岸に、水楊《かわやなぎ》の茂りを越えて、一廓《いっかく》の家屋の赤い屋根を、そして、河中《かちゅう》に細く突出《つきだ》した栈橋の上に、帽子を振っている小児《しょうに》の一団を見た。

「お荷物は？」

ウーペックはSを顧《かえり》みた。

「スートケース一箇《こ》です。船室に置いてあります」

間もなく栈橋に着いた汽船《ふね》から二人は並んでブランクを渡った。

二

ウーペックの家はE町の南端、栈橋からは約一マイルの小高い土地に、河を見晴らして立っていた。家屋は木造ではあるが、がっしりした、宏壮《こうそう》な二階建《だて》であった。周囲の花壇には季節の草花《くさばな》が千紫《せんし》万紅《ばんこう》の色を湛《たた》えて、緑の芝生《しばふ》とくっきりした対照をつくっているのが、人の眼に清々《すがすが》しかった。右手には数百エーカの農園が、ポプアラアの防風林をところどころに、海のような平面を、青空の下に展《ひ》ろげていた。

家政婦《ハウスキーパー》のミセス・ダンは遠来の客を遇《ぐう》するに最善をつくした。Sは寛《くつろ》いだ一夜を過《すご》して翌朝、朝飯を済ますと、ウーペックの書斎に隣《とな》る一室を与えられて、約束の写本を渡された。

「随分《ずいぶん》読みにくいところもあるでしょう。もし、歴史に参照する必要あれば、書斎の書架《ほんだな》から勝手にお取出《とりだ》し下さい。では、ランチまで――」

と、いい置いて、ウーペックは農園の見廻《まわ》りに出て行った。

写本は可《か》なり大部のもので、本篇続篇の二部に区分されてあった。本篇は、インデヤンのうちで最も獰猛《どうもう》な種族といわれたスウー・インデヤンとハリソン軍との戦記を主としたもので（土人対白人の戦争らしい戦争は、一八三〇年ごろ諸部族を糾合《きゅうごう》したスゥー・インデヤンの大軍とジェネラル・ハリソンの率《ひき》いる白人軍と、ミスシッピイ沿岸において戦ったのが、最初であり、また最後である）白人側の詭計奸策《きけいかんさく》が縷々《るる》として叙述してあった。これは勿論《もちろん》土人側からばかりの、偏頗《へんぱ》の謗《そしり》は免《まぬか》れない観察ではあろうが、白人側の記録に対照して、貴重な文献に相違なかった。しかも筆者は、よく一気に読み終《おわ》らせるだけの、興味深いスタイルをもって書きこなしていた。

午前中に本篇を読み終《おわ》って、午後は続篇にうつった。続篇は、スゥー・インデヤン族の、伝説、風俗、習慣、迷信等《とう》を叙述したもので、Sにとっては本篇より寧《むし》ろ興味深いものであった。幾多の不思議な物語が彼を驚異の世界に引きずり廻《まわ》したが、巻末に近く、左記の一章が最も彼を魅惑した。

「……好意を示すとか、協調を主張するとか、畢竟方便《ひっきょうほうべん》に過ぎなかったとはいえ、その種類の白人が一般に土人の憎悪を免《まぬが》れたのは事実である。高圧手段をとった人々の中に、ウイリヤム・ヘンリー・ハリソンの名は、土人にとって、悪魔の代名詞であった。侵略軍の大将として、彼が如何《いか》なる残虐暴戻《ざんぎやくぼうれい》を敢《あえ》てしたかは、すでに本篇に叙述した通りである。その最も甚《はなは》だしきは、一八三一年、サウスクリーキにおいて、降伏の子女五十人を火刑に処した残虐さである。されば、彼が大統領に就任した翌年（一八四一年）「酋長《しゅうちょう》の手」に縊《くび》り殺されたとは、土人の信じて疑わざるところである。

「酋長の手」とは、ウーペック家の祖先の手である。何代目の家長《かちょう》であったかは不明であるが、彼は大鷲《ビッグイーグル》と呼ばれた酋長であった、或時《あるとき》戦場で手首を切り落《おと》された。その切り落された手首が一年後に敵将を縊《くび》り殺したといい伝えられている。その後「酋長の手」は屡々《しばしば》同様の奇異を現わした。ウーペック家の仇敵《きゅうてき》にして一度「酋長の手」を見る時は、彼の寿《じゅ》は必ず一年を出《い》でず、また、ウーペック家の一族にして、大いなる苦悩をもつ者、密《ひそ》かに「酋長の手」に祈れば、適宜《てきぎ》の効験《こうけん》あり、と言伝《いいつた》えられている。勿論《もちろん》とるに足らぬ迷信ではあろうが、「酋長の手」は家宝として保存されている。枯木《かれき》の如《ごと》く干涸《ひか》らびてはいるが、確《たし》かに人間の手であるらしい。ハリソンが死去の一年前、国勢視察の旅行中ウーペックの土人村落に立《たち》寄《よ》った事実から推《お》して、彼が「酋長の手」を見なかったとは、断言しかねることでもある……」

「酋長の手」が現実にウーペック家に保存されてあるということが、一層《いっそう》Sの興味をそそった。彼はその実物を見たいと思った。

晩餐《ばんさん》の卓《テーブル》で、彼とウーペックの対話は自然写本に関することでもち切《き》っていた。

「一体、貴方《あなた》の祖父というのは、どんな人物でした？」

Ｓの質問に、ウーペックはフォークを置いて

「よほど変《かわ》った人らしかったです、ともかく酋長の地位を捨てて、村落を出た人ですから。コロンビヤ大学を出て、この農園を建設して白《はく》婦人と結婚しました。常に白人と交際して、地方の政界にはかなり勢力があったらしいです。始終《しじゅう》白人の横暴を押《おさ》えつけて、土人の勢力を植《う》えつけようと努力していました」

「ウーム」

「父は混血児でありながら、祖父とは反対にひっこみ思案の男でした。生粋《きっすい》の土人と結婚して、政治などには全然手をふれませんでした。学問もなかったです。私は父に似たらしく、あまり派手なことを好みません。しかし妹のヒルダは祖父に似て、快活な性質です。容貌は祖母に似ています。ご存知の通り、インデヤンは古い種族で他人種と混合しなければ、いずれ自然熄滅《そくめつ》を免《まぬが》れない人種です。ウーペックの血統もいずれは白人に混《まじ》って、大海《たいかい》に注《そそ》ぐ淡《たん》水《すい》のように固有の存在を失うわけです」

「その時には「酋長の手」はどうなるでしょう？」

と、Ｓは、突然、卓《テーブル》にのり出して質問した。

「ええっ？　酋長の手？　ああ、あれですか？　お読みになりましたか？　アッハッハハ……。あれは、勿論《もちろん》、とるに足らぬ迷信ですよ」

ウーペックは朗《ほが》かに哄笑《わら》った。

「酋長の手が保存されてあるそうですが……」

「あります」

「お差支《さしつかえ》なくば、見せて頂きたいと思いますが……」

「大分《だいぶ》好奇の熱度が高いようで――、フッフッフ……。お安いことです。明日《あす》にでも、お目にかけましょう」

ウーペックはこだわりもなくいった。

Sは寛《くつろ》いだ第二夜を過《すご》した。そして、翌朝、ウーペックに二階の図書室《ライブラリー》へ導かれて、約束の「酋長の手」を見せられた。写本に述べられた如《ごと》く、黒く、固く、ミイラのように干《ほ》しかたまった、大きな手であった。人体に付属している時は、決して不気味には見えない手が、切り放されては、全然別個の存在となって、奇怪な虫を見るような、醜悪《しゅうあく》な感が、虫嫌いのSをぞくりっとさせた。

「この手がです」とウーペックが説明した。

「満月に当《あた》る月明の夜に、呪《のろい》を受けた者の眼前《がんぜん》に現われる、そして、一月《ひとつき》ごとにその者の咽《の》喉《ど》に接近して、最後の十二月目にその者を縊《くび》り殺す、と言伝《いいつた》えられています。迷信としても甚《はなは》だ気持の好《よ》くない話です」

Sはつとめて平静に、

「ウーム……、しかし、どんな方法で、こう生肉《なまみ》を保存したものでしょう?」

「さあ……土人の中には毒草の汁《しる》で腐敗を防ぐ方法を知っているものがあるそうですが、私達には全然見当もつきません。いや、不気味なもので、却《かえ》って、見ない方がよかったでしょう」

ウーペックは、そういって、手早く容器の蓋《ふた》をもとにかえした。Sは、眼を外《そ》らして、壁をうずめた書架を見廻《まわ》してから、その上方にかかった数個の額《がく》に眼をとめた。

「あれは皆ご家族の肖像《しょうぞう》ですか?」

Sは、額を指《ゆびさ》しながら、ウーペックを顧みた。

「そうです。一番右の、色の黒い鼻の高いのが祖父です。次が父、その次の二人が叔父で、最後が私です。こちらは……」

と、ウーペックは反対側に向きを更《か》えながら、

「女ばかりです。一番右が祖母、次が母、その次が叔母《おば》で、最後がヒルダです」

ヒルダといって、ウーペックが指《ゆびさ》した額の中から、薔薇《ばら》の花のような少女が、嫣然《えんぜん》とSに微笑《わら》いかけていた。南欧の女とも見える、ブルーネット型《タイプ》の、情熱的の容貌に、萌《も》えかけた青春が、潑溂《はつらつ》と躍っている——。

Sはしばらく肖像から眼を放《はな》せなかった。

並び立ったウーペックがいった。

「今朝《けさ》ヒルダから書面で、夏休みになったから、今明日《こんみようにち》に帰宅《かえ》るといって来ました。ヒルダは屹度《きつと》貴下《あなた》に会うのを喜ぶでしょう。どうか待っていてやって下さい」

ウーペックの言葉に、Sは、何か知らず、どぎまぎした。

「……有難う……でも、そう長くご厄介になるのはどうかと思いますが……」

「そのご配慮は無用です。ヒルダは友達のない女なので、屹度《きつと》喜ぶだろうと思います」

ヒルダとの会見を想《おも》うと、Sは妙に胸の動揺を禁じ得なかった。

三

昼飯を済ましてから、Sは、ウーペックと共に、農園の一部を見廻《まわ》った後、独《ひと》り門を出て、町の方向に足を向けた、旅行の第一歩を踏んだE町の印象をはっきりして置こうと思ったのだ。

E町の町らしい部分は河から半マイルばかりのところにある。ちまぢまとした家並《いえなみ》が、遠くから望めば青空のスクリーンに映し出された映画のセットのように見える。ミスシッピイの沿岸に数多い、時代後《おく》れの、ティピカルな田舎町《いなかまち》ではあるが、セントルイスよりも早く開けたといわれるだけに、何処《どこ》か調《ととの》った、落着《おきつき》のある、富裕らしい町である。青葉の間から覗く赤い屋根や白い壁がSの眼に快《こころよ》かった。

Sは細長い本通り《メーンストリート》をぶらぶら歩いて行った。行き交《か》う人々は停止《たちどま》って振返《ふりかえ》り、子供はペーヴメントに飛出《とびだ》して彼の姿を見送ったが、軽侮《けいぶ》の態度を示すものはなかった。

突然、静かな街頭がざわめき立った。と見る、一頭の馬が、乱《らん》調子に車道を蹴《け》って、狂奔《きょうほう》して来た鞍壺《くらつぼ》にしがみついている若い女——。咄嗟《とっさ》、Sは大手《おおで》を拡《ひろ》げて車道に突っ立った。牧場《ぼくじょう》で生長《そだ》った彼、馬には自信をもっていたのだ。奔馬《ほんば》の脚がのしかかるように迫った間一髪、彼は身を躍らせて、轡《くつわ》にとりついた。人間と馬との闘争がしばらく続いた。やがてSの技術に屈服した馬は、白泡《しろあわ》を嚙《か》んで鎮《しず》まった。

駆け寄った二、三人が、馬上の女を助け下ろした。女は蒼白《あおじろ》い顔に微笑を浮《うか》べて震える手をSの前にさしのべた。

「……有難《ありがと》う、有難う、おかげで命を拾いました。……あのう、失礼ですが、何誰《どなた》さまでございましょうか？」

女は見馴《な》れないSを不思議そうに見上げた。

その顔に、Sは、肖像で見たヒルダの情熱的の眼を認めた。

「あっ、貴女《あなた》はミス・ウーペックではございませんか？　私はサムラという日本人で、二三日ジェームス君の許《ところ》に居るものです」

驚喜《きょうき》がさっと女の顔に血の気《け》をかえした。

「……あのう……兄の許《ところ》に……そうですか？　私、ヒルダでございます。まあ……」

Sはヒルダの危急を救ったことに胸一杯の満足を感じた。

「貴女《あなた》のお帰宅《かえり》を、兄さんが、お待ちかねです」

「では、ご一緒に参りましょう」

ヒルダはSに寄り添った。

「馬は？」

「馬、曳《ひ》いて行きますわ。学校の厩《うまや》に置いたのを、今日久し振りで乗ったもんですから酷《ひど》い目に逢《あ》いました」

「では、私が曳いて行きましょう」

Sは手綱《たづな》をとっていてくれた一人の若者から馬を受取《うけと》った。

「メニイ・サンクス・エヴリバディ」

ヒルダは取巻《とりま》いた四、五人に軽く会釈《えしやく》してSと並んで歩き出した。Sは好奇の眼を背中に感じながら、でも、悪い気もちではなくヒルダに歩調を合わせた。

町並《まちなみ》を出外《はず》れると、Sは初めて落着《おちつ》いた気もちで、ヒルダを見ることが出来た。肖像で見たよりは小柄な、しかし、より成熟した女だ。黒い、霑《うるおい》のある眸《ひとみ》を輝かせながら快活に語るヒルダのジェスチュアに、姿態《ポーズ》に、笑いに、Sは黒髪《ブルーネット》の女の特殊の魅力を、見逃せなかった。

二人が農園の門を入ると、既《すで》にヒルダを認めたミセス・ダンが玄関に立って待っていた。ミセスと抱合《だきあ》って愛撫《あいぶ》のキッスを交換しているヒルダを残して、Sは厩《うまや》の方に馬を曳《ひ》いて行った。

昨晩《ゆうべ》までジェームスとSと二人切《き》りであった晩餐《ばんさん》の卓《テーブル》が、この晩は、ヒルダとミセス・ダンを交《まじ》えて、賑《にぎ》やかであった。ジェームスはヒルダを救ったSの行動を賞《たた》えて飽《あ》かなかった。

「ねえ。ジミ、私、明日《あした》サムラさんとシルバン湖《レーキ》へ行く約束をしたの、馬で、サムラさんと一緒なら大丈夫だわね」

ヒルダはフォークを置いて兄の顔を仰《あお》いだ。

「ウーム、サムラ君と一緒ならいいが、今日の馬はよし給《たま》え。彼奴《あいつ》はとかく癇《かん》が強いから。僕の牝馬《メエア》にするがいい」

「そうするわ。サムラさん、明日は朝早くってよ。よくって?」

ヒルダはSを顧みた。

「早い分には結構です」

「サムラ君、今まで引込《ひっこ》んでばかりおられたが、明日からは、ヒルダに案内させて、諸所《ほうぼう》を見物なすったらどうです。セントルイスも此所《ここ》からは近いんですし、馬でも自動車でも、勝手に使って下さい、ヒルダは自動車は確《たしか》です」

ジェームスは熱心に勧《すす》めた。

「あらッ、サムラさん、貴下《あなた》、私が来たばかりだのに、行ってしまうのは酷《ひど》いわよ。決して、やりはしなくってよ」

ヒルダがSに口をきかせなかった。

「ハッハッハ……サムラ君、もう、こうなっては、ゆっくりする外《ほか》はありませんよ」

ジェームスは愉快そうに哄笑《わら》った。

「では、ご厚意に甘えて、暫時《しばらく》厄介になります」

Sはきっぱりいう外《ほか》なかった。

「サムラさん、私も兄も、ほんとうに、お友達がないんですの。どうぞ、出来るだけ長くいて下さい……」

ヒルダは急に沁《しん》みりした調子でいった。Sは、この兄妹《きょうだい》が、人種的偏見の激しい南部において決して愉快な社交生活を娯《たの》しみ得ないだろうと思うと同情に堪《た》えぬものがあった。

「お客さま、私はこの家に十二年勤《つと》めていますが、旦那様とお嬢さんのこんなに喜んでいるのを見るのは、始《はじ》めてですよ」

ミセス・ダンが感傷的にいった。

逗留《とうりゅう》が長びくに従って、Sは全くウーペック家の一人となったような隔意《かくい》ない待遇を受けた。ドライヴィングに、キャンピングに、小旅行《トリップ》に、ヒルダが彼を引張《ひっぱ》り廻《まわ》した。二人の間に、いつか、友誼《ゆうぎ》以上の関係が結ばれたのは、蓋《けだ》し自然の成行《なりゆき》ではなかったろうか？　風土病の研究に没頭して、久しく異性の感覚を忘れていたSは、ヒルダの紅《あか》い唇《くちびる》に、柔《やわら》かい胸に、身も魂《たましい》もうちこんだ。

だが、二人は、何故《なぜ》か、これをジェームスに打明《うちあ》けなかった。恋は常に秘密を娯《たの》しむものではなかろうか？　それは二人の娯《うれ》しい秘密であった。しかし必然的の運命である離別《わかれ》の日がいつか二人の上に廻《まわ》り来ずにはいなかった。

九月初旬の或《ある》日、二人は、セントルイスの停車場で、つきぬ離別《わかれ》を惜《おし》んだ――近き未来に堅く再会を約して。Sはニューオリエンへ、ヒルダは再び女学院の生活へ――。

常夏《とこなつ》の都《みやこ》ニューオリエンも、ヒルダに別れたSにとっては、華《はな》やかな街の灯《ひ》が却《かえ》って暗い旅愁《りょしゅう》をそそった。だが、一日、カーネギー学館《インスチチューション》を訪問して、そこに、多年の風土病研究に、稀《け》有《う》な資料を発見した彼は、俄然《がぜん》として燃えさかる研究慾《よく》に総《すべ》てを忘却した。彼は貪《むさぼ》るように研究に没入した。象牙《ぞうげ》の塔に立籠《たてこも》った彼の上に、人も時も無意識に流れた。ヒルダと約束の日は来ても、彼の胸にヒルダの面影《おもかげ》は甦《よみがえ》らなかった。

いつか暖かい南国の冬が来た――。

その頃、過度の勉強に健康を害《そこ》ねていたSには、眠れない夜が続いた。そういう一夜であった。眠ったともない眠りから覚めたSはぼうっとした意識の中に、ブラインドを引き忘れた窓から、室《しつ》の中央までさしこんでいる月光に気がついた。起上《おきあが》ってブラインドを引くのも懶《ものう》く、彼は唯頭《ただ》をあげて窓を見かえった。と、彼は怯《ぎよ》っとして半身を起《おこ》した。換気のため五、六寸開け放して置いた窓の上に、びくっと動いた、蟇《ひき》のような物体！　なんと、「酋長の手」が、黒く、月光に光っていたではないか、彼は自分の眼を疑いながら、凝視した。五秒、十秒、三十秒……。額《ひたい》から腋下《わきのした》から冷汗《ひやあせ》が流れて、心臓が激しく鼓動した。彼は堪《たま》りかねて瞑《めい》目《もく》した。だが、それも不安で堪《たま》らなかった、直《す》ぐ眼を開けずにはいられなかった。思い切って開けた眼を、彼はまた疑わずにはいられなかった。何の怪異？　窓は唯《ただ》水のような月光を受入《うけい》れているばかりではないか。

夢ではなかったかと疑ったが、目覚めていたことは否定すべくもなかった。ウーペック家の仇敵《きゆうてき》を呪う「酋長の手」、それが、何故《なぜ》に彼の前に現われたか？　ウーペック家の友人である彼の前に——？　それは解《と》きようもない謎であった。幻影？　或《あるい》はそれが彼の疲れた頭脳によって描き出された幻影ではなかったか？　漸次《しだい》に平静を回復すると共に、彼は、それが幻影であったと、より多く考えたくなった。

彼はベッドを離れて、窓に近寄った。窓枠を、外側を、カーテンを、仔細《しさい》に検分《けんぶん》したが、「呪《のろい》の手」の実物は勿論《もちろん》、何等《なんら》それに見擬《まが》うようなものを、発見しなかった。

ホテルの五階にある彼の室《へや》に庭木《にわき》の影が映すはずもなかった。或《あるい》はふと彼の窓にとまった夜《よ》鳥《どり》の類《たぐい》か？

深夜の市街は彼の眼の下に眠っていた。中天に澄み切った銀盤、それは確《たし》かに十五夜の月に相違なかった。

# 四

Sはあまりに早くこの「怪異」を忘れてしまった。彼の心は指先に触れている或《ある》発見を摑《つか》もうとする焦燥《しょうそう》で一杯であった。満月の夜が月に一回あるか、ないか、彼にとって——また恐らく何人《なんぴと》にとっても——およそ無関心の問題であった。しかし、地球の廻転《かいてん》に狂《くるい》のない限り、満月の夜は必ず三十日毎《ごと》に廻《まわ》って来るとは、千古《せんこ》不変の天象《てんしょう》である。彼が「呪《のろい》の手」の第二回の出現を見たのは、第一回の出現から繰《く》って、正《まさ》に三十日目の月夜であった。

「呪の手」の出現をすっかり忘れていたSは、その夜、入浴に疲労を洗って、早くからベッドにもぐった。幾時間かの後、ふと胸を圧《お》されるような苦しさに眼覚《めざ》めた彼は、ぐっすり冷《ひや》汗《あせ》に濡れていた。半身を起《おこ》して、枕頭《ちんとう》のスウィチを捻《ひね》った刹那《せつな》、ベッドを去る三尺《しゃく》、カーペットの上に、びくっと動いた黒い物体！　それは「酋長の手」だったではないか！

Sは叫声《さけびごえ》をあげてベッドから跳《は》ね起きた。自衛の本能から、彼は無意識に、この「醜怪《しゅうかい》な物体」を踏みにじろうと思ったのだ。だが跳ね起きた彼が眼を据えた時には「醜怪な物体」はもう床《ゆか》の上から消えていた。彼は空虚《うつろ》な眼を瞠《みは》って部屋中を見廻《まわ》した。卓《テーブル》の上、下、べッドの下、部屋の隅々《すみずみ》を、彼の検分の眼に触れるものは、あまりに「怪異」から縁遠いものばかりであった。幻影？ 再び彼はそれが幻影であったと考えたかった。科学者である彼にインデヤンの伝説は信じようもなかったのである。

幻影に脅《おびや》かされた自分を冷笑《わら》いながら、彼は、忽然《こつぜん》と胸裡《きょうり》に甦ったヒルダの面影に、ハッとした。忘れるともなく忘れていたヒルダ！ 頻繁《ひんぱん》に来たヒルダからの手紙に最初は返事を書くのを娯《たのしみ》にした彼が、漸次《しだい》に返事を怠《おこた》って最近二ヶ月は全然返事を出した記憶がなかった。最近はヒルダからの手紙もバッタリ跡《あと》を絶《た》っていた。彼は返事のないことを怨《うら》んだヒルダの数々の手紙を思出《おもいだ》した。悔恨《かいこん》と不安が突刺《つきさ》すように彼の胸を襲った。彼は研究に没頭して、ヒルダの純情を顧みなかった我執《がしゅう》を浅《あさ》ましく思った。彼はヒルダの笑《えみ》と涙を想い出した、そして一度発した思慕《しぼ》の念は、洪水の如《ごと》く彼の魂を浸《ひた》した。女の肉の快い触感が彼の両腕に甦った、紅《あか》い唇が彼の瞼《まぶた》にちらついた――。丁度《ちょうど》休暇時である現今《いま》ヒルダは屹度《きっと》帰宅《かえ》っているに違いない！ そうだE町へ――。彼は憑《つ》かれたように卓上電話機をとりあげた。

「ハロー」交換手の声。

「ユニオン停車場《デッポー》を――」

直《す》ぐに別の声がいった。

「ユニオン停車場《デッポー》です――」

「セントルイス行《ゆき》の汽車は何時に――」

「二時に急行があります。その次は四時十分――普過《ふか》列車です」

「有難う」

時計を見ると、丁度《ちょうど》一時であった。

Sは手早く旅装を整えた。そして二十分の後には、停車場へタキシーを走らせていた。

セントルイスまで急行で十八時間の旅程である。明晩《みょうばん》の八時には――と、Sは心の中で繰《く》り返《かえ》していた。

汽車に乗ってから、Sは始《はじ》めて落着《おちつ》いた気持で自分の行動を顧みた。自分ながら不思議なほど唐突《だしぬけ》な行動であった。だが、彼の心には久しく知らなかった満足があった。

セントルイスの停車場から、彼は直《ただち》に自動車をE町に駈《か》った。

ウーペックの家の赤い灯《ひ》を彼は懐《なつ》かしく眺めた。

玄関の呼鈴《ベル》を鳴らすまでもなく戸がさっと内部《なか》から開いて、ジェームスが現われた。

「……ジミ！」

「……サム！」

二人の手が堅く握り合わされた。

「今朝君に電報を打ったが、さては行違《いきちが》いになったか……」

ジェームスの言葉にSは不安の眉《まゆ》をひそめた。

「ええ電報を？　何かあったのか？」

「実はね、ヒルダが不快《わる》いんだ。もう一月《ひとつき》ばかり——頻《しき》りに君に会いたがるんで、今朝《けさ》電報を打った……」

Sはさっと顔色を変えた。

「……ど、どんな工合《ぐあい》だ？」

「どうも思わしくないんだ……」

「ええ、思わしくない？ 病院は何処《どこ》だ？」

「セントルイスのマウンド病院《ホスピタル》に居るが……。まあ、立話《たちばなし》も出来ない、入り給《たま》え」

「いや、僕は直《す》ぐヒルダを見舞《みまい》に行こうと思う」

とSは、まだ門前を立去《たちさ》らなかった自動車を顧みた。

「おうい、タキシー、待ってろ！」

「では、僕も一緒に行こう。待ち給《たま》え」

ジェームスは直《す》ぐ外套《がいとう》を着て出て来た。

家政婦《ハウスキーパー》のダンが後に続いた。

「ハロー、ミセス・ダン！ また来ましたよ」

Sは家政婦の手をとりながらいった。

「ようこそ——。……お嬢さまがどんなにお喜びでしょう……」

ミセス・ダンは鼻白《はなじろ》みながらいった。

マウンド病院《ホスピタル》の玄関に入ると、ジェームスがいった。

「僕はちょっと事務所に寄って行くから、君、一歩先《さ》きに――。二階の三十二号室だ」

Sはジェームスの意中を察して極《きま》り悪く思わぬでもなかった。

三十二号室とある戸《ドーア》の前に立って、彼は胸の動揺を鎮《しず》めかねた。彼の叩戸《ノック》に
「カムイン」

それは細い、力のない、ヒルダの声であった。彼はもう感傷的の気持で一杯《いっぱい》になった。

彼は静かに戸の内側に立った。

「……ヒルダ！」

項《うなじ》を見せて横たわっていたヒルダはびくりッとした風に振向《ふりむ》いた。

「オオッ！　サム！　サム……」

彼女は咽《むせ》ぶように叫んで、半身を起《おこ》した。

招くようにさし伸《の》べた彼女の両腕の中へSは真正面《まとも》に飛びこんだ。

「……ヒルダ……僕、悪《わ》るかった。研究に夢中になっていて……」

彼は降るようなキッスの間にいった。

「……サム、サム、私、どんなに淋《さび》しかったか……もう、もう、行かないで……」

ヒルダの涙がSの頬《ほほ》に熱かった。二人は満足を知らないエクスタシィに浸《ひた》っていた。

「……ヒルダ、君の病気、僕、屹度《きっと》癒《なお》して見せる……生命《いのち》にかけて癒して見せる……」

Sは昂奮《こうふん》に震《ふる》いながらいった。

「……私、屹度《きっと》癒《なお》るわよ……癒って見せるわよ……」

ヒルダは濡れた眼で、朗《ほがら》かに微笑《わら》った。

叩戸《ノック》の音。

それにSが答えた。

「カムイン」

入って来たのはジェームスであった。

「……ジミ、私の病気、もう半分癒《なお》ったわよ」

ヒルダは子供のように兄の顔に微笑《わら》った。

「あとの半分は……？」

「それもいずれサムに癒《なお》して貰うわ」

「サム君は確かに名医だ、ハッハッハ……」

ヒルダは蒼白い顔を紅《あか》くして優しく兄を睨《にら》んだ。

「ジミ……」と、Sは真面目に、

「ヒルダの病気が癒《なお》り次第、僕らは結婚するつもりだ。もっと早くいうべき処《ところ》を今まで延引《えんいん》したのは申訳《もうしわけ》がない。それから、僕今からヒルダの治療に最善をつくす……」

「サム！　アイ・ウッド・ビー・ブラザー・イン・ロー」

ジェームスは、そういって、堅《かた》くSの手を握った。

ヒルダは二週間ばかりで退院した。冬眠状態にあったE町が、最初の、そして恐らく最後の、国際結婚の噂《うわさ》に賑わったのは、それから間もないことであった。Sとヒルダの結婚生活が幸福であったことは勿論《もちろん》であるが、ただそれだけでは、この話に怪談としてのポイントがない。そのポイントというのは――。

二人は、蜜月旅行《ハネムーン》を終えてから、西海岸のS市を選んで、新居を構えた。その披露《ひろう》にSが旧友を招待して愉快な小宴《しょうえん》を張ったその席上で、それからそれへと発展した座談が、偶々《たまたま》伝説、迷信に関する議論の花を咲かせた。

迷信をこきおろす三、四人を相手に、ヒルダが頻《しき》りに反対の気勢《きせい》をあげていた。

招宴《しょうえん》が果ててから、Sがいった。

「ヒルダ、今夜は威勢が好《よ》すぎたようだぜ。あんな議論にそう本気になるのは、どうかと思うよ」

ヒルダは恐縮した風に微笑《わら》った、そして
「でもね、サム、私、身に覚えがあるんだもの……」

「フッフッフフフ、変な覚えがあるんだね」

Sは揶揄《からか》い気味にいった。

「あなた、「酋長の手」の伝説知ってるでしょう?」

Sは思わずギクリッとした。

「ウム」

「私ね、貴下《あなた》がニューオリエンにいて、手紙も何もくれなかった時、あの手に祈ったのよ——どうか貴下を返して下さいって。そしたら、貴下が帰って来たじゃなくって、そして、今こんなに幸福ではなくって……」

Sは、ニューオリエンの不気味な月明《あかり》の夜を想出《おもいだ》して、慄然《りつぜん》とした。ヒルダは「酋長の手」がSにどんな恐怖を与えたか知らなかったのだ。

「もし、ヒルダの許《もと》に帰らなかったら……？」

Sは、その結果を想像して見た。

——「酋長の手」は屹度《きっと》彼を縊《くび》り殺しただろう。

## 解説

〈週刊朝日〉昭和十年五月一日臨時増刊号（二十七巻二十一号）に発表。

小山《こやま》は在米日本人を主人公にしたロマンチックな冒険譚《たん》やギャングに関するエッセイなどで一時期人気を博した作家。滞米経験のある大衆作家というと谷譲次《たにじょうじ》を思い出すが、さまざまな職業を転々とした谷とちがって小山には定職があった。法律通弁《つうべん》がそれである。

法律通弁というのは戦前の在米日本人コミュニティだけに存在した特殊な職業。邦人同士、あるいは邦人と米人との間に法的トラブルが発生したとき本人に代わって裁判手続を行うのがその仕事。訴訟の代理は本来弁護士の仕事だが、当時アメリカでは日本人による弁護士資格の取得は禁止されていたので法律通弁と名乗った。仕事柄《がら》、日系人博徒《ばくと》(小山の言葉を借りればメリケンゴロ)に接する機会が多く、その筋の人たちから「先生」と呼ばれていた。顧客のひとりに人殺しが趣味という男がいて、仕事を紹介してくれるのはいいが普通の客が事務所に寄り付かなくなったという。

作品は暗く殺伐《さつばつ》とした中にも哀調《あいちょう》があり、ノワーリッシュなムードが漂《ただよ》っている。同じ移民ものでも谷譲次のドライなユーモアとは対照的だ。自身がアメリカ社会で差別される側にあったせいか民族的マイノリティに対して同情的で、本作にもアメリカ原住民への暖かなまなざしが感じられる。小山と同じ頃シアトルにいた翁久允《おきなきゅういん》によると「その頃のシアトルでは悪通(悪い通弁)と呼ばれていた」そうだが、基本的に心のやさしい人だったのだろう。

本作の中心テーマであるインディアンの手は「ティピカヌーの呪い」または「テカムセの呪い」と呼ばれる都市伝説が元になっている。「二十で割り切れる年の大統領選で当選した候補者は在職中に死亡する」というもので、一八四〇年当選のウィリアム・ヘンリー・ハリソンに始まり、一九六〇年のジョン・F・ケネディまで八名が実際に亡くなっている。編者は高校時代、世界史の授業でこの話を教わった。一九八〇年にロナルド・リーガンが当選した時は不謹慎ながらつい期待してしまったものだ。

一八一一年、インディアナ準州のティピカヌーでハリソンがショーニー族の酋長テカムセが率いるインディアン同盟軍を破ったことで、テカムセの歿《ぼっ》後、その弟から呪いをかけられたというのがこの伝説のはじまり。作中ではハリソンの死はテカムセではなく大鷲《ビッグイーグル》というインディアンに関連づけられている。ビッグ・イーグルは実在人物だが「戦場で手首を切り落とされ」云々《うんぬん》については真偽の確認はできなかった。小山の創作かも知れない。

その他のジャンル作品に大川乙丸《おおかわおとまる》名義の「大草原《プレーリィ》の怪」〈週刊朝日〉昭和十一年七月十二日号、〈新青年〉昭和十三年四月五日臨時増刊号に小山甲三名義で再録）がある。ノースダコタ州デビルズレイクの地下空洞に棲息《せいそく》する巨大な淡水性タコが人間をつかまえて喰《く》う実話風モンスター・ホラー。デビルズレイクでは十九世紀末からシーサーペントの姿が何度も目撃されている。小山はノースダコタ州立大学の出身なので、在学中に聞いたデビルズレイク・モンスターの話をもとにこの「大草原の怪」を書いたのではないか、と編者は勝手に想像しているのだが。

# 早すぎた埋葬

横瀬夜雨

横瀬夜雨（よこせ　やう）

幼名・利根丸《とねまる》。のち虎壽《とらじゅ》と改めた。明治十一年一月一日、茨城県常陸国真壁《ひたちのくにまかべ》郡横根《よこね》村（現・茨城県下妻《しもつま》市横根）に生まれる。六歳のとき脊椎《せきつい》カリエスを発症。明治十九年、大宝《だいほう》小学校（現・下妻市立大宝小学校）に入学するが級友や代用教員に障害を嘲笑《ちょうしょう》され自主退校。自宅で祖父の蔵書を濫読《らんどく》し、独学で文化的素養を身につける。自身の病苦を血の出るような言葉で詠《うた》った「神も仏も」（〈文庫〉明治二十八年十月号）が河井《かわい》酔《すい》茗《めい》に称賛され詩名を確立。以後、河井が〈文庫〉記者を辞任するまで同誌をホームグラウンドとして詩作に励《はげ》む。晩年は明治史の研究に熱中。『明治初年の世相』（新潮社、昭和二年）、『近世毒婦伝』（文芸資料研究会　編輯《へんしゅう》部、昭和三年）、『太政官《だじょうかん》時代』（梓書房、昭和四年）などを著した。昭和九年二月十四日、急性肺炎のため自宅で死去。翌年、夜雨の詩風を慕《した》う夜雨会によって筑波《つくば》山《さん》東峰（女体山《にょたいさん》）の中腹に詩碑《しひ》が建立《こんりゅう》された。

古い行李《こうり》の中を整理していたら、今は亡き筑波《つくば》の詩人横瀬《よこせ》夜雨《やう》氏の遺稿が、埃《ほこり》の中から出て来ました。五年前にいただいて、それきりになったものです。読んでゆくうちに鬼気《きき》の迫るものを感じてこのまま闇から闇へ葬《ほうむ》り去るのも惜《お》しく、ここに発表した次第です。(記者)

都会は火葬にきまったようなものだが、田舎《いなか》は依然《いぜん》土葬、それゆえ珍聞《ちんぶん》も尠《すくな》くない。夏時《なつとき》少し暇《ひま》どった葬式に棺桶《かんおけ》の底から腐敗汁《じる》が洩れ出して、その臭気《しゅうき》に棺舁《かんかつ》ぎは言うに及ばず、会葬の近親者まで鼻を抓《つま》むといった悲喜劇などはざらにあることだ。息子が死んだが墓地が狭いので、十数年前死んだ老母の墓に半分穴がかかると、すっかり骨になっただろうと思っていた母が、着物から髪の毛までちゃんとして屍蠟《しろう》になっていたので、親孝行な伜《せがれ》の村会議員は仰天狂喜《ぎょうてん》、家に持ち帰って再湯灌《ゆかん》、息子を一緒に(祖母と孫)大棺《おおかん》に入れて二度の葬式をしたのは、私の村での二三年前の出来事である。

村によっては棺蓋《かんぶた》に穴をあけ、そこに節《ふし》を抜いた青竹《あおだけ》を挿《さ》して、土饅頭《どまんじゅう》の上まで出しておく習慣がある。『早過ぎた埋葬』の悲劇をふせぐため、棺《かん》の中へ空気が通じるようにしておくのだ。近親者は埋葬後二三日位《くらい》時々墓へ行っては、その青竹に耳をあてて『もしや』と万が一の奇蹟を思い見るのである。寺の墓地整理の折、腐らずにいた棺蓋《かんぶた》の裏に、生々《なまなま》しい爪痕《つめあと》が幾条《じょう》もあったというような事をよくきくが、これは早過ぎた埋葬によって、冥府《めいふ》に生《せい》を取り戻した者の、言語《げんご》に絶する呪咀《じゅそ》と絶望の記録である。青竹の習慣を一概《いちがい》に嗤《わら》い去ることは出来まい。

これは数年前、私の妻の郷里にあった話であるが、話の性質上或《あ》る程度までの地名人名の変更を余儀《よぎ》なくされた。

大沢村矢《おおさわむらや》の沢《さわ》は、茨城の北部で、福島、栃木に近い山地である。この話の女主人公村松《むらまつ》ちせ（当時十九）は、谷川の水による古風な水車小舎《ごや》の娘で、土臭い田舎娘ながら、その辺での小町《こまち》娘の評判をとった美人で、村の祭礼《さいれい》の夜などには、鳥打帽《とりうちぼう》の若い衆《しゅう》たちがそれぞれちせの尻を追いまわしたものだ。又《また》田舎娘はそうされることを内心よろこぶものである。田舎のこととて老人らは若い者の行為は大目《おおめ》に見るし、果《はた》して彼女がそれらの男達に対して純潔であったかどうかは、保証の限りではない。春秋《しゅんじゅう》の祭礼の夜は、或《あ》る意味に於《お》いて若い男女の性的解放の時であってみれば、孕《はら》んだ麦穂のうねが一《ひと》とこ踏みにじられていたり、稲塚《いなづか》が荒《あら》されていたりするのは、牧歌的な彼等《ら》の野合《やごう》の床《とこ》の跡《あと》だ。それに依然夜這《よば》いの悪習もあるのだし。

その夏の旧盆少し前のことである。田舎は一年のうち十数回も餅《もち》をつく、格別な料理は出来ないから、何事があってもすぐお萩《はぎ》とか餅とかになるのである。夏は茗荷《みようが》や柿《かき》の葉に餅をつつむ。ちせの家でも盆の二日前餅をついた。九時過ぎだったという。父親が杵《きね》を振りあげ、ちせがこねどりの役に廻《まわ》った。二臼《うす》が終《おわ》って、こねどりの女房《にようぼう》たちのよくやる不行儀《ふぎようぎ》だが、餅の出来加減を見るため、ちせは臼の中から一にぎりちぎって喰《た》べた。こねどりで息をはずませている時のことだし、餅はよくねれて粘《ねば》る最中だし、ぐっとばかり喉に閊《つか》えた。家中騒いで吐かせようと色々《いろいろ》介抱してみたが駄目。その時粉買《こなか》いにきていた村人の一人は二里《り》近くもある医者をよびに駆けつけたが間の悪い時とて他村《たそん》に往診に出て留守《るす》であった。で、思いもよらぬ偶然事《じ》で、一家周章狼狽《しゆうしようろうばい》のうちに、ちせは息絶えてしまったのである。老婆がやられるのは毎年新聞で散見する処《ところ》だが、若い娘がやられたのは珍《めずら》しい方であろう。

なにせ大騒ぎ、泣き悲しみはしたものの、後《あと》の祭である。ちせの母親はその朝風邪《かぜ》加減で伏せっていたので、ちせが母親の代《かわ》りをしたのだ。母はそのことを何べんも繰りかえし、ちせの屍体《したい》にかき口説《くど》いた。

さて葬儀ということになったが、暑い盛りのことではあるし、お盆は明後日《みようごにち》くるのだし、せめて新盆《にいぼん》に間に合って仏様《ほとけさま》でこられるようにとの、近所（といっても五丁《ちよう》もあるのだが）の女房達の合議によって、棺桶も出来あい《レデーメード》、その晩おそく埋葬してしまった。村の医者などは、死人を見もしないで死亡診断書をつくったりするものである。

提灯《ちょうちん》の光だけの暗い墓で土をかけながら、ちせの母親は、

『なあ、ちせ！　あさってお盆で又《また》こられるぞォ』と、わいわい泣いたそうである。

翌朝になった。村松の一家は寝《ね》もやらず疲れて起きていると、村の彦一《ひこいち》という赤痣《あかあざ》のある奉公人がちせの家へ息せききって駆けこんできた。

『墓にちせさんがいねえだ！』

『えッ？』

朝草刈《くさか》りの帰りに、村松の家の墓の側《そば》を通ると、棺《かん》の屋根や白張《しらはり》提灯は倒れ、新しい土饅頭が掘り返されていて、棺がからっぽなのだ。うすのろの彦一も愕《おどろ》いたわけである。

村松の家でも余《あま》りのことゆえ半信半疑、早速《さっそく》彦一について出かけた。渓流《けいりゅう》に添った小山の中腹で、家から六七丁である。見れば無惨！　墓はあばかれて、ちせの姿は見えない。いくら山の中とはいえ、真逆天狗《まさかてんぐ》や山犬が屍人《しにん》を攫《さら》っていったとは思えぬ。そこで又《また》大騒ぎとなった。皆額《ひたい》を鳩《あつ》めて考えたが、どうにも考えようがない。（この時父親の久助《きゅうすけ》は『もしや生きけえったんじゃァあるめえが……』と独語《ひとりごと》したそうである）死人が棺蓋《かんがい》を破るわけはなし、誰か怨恨《えんこん》のある悪い奴《やつ》の悪戯《いたずら》ではないかということになった。とに角《かく》、警察へ届けるなり、手わけして山を捜索しようということになった。

その最中、裏口から入ってきたのが、狩猟を業《ぎょう》としている溝口《みぞぐち》という親爺《おやじ》だ。

『御《お》とり込みの処《ところ》だが、ちょっくら久助さん！』

『なに用だね。』

『いや、一寸《ちょっと》耳を。』

溝口の親爺が二言三言《ふたことみこと》耳打ちすると、久助の表情は狂喜の情《じょう》に変《かわ》って、

『ほんとかね、ああ、お薬師《やくし》さま！　おっかぁ、ちせは生きけえったとよ、嘘じゃねえ。』

『えっ、ちせが！』

びっくりするのも無理がないのである。死人が生きかえったとは、少し破天荒《はてんこう》過ぎる。

溝口の倅《せがれ》の道之助《みちのすけ》は二十七になっても独身だった。（田舎では大抵《たいてい》徴兵検査が終《おわ》ると妻帯《さいたい》する）親の代にどこからともなく大沢村へ流れてきて、同族とては村中《むらじゅう》になく、所詮村内《しょせんそんない》は結婚出来ない呪われた階級の子であった。祭礼の夜でも村の娘の尻を追いまわす権能《けんのう》は彼にはなかった。若い衆《しゅう》とつきあいはしていたが、愈々《いよいよ》になると彼らは『なんだ、あの……』とすぐいった。で、道之助の性格は暗く凶暴になっていったのである。

その道之助が、死んだちせを幾年も心の中で恋していたのであった。ちせの家へ粉買いにいって、ちせと二言三言《ふたことみこと》言葉を交《かわ》すのが、彼には耐《たま》らなく嬉しかった。勿論《もちろん》恋心は、表面にあらわし得なかったにしろ。

そのちせが思いがけなくも突然死んで、彼は頼まれて穴掘りもし棺《かん》も舁《かつ》いだ。（穴掘りや

棺舁ぎはなるべく地位の低い者にさせるのが田舎の風習である）彼はその時心中に期するところがあったのである。

埋葬が終《おわ》ったのは午前一時であった。それから小《こ》一時間の後《のち》、彼は唐鍬《とうぐわ》を持って墓へしのんでいったのだ。

（二百字削除）

自然と人工呼吸がほどこされたのだ。彼がやっと己《おのれ》をとり戻した時、なんたる奇蹟、ちせは『ううん』と幽《かす》かに唸《うな》って、息づきはじめたのだ。道之助は怖《おそ》れ、又《また》よろこび、更《さら》に彼女の胸や腹を圧《あっ》した。己の愛情がちせを蘇《よみがえ》らせたのだと信じて。それから墓に供《そな》えてあった椀《わん》を持って、渓流まで駆けおりた。

間もなく彼はちせをかかえ、十数町《ちょう》もある我家の納屋《なや》に連れ入れ、売薬《ばいやく》の六神丸《ろくしんがん》をのましたりして夜を徹した翌朝彼は意を決して、事情を親爺に打明《うちあ》けたのである。

二十四時間以内の埋葬が法律によって禁じられているのも、かかる事がなきにしもあらず、だからであろう。ポオの『早過ぎた埋葬』に同様なことが、身の毛がよだつ許《ばか》りに描写されているのは大方《おおかた》の読者の御承知のことである。全《まった》くあり得ないことではない、殊《こと》に急死頓死《とんし》の場合は、…………………

が人命救助になったとは、法律の条文以外の事で、罰せられ又《また》表彰されねばならないことになる。

いう迄《まで》もなく道之助とちせは夫婦になった。命の恩人に仕《つか》えて、夫婦仲もよく、已《すで》に二人の子供があるというのだからすごい。この不思議な結婚は、ひいては階級打破の一助にもなり、芽出《めで》たし芽出たしで筆を結ばねばならないところだ。

## 解説

〈奥の奥〉昭和十一年九月号（一巻九号）に発表。

初めて横瀬夜雨《よこせやう》の「神も仏も」を読んだときは、しばらく哀憐《あいれん》の情《じょう》すら湧かなかった。あまりに衝撃が大きすぎて思考が一瞬ストップしてしまったのだ。爾来《じらい》、夜雨のことを考えるたびに脳内で「神も仏も」が再生され、頭がフリーズしてしまう。

初めて本作を読んだときは別の意味でおどろいた。哀《あわ》れな「病身詩人《びょうしん》」のイメージしかない夜雨が突然「我が党の士」として目の前に現れたからだ。「読書は死んだ人と友となることだ」という山本夏彦《やまもとなつひこ》の言葉を実感した瞬間だった。

エッセイだが、読んで面白く、かつエログロ・ブーム全盛期（執筆は昭和六年）特有の高揚感があるため、あえて収録した。『近代文学研究叢書《そうしょ》』で横瀬夜雨の章を担当した千種千鶴子氏は夜雨の随筆の特徴として「ユーモア」と「嗜虐性《しぎゃく》」の二点を挙《あ》げているが、本作にも「ダークな俳諧味《はいかいみ》」みたいなものが感じられると思う。
当初〈犯罪科学〉への掲載が予定されていたものだが、五年もたって別の雑誌に発表されたのは武俠《ぶきょう》社内のゴタゴタ（「首切術の娘」解説を参照）で原稿が行方不明になっていたからである。発見されたとき夜雨はすでに世を去っていた。編輯《へんしゅう》部によるリードに「読んでゆくうちに鬼気《きき》の迫るものを感じてこのまゝ闇から闇へ葬《ほうむ》り去るのも惜しく、こゝに発表した次第です」とある。鬼気迫るものがなければこのままゴミ箱行きだったわけだ。なぜ〈犯罪科学〉用の原稿が〈奥の奥〉に載るのかというと〈奥の奥〉の東京社と〈犯罪科学〉の武俠社は、どちらも柳沼澤介《やぎぬまさわすけ》が社長だったから。

夜雨はその詩風に似合わず猟奇的なサブジェクトが好きで、夜雨の自宅を訪れたことのある書物研究家の斎藤昌三《さいとうしょうぞう》は「奥の書架の或《あ》る一段」に十数冊の「性慾《せいよく》に関する著書」が秘蔵されているのを見たという。小倉清三郎《おぐらせいざぶろう》の会員制性研究雑誌〈相対〉を購読し、梅原北明《うめはらほくめい》とも個人的親交があった。本作以外にもエログロ随筆がいくつかあり、中でも「首をすげる」と題する文章のグロテスクさは群を抜いている。

作者が十三歳の時というから明治二十三年のことだろう。それまで刃傷沙汰《にんじょうざた》など全《まった》くなかった夜雨の村で大事件が発生した。放蕩者《ほうとうもの》の息子の首を父親が菜切庖丁《なきりぼうちょう》で切り落としてしまったのだ。翌朝、夜雨少年が現場を見に行くと、村人たちが「上下をそいだ一尺程《しゃくほど》の青竹」

を合釘《あいくぎ》代わりにして死体の頭と胴をつなぎ合わせている最中だった……

四百字詰原稿用紙にして僅《わず》か三枚ほどの小文だが、凄惨《せいさん》な光景が簡潔かつ写実的に描かれており、まるで犯罪現場写真を見ているような生々《なまなま》しさがある。余計な感動詞や修飾語がないため、読者は否応《いやおう》なく叙述の対象と直面させられることになるのだ。すぐれた文学的感性と文章力のある作家が書いたエログロ・ホラーほど恐ろしくも魅力的なものはない。だれか復刻してくれないだろうか。現代国語の教科書にうってつけだと思うのだが。

# 死亡放送

岩佐東一郎

岩佐東一郎（いわさ　とういちろう）

本名同じ。別名に茶煙《さえん》亭。由来は「お酒がとても弱くて（略）その代《かわ》り夏冬ともお茶と煙草《たばこ》を常時愛用してる」から。明治三十八年三月八日、東京市日本橋《にほんばし》区に生まれる。暁星《ぎょうせい》中学校を経《へ》て法政大学文学部文学科に入学。十六才のとき堀口大學《ほりぐちだいがく》に弟子入り。さらに堀口の紹介で日夏耿之介《ひなつこうのすけ》の知己《ちき》を得、矢野目源一《やのめげんいち》、正岡容《まさおかいるる》、城左門《じょうさもん》、青柳《あおやぎ》瑞穂《みずほ》らと知り合う。同十二年、処女詩集『ぷろむなあど』を自費出版。本格的な詩作活動に入る。昭和三年、城らと文芸同人誌〈ドノゴトンカ〉を創刊するが二百円近い負債を抱えて二年後に廃刊。昭和六年に城と創刊した詩文化雑誌〈文藝汎論《はんろん》〉は足かけ十四年にわたり発行をつづけた。俳人、随筆家、作詞家としても活躍。小学唱歌「アマリリス」は岩佐の作詞である。昭和四十九年五月三十一日、脳軟化症のため東京都品川《しながわ》区西大井《にしおおい》の自宅で死去。著書に詩集『航空術』（第一書房、昭和六年）、随筆集『茶煙閑語《かんご》』（文藝汎論社、昭和十二年）などがある。

こないだ妙な夢を見た。それは、ラジオの受信機の前で、ニュースの放送を待っている僕の耳にアナウンサアの声が流れこんで来るところから話は始まるのだが、改《あらたま》った声のアナウンサアが「明日《あす》お生《うま》れになる方々のお名前を申上《もうしあ》げます」と冒頭して、日本全国の各市町村に明日生れる筈《はず》の赤ちゃんの名前を早口で連射砲のように読み上げるのだ。それが可笑《おか》しなことに、みんな僕の知人のとこに生れる赤ちゃんらしいのだ。「次は滋賀県蒲生《がもう》郡老蘇《おいそ》村《むら》の井上多喜三郎《いのうえたきさぶろう》さんのお宅では明日坊《ぼつ》ちゃんがお生《うま》れになります。東京市中野《なかの》区野方町《のがたまち》の岩《いわ》本修蔵《もとしゅうぞう》さんのお宅ではお嬢ちゃんの双児《ふたご》がお生れになります。京都市八坂《やさか》通りの天野大虹《あまのたいこう》さんのお宅ではお坊ちゃんがお生れになります。以上合計、××万×千×百×十×名、昨年の同月同日に比して×千×百×十×名の増加率を示しておりますことは国家のため、まことに御同慶《どうけい》に耐えません。謹《つつし》んでお祝い申上げます。」などと云う。そして一寸《ちよつと》間を置いてから、一段《いちだん》と声を落《おと》して「次に、まことに残念なことながら、明日おなくなりになります方々のお名前を申上《もうしあ》げます。これらの方々の御家族御知合《おしりあい》の皆さまに心からお悔《くや》み申上げると共に、御本人の御覚悟をうながし御遺言などお忘れになりませんよう御注意申上げます」と云《い》われて、僕は胸がどきんとした。知人の名前など出ませんようにと心に祈った。幸い、次々と読み上げる明日の全国死亡人名には知人の名前が出て来ないらしいので、スイッチを切ろうと立ち上《あが》ると「それから東京市品川《しながわ》区の岩佐《いわさ》東一郎《とういちろう》さん。以上合計……」もうこれだけで、僕は死んだような気持ちがして、がっかり座って了《しま》うと、案外、側《そば》の女房《にようぼう》は平気なもので「到頭《とう》、明日は永久にお別れね。さあ、早く片付けものして用意なさらないと駄目ですわ。あとは御心配なくね。大往生して頂戴ね。こせこせ忙《あわ》てたりすると、みっともなくってよ。落付《おちつ》いてね。よくって」と云う。冗談じゃない、落付けるものかってんだ。僕は、急に今日まで過ごした日々が、とても惜しい浪費をしたように思えて来た。今夜ぎりの命かと思うと、一《いっ》ぺんにやれるだけの道楽とぜいたくがしてみたくなったので、立ち上って玄関へゆくと、玄関には既《すで》に刑事が来ていて、警視庁令として死亡予定者の外出を禁じられていることを僕に告げた。それは、往々自暴《おうおうやけ》になって取り返しのつかぬような大犯罪を致《いた》すものが出るからだと云うのだ。どうしても外出まかりならぬと聞くと、仕方なく、僕は二階の戸棚の中へもぐり込んで、思いきりこのはかない生命《いのち》を思って、子供のように手放しでおいおいわあわあと泣いてみた。しばらくして、泣いてみても無駄だと思ったら、ぴたりと泣き止《や》んだ。そこへ、友なる城左門《じょうさもん》から電話がかかって来て「今、ラジオで聞いたら明日、君は死んじゃうんだってね。色々まだ二人でやりたいこともあったのだが仕方がない。とにかく、明日、君の死ぬ前に一度逢《あ》いにゆくからね。」と云う。案外、こっちも朗《ほが》らかな声で「うん、ありがとう。だけど、早く来てくれないと死んじゃうかも知れないから、無理してでも早く来るんだぜ。

待ってるよ」と答えることが出来た。それが切《き》っかけで、近くの知人からひっきりなしの電話だ。速達や電報がのべつに配達される。円《えん》タクとばして親類や知人がやって来る。新聞社から写真班をつれて記者がインタアビウに来て、次手《ついで》に死亡広告の注文をとってゆく。生命保険から保険金を届けて来る。葬儀屋が来る、坊主《ぼうず》が来る。墓石《はかいし》の新型見本が来る。いやもう、いそがしいの何のって、誰が死んだか判《わか》らない位《くら》い用事が山積する。記念に短冊《たんざく》書いてくれと云う者もあるので、悪筆をふるって「朝顔や露《つゆ》の命のからみづる」なんて未練たっぷりな駄句《だく》をのたくる。その内に、夜が明けて朝となったが、飯《めし》を食うひまもない程《ほど》いそがしい。こんなにいそがしくて死ねるかしらとも思う。中村千尾《なかむらちお》、江間章子《えましょうこ》の二詩人が、東京詩人倶楽部《クラブ》の黒リボンのついた花環《はなわ》と弔辞《ちょうじ》を持って来てくれる。「アノオ、お気に召さないところは遠慮なく訂正して下さいませって、長田《おさだ》さんのおことづけでしたワ」と、おっしゃる。訂正したところで、どうなることぞ。「お二人とも、いい詩を書いて下さい」と云うと、二麗人《れいじん》はわっと泣き伏した。何時《いつ》ものように「うん、ウン」と、あっさりして欲しい気がした。その内、時刻が来たらしいと見えて、僕は死んだ。誰かが、死んで了《しま》うと、どんな気持ちじゃねとうるさく訊《き》くものがある。脳貧血の最中みたいじゃよ、と答えてやったが、聞《きこ》えなかったらしい。——眼《め》がさめたら、未《ま》だ僕は生きていた。この分だと死ぬ時までは矢張《やは》り生き続けるらしいのだ。

## 解説

初出不明。『茶煙亭燈逸伝』（書物展望社、昭和十四年二月十九日）を底本とした。

本作から「NNN臨時放送」を連想した人は少なくないだろう。ご存じない方のために説明しておくとNNN臨時放送というのはネット発の怪談都市伝説。放送終了後のテレビ画面に、突然ゴミ処理場の遠景と「NNN臨時放送」の文字があらわれる。つづいて人の名前が下から上に向かって流れ、それをアナウンサーが暗いクラシック音楽をバックに抑揚のない話し方で淡々と読みあげる。これが五分ほどつづいたのち「明日の犠牲者はこの方々です。おやすみなさい」とのナレーション（またはテロップ）が入って番組が終了する――というもの。二〇〇〇年十一月二十六日、2ちゃんねるの「何故《なぜ》か怖かったテレビ番組～第四幕目～」と題するスレッドの匿名《とくめい》投稿が始まりとされる。

たしかによく似ている。というかメディアの違いを除けばほとんど同じ話だといってもいい。「死亡放送」を読んだことがある者の投稿だろうか。それとも岩佐があの世から2ちゃんねるに書き込んだのか。偶然の一致だろうが、それにしてもあまりに似すぎて不気味なぐらいだ。

本作に登場する六人の男女はすべて実在人物である。天野大虹《あまのたいこう》は京都の日本画家。天野隆一《りゅういち》名義で岩佐の詩文芸雑誌〈文藝汎論〉に詩を投じている。井上多喜三郎《いのうえたきさぶろう》、岩本修蔵《いわもとしゅうぞう》、中村千尾《なかむらちお》、江間章子《えましょうこ》は詩人で全員〈文藝汎論〉の寄稿家である。城左門《じょうさもん》は詩人にして作家。「若さま侍《ざむらい》捕物手帖」シリーズやファンタスティックなコントで知られる城昌幸《まさゆき》の別名だ。岩佐とは旧知の仲で〈文藝汎論〉の同人でもあった。全員岩佐の詩友。いわゆる「楽屋落ち」というやつである。

ちなみに岩佐が亡くなったのは『茶煙亭燈逸伝』刊行から三十三年後の昭和四十九年。もし直後に亡くなっていたら、今ごろネットで「自分の死を予言した詩人」などと呼ばれていたかも知れない。

# 人の居ないエレヴェーター

竹村猛児

竹村猛児（たけむら　たけじ）

本名・猛壽。明治三十七年十月二十四日、千葉県印旛《いんば》郡成田《なりた》町成田（現・成田市 東《あずま》町《ちょう》）に生まれる。成田中学校（現・成田高等学校、付属中学校）を経て東京慈恵会《じけいかい》医科大学予科に入学。昭和六年末、東京市赤坂《あかさか》区青山南　町《あおやまみなみちょう》に竹村小児科医院を開業する。昭和十二年、余暇《よか》に綴《つづ》った文章を集めて『診療簿から拾つた話』（診療社出版部）を上梓《じょうし》。淡々とした文章の中に巧まざるユーモアを含んだ作風が人気を呼び、以後年に一、二冊のペースで随筆集を刊行。著書はすべて自画自刻自摺《じがじこくじずり》の版画で装幀されている。影絵アニメの個人製作を趣味とし「鈎《つりばり》を失《な》くした山彦」（昭和十一年）他を発表。戦時中は千葉県印旛郡遠山《とおやま》村（現・成田市）三里塚《さんりづか》に疎開《そかい》。宮内省下総御料《しもふさごりょう》牧場の嘱託《しょくたく》医として職員とその家族の診察・治療にあたった。昭和二十年八月二十三日、同地で病没。

『大きな病院は時々妙な事があります。』と或《あ》る病院に二十五年も勤務している看護婦長の××さんは、或る雨の夜にこんな話をして呉《く》れた。

『其《そ》の病院も昭和×年迄《まで》は大きくはありましたが、木造の粗末な物でありました。其れが次《つ》ぎの院長が変《かわ》って来られてからは大々的の改築が施《ほどこ》され、欧米の最新式の様式を取り入れて、総《す》べてが鉄筋コンクリートの宏壮《こうそう》な建築となりました。其の時に百二十あった病室が百八十に増加され、冬も完全な暖房装置が設《もう》けられ、東側に一つと西側に一つと、二つの大型のエレヴェーターが備《そな》えられました。之《こ》れは今迄の三階が四階にされたのと患者を寝台に載せたまま運搬する上に是非共《とも》必要があったわけです。

お話は此《こ》のエレヴェーターの事なのですが、之《こ》れが自動式にボタンを押すと扉が開く。中に這入《はい》って電灯のボタンを押すと電灯がつく。目的の階数のボタンを押すと自然に其処《そこ》に上《のぼ》り、又《また》は下《くだ》って行って止《とま》る。止ると扉が開く。出る時に又ボタンを押して消灯して外で再びボタンを押すと扉は閉じて自然に一階迄《まで》行って止る。という装置になって居《お》りました。何《な》にしろ出来たての頃には、こんな最新式の装置を施した病院など外《ほか》に幾つも無いから、大変珍《めず》らしがって皆がよく乗りました。よく乗るのと一つには慣れぬので間違った運転をするために、このエレヴェーターは時々故障を起《おこ》しました。其《そ》れが西側のエレヴェーターに多いのです。どうも東側のエレヴェーターに比べて西側のエレヴェーターがよく動かなくなる。併《しか》し二つあるので西側のが故障を起す時は東側ので間に合《あわ》せて、西側のを修繕して又使うという事にしていました。

此《こ》の病院が新築されて直《じ》きに、或《あ》る呉服問屋の奥様が四階に入院しました。病気は肺結核で非常に拡《ひろ》がっているために、もう恢復《かいふく》の見込《みこみ》は無い。入院した最初の中《うち》は御主人という方が度々《たびたび》見舞いに来ていたものの、病勢の進行するのと反比例して御主人の御見舞《おみまい》は段々《だんだん》遠いて参りました。奥様は此《こ》の病気特有の神経が過敏になって来る。ヒステリーが起《おこ》る。殊《こと》に此の奥様が嫉妬心が人一倍強い方で、此度《このたび》の病気も御主人が何処《どこ》とかの花街の芸者を奥様に内緒に退《しりぞ》かせて、或る所に家を持たしたのが解《わか》って大喧嘩になり、其《そ》れが心配の因《もと》で、急に胸の病気が亢進《こうしん》したのだと付添《つきそい》の看護婦に話したという事です。

『主人は妾《わたし》が病院にいる事を喜んで居《い》るのです。妾の死ぬのを彼の女と待っているのです。妾はもう一度癒《なお》り度《た》い。癒らなくても家に帰り度い。主人の側《そば》に行き度い。妾が側に行かなければ主人は何をしているか解《わか》りゃしない。』と奥様は時々ヒステリックに亢奮《こうふん》して、付添の看護婦を困らせる事がありました。

こんな具合で奥様の病気は段々《だんだん》悪くなりました。『帰り度《た》い、帰り度い。』といいながら度《たび》度《たび》小さな喀血《かっけつ》をする。身体《からだ》の衰弱は日に増し加わって行きました。そしてもう後《あと》幾日も《も》保つまいと思われる程《ほど》病勢が悪化して来ました。それなのに此頃《このごろ》御主人はフッツリと病院には姿を現わさないのです。

所《ところ》がこんな重態な病人が或《あ》る朝、突然行方不明になりました。というのは其《そ》の朝、付添《つきそい》の看護婦が目を覚まして何気《なにげ》なく病人のベットを見ると床《とこ》の中は藻脱《もぬけ》の殻《から》でした。瀕死の病人であるので、便所に一人で行く事もズッと以前から出来ません。其《そ》れ所《どころ》かもうこの部屋、このベットの上でのみ暮《くら》しているのが数ヶ月になるのです。看護婦はベットの下、部屋の隅々を恐《おそる》々《おそる》探して見ました。窓から外の庭もビクビクしながら覗いて見ました。念の為《た》め部屋の外の廊下も探して見ました。よもやとは思ったが、四階の便所も調べて見ました。が、愈《いよ》愈《いよ》居ないという事が確定的になったので、初めて其の由《よし》を四階の看護婦長に伝えられました。其れから婦長の命令で院内を騒がせぬように秘密に患者の捜索が初《はじ》められました。婦長の考えでは、あの瀕死の病人が一人でそう遠く迄《まで》歩けるものではないと信じたからです。

探し初《はじ》めると直《す》ぐ一《いち》看護婦に其《そ》の患者は発見されました。患者は西側のエレヴェーターの中に死んでいたのです。其の看護婦は一階に下りて見ようとして、エレヴェーターのボタンを押して見ました。所《ところ》が又《また》このエレヴェーターが故障を起《おこ》していて、仲々《なかなか》四階に上《あが》って来ません。二三度上昇のボタンを押したが駄目なので、階段から下りようと心を変えて、エレヴェーターの前を離れようとした途端《とたん》に、電気が通じてグーッという鈍《にぶ》い重い音響が響いて来たので待っていると、エレヴェーターはやがて自分の前に来て止《とま》りました。扉が開きました。

途端に看護婦はハッと仰天して危《あやう》く倒れそうになりました。エレヴェーターの一隅に其《そ》の患者が座り込んでジッと此方《こちら》を見ていたのです。然《しか》も座った患者の口元から胸に懸《か》けて、ドス黒い喀血《かっけつ》が気味悪く凝固して、瞬間見る者をゾッとさせる鬼気《きき》を放っていました。看護婦部屋に駆け込んだ其の看護婦は、蒼白《そうはく》になって暫《しばら》く口も利《き》けませんでした。同僚達《たち》に介抱されて漸《よう》やくにエレヴェーターの方を指差すのが大変な努力でした。

患者は外の患者に知られないように、ソッと病室に移されました。誰《だ》れもが流石《さすが》にエレヴェーターの中に這入《はい》って患者を出そうという者がありません。蒼白な顔は木彫《きぼり》のように凝固して痩《や》せ細った額《ひたい》に乱れ髪が垂れ下《さが》り、うずくまる様《よう》に片膝《かたひざ》を立てて、その上に枯木《かれき》のような手を置いてジッと入口を睨《にら》んだ顔の凄《すご》さは、看護婦の誰《だ》れもが手を出すことを躊躇《ちゅうちょ》するも道理、恐らくはその顔を見ただけで医員の人達でさえ、腰を抜かすに違いないと思いました。何の事はない。丁度般若《ちょうどはんにゃ》が生きて出て来たようなものです。

『××さん。』と婦長はその患者の名前を呼びながらエレヴェーターの中に這入《はい》りました。が患者は身動きもしません。相変《あいかわ》らず半眼《はんがん》に見開いた目で外を凝視しています。肩に手を当てて見ますとヒヤリと冷たい。ソッと揺り動かして見ると、全身が一つの石のように固く強直《ちょく》して死んでいたのでした。

病室に移してからもこの死後強直は仲々《なかなか》に緩解《かんかい》せず、目も如何程《いかほど》撫《な》で擦《さす》っても閉じませんでした。仕方無しに暫《しばら》くの間《あいだ》はベットの上に、その儘《まま》の姿勢で座らして置きましたが、その凄いことは今考えてもゾッとする位《くらい》です。

すぐ家に知らせましたが御主人は来ませんでした。何でも昨夜から高熱を出して寝込んだという話でした。御主人の弟さんという人が手続きを済まして屍体《したい》を引き取って帰りました。サアそれからというもの婦長から固く口止めはされて居《い》るものの、この西側のエレヴェーターに乗る看護婦はありません。昼の中《なか》急ぎの用で仕方無しに乗ることはあっても、決して一人では乗りません。御存知の通りエレヴェーターという物は、暗くて四角な窮屈《きゆうくつ》な箱で、周囲が鉄と金網《かなあみ》でゴーッという不愉快な音と一緒に、奈落《ならく》の底に落ち込むような、又は地獄の下から押し上げられるような嫌な気持のするものです。運転手でも居れば別ですが、一人で之《こ》れに乗る看護婦がいないのも至極尤《しごくもつと》もな話です。云《い》い付けられた仕事が急ぎの用であっても、大抵《たいてい》の看護婦は東側のエレヴェーター迄《まで》走って行って之《こ》れに乗る。もっと臆病なのは御苦労様に階段を一々上《いちいちのぼ》り下《お》りしている。

が、人の噂《うわ》さも七十五日とかいって、追い追いにこの話しも古くなれば、恐ろしさも薄れて行き、又段々《まただんだん》にこのエレヴェーターにも人が乗るようになりました。其《そ》の事があって半年も経《た》った或《あ》る夜の事、新《あた》らしく這入《はい》った看護婦見習いが、蒼《あお》くなって看護婦の詰所《つめしよ》の中に飛び込んで来ました。

其《そ》の云う所《ところ》に依《よ》れば、今四階から一階に下りようとして西側のエレヴェーターの前に行くと、自分の後《あと》から擦《す》り抜けるように一つの薄黒い影が動いて行って、エレヴェーターの前に立った。誰《だ》れかと思って顔を上げて見たが、その影は唯《た》だボンヤリとした人の形で確《たしか》な姿は見えない。不思議なことがあるものと何の気無しに一二歩近寄ると、その影がボタンを押したと見えてエレヴェーターがゴーッと上《あが》って来た。扉が開くと影のようなものが音もなく、スーッとその中に辷《すべ》り込んだ。すると自然に扉がガラガラと閉《しま》ってエレヴェーターはゴーッという響きと一緒に下《くだ》って行って了《しま》った。之《こ》れを此処《ここ》迄《まで》不思議にも思わず見《み》ていた看護婦見習《ならい》は、エレヴェーターのゴーッという音が段々《だんだん》下《さが》って行った時に、そのエレヴェーターが誰《だ》れも運転する者が居ないのに動いたという奇怪に気が付いて、全身に水を浴びせられたように驚いた。と云うのです。

この不思議を聞かされた四階の看護婦長は別に大して驚きもしませんでした。『エレヴェーターだって時にはひとりで動くこともありますよ。』…とアッサリ片付けて、この若い看護婦見習の言葉に動かされた様子はありませんでした。が、実は前々からこのエレヴェーターに不思議のある事は度々《たびたび》耳にしてはいたのです。それは深夜一時頃になるとこのエレヴェーターが、人のいないのに一階から四階にひとりでに昇って来る。扉が開いて又《また》閉まる。一階にひとりでに下りて行く。それが度々繰り返されていたのです。それは多くはショボショボと雨の降る夜とか、曇って星の見えぬ夜とかに起《おこ》ります。そういう事が起ると翌日はこのエレヴェーターは必ずといっていい位《くらい》故障を起すのでした。この事は夜勤の看護婦等は屡々《しばしば》経験していました。ですからこの夜中のエレヴェーターの動く事を『お帰り』と呼んで居《い》ました。それは前の事を知っている看護婦達だけが話す隠語で、新参の看護婦や患者や、又は外から来る看護婦達には成《な》る可《べ》く知らさないようにして居たのです。この時もこの看護婦見習いの見た不思議を四階の婦長は別に不思議とはせず、アッサリ片付けて了《しま》ったのです。

その後《あと》にも亦《また》、此《こ》のエレヴェーターに不思議な事が起《おこ》りました。四階に入院した患者に付き添って来た看護婦が、夜中に用事が出来て此のエレヴェーターのボタンを押しました。扉が開いたので中に這入《はい》って見るともう室《しつ》の中には一人の先客が這入って居《い》ました。三十五六の痩《や》せた婦人で、エレヴェーターの箱の向《むか》って右の隅に蹲踞《うずくま》る様《よう》にしゃがんで居ました。看護婦はその婦人に

『何階で御降《おお》りですか?』と聞いて見ました。所《ところ》がその婦人は返事もしなければニコリともしない。

『一階ですか?』と、もう一度聞いて見ると『ウン。』という様《よう》に一つ頷《うなず》きました。其処《そこ》で看護婦は一階にボタンを押して、エレヴェーターは段々《だんだん》下降して行きました。一階に着いたので看護婦は

『サア一階ですよ。』といって後《うしろ》を振り向いて見ますと、其処《そこ》には誰《だ》れも居《お》りません。確《たし》かに居た筈《はず》の箱の中に誰れも居《い》ないというのですから、之《こ》れ程《ほど》気味の悪いことはありません。其《そ》の看護婦は翌日から熱を出してとうとう寝込んで了《しま》いました。其の後此《こ》の看護婦は肋膜炎《ろくまくえん》を起《おこ》して郷里に帰って了いました。

それだけで済んで居《い》たらこのエレヴェーターも大して問題にもならなかったのですが、更《さら》に大きな問題を引き起《おこ》す事件が此《こ》のエレヴェーターから起《おこ》った。それは矢張《やは》り四階に肺尖加《はいせんカ》答児《タル》を起して入院していた若い婦人が居《い》ました。年齢は二十四歳と記憶して居ますが、鏑木《かぶらき》清方《きよかた》式の美人で、屡々《しばしば》看護婦達の評判になる位《くらい》綺麗な奥様でした。此の奥様の御主人が毎日会社の帰りに御見舞《おみまい》に御立寄《おたちよ》りになる。其《そ》の度《たび》に色々の花束を持って来られました。其の仲の良い事も看護婦達の岡焼《おかやき》半分の評判になる程《ほど》の羨望《せんぼう》の的《まと》でありました。

此《こ》の奥さんが経過が宜《よ》ろしくて退院という事になりました。本人の喜びは勿論《もちろん》ですが、御主人の喜び方も一入《ひとしお》で、その日は早くから病院に御出《おい》でになって、イソイソと退院の御支度をなすっていらっしゃいました。

その日の廻診《かいしん》が午後になったことや、御見舞の方が二三人もお見えになった事等《など》で、いざ退院という時にはもう暗くなって了《しま》いました。荷物は自動車の運転手が一足先《さ》きに持って出て、後《あと》から御主人と奥様と付き添い看護婦がエレヴェーターに乗りました。此《こ》の三人が乗ったエレヴェーターが問題の因縁《いんねん》付きのエレヴェーターで、乗って扉を閉める。動き出すと直《す》ぐゴトンゴトンと無気味な音を立てて振動しながら止《とま》っては動き、動いては止りしてギクギクと下りて行きました。それがギツンギツンと頭に響いて何ともいえない嫌な気持を起《おこ》させます。三人の頭に云い知れぬ不安が萌《きざ》しかけたと思う間もなく、プツンという激しい音がした途端、このエレヴェーターは急転直下、奈落《ならく》の底に叩き込まれるように落ち込んで行きました。

エレヴェーターの鉄のロープが切れたのでした。三人は地下室の底に大音響と共に打ち付けられて三人共気を失って居《い》ました。エレヴェーターを開けて見ますと、御主人と奥様とは重なり合って倒れていました。御主人は左の大腿骨《だいたい》折と顔面擦過裂傷《さつかれつしょう》を負い、奥様は両側の肋骨々折《ろっこつこっせつ》を起《おこ》して口から血を出していました。看護婦は右足関節の捻挫《ねんざ》と左側の上膊《じょうはく》の擦過傷で之《こ》れは軽かったのです。奥様と御主人は直《す》ぐ病院に御運びしましたが、奥様の方はその夜の明けぬ中に息を御引き取りになりました。御主人の方は五週間の入院で、どうやら元の御身体《おからだ》に成る事はなりました。看護婦も三週間で全治しました。

ロープが切れたということが、偶然の出来事ではありましたでしょうが、何しろそれが曰《いわ》く付きのエレヴェーターでありましただけに大変な騒ぎになりました。新聞社の人が詰めかける。写真を撮《と》る。暴力団見《み》たいな人が脅迫に来る。病院攻撃の手紙が来る。当分の間は診療も出来ない位《くらい》大騒動になって了《しま》いました。然《しか》し、まあ幸いな事に新聞社の方達には、エレヴェーターの故障が不可抗力ということにお話しして、例の怪談めいたお話しだけは嗅《か》ぎ付けられずに済みました。

その後の後始末に院長が辞任するやら、医員が一時的ではありましたが、総辞職するやら色々なことが起《おこ》りました。妾《わたし》もその時、長い病院生活を止《や》める積《つも》りで居《お》りましたが、後任が無いというので、未《いま》だにズルズルベッタリに務めて居ります。

そのエレヴェーターですか？　それはその時以来廃止して、各階とも器具入れにして了《しま》いました。ですからその時から、エレヴェーターは東側のが一つになって了ったのです。』

## 解説

初出不明。『物言はぬ聴診器』（大隣社、昭和十四年四月十八日）を底本とした。

本作は日本におけるエレベーター怪談の嚆矢《こうし》である。同時に数少ない戦前の「病院の怪談」であり「医師が語る怪談」の先駆《せんく》でもある。

なぜ戦前の日本にエレベーター怪談が少ない（というか編者は他に読んだことがない）のかというと、当時は今ほどエレベーターが普及していなかったから。少し古い記録になるが、昭和五年の時点でわが国におけるエレベーターの総数は二千五百台余《よ》。ただしこれは荷物用を含む数字である。本作が活字になった昭和十年代には数千台に達していたと思われるが、それでも庶民が日常生活の中でエレベーターを利用するチャンスはせいぜい高層オフィスビルかデパート、ホテルに行ったときぐらいだろう。エレベーターなきところにエレベーター怪談は生まれない。

なぜ戦前の日本に病院の怪談が少ないのかというと、病院で死ぬ人が少なかったから。厚生労働省医政局指導課・在宅医療推進室の「在宅医療の最近の動向」によれば病院で亡くなる人の割合は一九五一年の時点で死亡者全体の九・一パーセント。五十パーセントを突破したのは一九八〇年代に入ってからだった。一九八五年に刊行が始まった松谷《まつたに》みよ子《こ》の『現代民話考』シリーズに「病院の怪談」の巻がないのは独立したジャンルとして扱えるほど報告例が集まらなかったからだろう。あたりまえの話だが「病院の怪談」がジャンルとして成立するのは病院で亡くなる人が増えたからである。

「医師が語る怪談」の類《たぐ》いはネットでもよく見かけるが、そのほとんどは自称医師によるもので、本名や病院名が確認できるケースは皆無《かいむ》といっていい。理由は言うまでもなかろう。竹村は医師名簿にもその名が記載される小児科の医師で、その著書の多くは「随筆集」と銘

竹村猛児診療随筆集!!

(1) 物言はぬ聴診器（價1.30 送.16）
(2) 診療簿から拾つた話（價1.40 送.16）
(3) 脈（價1.50 送.16）
(4) 温度表の汚染（價1.30 送.16）
(5) 往診鞄（價1.40 送.16）
(6) 診察室の屑籠（價1.60 送.16）
(7) 患者待合室（價1.80 送.16）

推薦—徳富蘇峰、齋藤茂吉、菊池寛、木村毅、吉屋信子

打たれていた。そう、竹村の怪談は（多少の潤色《じゅんしょく》はあるにせよ）基本的に実話として書かれたものなのだ。身元を明かして怪を語る医師。そんな人、竹村の他に聞いたことがない。

竹村には他にも占い師に「胸に気をつけよ」と警告された若者が胸部を強打して死ぬ「占ひ」、神仏に一万円の利益《りやく》を祈願《きがん》した株式仲買《なかがい》人《にん》が自分の命と引き換えに同額の保険金を得る

「二万円」、瀕死の重傷を負った職工の生霊が親戚に入院先を知らせにくる「使ひ」、往診途上の人力車が見えない何かに後押しされる「車」、病死した少女が可愛《かわい》がっていた九官鳥《きゅうかんちょう》がサヨナラと言い続けて死ぬ「九官鳥」、学生を落第させる呪われた人体標本の話「内頸静《ないけい》脈の標本」など常識では説明のつかない「理外《りがい》の理《り》」ともいうべき不思議な現象を描いた作品が少なくない。編者が知っているだけでも二十篇以上ある。

いずれも淡々とした文章が生み出す「さりげない恐怖」が特徴。怪談実話は好きだけど大《おお》袈裟《げさ》な文章は苦手で……という方にお薦《すす》めしたい。

編者より

攻玉社中学における渡邊洲蔵・妹尾アキ夫両氏の在職記録は、攻玉社中学校・高等学校教頭の内海宏隆氏よりご提供いただきました。同氏ならびに同校の御好意に心より感謝いたします。これらのデータを使用される際は、必ず同校の記録に基づくものであることを明記して頂くようお願い致します。

編集部より

本書収録作品の著者のうち、椎名頼己氏（「屍蠟荘奇談」）、西田鷹止氏（「火星の人間」）、庄野義信氏（「紅棒で描いた殺人画」）、夢川佐市氏（「鱶」）、小川好子氏（「殺人と遊戯と」）、宮里良保氏（「墓地下の研究所」）、喜多槐三氏（「蛇」）、小山甲三氏（「インデヤンの手」）の消息が分かりませんでした。御存知の方がいらっしゃいましたらご教示くだされば幸いでございます。

また本書収録作品の中で、現在では使用を避ける表現がありますが、作品の執筆された時代と、著者が故人であることに鑑み、原文のままといたしました。

**編者紹介**　1959年東京都中野区生まれ。駒澤大学経済学部卒。書家・歌人の會津八一は大伯父。横田順彌の感化でSF史研究を志す。同氏との共著『快男児押川春浪』で第9回日本SF大賞を受賞。著書に『昭和空想科学館』『日本科学小説年表』、編著に『怪樹の腕』（共編）など。

戦前日本モダンホラー傑作選
バビロンの吸血鬼

2025年 4月30日　初版

著　者　高　垣　眸　他

編　者　会《あい》　津《づ》　信《しん》　吾《ご》

発行所　（株）東京創元社
代表者　渋谷健太郎

162-0814 東京都新宿区新小川町1-5
電　話　03・3268・8231-営業部
03・3268・8201-代　表
URL　https://www.tsogen.co.jp
組　版　キャップス
暁印刷・本間製本



ISBN978-4-488-59503-6　C0193

**巨匠・平井呈一編訳の幻の名アンソロジー、**
**ここに再臨**

FOREIGN TRUE GHOST STORIES

平井呈一 編訳

東西怪奇実話

# 世界怪奇実話集 屍衣の花嫁

創元推理文庫

推理小説ファンが最後に犯罪実話に落ちつくように、怪奇小説愛好家も結局は、怪奇実話に落ちつくのが常道である。なぜなら、ここには、なまの恐怖と戦慄があるからだ――伝説の〈世界恐怖小説全集〉最終巻のために、英米怪奇小説翻訳の巨匠・平井呈一が編訳した幻の名アンソロジー『屍衣の花嫁』が60年の時を経て再臨。怪異を愛する古き佳き大英帝国の気風が横溢する怪談集。

巨匠・平井呈一の名訳が光る短編集

A HAUNTED ISLAND and Other Horror Stories

# 幽霊島

**平井呈一怪談翻訳集成**

**A・ブラックウッド他**
**平井呈一 訳**
創元推理文庫

◆

『吸血鬼ドラキュラ』『怪奇小説傑作集』に代表される西洋怪奇小説の紹介と翻訳、洒脱な語り口のエッセーに至るまで、その多才を以て本邦における怪奇翻訳の礎を築いた巨匠・平井呈一。

名訳として知られるラヴクラフト「アウトサイダー」、ブラックウッド「幽霊島」、ポリドリ「吸血鬼」、ベリスフォード「のど斬り農場」、ワイルド「カンタヴィルの幽霊」等この分野のマスターピースたる13篇に、生田耕作とのゴシック小説対談やエッセー・書評を付して贈る、怪奇小説読者必携の一冊。

巨匠が最も愛した怪奇作家

THE TERROR and Other Stories◆Arthur Machen

# 恐怖
## アーサー・マッケン傑作選

**アーサー・マッケン**
**平井呈一 訳** 創元推理文庫

◆

アーサー・マッケンは1863年、
ウエールズのカーレオン・オン・アスクに生まれた。
ローマに由来する伝説と、
ケルトの民間信仰が受け継がれた地で、
神学や隠秘学《オカルト》に関する文献を読んで育ったことが、
唯一無二の作風に色濃く反映されている。
古代から甦る恐怖と法悦を描いて物議を醸した、
出世作にして代表作「パンの大神」ほか全７編を
平井呈一入魂の名訳にて贈る。

収録作品＝パンの大神，内奥の光，輝く金字塔，赤い手，
白魔，生活の欠片，恐怖

ヴィクトリアン・ゴースト・ストーリー13篇

A CHRISTMAS TREE and Other Twelve Victorian Ghost Candles

# 英国クリスマス幽霊譚傑作集

**チャールズ・ディケンズ 他**
**夏来健次 編訳** 創元推理文庫

◆

ヴィクトリア朝期に『クリスマス・キャロル』がベストセラーとなって以降、定番となった聖夜怪談。幽霊をこよなく愛するイギリスで生まれた佳品を、数々の怪奇幻想小説を紹介する翻訳家が精選した。知られざる傑作から愛すべき怪作まで、13篇中12篇を本邦初訳で贈る。

収録作品＝C・ディケンズ「クリスマス・ツリー」, J・H・フリスウェル「死者の怪談」, A・B・エドワーズ「わが兄の幽霊譚」, W・W・フェン「鋼の鏡、あるいは聖夜の夢」, E・L・リントン「海岸屋敷のクリスマス・イヴ」, J・H・リデル夫人「胡桃《くるみ》邸《やしき》の幽霊」, T・ギフト「メルローズ・スクエア二番地」, M・ラザフォード「謎の肖像画」, F・クーパー「幽霊廃船のクリスマス・イヴ」, E・B・コーベット「残酷な冗談」, H・B・M・ワトスン「真鍮の十字架」, L・ボールドウィン「本物と偽物」, L・ガルブレイス「青い部屋」